BESTSELLER

Beth O'Leary se graduó en Lengua inglesa antes de dedicarse a la edición de libros infantiles. Su debut literario, el best seller internacional *Piso para dos* (2019), se ha traducido a más de treinta idiomas y ha conquistado a miles de lectores en todo el mundo. Su segunda novela, *En tus zapatos* (2021), será adaptada a la gran pantalla próximamente. *Rumbo a ti* (2022), su tercer libro, ha conquistado a miles de lectores. En 2023 se publicó en España su novedad más reciente, *Tres citas con Carter*.

Beth vive en el campo, cerca de Londres, y ahora se dedica a la literatura a tiempo completo. Si no está sentada trabajando se la puede encontrar acurrucada en el sofá con un libro, una taza de té y varios jerséis de lana (no importa el tiempo que haga).

Biblioteca

BETH O'LEARY

Tres citas con Carter

Traducción de
Eva Carballeira Díaz

DEBOLS!LLO

Papel certificado por el Forest Stewardship Council®

Título original: *The No-Show*

Primera edición en esta colección: mayo de 2024

© 2022, Beth O'Leary Ltd
© 2023, 2024, Penguin Random House Grupo Editorial, S. A. U.
Travessera de Gràcia, 47-49. 08021 Barcelona
© 2023, Eva Carballeira Díaz, por la traducción
Diseño de la cubierta: Adaptación de la cubierta
original de studiohelen.co.uk.: Penguin Random House Grupo Editorial
Imagen de la cubierta: © studiohelen.co.uk

Printed in Spain – Impreso en España

ISBN: 978-84-663-7410-1
Depósito legal: B-4.531-2024

Compuesto en Blue Action
Impreso en Liberdúplex, S.L.U.
Sant Llorenç d'Hortons (Barcelona)

P 3 7 4 1 0 1

Para Bug

Siobhan

Él no ha aparecido.

Siobhan exhala lentamente por la nariz. Su objetivo es tranquilizarse, pero su cara recuerda más a un toro enfadado que a un monje budista.

Para eso ha cancelado el desayuno con su amiga. Se ha rizado el pelo, se ha pintado los labios y se ha afeitado las piernas (no solo hasta la rodilla, sino hasta arriba, por si a él le apetecía acariciarle el muslo por debajo de la mesa).

Y el muy cabrón no se ha presentado.

—No estoy enfadada —le dice a Fiona. Están haciendo una videollamada. Siempre se comunican por videollamada. Siobhan cree firmemente en el poder del contacto visual. Además, necesita que alguien vea lo impresionante que está, aunque solo sea su compañera de piso—. Me rindo. Es un hombre, era de esperar que me decepcionara. ¿En qué estaría pensando?

—Llevas maquillaje sexy —comenta Fiona, entrecerrando los ojos en la pantalla—. No son ni las nueve de la mañana, Shiv.

Siobhan se encoge de hombros. Está sentada delante de un café con leche de avena doble a medio beber en una de esas cafeterías que alardean de su extravagancia, una cualidad que ella siempre encuentra profundamente irritante en cualquier cosa o persona. Si hubiera sabido que la iban a dejar plantada el día de San Valentín, habría pedido leche de verdad. Siobhan solo es vegana cuando está de buen humor.

—Es que lo nuestro es el sexo —replica ella.

—¿Aunque hayáis quedado para desayunar?

En realidad, nunca antes habían quedado para desayunar. Pero, cuando ella le había dicho que estaba de visita relámpago en Londres, él le había respondido: «¿Por casualidad no te apetecerá desayunar conmigo mañana por la mañana?». Que quisiera quedar con ella para desayunar era muy significativo, sobre todo tratándose del día de San Valentín. Por lo general, suelen quedar en la habitación de hotel de ella, normalmente después de las once de la noche; se ven el primer viernes de cada mes y, a veces, algún que otro día suelto, si coincide que ella está en Londres.

No está mal. Ya es bastante. A Siobhan le basta con eso. Él vive en Inglaterra y ella en Irlanda; ambos están muy ocupados. Su acuerdo funciona a las mil maravillas.

—¿Seguro que no quieres darle otros cinco minutos? —le pregunta Fiona, tapándose delicadamente la boca con la mano mientras mastica unos cereales. Está sentada a la mesa de la cocina, con el pelo todavía recogido en la trenza que se hace para dormir—. A lo mejor solo llega tarde.

De repente, Siobhan echa de menos su casa, aunque solo lleve un día fuera. Extraña el familiar olor a limón de la cocina y la tranquilidad de su vestidor. Extraña la versión de sí misma que aún no había cometido el error de esperar que su rollo favorito en realidad quisiera algo más.

Bebe un sorbo de su café con la mayor indiferencia posible.

—Venga ya. No va a venir —dice, encogiéndose de hombros—. Ya me he hecho a la idea.

—A lo mejor lo estás poniendo verde y resulta que...

—Fi, dijo a las ocho y media. Son las nueve menos diez. Me ha dejado plantada. Es mejor que... —Siobhan traga saliva— ... lo acepte y lo supere.

—Muy bien —responde Fiona con un suspiro—. Vale. Tómate el café, recuerda que eres increíble y prepárate para arrasar. —Su acento estadounidense vuelve a hacer acto de presencia cuando dice «arrasar», aunque ya casi siempre suena tan dublinesa como Siobhan. Cuando se conocieron en la Escuela de Interpretación Gaiety, a los dieciocho años, Fiona derrochaba acento neoyorquino y seguridad, pero diez años de audiciones frustradas la han apagado. Tiene mala suerte y siempre acaba como suplente. Siobhan está convencida de que ese será el año de Fiona, como todos los años de la última década.

—¿Cuándo no he estado yo preparada para arrasar? Por favor.

Siobhan se echa el pelo hacia atrás justo cuando un hombre pasa a su espalda y tropieza con su silla. El café de él se desequilibra y una pequeña salpicadura aterriza sobre el hombro de ella, fundiéndose con el rojo pasión del vestido y formando una pequeña mancha: dos gotitas en forma de punto y coma.

Tiene toda la pinta de encuentro de película. Durante una fracción de segundo, mientras se gira, Siobhan se lo plantea; es bastante atractivo y alto, el tipo de hombre que seguramente tendrá un perro grande y una risa contundente. Entonces él dice:

—¡Madre mía, vas a sacarle un ojo a alguien con esa mata de pelo!

Y Siobhan decide que no, que está demasiado enfadada como para aguantar a hombres altos e imponentes que no se disculpan de inmediato por tirar café sobre vestidos de alta costura. Un ardor colérico y justiciero brota en su pecho y ella lo agradece, casi hasta se siente aliviada: eso es justo lo que necesita.

Extiende la mano y le toca suavemente el brazo al hombre. Él se detiene, arqueando un poco las cejas; ella hace una pausa deliberada antes de hablar.

—Imagino que habrás querido decir que lo sientes mucho —dice Siobhan, con una voz dulce como la miel.

—Cuidado, amiga —dice Fiona desde el teléfono, que ahora está apoyado en el inestable tiesto de terracota que hay en el centro de la mesa.

El que debe tener cuidado es él. Y Siobhan sabía que no lo tendría.

—¿Qué es exactamente lo que tengo que sentir mucho, Rapunzel? —le pregunta él.

Luego mira hacia donde está mirando ella, a la mancha de café que tiene en el hombro, y se ríe cálidamente, con indulgencia. Después entorna los ojos, fingiendo que allí no hay nada que ver; está intentando ser simpático, y, si Siobhan estuviera de buen humor, de humor de leche vegana, incluso puede que le siguiera la corriente. Pero, por desgracia para el hombre del café, a Siobhan la acaban de dejar plantada el día de San Valentín.

—Este vestido cuesta casi dos mil euros —le espeta ella—. ¿Prefieres hacerme una transferencia o pagármelo a plazos?

Él echa la cabeza hacia atrás y suelta una carcajada. Unas cuantas parejas se quedan mirándolo.

—Muy graciosa —dice.

—No estoy bromeando.

Su sonrisa desaparece y entonces la cosa se pone seria. Él levanta la voz primero; ella le enseña el vestido en NET-A-PORTER; y él contraataca llamándola «señoritinga impertinente», lo cual es estupendo, porque eso le proporciona a ella cinco minutos más de munición. Fiona se ríe en la pantalla del móvil de Siobhan y, durante unos cuantos segundos, esta casi olvida que acaba de quedarse compuesta y sin novio en una cafetería estrambótica y aburrida.

—Qué despiadada eres, Shiv —le dice Fiona con cariño mientras Siobhan vuelve a sentarse en la silla. El hombre se ha largado echando chispas después de haberle dejado un billete de diez libras sobre la mesa «para la tintorería». Todo el mundo la está mirando. Siobhan se echa por encima del hombro la brillante y controvertida melena rubia y se gira hacia la ventana. Barbilla alta. Tetas levantadas. Piernas cruzadas. Con la cabeza vuelta hacia ese lado, Fiona es la única que ve que está conteniendo las lágrimas—. ¿Te ha venido bien? —le pregunta su amiga.

—Desde luego. Y además soy diez libras más rica. ¿Qué me compro?

Siobhan se sorbe la nariz y coge la carta que está al otro lado de la mesa. Mira la hora en su reloj: las nueve de la mañana. Todavía son las nueve de la mañana y ya está siendo el peor día de su vida. ¿Qué tal un desayuno completo «Mira siempre el lado positivo»? ¿O un batido de kale «No dejes de sonreír»?

Vuelve a apartar la carta de un manotazo. La pareja de la mesa de al lado da un pequeño respingo y la mira sobresaltada.

—Joder, este es con diferencia el peor sitio del mundo para que te dejen plantada el día de San Valentín —comenta

Siobhan. La rabia ardiente que sentía en el pecho ha desaparecido y ya solo queda la tensión, el dolor solitario y opresivo de las lágrimas a punto de brotar.

—No permitas que esto te afecte —le dice Fiona—. Si te ha dejado plantada es que es un gilipollas.

—Pues claro que es un gilipollas —replica Siobhan apasionadamente, con voz ahogada.

Fiona se queda callada. Siobhan sospecha que le está dando tiempo para sobreponerse, lo que le hace esforzarse todavía más en evitar que las lágrimas que están haciendo equilibrios en la línea de las pestañas le rueden por las mejillas.

—Sé que esto era importante para ti, Shiv —dice Fiona, vacilante—. ¿Habías tenido…? ¿No es tu primera cita de verdad desde lo de Cillian?

Siobhan frunce el ceño, admite la derrota y se enjuga las lágrimas.

—¿Insinúas que hace tres años que no salgo con nadie?

Fiona se limita a esperar pacientemente; ambas saben que es así, aunque debería haber tenido más tacto y no haber sacado el tema.

—¿Vas a pasar de él, entonces? —le pregunta esta al fin, suspirando.

—Pues claro que voy a pasar de él. Que le den —dice Siobhan.

Deplorará el día en el que la dejó plantada. Siobhan no sabe qué es «deplorar», pero lo descubrirá. Y a él no le va a gustar nada.

Miranda

Son las 9.03 y aún no ha aparecido nadie.

Miranda se muerde por dentro la uña del pulgar mientras está apoyada en el coche, dándole pataditas a la rueda. Se ajusta la cola de caballo. Se aprieta los cordones de las botas. Revisa la mochila y comprueba que lo lleva todo: dos botellas de agua, el equipo de escalada y la sierra de mano que sus padres le regalaron por su cumpleaños, con su nombre grabado en el mango. Está todo en orden, ningún objeto ha desaparecido por arte de magia de la bolsa durante el trayecto de veinte minutos desde casa.

A las 9.07, por fin, se oye el ruido de unos neumáticos sobre la gravilla. Miranda se gira y ve acercarse la furgoneta de Jamie, de color verde chillón, con el logotipo de la empresa J. Doyle. El corazón le golpea las costillas como si fuera un pájaro carpintero y Miranda se pone un poco más recta mientras Jamie y el resto del equipo se bajan del vehículo.

Jamie le sonríe al acercarse.

—A. J., Spikes, Trey, esta es Miranda Rosso —dice.

Dos de los hombres la observan de un modo que a ella le resulta familiar: se trata de la mirada furtiva y nerviosa de unos niños a los que han echado la bronca para que se porten bien. Trey es bajito y corpulento, de mirada taciturna y ojos hundidos. Spikes le saca una cabeza a Trey y tiene complexión de jugador de rugby, con un pecho fuerte bajo la camiseta sucia y descolorida. Ambos la saludan con una inclinación de cabeza e inmediatamente centran su atención en un árbol que hay en un rincón del terreno en el que han aparcado.

Y luego está A. J., que observa a Miranda de una forma muy distinta, con el típico vistazo de arriba abajo de un hombre al que le dicen «Pórtate bien con la chica nueva» y se lo toma como un desafío.

A Miranda le han advertido sobre él. Su fama lo precede. «A. J. ha estado con más mujeres que árboles ha escalado —le había dicho su antiguo jefe a Miranda cuando esta le había comunicado que iba a unirse al equipo de Jamie—. Cara angelical, corazón de cabronazo desalmado».

Así que Miranda está preparada para sus penetrantes ojos verdes, su mandíbula barbuda y sus brazos musculosos y tatuados. Está preparada para el gesto que hace con las cejas cuando sus ojos se encuentran y esa mirada que dice: «Yo me como a las mujeres como tú para desayunar».

Para lo que no está del todo preparada es para el cachorrito de *cockapoo* que lleva en brazos.

Miranda se queda pasmada. A. J. le acaricia la cabeza al perro tranquilamente, como si fuera de lo más normal llevarse a un cachorrillo diminuto al lugar de trabajo.

—Ah, sí, y ese es Rip —dice Jamie sin mucho entusiasmo—. Un perro nuevo. Al parecer no puede quedarse solo en casa, ¿no, A. J.?

—Tiene ansiedad por separación —explica este, subiendo un poco más a Rip sobre su pecho ancho y musculoso.

Miranda disimula una sonrisa. Había planeado enfrentarse a A. J. ignorándolo por completo, consciente de que esa suele ser la mejor estrategia con los tíos que van de gallitos. Pero el cachorrito es precioso. Mierda. Nunca ha podido resistirse a los perritos que parecen ositos de peluche, con el pelo rizado y la nariz respingona.

—Hola, Rip —dice ella, acercándole una mano para que se la huela—. ¡Hola, pequeñín!

Rip empieza a menear el rabo sobre el costado de A. J. y Miranda intenta no derretirse.

—Le caes bien —dice él con voz melosa mientras vuelve a recorrer lentamente con la mirada el cuerpo de ella, cuyo cerebro echa el freno. Puede que el cachorro sea bonito, pero se está fijando demasiado en el torso del hombre que lo sostiene. Ese no era el plan.

—Hola —dice Miranda, apartando la vista de Rip para sonreír a Trey y Spikes—. Encantada de conoceros, chicos.

—Rosso es una gran escaladora —declara Jamie, dándole una palmada en la espalda a Miranda—. Deberíais haberla visto en la prueba de rescate aéreo. Nunca he visto a nadie trepar a un árbol tan rápido. ¿Tienes tu propio equipo de escalada?

—Ajá —responde Miranda, señalando la mochila con la cabeza.

—Pues te mandaré al grande. El cliente quiere quitarle un tercio a la copa —dice Jamie, inclinando la cabeza hacia el abedul plateado que se alza en el jardín delantero del caserón ante el que han aparcado. Es un ejemplar larguirucho, que se encorva y se agita con el viento—. ¿Quieres enseñarles a estos chicos cómo se hace?

—Por supuesto —repone Miranda, agachándose para abrir la mochila y sacar el arnés.

No hay mayor subidón que el de una escalada.

Un día, cuando Miranda tenía quince años y volvía a casa del colegio, oyó los gritos de unos hombres a lo lejos. Siguió el sonido hasta dar con los podadores de árboles que estaban practicando en la escuela de gestión forestal que había en la carretera de su instituto. Había una hilera de pinos altos y maravillosos con un montón de cuerdas amarillas y naranjas colgadas de las ramas. Los hombres, que estaban por encima de ella, se movían entre los árboles como Tarzán, saltando entre las ramas en forma de horquilla para agarrarse a los troncos con las rodillas, recostados sobre el arnés. Hasta había uno colgado boca abajo.

Miranda nunca había pensado que uno pudiera ganarse la vida trepando a los árboles.

El profesor la había visto mirando y le había dicho que iba a haber una jornada de puertas abiertas la semana siguiente, que tendría la oportunidad de probarlo ella misma si le apetecía. En cuanto sintió que el arnés soportaba su peso, en cuanto trepó a la primera rama y vio el suelo a sus pies, se enganchó.

Ahora, diez años después, Miranda no solo se gana la vida trepando a los árboles, sino que lo hace de maravilla. Y aunque sus padres no entienden en absoluto por qué su hija mayor insiste en trabajar en una profesión peligrosa, hasta el punto de que le habían aconsejado hacerse un seguro de vida el primer día, se han hecho a la idea a regañadientes, sobre todo porque resulta evidente cuánto le apasiona lo que hace.

Ya en lo alto del abedul, con el cabo principal anclado a la rama más alta capaz de soportar su peso, Miranda se olvida de Trey, Spikes y A. J. Incluso se olvida de Carter, de que han quedado para comer y del modelito que la espera doblado con esmero en el fondo de la mochila. Estar en un árbol a doce metros de altura es aterrador, por mucha experiencia que tengas, y cuando estás allí arriba no puedes pensar en nada más. Solo estáis tú, las cuerdas, el viento y el árbol susurrando a tu alrededor, evitando que te caigas.

A. J. está podando un seto en la parte delantera de la propiedad mientras Rip da vueltas nervioso alrededor de sus pies; al principio Jamie se queda para echarle un ojo a Miranda, pero, al cabo de media hora, más o menos, se va a ayudar a A. J. Los demás se están ocupando de las tareas de suelo, como levantar objetos pesados y triturar ramas. La mañana transcurre entre el rugido de las motosierras y el brillo del serrín.

Miranda baja por la línea principal y aterriza con fuerza, hundiendo los talones en el suelo. Recupera la cuerda con facilidad, sin que esta se enganche siquiera. Ha sido una buena mañana. Se le está soltando el pelo de la coleta; los mechones se le pegan a la frente mientras se quita el casco.

—No está mal —dice A. J. mientras ella pasa a su lado para ir a ver a Jamie.

—Gracias —dice ella, sonriéndole a Jamie—. ¿Todo bien, jefe?

—¡Ahora que me acuerdo! —exclama él, poniéndose de pie con un brazado de ramas de avellano y los ojos brillantes. Tiene cuarenta y muchos años; ya no es el más rápido subiendo a los árboles ni el que corre los mayores riesgos, pero sigue siendo un hombre inquieto. Los buenos podadores son adictos a la adrenalina en su justa medida.

O lo son demasiado y tienen mucha suerte—. Te vas a la una y media, ¿no? Por lo de la cita.

Miranda se sacude el serrín de los pantalones protectores. Lleva tirantes porque los pantalones de seguridad están diseñados para hombres y siempre son demasiado anchos en la cintura. Una amiga que conoció en un curso de rescate aéreo le dijo que los tirantes la salvarían de la humillación de encontrarse algún día con los pantalones por los tobillos.

—Sí. He quedado para comer —responde Miranda, desenganchando la motosierra para colocarla en la caja de la camioneta de Jamie—. Como es el día de San Valentín…

—Mi mujer me lo ha recordado esta mañana —dice Jamie, haciendo una mueca.

—¿Una cita para comer? —pregunta A. J., detrás de ella.

Miranda ni se gira.

—Mi novio quería verme en cuanto acabara mi primer trabajo con Jamie.

—O tiene otra mujer en la recámara para el turno de noche —dice A. J.

Miranda no es una persona temperamental. Es de las que creen que quienes se comportan como idiotas probablemente tendrán alguna razón para hacerlo y que no sirve de nada perder los estribos. Pero también sabe que la tolerancia puede parecer debilidad, sobre todo si eres mujer. Traga saliva.

—¿Y qué planes tienes tú para esta noche, A. J.? —dice, mirando hacia atrás el tiempo justo para verlo esbozar una breve sonrisa ladeada al oír la pregunta—. ¿Has quedado con alguna chica guapa?

—Depende —responde él.

—¿De qué? —Miranda se suelta la cola de caballo y se desenreda el pelo con los dedos. Tiene el cabello grueso y oscuro, encrespado alrededor de la cara, rizado en las puntas y casi siempre con nudos.

—De si Jamie me deja invitarte a una copa esta noche.

—¡A. J.! —exclama Jamie—. ¿De qué hemos hablado de camino aquí?

Ella mira a los ojos a A. J. por un instante. Le está tomando el pelo, o puede que la esté poniendo a prueba. Pero su mirada es ardiente y Miranda se sobresalta al darse cuenta de que lo dice en serio, de que ese hombre tan guapo y peligroso sería capaz de invitarla a una copa para después llevársela a casa.

Es bastante halagador, la verdad. Aunque ella sepa que se tira a todo lo que se menea.

—¿Por qué no? Sé que estás libre esta noche —dice A. J., cruzando los brazos tatuados sobre el pecho. Sus bíceps son enormes. Miranda está convencida de que los ha cruzado para que se fije en ellos.

Ella mantiene la barbilla alta.

—No me interesa —replica, sonriendo—. Pero gracias —añade antes de girarse hacia Jamie—. Mañana a las siete de la mañana, ¿no? ¿Me envías un mensaje con la dirección?

—«No me interesa» —se burla Jamie—. ¿Cuándo fue la última vez que una chica te dijo eso, A. J.?

A. J. se encoge de hombros, se agacha para recoger a Rip y Miranda nota que la sigue mirando mientras se aleja.

—Hace bastante tiempo —responde él—. Pero siempre acabo convenciéndolas.

Miranda se ríe.

—A mí no —dice alegremente, mirando hacia atrás—. Ya estoy pillada.

—Por don Cita a Mediodía —grita A. J.—. Qué suerte tienes.

Claro que tiene suerte. En realidad, muchos días no puede creerse la suerte que tiene. Carter es el tipo de chico que Miranda nunca pensaría que se fijaría en alguien como ella. Es muy maduro, tiene un trabajo bien pagado y lleva trajes a medida. Y es guapísimo. Guapo en plan adulto, no como A. J., que va hecho un desastre. Carter lleva gafas redondas, tiene la mandíbula cuadrada y varonil y una sonrisa que hace que te derritas.

Se conocieron por medio de Reg, uno de los chicos con los que trabajaba antes Miranda; él jugaba al fútbol con Carter y un día, el año anterior, Miranda estaba en el bar con Reg y la mitad del equipo entró a tomar algo después de un partido. Carter estaba impecable; había vuelto a ponerse el traje del trabajo porque había olvidado meter ropa para después del partido, y destacaba entre los demás como una moneda reluciente, con su sonrisa radiante y su cabello medio húmedo. Cuando el resto de los chicos se burlaron de su atuendo, él agachó un poco la cabeza, avergonzado, y las luces del bar se reflejaron en sus gafas. Miranda sintió mariposas en el estómago. Ese movimiento de cabeza dejó entrever al niño que había detrás de aquel adulto de hombros anchos, haciéndolo parecer más accesible.

Miranda no podía dejar de mirarlo y, finalmente, él se dio cuenta y le regaló una discreta sonrisa de curiosidad, una invitación más afable de lo que esperaba. Ella pensó que debía de estar acostumbrado a que las mujeres se le echaran encima, así que no albergó ninguna esperanza. Al final le pidió a Reg que los presentara, animada por tres pintas y emocionada por la media sonrisa que Carter le había echado. «Rosso, Carter, Carter, Rosso. Carter, haz el favor de invitarla a una copa, esta mujer merece que la traten bien», dijo Reg.

Ahora, cinco meses después, Carter parece seguir tomándose al pie de la letra las palabras de Reg: el restaurante al que va a llevarla a comer el día de San Valentín es uno de esos sitios sin precios en la carta y con gotitas de glaseado en el borde de los platos. No está muy lejos de Erstead, la ciudad dormitorio de Surrey donde vive Miranda. Esta se cambia de ropa en el McDonald's que hay a la vuelta de la esquina, se pone brillo en los labios y rímel y se siente muy bien consigo misma durante los tres minutos que dura el paseo hasta el lujoso restaurante, pero luego, mientras va hacia la mesa con su pichi azul y sus zapatillas gastadas, su atuendo empieza a parecerle demasiado infantil e informal. Las otras mujeres tienen un aspecto realmente sofisticado.

Miranda levanta el trasero de la silla para bajarse el vestido con disimulo, amparada por el mantel. Se trata de un restaurante con clase, así que celebran el día de San Valentín de forma sutil: con pétalos de rosa en las mesas, un aumento generalizado del número de velas y un ligero ambiente de arrogancia.

Miranda se ha retrasado un poco, así que le lleva un tiempo darse cuenta de que ya son más de las dos y todavía no hay ni rastro de Carter. Él suele llegar tarde, así que eso no le sorprende demasiado. Pero a eso de las dos y media, cuando el camarero le pregunta si quiere beber algo, ella pide una Coca-Cola porque empieza a sentirse incómoda allí sentada sin hacer nada, rodeada de parejas enamoradas, jugueteando con la servilleta y dando golpecitos con los pies.

Le envía un mensaje a Carter: ¿Dónde estás?

Y luego otro: ¿Por qué llegas tan tarde?

Y otro más: ¿Carter? ¿Hola?

Poco a poco, pasa de ser una mujer que está esperando al hombre con el que ha quedado a una mujer a la que han dado plantón. Aparentemente, nada ha cambiado: ella sigue allí, mirando el teléfono con demasiada frecuencia y bebiendo demasiado rápido. Pero todo el mundo se da cuenta de que su estado va cambiando segundo a segundo, y, cuando Miranda lleva cuarenta y cinco minutos sentada en esa mesa, se ha convertido, sin necesidad de mover un solo músculo, en alguien digno de compasión.

Al final no soporta más la inmovilidad. A cada minuto que pasa, la sensación de inquietud y la necesidad de mover las extremidades aumenta, incluso después de una mañana de trabajo. Se dice a sí misma que esperará hasta las 15.10, pero a y cinco se levanta para ir a la barra y pagar lo que ha bebido.

Está clarísimo: Carter la ha dejado plantada.

Se dice a sí misma que seguramente habrá alguna explicación de lo más razonable. Alguna historia divertidísima. Él se la contará parodiando las voces de todos los implicados, porque se le dan muy bien los acentos; imita a la perfección el deje italiano de su padre y borda la forma de hablar del tipo de Liverpool que vive en el edificio de Miranda. Los dos se reirán de ello. Se convertirá en una de sus anécdotas: «¿Recuerdas aquella vez que me dejaste plantada el día de San Valentín?».

Sin embargo, en ese momento es una mierda. Miranda se muerde el labio mientras espera a que se imprima el recibo de la tarjeta. Sabe que perdonará a Carter. Probablemente ya lo haya perdonado, en previsión de su excelente excusa. Aunque, por un momento, disfruta imaginando que es una de esas mujeres que no lo harían. De esas que dirían: «No pienso tolerar estas gilipolleces. Se acabó, me has dejado plantada. Que te den».

Cuando Miranda llega a casa son las cuatro y media y todavía no ha recibido ningún mensaje de Carter. Echa de menos a su antigua compañera de piso; en esos momentos le vendría fenomenal que alguien le preparara una taza de té para consolarla. Se queda de pie en el centro del salón, escuchando el tráfico del exterior, preguntándose si Carter al final habrá decidido que ella no es la mujer adecuada para él.

«Eso no tiene sentido, Miranda Rosso —se dice a sí misma, quitándose las zapatillas—. Tranquilízate».

Todavía no son las cinco, así que queda mucho día por delante. Pasará la aspiradora, luego preparará la cena y se acostará temprano. Lamentarse no tiene sentido. ¿O es que alguna vez le ha servido de algo a alguien?

Jane

La clave está en los aperitivos. Mientras tenga una tartaleta de queso de cabra en miniatura o un rollito de primavera minúsculo en la boca, Jane dispondrá al menos de tres segundos para masticar y pensar una respuesta cuando le hagan esas preguntas inevitables y terribles que surgen cuando estás en una fiesta de compromiso y tu pareja te ha dejado plantada.

—¿Sigues ahí sola, chica? —le pregunta Keira. Aun con una copa de champán en cada mano, se las arregla para levantar los pechos; sus collares desaparecen brevemente en el valle de su canalillo, más allá del escote de su vestido largo de fiesta.

Keira echa una mano en la tienda solidaria del conde Langley dos días por semana. No hay nadie más empeñado que ella en emparejar a Jane con Ronnie Langley, hijo del mismísimo conde y causante de todo ese follón.

Cuando Jane empezó a trabajar en la tienda, Ronnie se quedó prendado de ella. Todos los que trabajan en la Fundación Conde Langley adoran a Ronnie, que tiene uno de esos rostros que inspiran lástima de inmediato y sigue soltero a sus treinta y cinco años, a pesar de ser el primero en la línea de sucesión de una mansión destartalada, algo por lo que todo el mundo, excepto Jane, parece considerarlo un partidazo.

Conseguir emparejar a Jane y a Ronnie se había convertido en el objetivo de toda la tienda solidaria. Así que Jane había contado una mentirijilla. Había dicho que tenía novio. Con el paso de los años, la mentira se había ido haciendo cada vez más grande, pero nunca se había puesto a prueba de esa manera.

—Seguro que está de camino, lo habrán entretenido en el trabajo —dice Jane, no muy convencida, mientras consulta el reloj.

Todavía son las seis y cuarto, queda una hora más de «copas y socialización» antes de que empiece la cena formal. Keira sube y baja sus pestañas postizas mientras observa el atuendo de Jane: el mismo que ha llevado ese día al trabajo. Jane se ruboriza. Creía que el vestido de algodón verde pálido daría el pego si se quitaba la chaqueta de lana y las medias, pero, ahora que está ahí, resulta obvio que no es lo suficientemente elegante. Detrás de Keira, la muchedumbre se apelotona: hay muchísimos invitados, tantas personas que es imposible que Constance y Martin las conozcan por su nombre, sin duda alguna. Se encuentran en el ayuntamiento de Winchester y la temática del evento, cómo no, es el día de San Valentín. El color rosa está, literalmente, por todas partes.

—Oye, chica —dice Keira, frunciendo el ceño. Sus arrugas se hacen más profundas—. Todos sabemos que es mentira que tengas novio. Será mejor que lo admitas ya si…

—Jane, querida, ¿podrías acompañarme un momento? —le pregunta Mortimer.

Jane se gira hacia él, realmente agradecida. Keira parece contrariada mientras él aleja a Jane del bullicio para llevarla a un rincón de la sala.

Mortimer Daperty tiene setenta años; todos los días va a trabajar vestido con un traje marrón, almuerza de manera indefectible un sándwich de atún y se despide con un «¡Hasta lueguito, Jane! ¡Nos vemos pronto!» cuando se va a las seis de la tarde. Si no hay nadie más en la tienda, él y Jane conviven en un cálido silencio con olor a naftalina, planchando al vapor la ropa donada y pasándose los libros usados sin intercambiar una sola palabra.

—Pareces francamente agobiada —comenta Mortimer con amabilidad.

—Es que… no me gustan las multitudes —dice Jane, intentando calmar su respiración.

—¿Y el joven que dijiste que iba a venir…?

Jane está acostumbrada a esquivar las preguntas personales de sus compañeros de la tienda solidaria. Pero, como Mortimer nunca suele hacerle ninguna, la pilla por sorpresa y, sin darse cuenta, le responde.

—Me estaba haciendo un favor. No estamos juntos, pero me dijo que me acompañaría para que no tuviera que venir sola. —Jane baja la vista hacia sus zapatos. Son cómodos, de cuero marrón suave, el tipo de calzado con el que en su día no la habrían visto ni muerta—. Keira tiene razón: mentí al decir que tenía novio.

Mortimer se limita a asentir.

—Una medida de protección muy razonable —señala—. Y ese amigo tuyo, ¿ni siquiera te ha llamado por teléfono?

Jane esperaba que Mortimer la juzgara, pero su expresión es cordial.

—No. No me ha llamado —responde ella, volviendo a bajar la vista.

Él chasquea la lengua, aunque no es con Joseph con quien Jane está enfadada, sino consigo misma. No debería haber confiado en nadie. Normalmente, suele preferir las plantas y los gatos a los humanos: ambas son especies con un historial mucho más favorable.

Todos los días desde que se mudó a Winchester, Jane ha ido al Hoxton Bakehouse nada más abrir para comprarse una tarrina de yogur bajo en grasa con fruta y granola. En realidad es un gasto injustificable, pero esa rutina la tranquiliza; es como ponerse las mismas botas gastadas cada día.

Cuando vio por primera vez a Joseph en la panadería, justo después de Navidad, frenó tan en seco que estuvo a punto de caerse de bruces en la puerta. Le sonaba de algo. No sabía exactamente de qué, pero le daba la impresión de que era alguien… importante. ¿Un compañero de su antiguo trabajo, tal vez? Profirió una exclamación mirándolo fijamente, antes de recordar que quedarse mirando fijamente a alguien era la forma más rápida de llamar su atención y algo que debía evitarse a toda costa.

Joseph se giró para mirarla, pero no la reconoció. Le dedicó una sonrisa enorme y radiante. Y puede que un tanto sorprendida.

—Hola —le dijo.

Por un instante, Jane se quedó allí plantada, paralizada, con los ojos como platos.

—Perdona, creía que eras… otra persona —murmuró luego, antes de desviar la mirada, escabullirse hacia el final de la cola y perderse de vista. Pero sintió su mirada cálida y curiosa mientras salía de la tienda con su *croissant*.

A partir de entonces, siguió viéndolo todas las mañanas durante dos semanas, aunque seguía sin conseguir identificarlo. No volvió a cometer el error de mirarlo fijamente.

Y entonces, justo cuando Jane ya se había relajado un poco…

—Esto es un poco raro, ¿no? —le dijo un día Joseph, dándose la vuelta de repente para mirarla mientras esperaban en la cola.

Jane parpadeó con rapidez.

—¿Perdona? —le dijo, mirando al suelo.

—Bueno, yo sé un montón de cosas sobre ti. Sé que llevas el jersey amarillo los lunes, una camisa azul claro los martes, un vestido blanco con vuelo los miércoles, el verde intenso con una rebeca los jueves y un jersey rosa pálido los viernes. Sé que te gusta leer, porque siempre llevas un libro. Y que te gustan los bollos de canela, porque siempre les echas un vistazo melancólico antes de pedir la tarrina de yogur. Nos vemos todos los días, pero nunca hablamos.

A Jane empezaron a sudarle las palmas de las manos. Nunca nadie se había fijado tan rápidamente en la rotación de su ropa. Y estaba segura de que no les echaba ningún vistazo a los bollos de canela… O, al menos, no todas las mañanas.

Por fin, incapaz de aguantar más, levantó la vista y se encontró con su mirada.

Sin duda, era guapo, aunque, si la obligaran a decir por qué, le habría costado responder. Su rostro tenía mucho movimiento y era muy expresivo; tenía las cejas tan rectas y gruesas que habrían parecido severas en un hombre que sonriera menos. Su piel era blanca como la leche, tenía los pómulos enrojecidos por el calor de la panadería y la mandíbula recubierta por una barba de tres días de un tono más oscuro que su cabello castaño. No había nada en su rostro que explicara por qué resultaba tan atractivo, pero cuando Jane lo miró a los ojos sintió esa peligrosa excitación animal que se sentía al ver a alguien guapo.

—A mí no me parece tan extraño —respondió ella—. ¿Acaso hablas con las personas que se sientan a tu lado en el tren?

—Claro —respondió él rápidamente.

—Qué horror —dijo Jane sin pensarlo. Él se echó a reír.

—Soy Joseph. Dime, ¿de dónde sacas todos esos libros?

Así fue como acabaron creando un club de lectura de solo dos miembros. Por regla general, Jane no solía hacerse amiga de la gente o, mejor dicho, la gente no solía hacerse amiga de Jane. Y, sin embargo, unos días después, ya se estaba tomando un café con él, un domingo por la mañana, mientras hablaban de *Bienvenidos a Occidente*, de Mohsin Hamid. «Leer me hace feliz», le dijo él, y Jane se iluminó, porque eso era exactamente lo que le sucedía a ella.

Al menos se aseguró de que no había ninguna intención romántica. También utilizó la mentira del novio con Joseph, como medida de protección, como decía Mortimer. Hasta principios de febrero, cuando Joseph y ella eran ya amigos, Jane no le confesó que era mentira.

—Anda, qué buena noticia —le dijo él—. Porque estaba empezando a pensar que ese tío era un capullo integral.

—¿Qué? —Jane siempre se había esforzado en hacer que su novio ficticio pareciera un buen partido.

—Como no venía nunca... —prosiguió Joseph, riéndose—. Además, tampoco te regaló nada por tu cumpleaños.

Eso era cierto: Jane no había llegado tan lejos como para comprarse un regalo real de su novio ficticio.

La naturalidad con la que Joseph se tomó su confesión hizo que se relajara, y en las últimas dos semanas se habían acercado más. Jane dejó de intentar averiguar de qué lo conocía; puede que al principio le atrajera esa sensación de familiaridad tan extraña e irritante, pero eso ya era agua pasada. Simplemente era Joseph. Y si a veces ella se distraía un poco con la alegre calidez de su sonrisa o con la forma en la que sus ojos se volvían más verdes bajo determinado tipo de luz, consiguió dominar el arte de ignorarlo.

Él ya sabía más cosas sobre Jane que cualquier otra persona que siguiera formando parte de su vida. No todo, por supuesto, pero aun así le sorprendía que no le molestaran esas cosas de ella que consideraba imposible que gustaran: su tendencia a decir todo lo que pensaba, sus normas y rutinas, su indecisión… Era genial volver a tener a alguien con quien hablar. De repente, había empezado a sorprenderse pensando: «¿Qué tiene de malo?».

Pero en ese momento, mientras Keira se dirige hacia ella acompañada por Ronnie, Jane piensa: «Esto. Esto es lo que tiene de malo».

—Jane —dice Keira, tirando del brazo de Ronnie—, Ronnie me estaba diciendo que él tampoco ha venido con nadie esta noche.

Ronnie tiembla ostensiblemente al lado de la temible Keira. La vergüenza lo está atenazando de tal forma que Jane la siente emanar a través de su traje como el calor de un horno, incluso desde varios pasos de distancia.

—Ho-hola —dice él—. Me alegro de verte, Jane.

—El acompañante de Jane está… —Keira la mira con expectación.

Bajo su mirada de satisfacción, Jane decide renunciar al «Va a llegar tarde» o al «Seguro que está a punto de llegar».

—No puede venir —se limita a decir.

—¡Oh, pobre Jane! Siempre tan desafortunada en el amor —se lamenta Keira. Jane ignora de dónde ha sacado esa idea, aunque, por desgracia, es muy acertada—. ¿Tu madre no te está acosando ya para que le des nietos? Yo llevo años insistiendo con mis hijos y siguen haciéndose los remolones —comenta, y le da un trago a la copa.

Jane aprieta los dientes por unos instantes antes de responder.

—Mi madre murió —dice.

Keira retrocede. Abre la boca y vuelve a cerrarla. Esa es siempre la peor parte de esas conversaciones: el silencio que se hace antes de que la otra persona decida exactamente qué frase sentimentaloide va a soltar como respuesta.

—¡Vaya, chica, no lo sabía! ¡No nos lo habías dicho! —exclama Keira—. ¿Por eso dejaste Londres y te viniste aquí? —añade, bajando la voz.

La palabra «Londres» hace que Jane se estremezca como si alguien acabara de ponerle una mano en el hombro. Keira siempre está con esa dichosa pregunta; se la hace al menos una vez al mes, de una forma u otra, con el aplomo y la persistencia de una cotilla experimentada.

—No —responde Jane, procurando que no le tiemble la voz—. No, mi madre murió hace mucho tiempo. Yo era muy pequeña. Apenas la recuerdo.

—Qué tragedia tan tremenda —dice Keira.

Ronnie, incómodo, cambia el peso de un pie a otro, como un niño que necesita ir al baño. Keira le da unas palmaditas a Jane en el brazo desnudo con su mano sudorosa y bien intencionada; ella tiene que esforzarse mucho para no apartarla. No soporta que la toquen cuando está triste. Aunque últimamente casi nadie la toca, así que la sensación es aún peor, como ponerse un jersey de lana que pica después de haberse vestido de seda.

—Bueno, nos tienes a nosotros, chica, nosotros te cuidaremos —añade esta, guiñándole con exageración un ojo lloroso a Jane—. ¿Por qué no ocupa Ronnie el asiento de tu pareja en la cena? ¡Quién sabe! ¡Este podría ser el inicio de algo nuevo para ti!

Cuando Jane entra en la tienda a la mañana siguiente, comprueba con disimulo si Keira está al acecho antes de ir hacia la caja. La fiesta de compromiso había sido un infierno. Jane solo asistió porque Constance, la futura novia, siempre se portaba bien con ella cuando trabajaban juntas en la tienda, pero el evento le había recordado convenientemente que, cuando abandona su zona de confort, las cosas nunca acaban bien. Inhala el olor a moho del ambiente y comienza con su rutina habitual al llegar al trabajo: primero, una limpieza concienzuda y luego, encender la caja registradora y ponerse con las bolsas de las donaciones.

Alguien ha barrido ya el suelo y hay flores frescas en el jarrón de la mesa de centro que está al lado de las estanterías, situadas estratégicamente para alegrar el espacio. La tienda solidaria del conde Langley se encuentra en uno de los edificios del siglo xv del noreste de la ciudad, a orillas del río; está lleno de vigas oscuras y de suelos de madera que crujen, y el moho avanza con sigilo en la parte trasera del baño del personal, como una ola lamiendo la arena. El edificio es propiedad de la Fundación Conde Langley, una organización benéfica que ayuda a las personas que están en la etapa final de su vida. Sus fondos menguan casi tan deprisa como aumenta el moho.

—¡Jane!

Jane se estremece. Keira está saliendo de la trastienda; debería habérselo imaginado al ver las flores. Al darse la vuelta, ve también a Constance y a Mortimer. No hacen falta tantas personas para atender la tienda. Además, ¿Constance no debería estar en la cama con su prometido?

—Ay, chica —dice Keira, bajando con los brazos extendidos—. No he pegado ojo en toda la noche, recordando lo sola que estabas en la fiesta. ¿Quieres que nos sentemos a hablar de ello? ¿A que Ronnie fue encantador en la cena?

Jane espera de verdad que no se pase el día así. No lo soportaría.

—¿Jane? —dice alguien detrás de ella mientras la campanilla de la entrada tintinea.

Se gira hacia allí. Joseph está agachando la cabeza para entrar por la pequeña puerta, vestido con un jersey suave de lana gris.

—Jane, lo siento muchísimo —añade, yendo hacia ellos—. Hola a todos. Hola. Soy Joseph. Encantado de conoceros. Siento mucho no haber podido asistir a la fiesta de anoche.

Entonces le posa una mano en la parte baja de la espalda a Jane y la besa con suavidad en la mejilla.

Es un beso cariñoso, como de novios. Se lo da tan tranquilamente, con tanta naturalidad, que a Jane le sorprende aún más la oleada de deseo que la invade cuando sus labios le rozan la mejilla.

Joseph nunca la había tocado antes. Ni una sola vez. No se habían dado la mano al conocerse; ni siquiera se abrazan para saludarse. No la agarra por el codo para guiarla entre la multitud. Y eso es algo que a ella le gusta de él, que no es una persona sobona; y esa distancia, esa ausencia de contacto, la hace sentirse segura.

Pero, justamente por eso, tampoco tenía ni idea de cómo reaccionaría su cuerpo al notar los labios de Joseph sobre su piel hasta ese preciso instante. Todavía siente el corazón desbocado, está excitada y tiene la boca entreabierta. Y todo por un segundo escaso de contacto.

Mortimer está acompañando a Joseph al fondo de la tienda para que tome asiento. Poco a poco, el corazón de Jane vuelve a latir con normalidad. Esta observa a los demás, que están acercando varias sillas. Keira está mirando a Joseph boquiabierta y Jane se fija en que tiene un trocito de algo verde entre los dientes. Constance lo contempla con los ojos como platos, desconcertada; al parecer, Keira la ha puesto al corriente de lo ocurrido la noche anterior. Jane no puede evitar esbozar una sonrisa. Es maravilloso sorprenderlos a todos por una vez.

—Lo siento muchísimo, Jane —le susurra Joseph al oído mientras todos se sientan en un círculo amorfo, entre las bolsas de basura y las cajas de la trastienda—. Te lo compensaré.

Tiene el rostro desencajado por la preocupación, lleno de surcos y arrugas inquisitivas, pero son sus labios los que captan la atención de Jane. Nunca antes se había fijado en su color, de un tono teja mate. Son unos labios románticos. El tipo de labios que saben perfectamente cómo actuar.

—No pasa nada —dice ella.

—Claro que pasa. Te he fallado.

Joseph empieza a explicar lo sucedido, para deleite de todo el grupo. Al parecer se le estropeó el teléfono y luego se quedó atascado detrás de una plataforma elevadora articulada, algo que Jane supone que será algún tipo de vehículo; luego su coche se averió y el otro conductor tuvo que ayudarlo a moverlo a un lugar seguro. Además, la grúa tardó muchísimo en llegar y él no recordaba el número de Jane...

Al cabo de unos cinco minutos, ambos se escabullen a la cocina para tomar una taza de café. Es más bien un armario que una cocina, con un viejo extractor de aire traqueteando en la pared como si fuera un fumador tosiendo, pero, aun así, ofrece cierta privacidad.

—¿Todo eso es cierto? —le pregunta Jane—. Lo del coche, la plataforma, la grúa...

Joseph cierra los ojos unos instantes y suspira. Siempre llega corriendo a todas partes, con cierto aire de agobio y preocupación, como si estuviera intentando estar en demasiados sitios a la vez. Pero ese día está más estresado que agobiado. Parece agotado.

—No. Algunas cosas sí, pero no todo.

Jane asiente, bajando la vista hacia el café. Antes lo tomaba solo, pero ahora lo toma con leche, a veces incluso con un chorrito de nata.

—Te he decepcionado. Jane, por favor, mírame.

Ella levanta la vista, pero sus ojos vuelven a fijarse en los labios de él. No es capaz de enfadarse con Joseph por lo de la noche anterior porque su cerebro está ocupado con ese beso, con esa décima de segundo en la que ha bajado la guardia y ha permitido que Joseph cambie de categoría en su mente.

No es que nunca se haya planteado salir con él. Al fin y al cabo, es muy atractivo y, por lo que Jane sabe, está soltero; nunca ha mencionado a ninguna novia. Más bien ha estado ignorando una y otra vez ese impulso, consciente de que sería una estupidez absoluta, de que, si se permitía ver a Joseph de esa manera, tendría que eliminarlo completamente de su vida. Y él le pone fácil mantener esa distancia: la trata con tacto, como si intuyera que es una persona huidiza que podría salir corriendo como un ciervo si se le acerca demasiado.

—Ayer tuve un día pésimo —revela él. Luego mira hacia abajo y se alborota el pelo con una mano—. Ojalá pudiera dar marcha atrás y hacerlo todo de otra manera.

Parte del truco para no dejar que la gente entre en tu corazón es que te dé igual que te mientan; la estrategia es que te dé igual todo lo que digan. Con Joseph le cuesta más de lo que debería. Jane no ha tenido cuidado.

—Vale —responde al cabo de un rato.

Él se queda callado, con la mano aún en la cabeza y prestándole toda su atención. Esa es la diferencia entre «el Joseph que acaba de llegar» y «el Joseph que está presente». Una vez que se serena, escucha de verdad, con una atención que la mayoría de la gente simplemente finge.

—¿Qué? ¿En serio? —pregunta.

—Sí, en serio. Me estabas haciendo un gran favor al acceder a venir conmigo a la fiesta de compromiso de mi compañera de trabajo y hacerte pasar por mi novio. Fue bastante raro pedirte eso.

Jane se ruboriza solo de pensarlo. Se les ocurrió la idea en la última reunión del club de lectura; ella se había sincerado un poco acerca de la mentira que había contado en el trabajo, sobre cómo esta se había hecho cada vez mayor y sobre lo incómoda que se sentiría en la fiesta de compromiso cuando todos descubrieran que no tenía novio, y él le dijo: «Siempre puedes llevarme a mí. Soy buenísimo como acompañante falso. Además, cualquier excusa es buena para ponerse un esmoquin».

—Eres… —Joseph niega ligeramente con la cabeza—. Deberías estar gritándome.

Parece agotado, ahora que no está actuando ante los compañeros de trabajo de Jane; las patas de gallo de sus ojos color avellana parecen más profundas que cuando lo vio hace unos días, y tiene la piel seca y cansada. Jane lo observa con más detenimiento y ve la sombra de un moratón en el extremo de una ceja, como si le hubieran dado un puñetazo.

—Tiene pinta de ser lo último que necesitas —comenta ella, preguntándose si será de mala educación preguntarle por el moratón.

—Lo necesito —replica él con fervor—. Me merezco que me grites muchísimo. Yo… Mierda. —Ella lo mira inquisitivamente—. Ya sé por qué no estás enfadada conmigo —declara, dándose una palmada en la frente—. Porque no te esperabas otra cosa de mí.

—¿Perdona?

—Acabo de confirmar todas tus teorías sobre lo decepcionante que es la gente, ¿verdad? No estás enfadada porque ni siquiera estás sorprendida.

Lo cierto era que sí se había sorprendido un poco. Pero durante la noche se había estado regañando a sí misma por ese error de cálculo, y ahí estaba ahora, confirmando su certeza de que si renunció a intentar hacer amigos era por algo.

—Te he pedido demasiado, eso es todo —dice Jane, esbozando una pequeña sonrisa—. Pero no te preocupes. Aunque cometo muchos errores, intento no volver a tropezar nunca con la misma piedra.

Miranda

iranda está trepando a un roble cuando Carter la llama por primera vez. De hecho, se pierde sus diez llamadas porque tiene el móvil guardado en el fondo de la mochila. Precisamente porque, si lo tuviera en el bolsillo, estaría tan ansiosa por leer cualquier mensaje de Carter que es probable que acabara haciéndolo colgada boca abajo del arnés.

Está intentando por todos los medios ser positiva. Ha desayunado un gran cuenco de gachas, se ha lavado el pelo y ha decidido que tiene muchos motivos para estar contenta. Puede que fuera un poco borde con A. J. cuando este empezó a hacerle preguntas sobre su «cita para comer» (fue él quien hizo las comillas con los dedos, no ella) pero, francamente, ese hombre es capaz de acabar con la paciencia de cualquiera. Y ahora está ahí arriba, el viento sopla entre las ramas a su alrededor y es un buen día. Todos los días lo son si te fijas bien.

Miranda está empezando a hacer un corte del revés cuando Carter aparece al pie del árbol con un gran ramo de flores.

Ella lo ve entre las ramas que tiene debajo y se queda pasmada por un instante. Eso sí que no se lo esperaba. ¿Cómo es posible que esté ahí?

—¡Carter! —exclama Miranda.

—¡Hola! —responde él a gritos—. ¡Lo siento mucho! He venido a disculparme.

—Estás… —Ella mira fijamente hacia abajo, hasta que recupera el sentido común y se da cuenta de que ya ha cortado la mitad de la rama—. ¡Aléjate del árbol, Carter! —grita.

¿Dónde demonios están los demás? Levanta la vista y ve a Trey y a Spikes en la trituradora, y la figura minúscula y enfurecida de Jamie yendo hacia el roble, con A. J. al lado y Rip a sus pies.

«Mierda». Tiene que bajar antes de que despellejen vivo a Carter por colarse allí.

Miranda está apurada. Nerviosa. Ha dormido poco.

Por eso, cuando se da la vuelta para ponerse en posición y volver a bajar al suelo, no solo corta su cabo principal, sino también el amarre de seguridad.

No se da cuenta de lo que ha hecho hasta que la cuerda le roza ligeramente el muslo. Se encuentra de pie entre dos ramas en forma de uve, por lo que ninguno de los cabos está soportando su peso; perfectamente podría no haberse percatado de lo sucedido. Pero, cuando los restos del amarre de seguridad caen a la altura de sus rodillas y Miranda nota cómo se deslizan por sus pantalones, levanta la vista hacia el cabo principal y se da cuenta.

La sierra de cadena le vibra en la mano. Acaba de… cortar las cuerdas. Y ahora…

Ahora Miranda Rosso está a quince metros de altura, en la copa de un roble, sin nada que la sujete.

—¡Miranda! —grita Carter, debajo de ella.

—Oh, no —susurra Miranda.

A sus pies, Jamie y A. J. están gritando, seguro que regañando a Carter. Comprueba cuánta cuerda le queda; ni de lejos es suficiente para bajar. No ha sido una escalada fácil. No hay manera de volver al suelo sin cuerdas. Es muy probable que acabara matándose.

Cambia ligeramente de posición. Mantenerse en equilibrio sobre esa rama le parecía pan comido cuando tenía el cabo principal anclado por encima de ella, pero ahora le parece extraordinariamente peligroso.

—¡Rosso! ¡Quédate ahí quieta! ¡Es una orden! —La voz de Jamie resuena a través de las hojas. Miranda se queda inmóvil—. ¡Te mando a A. J.! ¡Ni se te ocurra moverte! —Incluso entonces, en una situación que podría describirse perfectamente como de peligro mortal, Miranda se las apaña para pensar: «Joder, a A. J. no»—. ¡Apoya el culo en la rama para quitar el peso de las piernas! —grita Jamie.

«Pues vale», piensa Miranda. Está bien tener un plan, aunque sea «apoyar el culo». Empieza a moverse poco a poco. Un paso en falso y caerá a través de las sólidas ramas mortales, golpeándose y rompiéndose las costillas una a una, hasta aterrizar como una muñeca de trapo sobre los residuos al pie del árbol.

El tiempo se estira y se tensa como una banda elástica; nunca le ha parecido tan lento, pero, una vez que ha maniobrado para sentarse a horcajadas sobre la rama, todo parece haber acabado de golpe. Miranda exhala, con el corazón acelerado.

Se aventura a mirar hacia abajo y ve a A. J. lanzando el cabo principal por encima de una rama que se encuentra a su derecha. Ya no está muy por debajo de ella. A lo lejos ve a Carter, con su ramo de flores, de pie junto a Jamie. Al lado del imperturbable y mugriento Jamie, Carter parece un modelo, con su traje y sus gafas reflejando la luz.

—¿Estás herida? —le grita A. J.

—¡No, estoy bien! —responde Miranda—. Solo me siento un poco idiota, la verdad.

A. J. no responde, pero gruñe por el esfuerzo mientras salta entre dos ramas en forma de horquilla y se agarra al tronco con los muslos, eliminando ya la holgura del amarre de seguridad. Ya casi está a la altura de Miranda, a una sola rama de distancia.

—Voy a colocar el amarre de seguridad alrededor del tronco. No te asustes.

Miranda se ofende.

—No me voy a asustar.

El amarre de seguridad sale volando hacia ella y el mosquetón pasa a unos centímetros de su cabeza. Miranda se asusta. A. J. se da cuenta y sonríe. La escalada lo ha dejado sin aliento y su pecho sube y baja con fuerza, pero cuando se gira hacia ella está completamente tranquilo y le rodea la cintura con el brazo a tal velocidad que a Miranda ni le da tiempo a sobresaltarse. En cuestión de segundos, su arnés está enganchado al de ella.

El peligro no ha pasado. Ambos están colgados de la misma cuerda; en cuanto ella se aleje de la rama, su peso arrastrará a A. J. hacia abajo. Él perderá la estabilidad en el arnés y tendrá que apañárselas con dos cuerpos en lugar de con uno, pero lo peor de todo es que Miranda tendrá que engancharse a él con brazos y piernas, y se muere de vergüenza solo de pensarlo.

—Ya sabes lo que hay que hacer —dice él, arqueando una ceja.

Miranda traga saliva. Se trata de una emergencia. De un rescate aéreo. No tiene absolutamente nada de erótico engancharse al cuerpo de A. J., teniendo en cuenta que están a quince metros de altura, que llevan pantalones protectores y que todavía tienen muchas posibilidades de acabar muertos.

Pero… A. J. la está mirando fijamente de esa forma tan provocativa, jadeando, y ella está eufórica por la adrenalina. Él tiene los brazos musculosos desnudos y cubiertos de arañazos; un largo corte rojo cruza el tatuaje de un pájaro volando que tiene justo encima del codo. Está tan cerca que ve las motas pálidas de color resina de sus ojos marrones.

Sí resulta un poco erótico.

—Vale —dice Miranda, con una voz más sensual de lo que le gustaría—. Ahora voy a… agarrarme a ti.

—Ajá —dice A. J. Ella capta el tono burlón de su voz.

—Déjalo ya —replica Miranda, apoyando su peso en los brazos de él. A. J. es robusto y fuerte y la está sujetando con fuerza—. Esto es muy incómodo, ¿vale?

—Si tú lo dices… —A. J. se inclina un poco en el arnés, echándose ligeramente hacia atrás para que ella se encarame a su cuerpo.

Incluso a través del forro polar, Miranda siente el calor de él contra su pecho mientras lo rodea con los brazos y deja que el arnés soporte su peso, deslizándose por el cuerpo de A. J. Gira la cabeza para apoyar la mejilla sobre el pecho de él. Este le rodea los hombros con un brazo y con el otro suelta la cuerda para empezar a bajar entre las ramas.

Descienden en silencio. A. J. tiene los labios apretados por el esfuerzo y su pecho sube y baja contra la mejilla de Miranda. Cuando por fin llegan al suelo, aterrizan bruscamente y se separan dando tumbos, con los arneses todavía enganchados.

—Gracias —dice ella mientras recuperan el equilibrio. Traga saliva y levanta la vista para mirarlo a los ojos—. De verdad. Gracias. Acabas de… Bueno, me has salvado la vida, probablemente.

A. J. sonríe e introduce la mano entre ambos para desabrochar los arneses.

—¿Ahora me dejarás invitarte a tomar algo? —le pregunta él.

Miranda arquea las cejas.

—Mi novio está ahí mismo, A. J.

—¡Mir! —exclama Carter en el momento justo.

—Quédate donde estás —le espeta A. J. a Carter por encima del hombro de Miranda—. Idiota —murmura, agarrándola por el codo para alejarla del árbol. Rip se acerca corriendo, danzando torpemente entre sus pies y olfateándole las tibias.

Ella frunce el ceño y aparta el codo.

—Sé caminar solita. Y no es ningún idiota, lo que pasa es no sabe dónde puede esperar.

A. J. se encoge de hombros.

—En fin —dice, levantando las cejas—. De nada.

Ella resopla.

—Ya te he dado las gracias.

—¡Miranda! —grita Carter—. ¿Estás bien?

Ella se gira hacia él y, cuando lo ve con el traje cubierto de serrín, el pelo revuelto y ese gigantesco ramo de flores en las manos, cualquier rastro de enfado se desvanece. De repente se da cuenta de que estaba bastante asustada en el árbol. Muy asustada, en realidad. Corre hacia su novio y aterriza contra él con un «uf» antes de enterrar la cara en su camisa. Ve agitarse las flores con el rabillo del ojo mientras él la rodea con los brazos.

—Dios mío, Miranda —dice, estrechándola con fuerza—. Lo siento mucho. Muchísimo.

Van hacia el fondo del jardín donde el equipo está trabajando ese día. Detrás de ellos hay una casa enorme con miradores y relucientes canalones blancos. El jardín es impresionante, incluso en ese febrero lluvioso: el césped está impoluto y los parterres, cubiertos cuidadosamente de corteza. Miranda se da cuenta, complacida, de que el propietario ya ha podado los arbustos que florecen en invierno.

Carter se sienta en un banco bajo un sauce, pone el ramo de flores sobre sus rodillas y la mira. Está tan guapo, con el pelo castaño despeinado y una mirada dulce y rebosante de preocupación tras las gafas, que Miranda tarda un rato en recordar que se supone que debería estar furiosa con él.

—¿Te encuentras bien? —le pregunta él en voz baja, agarrándola de la mano—. Eso ha dado bastante miedo.

—Estoy bien —dice Miranda, aunque en realidad está temblando y tartamudea un poco al hablar, como si tuviera frío. Pero la mentira merece la pena por la admiración que hay en los ojos de Carter cuando este levanta la vista hacia ella desde el banco.

—No puedo creer que hagas este tipo de cosas a diario —dice Carter, negando con la cabeza.

—Tampoco corto mis propias cuerdas tan a menudo —replica Miranda, con una sonrisa irónica. Agradece que él no sepa lo suficiente sobre su trabajo como para darse cuenta de lo bochornoso que ha sido todo.

Carter le aprieta la mano. Luego parece recordar que tiene unas flores en el regazo y se las entrega.

—Son para ti —dice, y la preocupación regresa a su mirada y parpadea demasiado rápido detrás de las gafas—. Para pedirte perdón.

—¿Qué te pasó ayer? —le pregunta ella, cogiendo las flores. Sigue con la adrenalina disparada por el incidente del roble. Estrecha el ramo con fuerza—. ¡Me dejaste plantada!

Carter hace una mueca; parece sinceramente arrepentido.

—Lo sé. Me siento fatal. No lo hice aposta, Mir, espero que lo sepas; espero que no me creas capaz de haberlo hecho a propósito ni de hacer nada que pueda herirte.

—No —dice ella tras pensárselo un rato—. Pero me dolió.

—Por supuesto. Es normal. Y sin duda te mereces una explicación. Y te la daré, solo que no puedo, bueno... Pero te la daré y...

Miranda frunce el ceño. Nunca lo ha visto así, tan turbado, incapaz de hilar una palabra con otra. Resulta un poco desconcertante. Normalmente Carter es una persona muy serena, y la emoción de su voz es tan insólita que, por un momento, se pregunta si será fingida, como si estuviera interpretando a otra persona. Entonces él cierra los ojos y Miranda se fija en su aspecto cansado, tenso y arrugado, como si lo hubieran metido en la lavadora. Eso no se puede fingir.

—Sé que no siempre soy... muy... abierto. Y quiero ser más abierto contigo —dice muy serio, mirándola—. Creo que las cosas van muy bien entre nosotros, es decir, iban muy bien hasta que yo lo estropeé ayer. Y tú significas mucho para mí. De verdad, Miranda. Es que eso de los sentimientos no es lo mío. Y lo que pasó ayer fue... fue... Pero te prometo que voy a intentar explicártelo, de verdad, voy a...

Se le mueve la nuez mientras traga saliva. Miranda se ablanda. Es incómodo estar ahí de pie, presenciando todo eso, sin decir nada. Nunca ha sido rencorosa y su enfado del día anterior parece haberse disipado; ahora mismo, solo quiere que vuelvan a estar como antes.

Sin embargo, se mantiene firme un rato más. Siempre ha sido consciente de que Carter pertenece a una liga superior, pero sabe que eso no significa que deba ceder en todo, sino más bien lo contrario.

—¿No podías haberme enviado un mensaje? —le pregunta—. ¿O simplemente haberme respondido?

—Debería. Ojalá lo hubiera hecho. Lo siento mucho. Estaba hecho un lío, aunque eso no es excusa. Lo siento muchísimo.

Miranda frunce el ceño. Lo que más le molesta ahora mismo es el misterio. Pero Carter parece tan hecho polvo que no es capaz de seguir presionándolo.

—¿Quieres venir...? ¿Quieres venir a mi casa a pasar el fin de semana? —le pregunta él.

—¿Qué?

—No, obviamente no querrás. Es que... —Carter traga saliva y se sacude el serrín de los muslos—. Puede que me resultara más fácil hablar contigo allí, solo es eso.

Miranda siente unas lágrimas sobre la mano que él le está agarrando.

—¡Carter! —exclama, agachándose para mirarlo a la cara—. Carter, tranquilo. No llores.

—Dios —dice él, soltándole la mano para secarse los ojos—. Lo siento mucho. No quería llorar, en serio. Y encima ese armario empotrado con tatuajes que te ha rescatado del árbol me está viendo lloriquear delante de ti —se lamenta, mirando detrás de Miranda—. Genial.

Ella se gira y pilla a A. J. justo cuando este vuelve a prestar atención al seto que está podando.

—Bah, ignóralo —dice ella, mirando de nuevo a Carter—. Solo es un machote al que le gusta hacerse el duro.

Carter la mira con ironía.

—Ahora ya nunca me vas a llamar «machote», ¿verdad?

Ella le da un beso fugaz en los labios.

—Por lo que a mí respecta, creo que eres de lo más machote. No tiene nada de malo que un hombre llore. —Carter aparta la mirada al oír eso—. Lo que sí es malo es que un hombre deje plantada a una mujer en un restaurante —añade Miranda, aunque hace tiempo que ha abandonado la contienda. Deja las flores a un lado, sobre la hierba, y retuerce el tallo de un lirio entre los dedos, apartando la mirada de Carter—. Y creo que merezco una explicación. Aunque entiendo que no quieras hablar del tema aquí.

—En ese caso, probablemente no debería haber venido, ¿no? —dice él con pesar. Miranda se ríe—. Visto lo visto, quiero decir.

—Casi me matas —dice ella, tomando aire mientras él la agarra de la mano.

—No digas eso —le pide Carter—. Por favor, no digas eso.

—¡Estoy bromeando! —exclama Miranda—. No tenías por qué saber que no deberías venir aquí. No es culpa tuya.

—Soy un idiota. Por partida doble. Idiota por no haber aparecido ayer e idiota por estar hoy aquí. Lo siento, Miranda. Prometo compensártelo.

Ella lo cree. No sabe exactamente por qué, pero todo eso le suena a verdad. Parece que Carter se siente fatal por todo ello; sin duda sería difícil fingir esa expresión culpable y atormentada.

—Aún sigo enfadada contigo —dice ella, tanto como para recordárselo a sí misma como a él.

—Lo sé. Y no me extraña. Tienes todo el derecho del mundo.

—Pero pasaré contigo el fin de semana.

Carter relaja los hombros.

—Gracias. De verdad que pienso compensarte por esto.

Empieza a llover. Miranda oye que A. J. le grita una orden a Jamie detrás de ella y su voz resuena a través del jardín.

—Debería volver al trabajo —dice Miranda, excusándose, mientras Carter se quita las gafas para frotarse los ojos enrojecidos.

—Claro, claro. ¿Puedo...? —Carter levanta la vista, se pone las gafas y esboza de repente una de sus sonrisas características que consigue de inmediato que Miranda se sienta mejor—. ¿Puedo ayudarte?

—¿Ayudarme?

—¡Hoy te he retrasado! Deja que te ayude. —Carter empieza a quitarse la chaqueta—. Obviamente no puedo subir a ningún árbol, pero ¿hay alguna otra cosa en lo que puedas ponerme a trabajar?

Ella no sabría decir si eso le resulta adorable o embarazoso.

—En serio, no tienes por qué...

—Miranda, me estoy sintiendo emasculado —replica Carter, dedicándole una mirada muy seria y adulta—. Por favor, ¿podrías ayudarme?

Eso hace que Miranda suelte una carcajada.

—Muy bien. Puedes hacer algo de trabajo de suelo con Trey, supongo; Jamie agradecerá el par de manos extra. Pero te vas a cargar el traje. No creo que nadie haya hecho nunca trabajo de suelo en traje.

Carter sube y baja las cejas; Miranda sabe que se está esforzando para que olvide al hombre que estaba llorando en el banco hace unos instantes, pero lo cierto es que funciona: ahí está su Carter, haciendo el payaso para que se ría, pasando a la acción, sorprendiéndola. Ella empieza a relajarse.

—Si para llegar a tu corazón tengo que hacer trabajo de suelo en traje, Miranda Rosso, pues eso es lo que haré. Venga. ¿Qué quieres que haga?

Ella hace una mueca.

—Si pudieras recoger los recortes… al pie de la escalera de A. J. —No puede evitar reírse de la expresión de Carter—. ¡No tienes por qué hacerlo!

Él suspira.

—Nadie dijo que la penitencia fuera fácil —declara Carter, con un guiño que casi hace que Miranda olvide sus ojos enrojecidos. Acto seguido, él va hacia A. J. con decisión, remangándose la camisa para dejar al descubierto sus antebrazos bronceados y su reloj de oro, que brilla bajo la luz del sol.

Siobhan

Los viajes a Londres siempre son caóticos. Durante los dos años que estuvo viviendo al lado de la estación de Finchley Road, después de terminar los estudios de Arte Dramático, Siobhan hizo al menos diez amigos para toda la vida, y ahora, cada vez que va a la ciudad, tiene que usar la táctica de enlazar una quedada con otra, coordinando los puntos de encuentro —«¿Te importaría quedar en Covent Garden?»—, hasta que toda la jornada se transforma en una larga conversación para ponerse al día. A veces, ella se queda en la misma cafetería mientras las personas vienen y van, como si las estuviera entrevistando.

Esa vez agradece el flujo constante de gente. Ha dirigido un evento de San Valentín con un grupo de pilates, titulado «Ante todo, quiérete a ti misma: no esperes que él lo haga por ti», y se ha pasado el resto del día viendo a amigos sin parar. Cada vez que verbalizaba su drama —«Me dejó plantada, ¿te lo puedes creer?»—, le resultaba un poco más fácil.

«Es curioso —ha comentado su amiga Kit mientras masticaba pensativamente una galleta de avena—. Dicen que hoy en día es difícil desaparecer, con todo eso de las redes sociales, pero seguro que a la gente no le hacían *ghosting* en la época victoriana, ¿verdad?».

«Ese tío simboliza todo lo negativo de la masculinidad moderna —le ha dicho Vikesh antes de beber un sorbo de zumo verde—. ¡Lo digo por su desfachatez! ¡Y su arrogancia! Por cierto, ¿te he contado lo del tío que cogió y se largó mientras se la estaba chupando, literalmente?».

«Solo hay una solución —le ha asegurado Marlena, con un bigote de café con leche sobre el labio superior—. Tendrás que ir a por él y vengarte».

Así que ahora Siobhan vuelve a estar encima del escenario, y con la ayuda de sus amigos, ya ha empaquetado y transformado el dolor del día anterior en una anécdota que encaja perfectamente con su imagen de marca.

—¿A que no sabéis lo que me pasó ayer? —le pregunta al público, cruzando las piernas e inclinándose hacia delante—. Me dejaron plantada. El día de San Valentín.

La multitud ahoga un grito.

—Sí, lo sé. ¿Y sabéis en qué pensaba mientras estaba sentada con mi café con leche frío, preguntándome si él iba a aparecer? Pensaba en la vergüenza. ¿Hablamos un poco del tema? Pensaba en lo humillada que me sentía, en que todas las personas de la cafetería estarían compadeciéndose de mí y, joder, no sé vosotros, pero yo no soporto que me compadezcan.

Muchos de los presentes asienten con la cabeza.

—Pero ¿por qué? ¿Por qué somos tan hostiles a eso? ¿Y si lo llamáramos «compasión» y pensáramos: «Caray, es estupendo que los desconocidos me miren y piensen:

"Pobrecita mía, espero que esté bien"»? Porque, en realidad, eso es lo que yo pienso cuando veo a una mujer a la que parece que han dejado plantada. No pienso: «Madre mía, qué patética, menuda pringada, nadie la quiere». ¿Y vosotros?

Todos niegan con la cabeza.

Aunque seguro que hay algún gilipollas que piensa exactamente eso. Siobhan de verdad cree en su mensaje, cree que en el fondo la gente es buena, amable y digna de ser amada, aunque también piensa que hay muchas personas que disimulan muy bien.

—Entonces ¿por qué permitimos que nuestra vergüenza nos haga pensar lo peor de la gente que nos rodea? Y, un momento, ¿cómo se las ha arreglado esa emoción para entrometerse y decirnos que eso es culpa nuestra? Cuando, en realidad, ¿de quién es la culpa de que esté sentada sola en esa cafetería? ¿Mía? ¿O suya?

—¡Suya! —gritan todos, y Siobhan les sonríe.

—Os voy a contar lo que hice en cuanto salí de la cafetería. Bloqueé el número de aquel tío, borré todos nuestros mensajes y le hice *ghosting*, porque ni de coña pensaba esperar a que él me lo hiciera primero. ¿Qué os parece? Ya sabéis lo que voy a decir. Ante todo, quereos a vosotras mismas. No esperéis que ellos lo hagan por vosotras.

Es el final perfecto. El corazón le retumba al compás de los aplausos y se siente como si la piel le resplandeciera, bañada por el sol y rebosante de amor propio, mientras piensa: «Este es el único amor que necesito. El que me pertenece».

Siobhan ha descubierto que las habitaciones de hotel son increíblemente fáciles de olvidar. Ahora que viaja tanto por trabajo, ha dejado de recordar las habitaciones en sí y solo se acuerda de algún hotel en el que la ropa de cama a veces parece un poco distinta de un recuerdo a otro.

A Fiona le encanta cuando Siobhan vuelve después de haberse alojado en un hotel. A medida que el éxito de Siobhan ha ido en aumento, también lo ha hecho el nivel de los artículos de aseo gratuitos, y ahora no es raro que se haga al menos con treinta euros en productos en miniatura de The White Company antes de irse.

Obviamente, a esas alturas ya podría permitirse comprar artículos de aseo de The White Company. Pero algunos hábitos son difíciles de eliminar, y las cosas gratis le siguen encantando.

Se envuelve en un albornoz mediocre: demasiado áspero después del lavado, pero de grosor agradable y tan largo que le roza los tobillos. Llaman a la puerta. Siobhan frunce el ceño. Como estaba pensando en cosas gratuitas, por una décima de segundo se le pasa por la cabeza la absurdez de que tal vez le traigan más bebidas de regalo.

Pero no son bebidas.

Es Joseph Carter.

La palabra que Siobhan elegiría para describir a Joseph Carter sería «carismático». Otros se decantarían antes por «guapo», pero ella sospecha que es el carisma lo que lo hace tan atractivo. Tiene unas facciones armoniosas, unos ojos de color avellana muy bonitos y una buena estructura ósea, pero, si fotografías su rostro, en teoría no hay en él nada destacable. Sin embargo, en persona es uno de esos hombres que llaman la atención. Es muy divertido, siempre está dispuesto a reírse y se apunta a un bombardeo. Pero su encanto nunca resulta cutre: aunque le encanta hacer el ganso, tiene pinta de buen tío, de persona seria.

Si saliera en una película sobre un instituto de Estados Unidos, Joseph sería el jugador de fútbol americano que se lleva bien con los empollones; si saliera en una película de catástrofes, sería el tipo que vuelve a buscar al personaje secundario que a nadie le interesa. Con las gafas puestas, tiene un aspecto sexy y adulto; cuando se las quita, llaman la atención su encantadora sonrisa de niño y su mirada sagaz e inteligente, cuyos ojos te atrapan y no te sueltan.

Cuando Siobhan lo conoció, él les estaba contado a unos compañeros una historia sobre una entrevista de trabajo en la que, en lugar de decir «Encantado de conocerlo, muchas gracias», había dicho «Gracias por conocerlo, mucho encanto».

Todos los presentes lo escuchaban con atención. Siobhan lo había observado durante un rato; siempre había apreciado a la gente que sabía meterse al público en el bolsillo. Tenía una de esas sonrisas que te hacen sentir como si fueras la única persona del mundo.

Siobhan siempre se ha sentido atraída por las cosas deslumbrantes: las joyas caras, la lencería de lujo, los hombres guapos con una sonrisa perfecta… Sabe que probablemente son demasiado buenos para ser reales, pero aun así no puede evitar desearlos.

Y aquella noche, tras habérselo arrebatado a una multitud de admiradores, Siobhan había descubierto que el sexo con Joseph era absoluta y verdaderamente asombroso. Era tan atento… Esa misma intensidad que lo hacía encajar en cualquier grupo, que le ayudaba a retener a su público, lo convertía en un amante excepcional.

Sin embargo, Siobhan se había asegurado de que la cosa no fuera más allá del sexo sin compromiso; sabía que no debía permitir que un hombre como Joseph se acercara siquiera a su corazón. No se dejaba engañar por ese rollo de «Soy un buen tío»; sabía por experiencia que los hombres que parecían tan perfectos como Joseph Carter solían ser unos auténticos gilipollas cuando te molestabas en conocerlos. Había decidido mantener con él una relación estrictamente informal y había resultado ser lo más inteligente, a juzgar por lo que había sucedido tras acceder a quedar con él para desayunar.

—He traído aceite de masaje —dice ahora Joseph, con las manos en alto en señal de rendición, en la puerta de la habitación del hotel.

En efecto, lleva en la mano un frasco de…, uf, el aceite favorito de Siobhan, de vetiver y manzanilla. Su libido traidora sufre un pequeño traspié. Los masajes son uno de sus puntos débiles; suele estar constantemente tensa y el doloroso goce de un pulgar recorriéndole el borde del omóplato siempre la deja aletargada de placer.

Siobhan aterriza.

—Vete a la mierda —le espeta, disponiéndose a cerrarle la puerta en las narices, pero esta choca contra el pie de Joseph.

—Siobhan —dice él; hay cierta socarronería en su voz y ella se enciende todavía más.

—A mí no me hace gracia —replica—. Me dejaste plantada.

—¡Llegué tarde, Shiv! Lo siento, sé que no estuvo bien y que te debo una disculpa enorme, pero ¿me has bloqueado por haber llegado media hora tarde?

Ella abre la puerta de golpe y él parpadea sorprendido. Tiene un aspecto un tanto… desaliñado. Lleva la camisa y el pantalón del traje arrugados y llenos de polvo, y el pelo, ya de por sí propenso al caos, completamente revuelto.

—Fue más de media hora —dice ella, ajustándose más el albornoz. Joseph está tan mono que la desconcentra, a pesar de haber jurado odiarlo en público—. ¿Cómo sé yo que apareciste siquiera?

Él frunce el ceño y niega ligeramente con la cabeza. Tan honesto como siempre.

—¿Por qué iba a mentirte?

«Mmm». Siobhan lo observa detenidamente. La curiosidad puede con ella.

—¿Y hoy qué te ha pasado?

—Eh… —Él se pasa una mano por el pelo e intenta volver a atusárselo—. Me he recorrido corriendo todos tus hoteles favoritos, intentando localizarte.

Ella entorna los ojos. A su corazón agitado le encantaría creerlo, pero su cabeza es demasiado sensata.

—Bueno —replica—, pues ya me has encontrado. Hola y adiós.

Siobhan se dispone a cerrar la puerta de nuevo, pero Joseph la sujeta con una mano. Su reloj de oro le guiña un ojo bajo las luces del hotel, atrayendo su mirada hacia el firme contorno de su antebrazo. Siobhan nunca ha podido resistirse a un buen antebrazo. Puede prescindir de los abdominales y los pectorales, pero los hombres que llevan relojes elegantes con la camisa remangada la vuelven loca.

—Siobhan —dice él, bajando la voz—. Vamos. Por favor, dame otra oportunidad.

—No, lo siento. Yo no doy segundas oportunidades.

Él le agarra la mano cuando ella la levanta para ajustarse la bata. Siobhan inhala bruscamente al sentir el roce de su piel; los ojos de Joseph brillan al oírla.

—Dame solo una noche —susurra—. Una noche para hacerte cambiar de opinión.

Siobhan no debería sucumbir bajo ningún concepto. Debería echarlo y buscarse a otro tío con el que tener una sesión de sexo salvaje; no tiene por qué ser con Joseph, por mucho que se sienta inexorablemente atraída por él y haga esa cosa con la lengua que…

—Échame por la mañana, si quieres, y no volveré a llamarte. Dame solo una oportunidad más. —Sus ojos rebosan lujuria y a ella le complace ver el efecto que causa en él, la capacidad de hacerlo arder de deseo con el simple roce de una mano.

Siobhan traga saliva.

—Solo una noche —murmura.

Jane

Cuando Jane llega al trabajo el sábado, se encuentra a Mortimer colgado por las dos manos de una viga del techo con un plumero entre los dientes.

—Ah, hola, Jane, querida —dice con voz ahogada, dando pataditas con sus discretos zapatos de cuero perforado—. ¿Serías tan amable de alcanzarme ese taburete?

Jane tarda unos instantes en reaccionar. Aunque está acostumbradísima a los curiosos incidentes que tienen lugar en la tienda solidaria de la Fundación Conde Langley, todavía no se ha tomado el café de rigor y cruza la puerta con la cabeza en las nubes.

—Pero, Mort, ¿qué demonios…?

Jane se apresura a levantar el taburete que está tirado debajo de él y este por fin posa los pies, con un suspiro de alivio.

—No deberías subirte a eso —dice Jane mientras lo ayuda a bajar—. Yo puedo limpiar el polvo de arriba.

—No me gusta pedirte esas cosas, querida —dice Mortimer, alisándose las solapas y atusándose el cabello gris.

—No soy de la realeza, Mort —señala Jane.

—No, pero eres un ángel —repone él, yendo hacia la cocina—. Y no pienso permitir que hagas la limpieza si puedo evitarlo.

—No soy ningún ángel —replica ella, sorprendida, pero él ya no la oye.

La máquina de café zumba en la cocina. Colin, el compañero de Mortimer, que acaba de jubilarse tras haber trabajado toda la vida en el Ministerio de Asuntos Exteriores, se la ha regalado hace poco. Ha empezado a echar una mano en la tienda una vez a la semana, y, al ver el café instantáneo que Mortimer le preparaba a Jane cada mañana, se declaró «tremendamente horrorizado» y les compró una máquina de verdad. Cuando Mortimer intentó venderla en la tienda, Colin le soltó tal regañina que Jane tuvo que esconderse detrás del colgador de la ropa de segunda mano para que no la oyeran reírse.

Ese día hay cuatro bolsas nuevas de donaciones: una llena de ollas y sartenes, dos repletas de electrodomésticos inútiles que nunca conseguirán vender y otra hasta arriba de ropa.

Jane coge una blusa de seda muy bonita y la inclina hacia la luz, en busca de manchas. Cada bolsa de donaciones cuenta una historia: niños que crecen, adolescentes que se van de casa, mujeres que proclaman que nunca más volverán a tener una talla treinta y ocho y que les da igual. Cuando Jane dejó Londres y se fue a Winchester, llevó casi toda la ropa que tenía a una tienda solidaria; quién sabe lo que harían los voluntarios con aquella cantidad ingente de trajes grises y faldas de tubo que habían aparecido en su puerta.

Le suena el teléfono en el bolsillo. Jane mira la pantalla y se muerde el labio. «Papá». Ha ignorado sus tres últimas llamadas; no le queda más remedio que responder.

—Hola, papá —dice, levantando la vista para asegurarse de que Mortimer sigue en la cocina—. ¿Cómo estás?

—Janey —dice él. Parece aliviado, y a ella se le encoge el estómago; ha tardado demasiado en contestarle y está preocupado—. Por aquí, como siempre. Y tú, ¿qué tal?

—Bien, bien —dice ella, tratando de reunir las energías necesarias para esa conversación—. Ahora mismo, trabajando.

—¿Un sábado? —Jane hace una mueca de dolor—. En ese lugar te hacen trabajar demasiado —comenta su padre.

Ella oye el crujido que hace el respaldo del sillón cuando su padre se recuesta y se siente como si estuviera allí, en la pequeña sala de estar con la moqueta estampada, la cálida luz difusa de la lámpara y el sofocante olor a lavanda de los ramos que su vecina Judy siempre les llevaba cuando buscaba una excusa para saber cómo estaban.

Se hace el silencio. Ella se lo imagina tranquilamente en el sillón, con el pie suspendido en medio de su perpetuo vaivén.

—¿Seguro que sigues estando bien en Londres, cielo? Ya sabes que, si alguna vez quieres volver a casa, hay un trabajo esperándote en la tintorería. Solo tienes que decirlo.

Ella se tapa los ojos con la mano un momento, dolida, despreciándose a sí misma, tratando de hacer el esfuerzo necesario para que él deje de preocuparse. Cabría pensar que, después de tanto tiempo, ella habría perfeccionado el arte de mentir, pero las mentiras son cada vez más difíciles; se le atascan en la garganta como una sustancia rancia y seca.

—Qué va, en serio, estoy de maravilla, papá. Voy a ir a un bar esta noche con las otras chicas del piso. Es un sitio nuevo de Clapham que está genial.

Mortimer acaba de volver con el café; Jane se ruboriza cuando le deja en silencio la taza a su lado. Seguro que ha escuchado sus mentiras.

—Muy bien, me alegro —dice el padre de Jane. Parece que ha picado y ya está más tranquilo.

—Tengo que dejarte, papá, pero te llamaré pronto. Podríamos hacer una videollamada.

—Eso sería maravilloso. Todos estamos muy orgullosos de ti, aquí en Mortley, espero que lo sepas. Acabo de hablar con Katie en el Morrisons y me ha dicho que has sido todo un ejemplo para su hijo, que va a solicitar el ingreso en la universidad este año.

La idea de que la consideren un modelo a seguir le resulta tremendamente dolorosa.

—Qué bien —dice Jane con la voz un poco ahogada—. Tengo que dejarte, papá, hablamos pronto.

—Cuídate. Hasta luego, entonces.

Jane deja el teléfono y se acerca la taza de café a la nariz. Por el olor, se da cuenta de que Mortimer se ha acordado de echarle leche entera. Siente un afecto repentino por ese hombre, con su traje marrón y su meticulosidad, seguido por una punzada de dolor al preguntarse qué pensará de ella ahora que ha oído sus mentiras.

—Era mi padre —dice Jane, arriesgándose a mirar a Mortimer—. No me gusta que se preocupe. Por eso le he dicho esas cosas. Sobre Londres. Se preocupa mucho y yo no… No es…

Mortimer le dirige una mirada de comprensión inesperada y ella se concentra en el café que tiene entre las manos para evitar mirarlo a los ojos.

—Yo no soy nadie para juzgarte, querida. La madre de Colin todavía cree que soy una dama llamada «Bluebell».

A veces no somos capaces de decir la verdad hasta que no estamos preparados.

Jane lo mira sorprendida.

—¿«Bluebell»? —pregunta al cabo de un rato.

Mortimer sonríe, entornando los ojos.

—Una broma privada. Pero sí. Bluebell no puede salir de casa, de ahí que no vaya a visitar a la madre de Colin a Edimburgo. Su madre tiene noventa y cinco años, así que no puede venir aquí.

—Ah —dice Jane, frunciendo un poco el ceño—. ¿Y te duele? Me refiero a que Colin mienta acerca de ti.

La pregunta se le escapa sin querer; sabe que es demasiado personal y que no debería haberla hecho, pero Mortimer le responde sin darle tiempo a retractarse.

—Sí, pero más le duele a él no poder decir la verdad. Creo que acabará contándoselo, solo necesita un poco más de tiempo —responde tranquilamente.

«Si la madre de Colin tiene noventa y cinco años, no creo que le quede demasiado», piensa Jane, pero seguro que eso es algo que a Mortimer ya se le habrá pasado por la cabeza, así que consigue tragarse sus palabras antes de pronunciarlas en voz alta.

—Gracias por no juzgarme —dice, en cambio—. Ha sido un detalle. —Jane deja el café y saca distraídamente objetos de las bolsas de donaciones: un cable USB, una tetera, un gorrito de lana…

Mortimer conoce a Jane desde hace tiempo y ahora también conoce dos de sus mentiras, pero no comenta nada más, y cuando ella le lanza una mirada furtiva y nerviosa se sorprende al ver que sigue sonriendo con amabilidad.

La puerta principal tintinea y una mujer pelirroja de

mediana edad entra en la tienda, vestida con algo que parece un pijama de franela.

Lleva un paraguas en la mano y tarda un poco en cerrarlo: una de las varillas está rota y se dobla hacia dentro como la pata de una araña. Jura como un carretero. Jane se queda estupefacta. La mujer tiene acento de Cornualles, los hombros anchos y los pies hacia afuera; parece ignorar por completo a Mortimer y a Jane, que observan su pelea con el paraguas desde ambos extremos del mostrador de la caja registradora.

—¿Puedo ayudarla? —le pregunta por fin Jane.

Las blasfemias de la mujer suben de tono considerablemente y Mortimer se queda boquiabierto. Seguro que en su época las mujeres no decían «cojones».

—Tranquila —dice la mujer—. Ni este paraguas ni yo tenemos remedio.

El paraguas acaba cediendo y se pliega hacia dentro; la mujer resopla triunfalmente y los mira con una sonrisa radiante.

—¿Tenéis ropa de la talla cuarenta y cuatro? —pregunta.

—Sí, claro —dice Jane, que es la primera en recuperarse.

No es raro que la gente se presente en la tienda solidaria porque ha sufrido un percance con la ropa que lleva puesta: una mancha de café en la solapa, unas medias enganchadas, unos vaqueros rotos en un sitio desafortunado… Pero una mujer en pijama que busca un conjunto completo es una novedad.

—El objetivo es no parecer la típica mujer que se queda sin llaves fuera de casa en pijama su primer día como decoradora en la mansión gigantesca de un nuevo cliente —dice la señora pelirroja, siguiendo a Jane hasta la sección de ropa femenina.

Jane hace una mueca de solidaridad.

—Lo siento. ¿De cuánto tiempo dispone?

La mujer mira el reloj.

—De una hora, más o menos. No hay prisa, aunque se me está haciendo un poco raro ir por ahí sin bragas debajo de esto —dice, señalando el pantalón de pijama de franela.

Jane se ríe.

—Que Mortimer no la oiga decir «bragas» —susurra, mirando hacia la caja—. Él llama «innombrables» a toda la ropa interior que recibimos.

La mujer suelta una carcajada tan fuerte que Jane da un salto.

—Lo siento, la he heredado de mi padre. Me refiero a la risa. ¿A que es horrible?

—De eso nada —responde Jane muy en serio. Es una risa maravillosa, de esas que te hacen sentirte menos cohibida, simplemente por extensión—. Es que estoy un poco nerviosa.

La mujer ladea la cabeza.

—¿Una mala mañana?

—No tanto como la suya —suelta sin querer. Se queda cortada, suponiendo que a la mujer le parecerá mal, pero esta la recompensa con otra carcajada.

—Y que lo digas. Soy Aggie, por cierto —dice la mujer, extendiendo una mano para que se la estreche.

—Jane.

Se dan la mano. A Jane ese saludo tan formal se le antoja un poco ridículo, teniendo en cuenta que Aggie lleva puesto un pijama de ovejitas.

—¿Qué le parecería un vestido cruzado? —le pregunta a la mujer, separando un montón de vestidos para enseñarle uno azul oscuro hasta la rodilla que se ata a la cintura.

—¡Caray, si es más bonito que el que me iba a poner! —exclama Aggie, retrocediendo un poco para admirarlo. Luego frunce el ceño—. Aunque no puedo pagarte, no llevo dinero en el pijama.

—No se preocupe por eso —dice Jane—. Se lo apuntamos y ya se pasará mañana con el dinero. Voy a buscarle unas innombrables.

Aggie parece otra cuando se va. Jane está realmente orgullosa de su trabajo. Incluso le encuentran un bolso bien grande para meter el pijama.

Fuera no para de llover; la calle siempre se ve distorsionada a través de los cristales viejos de los escaparates, pero con las gotas de lluvia resbalando por ellos, la escena parece un cuadro. Jane se queda mirando el exterior un rato, sumida en sus cavilaciones. Aggie era muy simpática. No le ha hecho sentirse como una metepatas, ni siquiera cuando ha soltado alguna inconveniencia; Jane se ha sentido muy a gusto con ella. Ha resultado… bastante agradable, en realidad.

Entonces la puerta de la tienda solidaria se abre de golpe y Joseph Carter entra como una exhalación, con el abrigo empapado. Se apoya en la estantería más cercana, con las manos lívidas de frío.

Y así, sin más, Jane cae en la cuenta.

Un hombre que entra corriendo, furioso, en la oficina de su jefe. Joseph.

Gritos, un portazo. «Culpa tuya». «Un accidente». Varias palabras más por el estilo, cuyo sentido se pierde a través de la pared. El hombre saliendo de nuevo, con el rostro desencajado. Una mano con los nudillos pálidos aferrándose al marco de la puerta.

Joseph trabajó en su antigua oficina. Sus caminos ya se habían cruzado antes, cuando Jane era una persona totalmente diferente.

—Está lloviendo un poquito —comenta Joseph, sacudiéndose, con una sonrisa compungida—. Lo siento. He formado un charco.

—Voy a buscar la fregona —dice Mortimer, escabulléndose.

—Hola —dice Joseph, sonriendo a Jane, que se ha quedado paralizada—. ¿Por casualidad no tendrás paraguas?

«Pregúntaselo —piensa ella—. Dile que te acuerdas de él, que os habéis visto antes. Pregúntale qué pasó aquel día que entró en la oficina tan enfadado».

—Mmm —responde ella, girándose hacia la cesta de mimbre donde guardan los paraguas.

Quedan tres: uno de Peppa Pig, otro que al abrirse tiene forma de corazón y otro que dice: «Nunca llueve a gusto de todos».

—Elige —dice Jane al cabo de unos instantes.

Joseph sonríe divertido al ver la selección. Los hombros empapados de su abrigo brillan, lleva el pelo relamido hacia atrás y está más guapo que nunca, con su espalda ancha, sus mejillas sonrosadas y mojado por la lluvia.

Si Jane no habla del pasado es por algo. Ella y Joseph han llegado hasta ese punto sin hablar de su época de Londres, y está claro que él no la reconoce; ¿para qué abrir la caja de Pandora? ¿Y si él no quiere saber nada de ella una vez que descubra quién es? Aunque Jane se propuso guardar las distancias y se prometió a sí misma ignorar las mariposas en el estómago que sintió cuando él le dio aquel beso en la mejilla, ahora no soporta la idea de perderlo.

«Este es el problema —piensa con tristeza mientras Joseph abre el paraguas en forma de corazón y se echa a reír—. Por esto precisamente debería limitarme a las plantas y a los gatos».

Miranda

No le des más vueltas —dice Adele como si no llevara una hora pintándole a Miranda los peores escenarios posibles—. Espera a ver qué dice.

Están en la estación de Waterloo; Miranda había pensado que estaría bien ir de compras con sus hermanas por Long Acre antes de coger el tren a Winchester para pasar el fin de semana con Carter, pero ese plan de chicas no la ha animado tanto como esperaba.

Adele y Frannie se mueren por saber exactamente lo que sucedió el día de San Valentín. Ambas acaban de cumplir dieciocho años: son mellizas, aunque no se parecen mucho más allá de que las dos tienen los mismos ojos marrones y redondos y tratan a Miranda como si fuera una hermana mayor anticuada y pesadísima. Además, desde el día anterior, viven en su piso.

Adele llevaba meses incordiando a Miranda; las mellizas estaban desesperadas por abandonar la casa de sus padres e iniciar su vida adulta, aunque ninguna de ellas había conseguido trabajo todavía. Cuando la antigua compañera de piso de Miranda se mudó, a esta empezó a resultarle cada vez más difícil encontrar excusas para no alojarlas en la habitación libre, y, tras aquella noche de San Valentín un tanto trágica, por fin había acabado cediendo.

Pero nunca debió contarles lo sucedido con Carter. Es el tipo de cotilleo que les encanta. Mientras Miranda se prueba unos vaqueros en H&M, Adele y Frannie reflexionan alegremente sobre los secretos ocultos que Carter podría revelarle ese fin de semana: una segunda novia, una causa penal, un harén de mujeres viviendo en su desván…

—Me hace mucha ilusión quedarme en su casa —declara Miranda con firmeza, tratando de aferrarse a la actitud que tenía al levantarse esa mañana.

Solo ha estado en el piso de Carter en Winchester unas cuantas veces. Casi siempre quedan en su casa, en Erstead, a pesar de que «su casa» es un piso minúsculo sobre una tienda de alfombras, con una persiana en el dormitorio que solo llega hasta la mitad de la ventana.

—A lo mejor tuvo que enterrar un cadáver el día de San Valentín —dice Adele mientras entran en la estación de Waterloo—. Eso explicaría por qué no te lo podía contar por mensaje.

—Sí, será eso —dice Miranda, recurriendo a la poca paciencia que le queda—. Gracias, Adele.

—Lo único que pienso decir sobre el tema es que es encantador —añade Adele, que ya ha dicho aproximadamente cien cosas al respecto—. Y eso es típico de los psicópatas.

—¿Carter? —pregunta Frannie, volviéndose para mirarla con la boca abierta—. ¿El novio de Miranda? ¿Un psicópata?

Adele parece un poco avergonzada.

—Vale, puede que me haya pasado un poco.

—¡Si a ti te cae bien Carter!

—Sí, sí —reconoce Adele, jugueteando con el coletero de neón que le sujeta el moño—. Ya lo sé.

—Seguro que hay alguna explicación aburridísima y superlógica para todo esto —dice Miranda con firmeza mientras su vía aparece en la pantalla de salidas—. Carter no es de esos tíos que tienen secretos inconfesables. Es demasiado…

—¿Mojigato? ¿Yanqui? —propone Adele.

—Es de Hampshire —le dice Miranda a su hermana, tratando de no perder los estribos.

—¡Ya sabes lo que quiero decir! —replica Adele. Su sombra de ojos es de color azul eléctrico y lleva puestos unos pantalones de cuero brillantes: todo muy Spice Girls y muy Adele. A su lado Frannie siempre tiene un aspecto más apagado, aunque, si no la comparas con Adele, también viste de forma bastante colorida: ese día lleva puesto un peto de color rojo pasión.

—Tiene pinta de no haber roto nunca un plato —señala Frannie—. Es como el Capitán América, pero en moreno.

—Tengo que coger el tren —dice Miranda, inclinándose para abrazarlas a ambas—. Por favor, no os dejéis llevar por vuestra imaginación mientras estoy fuera.

—¡Recuerda que todo el mundo pensaba que Ted Bundy era un encanto antes de saber que era un asesino en serie! —grita Adele en medio de la estación, y varias personas giran la cabeza—. ¡Nadie sospecha nunca del niño bueno!

Carter la está esperando en el andén cuando Miranda llega a Winchester. Esta le echa un vistazo rápido: no tiene las gafas puestas, va vestido con un jersey de lana, vaqueros y botas, y lleva un abrigo abierto por encima que ella nunca ha visto antes. Está tan acostumbrada a que él vaya de traje a su casa al salir del trabajo que se le hace raro, como si estuviera viendo a un Joseph Carter diferente; a su doble en vaqueros.

Él sonríe de oreja a oreja cuando la ve y ella no puede evitar hacer lo mismo. La sonrisa de Carter es tremendamente contagiosa, como si no fuera solo el reflejo de su estado de ánimo, sino también una señal para el resto de la gente.

—Hola —le dice cuando ella se acerca a él—. Estás muy guapa. —Carter le da un beso pudoroso en los labios, como si no supiera si tiene permiso para besarla. Miranda se resiste a la tentación de convertirlo en un beso más intenso y de pegarse a él. Puede que ella no piense que sea un asesino en serie, pero tampoco la tiene muy contenta.

Al salir de la estación, Miranda gira a la izquierda para ir hacia el aparcamiento, como siempre que ha ido a visitar a Carter. La acera brilla a causa de la lluvia reciente y Miranda nota en el brazo la humedad del abrigo de Carter, pero el cielo se ha despejado y tiene un precioso tono azulado, como de papel de seda.

—Ah, no —dice él, extendiendo la mano para rozarle el brazo—. Me he mudado.

Ella se detiene bruscamente.

—¿Te has mudado? ¿Cuándo?

Él parece incómodo.

—He vuelto a casa de mi madre —dice, señalando con la cabeza hacia el otro lado, en dirección al centro de la ciudad—. La semana pasada.

«Bueno, allá vamos», piensa Miranda mientras se le encoge el estómago. La historia familiar de Carter es un misterio para ella: él le había comentado que su padre no estuvo muy presente cuando era niño, y ella sabía que no tenía hermanos, pero nunca le había hablado demasiado de su madre.

—Vale —dice—. Indícame el camino.

La casa no está lejos de la estación. Es de ladrillo gris claro, con un tejado muy puntiagudo y un arco gótico sobre la puerta negra. Elegante, pero no especialmente grande. Parece un poco fuera de lugar en esa calle, donde casi todas las construcciones son nuevas. Al otro lado de la carretera hay un gimnasio y una funeraria y, muy a su pesar, Miranda recuerda la teoría de Adele sobre el entierro del cadáver y hace una mueca.

—Oye, debería… —Carter se detiene mientras suben los empinados escalones de hormigón que van hasta la puerta. Hay un jardincito delantero a ambos lados de las escaleras, con una lavanda patilarga que necesita una poda y una pequeña hortensia—. Debería ponerte sobre aviso.

Miranda traga saliva.

—¿Sí?

—Vas a conocer a mi madre —dice Carter—. Y eso puede ser un poco… impactante.

Su cerebro da un par de saltos mortales. ¿Impactante? ¿En qué sentido? ¿Es que su madre es famosa? ¿O habrá sido víctima de alguna tragedia? ¿Estará gravemente herida a causa de lo que fuera que sucedió el día de San Valentín?

—No está muy bien —explica Carter. Miranda se enternece.

—Vaya, Carter, lo siento mucho —responde ella, acariciándole un brazo.

Él mira hacia otro lado.

—No pasa nada —responde con voz trémula.

Resulta desconcertante verlo emocionarse de nuevo. Con lo positivo que suele ser siempre. Nada lo altera: ni las personas que se saltan la cola, ni la gente que dice «Holi»…, ni siquiera Adele. Están en territorio desconocido. Miranda, que nunca había tenido que cuidar de él, siente una punzada de ansiedad.

—¿Qué le…? ¿Qué tiene? —pregunta por fin. Se da cuenta de inmediato de que ha sonado muy poco sensible.

Detrás de ellos el tráfico avanza despacio y un autobús se detiene en una parada cercana. Un par de chicas adolescentes los miran descaradamente mientras se bajan.

—Vamos dentro, Carter —dice Miranda, con la mano todavía en el brazo de él. No puede verle la cara, pero los tendones del cuello le sobresalen como cuerdas—. ¿Carter?

—Sí —dice él, ya avanzando.

Agacha la cabeza mientras rebusca en los bolsillos del abrigo las llaves de casa. Cuando al fin la mira, la preocupación se ha desvanecido y le dedica su habitual sonrisa cálida y tranquilizadora antes de abrir la puerta.

El pasillo está a oscuras. Miranda pisa el correo: una carta blanca neutra, con pinta de oficial, dirigida a «Mary Carter». Se agacha para recogerla y, al levantarse, se encuentra a una mujer de pie delante de ella.

Miranda inhala bruscamente. Se lleva la mano al cuello, con carta y todo, y el sobre le corta un poco la piel por debajo de la barbilla.

La mujer debe de tener unos setenta años y lleva un vestido largo y flojo que parece de los años veinte, con mangas tres cuartos y cuentas negras en el escote. Está muy pálida y delgada. Sus ojos son de color avellana, como los de Carter, y tiene el pelo blanco como la nieve. Durante un buen rato, se quedan todos completamente inmóviles, y luego Mary Carter parece cobrar vida.

—¡Chicos! —exclama, esbozando una sonrisa que hace que su parentesco con Carter resulte innegable. Es una sonrisa de anfitriona perfecta—. Bienvenidos. —La mujer le da un beso a su hijo en la mejilla—. ¿Cuál es esta, Joseph? —la oye susurrarle al oído.

—Es Miranda —le responde Carter.

—¡Miranda! —exclama Mary—. Qué bonito, un nombre shakespeariano. Pasa, cariño, vamos a tomar el té en el salón.

Ella sigue a Carter. «¿Cuál es esta?». Miranda frunce el ceño. ¿Qué significa eso?

Deja con indecisión el sobre encima de una mesita auxiliar, de camino al sofá del salón. La habitación no se parece en nada a lo que ella se había imaginado cuando Mary dijo que iban a «tomar el té» allí. Esperaba enormes alfombras estampadas, papel pintado y puede que hasta una chimenea. Un sitio elegante digno de la gente que «toma el té». Pero se trata de una sala mohosa y anticuada. Los sofás tienen faldoncitos de color *beige* que ocultan las patas y Miranda percibe el olor de la cálida capa de polvo que cubre la pantalla del viejo televisor cuadrado. Están emitiendo una especie de programa infantil en el que dos presentadores sonrientes vestidos de amarillo bailan en un campo de flores excesivamente chillón.

—Sentaos —dice Mary, pasando por delante de ellos para colocar bien uno de los cojines del sofá, sin prestar atención a la televisión—. Qué día más frío, ¿verdad?

En la habitación hace un calor sofocante, el típico calor agobiante y seco fruto de largos meses de radiadores encendidos sin abrir las ventanas.

—¿Has comido? ¿Ha venido Ania? —le pregunta Carter a su madre mientras esta se acomoda en el sillón que hay enfrente del sofá, de espaldas a la televisión.

Mary Carter contempla a Miranda y luego a su hijo. Empieza a juguetear con las manos sobre el regazo, acariciándose los pulgares entre sí.

—Iré a comprobarlo y prepararé té —dice Carter al cabo de un rato, al ver que su madre no responde—. Miranda, ¿te importaría echarme una mano?

Miranda se levanta de un salto. La necesidad de salir de aquella habitación es casi abrumadora. No tiene muy claro lo que está pasando, pero sabe que le viene grande; esas son cosas de adultos, una de esas situaciones en las que su madre sabría sin duda qué hacer, y Miranda se siente tremendamente joven. Se muere de ganas de formar parte de la vida de Carter, pero ahora que está ahí le da un poco de miedo lo que pueda encontrarse. La culpa la tiene Adele, por no parar de hablar de secretos inconfesables.

—Lo siento —dice Carter en cuanto salen de la habitación. Es obvio que ya ha conseguido controlar sus emociones y le aprieta la mano para reconfortarla—. Tiene demencia. Esta semana ha empeorado muchísimo.

«Demencia». El abuelo de Miranda por parte de padre tuvo lo mismo antes de morir; se le parte el corazón por Carter al recordar lo rápido que su *nonno* dejó de reconocerla cuando iba a visitarlo.

—Lo siento mucho, Carter —dice mientras entran en la cocina.

Esta es diminuta, pero tiene techos altos y hay un ventanal por el que el sol invernal entra a raudales. La luz solar ilumina la película de polvo que hay sobre las superficies y sobre el suelo de linóleo. De repente, a Miranda le entran ganas de limpiar; se trata de una necesidad acuciante, como el hambre o la sed. Se sentiría mucho mejor si pudiera hacer algo de inmediato, como fregar los fogones o limpiar las alacenas. En lugar de ello, centra su atención en la tetera eléctrica, una cosa mugrienta de plástico que parece más propia de su piso que de la casa de la señora Mary Carter.

—Perdona, aún no he podido limpiar. Entre la mudanza y poner al día todas las cuentas bancarias de mi madre… Y hoy he estado fuera, intentando conseguirle un dispositivo de seguridad, una pulsera de teleasistencia y una cerradura para la puerta del baño que evite que se quede encerrada. Debería haber limpiado antes de que llegaras, pero… quería ser sincero contigo. —Carter extiende una mano—. Bienvenida a mi caos —dice con timidez, agachando la cabeza, mientras busca los ojos de Miranda, que, por un momento, no sabe qué decir—. ¿Tu opinión sobre mí ha empeorado? —le pregunta él, mirando a su alrededor como si estuviera viendo la casa a través de sus ojos.

—¿Si ha empeorado? —Ella frunce el ceño, enfadada consigo misma—. ¡No! Qué va, todo lo contrario. Es increíble que estés haciendo todo esto. Simplemente estoy preocupada por ti, es mucho trabajo para una sola persona.

—Mi tía vive cerca de aquí, en Braishfield. Nos ayuda mucho. Y he conseguido encontrar cuidadores —dice Carter, pasándose una mano por el pelo—. Se supone que tienen que enviar a esa tal Ania dos veces al día a hacerle la comida a mi madre, pero ella dice que siempre aparece alguien diferente y ayer echó a la persona que vino porque creía que le estaba robando las bolsitas de té.

Justo lo dice cuando Miranda, que se ha girado de nuevo hacia la tetera, tiene la mano sobre la caja abierta de bolsitas de té. Esta se plantea por un instante que tal vez es mejor no tocarlas, pero recapacita y coge tres. Abre las alacenas situadas a la altura de su cabeza en busca de tazas y se topa con cantidades ingentes de piezas de porcelana de aspecto carísimo, floreadas y con los bordes dorados.

—¿Y ahora vives aquí con ella? —le pregunta Miranda, buscando tazas normales y fracasando en el intento. Elige tres delicadas tazas de porcelana estriada y le echa un vistazo a Carter por si este le pide que las deje en su sitio, pero él ni siquiera parpadea.

—Me parecía la única solución —responde él, abriendo la nevera—. ¿Cómo puedo saber si ha comido?

—Mira en el cubo de la basura —sugiere Miranda—. Y hay un plato sucio en el fregadero —añade, inclinándose hacia delante.

Al ver que Carter no se mueve, abre ella misma el cubo. Mientras levanta la tapa mugrienta, imagina que es su madre la que no recuerda si ha almorzado y la idea le resulta demasiado dolorosa como para albergarla siquiera por un instante, así que deja de pensar en ello antes de que su imaginación se ponga en marcha. No tiene sentido pensar en esas cosas. Es mejor hacer algo útil.

—Hay cortezas de pan de molde y parecen recientes —dice—. Creo que ha comido un sándwich. De queso y pepinillos, ¿puede ser?

—Gracias —dice él en voz baja, cerrando la puerta de la nevera.

Miranda se gira, pero Carter, en lugar de mirarla a ella, tiene los ojos clavados en la puerta cerrada del frigorífico. Se acerca a él.

—Siento mucho que tuvieras que enfrentarte a todo esto tú solo la semana pasada —dice.

Él gira la cara y ahí están de nuevo esos tendones en el cuello, tensos por la emoción.

—Gracias por ser sincero. Gracias por traerme aquí —prosigue Miranda. No sabe si decir eso es lo correcto. Puede que le parezca una grosería. Pero él la atrae hacia su pecho para darle un fuerte abrazo, así que supone que lo ha hecho bien.

—Miranda…, hay…

Ella se queda expectante, pero él no dice nada más, solo la abraza.

—Lo entiendo —dice Miranda tímidamente—. Pero la próxima vez no me dejes plantada esperándote en un restaurante, sin tener ni idea de lo que está pasando en realidad en tu vida.

Él sigue abrazándola con fuerza. Ella se acurruca más contra él, inhalando el olor a invierno de su jersey, un olor a aire frío y a leña.

—Sé que todo esto ha sido un poco intenso —dice Carter con voz quebrada—. Pero te prometo que aun así el fin de semana va a ser divertido. En cuanto mi madre se acomode, te voy a llevar a cenar, ¿vale? Sé que tengo un montón de cosas por las que compensarte.

—¡Joseph! —grita Mary, desde el salón—. Joseph, ¿dónde se ha metido la chica? —pregunta alzando aún más la voz.

Carter deja de abrazar a Miranda y retrocede.

—Ya voy, mamá. Miranda está aquí conmigo.

Esta se gira hacia las bolsitas de té que se están infusionando en las elegantes tazas de porcelana y se afana en buscar una cucharilla mientras Carter vuelve con su madre.

—Esa no —dice Mary—. Esa no. ¿Dónde está esa chica tan agradable con la que sales en Londres?

—Mamá, siéntate —le pide Carter pacientemente—. Miranda va a traer el té.

—No me digas que me siente —chilla Mary, asustada.

Miranda lleva las dos primeras tazas de té al salón. En la televisión está sonando a todo volumen una canción infantil y ella se está achicharrando con su jersey de cuello vuelto. Mary se encuentra de pie al lado de la ventana y Carter está en el sofá, con los hombros encorvados hacia delante.

—Ah, hola, cariño —dice Mary aliviada al girarse y verla. Luego se acerca a ella y coge una taza de té—. Tú debes de ser Siobhan.

Carter se levanta bruscamente y se acerca a Miranda.

—Es Miranda, mamá —dice él con un tono de voz demasiado agudo—. Perdona. Está confusa —le explica en voz baja.

—No pasa nada —responde ella, sonriéndoles a ambos—. Voy a buscar la otra taza de té.

—¿He dicho algo que no debía? —pregunta Mary mientras Miranda sale de la habitación—. Joseph, cariño, ¿he dicho algo que no debía?

Siobhan

Te has acostado con él, ¿verdad? —le pregunta Fiona a Siobhan en cuanto esta entra en el piso.

Fiona ha empezado a preparar té cuando el taxi que traía a Siobhan del aeropuerto estaba a tres minutos de distancia. Ambas tienen acceso permanente a la localización del teléfono de la otra, algo que introdujeron inicialmente como medida de seguridad, pero que en realidad utilizan para tener preparado de antemano lo que les apetece beber y cotillear cómo van sus citas.

—Pues sí, me he acostado con él —reconoce Siobhan suspirando mientras se deja caer en una silla, al lado de la mesa de la cocina—. Y estoy furiosa conmigo misma desde que salió de la habitación del hotel. Pero es que, cuando tengo delante a ese hombre, no soy capaz de pensar con claridad.

—¿Y cómo ha acabado la cosa? —le pregunta Fiona, pasándole la taza de té.

Siobhan piensa en esa mañana: los dos enredados entre las sábanas, él con el pelo revuelto después de toda la noche, empeñado en bajar a comprar café a la cafetería de la calle. «No te muevas —le había dicho desde el umbral de la puerta—. Todavía me quedan muchas órdenes tuyas por cumplir».

—Anda, si estás sonriendo —dice Fiona, mirando hacia atrás mientras limpia la encimera—. Entonces ¿doy por hecho que lo has perdonado?

—¡No! No. No debería haberme acostado con él, obviamente.

—Dijiste que no lo harías. Un montón de veces —dice Fiona con dulzura—. Creo que incluso juraste no hacerlo.

Siobhan apoya la cabeza entre las manos.

—No hagas leña del árbol caído, Fi, mi ego no puede soportarlo.

Fiona se ríe y se sienta frente a ella con su té.

—Vale, vale. Entonces, ha sido la última vez, ¿no?

—Por supuesto. La última vez en mi vida. Nunca más volveré a acostarme con él.

Esa mentira es tan descarada que Fiona ni siquiera se molesta en hacer ningún comentario. Se recuesta en la silla y se frota los ojos. «Está cansada», piensa Siobhan con el ceño fruncido. Fiona es guapísima, tiene la tez de color aceituna, los ojos grandes y unas pestañas largas de ensueño, pero también unas arrugas diminutas en las comisuras de los labios y una más profunda que está empezando a formarse claramente entre las cejas. Dentro de dos días tiene una audición y es importante que esté fresca y llena de energía, porque deberá enfrentarse a un montón de chicas guapas recién salidas de la escuela de teatro.

Qué alivio descubrir que Fiona necesita que la cuiden.

—Ya está bien de hablar de ese tío. Vamos a ponernos unas mascarillas en la cara —dice Siobhan alegremente—. Eso me animará.

A la mañana siguiente, Siobhan tiene programadas tres sesiones virtuales con empleados de su principal cliente corporativo. Su empresa nació como un servicio de orientación personal y es así como sigue ganándose el pan, básicamente. Pero, después de que Cillian se marchara, después de la época oscura que le tocó vivir a continuación, Siobhan se volcó por completo en el trabajo. Con cada nuevo éxito que cosechaba, se sentía más segura que nunca de que ese subidón era justo lo que necesitaba, y por eso luchaba con más fuerza y se esforzaba más. Ella era la personificación de aquella máxima que tan a menudo intentaba inculcar a sus clientes: si deseas algo con la fuerza suficiente, si lo das todo por un objetivo, el mundo caerá rendido a tus pies.

Las visitas a su blog habían aumentado y su Instagram había crecido. Siobhan se había convertido en algo más que una orientadora personal: había pasado a ser una inspiración, especialmente para las mujeres jóvenes. Había recibido propuestas para colaborar con influencers, para participar en una columna de un conocido blog femenino y en un segmento de un programa de radio local. Ahora Siobhan y su representante habían decidido denominarla «empoderadora», aunque ella sabía que sonaba un poco ridículo y cuando estaba borracha se llamaba a sí misma «emperadora».

La empresa ha crecido tan rápido que da miedo. Sin duda, la velocidad a la que ha ascendido demuestra que podría volver a caer en cualquier momento, y Siobhan tiene constantemente la sensación de que la arena se hunde bajo sus pies mientras ella corre, como si el suelo estuviera deseando hacerla tropezar.

Las sesiones personales en línea son su red de seguridad. Mientras cuente con ellas, aunque todo lo demás se desmorone a su alrededor, estará a salvo.

Su primera sesión es con Media Melena, como la llama Siobhan: una asistente personal que quiere cambiar de trabajo. Siobhan ha esperado pacientemente a que Media Melena se dé cuenta por sí misma de que las bajas expectativas de sus padres la están frenando; ahora está casi lista para echar a volar y Siobhan no logra contener una sonrisa de satisfacción cuando esa mañana su clienta le dice: «Creo que me merezco algo mejor».

Siobhan ha apodado a su próximo cliente Acero Azul. Su verdadero nombre es Richard y es uno de esos hombres maduros e interesantes, con cierto brillo en la mirada, a los que se les nota a leguas que están solteros porque han engañado a su mujer. Siobhan está absolutamente convencida de que Richard le está ocultando información. Es un hombre con labia, de esos a los que las mujeres consideran empalagosos, pero con los que acaban coqueteando casi por accidente, y está decidida a descubrir qué lo motiva. En parte por curiosidad, pero además es la única manera de ayudarlo: le han negado dos veces un ascenso y a Siobhan le está costando la vida descubrir por qué. La respuesta está ahí, en alguna parte; ella solo necesita que él se abra.

Así que, cuando este empieza la sesión diciendo: «¿Puedo hablarte de algo personal?», Siobhan tiene que esforzarse por no parecer demasiado emocionada.

—Por supuesto. Este es tu momento —responde ella.

Richard se ve un poco pixelado en la pantalla del portátil, sentado detrás de la mesa de su despacho. Las estanterías que tiene a su espalda están llenas de libros con pinta de importantes y de los típicos objetos marrones y cromados que uno esperaría encontrar en el despacho de un soltero: pisapapeles, globos terráqueos, trofeos… Siobhan se pregunta de dónde sacarán esas cosas: ¿habrá alguna tienda para hombres ricos y solteros de más de cuarenta y cinco años en la que todo está hecho de cuero marrón desgastado?

—Creo que hoy he metido la pata.

Siobhan espera pacientemente, adoptando una expresión de interés y empatía.

—Mi secretaria y yo hemos… —prosigue—. Bueno, yo diría que hemos estado coqueteando un poco desde que trabajamos juntos, pero… nunca habíamos pasado de ahí. —Richard la mira a los ojos a través de la cámara con una brusquedad que la sobresalta; está mirando directamente al objetivo. Sus ojos son de un azul tan frío y pálido que casi parece plateado—. Hasta hoy.

—¿Qué ha sucedido hoy? —le pregunta Siobhan.

Richard suspira y se frota la boca con una mano.

—Ha entrado en mi despacho con un… con un vestido gris diminuto, ceñido a la cintura, que le marcaba el culo.

«Madre mía», piensa Siobhan, que no se esperaba que la palabra «culo» saliera a relucir en sus sesiones personales matutinas. Por un momento le preocupa echarse a reír, pero entonces Richard vuelve a mirarla y esa sensación se desvanece.

—Vino al otro lado del escritorio. Normalmente, si tiene que entregarme algo, me lo da y ya está, pero… puede que viera algo en mi cara, la forma en la que la miré. Se detuvo a un paso de mí. Yo estaba aquí, en mi silla, mirándola, ya… —Pone cara de arrepentimiento—. En fin, da igual. Nos besamos. Y luego…

Espera la señal de Siobhan. Muy a su pesar, ella está hipnotizada. Su voz es suave y profunda; se trata de una actuación maravillosa.

—Continúa —le pide Siobhan. Mantiene el tono de voz completamente neutro y muestra el interés habitual, respetuoso y profesional. Capta a duras penas su reacción, un brillo imperceptible en su mirada, y lamenta que él no esté ahí en persona; tal vez podría haber interpretado esa microexpresión si él no fuera solo una imagen en la pantalla de su portátil. Hace tiempo que no tiene ninguna sesión presencial con Richard. Cuando ella volvió a Dublín, la empresa en la que él trabaja le permitió seguir haciendo sesiones virtuales con los clientes que estaban dispuestos a ello. Siobhan sigue intentando verlos en persona cuando puede, pero de eso hace ya unos cuantos meses.

—Nos lo montamos encima del escritorio —declara Richard.

Siobhan hace un gran esfuerzo por no arquear las cejas. Francamente, eso suena demasiado a fantasía sexual masculina como para ser cierto, pero Richard nunca ha sido propenso a contar mentiras. Puede que a los hombres como él les sucedan esas cosas.

—Has dicho que habías metido la pata, Richard —dice Siobhan al cabo de un rato—. ¿Podrías explicar por qué?

Él tarda un poco en responder.

—Bueno, ¿no es así? —dice—. Es mi secretaria.

Siobhan se queda allí sentada, en silencio. Su trabajo no es juzgar a nadie; de hecho, si juzgara a la gente, no estaría haciendo bien su trabajo. Si les dijera a sus clientes lo que deben hacer, estaría arrebatándoles la capacidad de sacar sus propias conclusiones.

—Tengo una posición de poder con respecto a ella —reconoce Richard lentamente—. Ha sido inapropiado.

La mira, esperando una respuesta. ¿Acaso busca su beneplácito? ¿Su absolución? ¿Por eso le está contando esa historia esa mañana? Pero esa no es la respuesta; eso no explica el placer con el que Richard lo ha relatado todo.

—Richard —dice Siobhan—, ¿cómo te sientes ahora mismo?

Richard aparta la vista de la pantalla por un momento, pensativo.

—Joven —dice al final—. Me siento joven y estúpido. Y es divertido. ¿Alguna vez has hecho algo que no deberías? —le pregunta antes de echarse a reír—. Lo siento. No puedo preguntarte eso.

Ella esboza una pequeña sonrisa.

—No, seguramente no deberías preguntármelo.

Pero Siobhan piensa en la noche que ha pasado con Joseph, en su indolencia, en esa deliciosa madrugada, en el sabor de su piel… En cómo ella sonreía sobre la almohada cuando él salió a buscar café. En la forma en la que su corazón se había expandido al verlo regresar.

El ritual previo a una audición siempre es el mismo. Siobhan le prepara a Fiona un baño con aceite de lavanda, de los que cuestan cincuenta euros el frasco. Ensayan una vez el papel mientras llenan la bañera; Siobhan le dice a Fiona que lo ha hecho mejor que nunca, que se los va a meter en el bolsillo y que ganará un Premio Olivier antes de que acabe el año. Luego Siobhan le lleva a Fiona un té con miel a la bañera. (Habían perdido la vergüenza a verse desnudas hacía años, más o menos en la época en la que Fiona le sacó una astilla del trasero a Siobhan después de que esta se embarcara en una aventura sexual particularmente desacertada, y durante el periodo en el que Fiona estaba haciendo pruebas para una obra en la que tenía que salir en cueros y se pasó quince días en toples por el piso para «aclimatarse»).

—No puede ser. ¿Acero Azul se tira a su secretaria? —exclama Fiona cuando Siobhan la pone al corriente.

Hay una silla en el baño para facilitar esas charlas; Siobhan tiene los pies apoyados en el lateral de la bañera y Fiona lleva el pelo recogido dentro de un ridículo gorro de ducha morado al que le tiene un cariño desmesurado porque se lo regaló su abuela.

—Menudo tópico, ¿verdad? —dice Siobhan, examinándose las uñas. Necesita volver a hacerse la manicura semipermanente.

—Deberías tener cuidado, Shiv —le advierte Fiona—. Está claro que un hombre que se acuesta con su secretaria no se andará con remilgos a la hora de acostarse con su orientadora personal.

—¿Con «remilgos»?

—Cállate —dice Fiona, lanzándole un poco de espuma—. Es una palabra como otra cualquiera.

—La verdad es que tiene toda la pinta, no te voy a engañar. Aunque lo suyo es más bien el tonteo.

—Aun así. Vigílalo.

—¿Crees que va a seducirme por Skype?

Fiona la mira con perspicacia.

—¿Te gusta?

—¿Qué tienes, diez años? —Fiona sigue mirándola, con las cejas levantadas. Siobhan pone los ojos en blanco—. Vale, no está mal si tienes complejo de Electra. Pero no. No me gusta. Y aunque me gustara no se me ocurriría hacer nada. Es un cliente.

—Ajá —dice Fiona—. ¿Y Joseph no era un cliente?

—¡No! —exclama Siobhan alzando demasiado la voz—. No, no era un cliente. Es cierto que nos conocimos en una de mis sesiones de formación sobre asertividad corporativa, pero yo nunca... —Capta la expresión de Fiona—. Vete a la mierda —dice, dándole un golpecito en el hombro con el pie.

Fiona se ríe antes de hundir la barbilla en la espuma para protegerse.

Jane

J ane llega veinte minutos tarde a la cita con Joseph para la sesión vespertina del club de lectura porque Aggie, la pelirroja del pijama, se ha pasado a última hora en busca de una serie de prendas especialmente extravagantes que necesitaba encontrar antes del día siguiente. Cuando por fin se marchó, Jane tuvo la clara impresión de que su visita no se debía solo a la compra de sombreros estrafalarios. Aggie iba mucho por allí. Tal vez se sintiera sola, aunque no parecía que se tratara exactamente de eso. A veces Jane creía que Aggie quería asegurarse de que ella estaba bien, aunque no le parecía muy probable… ¿Por qué iba a tomarse la molestia?

El retraso la aturulla y se le enreda el pañuelo en el pelo; se pelea con él de camino al restaurante. Suele llevar el cabello recogido en una cola de caballo baja, pero, al salir de la tienda, en un momento de vanidad, se ha quitado la goma del pelo y se ha peinado con los dedos, mirándose en el escaparate. Los mechones lisos y oscuros le llegan a la cintura, tan faltos de carácter como siempre. Antes se desesperaba con su pelo, porque era imposible ondularlo o recogerlo en un moño. Pero ahora ya nunca piensa en ello. Aunque llevarlo suelto suaviza sus rasgos: sus ojos enormes parecen menos de insecto y sus pómulos no resaltan tanto. Además, saber que iba a ver a Joseph le había hecho tener ganas, de repente, de estar un poco… más guapa.

Joseph sonríe cuando la ve y deja de apoyarse en las ventanas empañadas de Piecaramba, el restaurante donde suelen reunirse para el club de lectura. Lleva un gorro de lana y unos guantes. Es un día tristón, con el cielo amoratado lleno de nubes bajas, y está empezando a oscurecer. El corazón de Jane se eleva como si un globo tirara de él. Cuando llega al lado de Joseph, vacila unos instantes. No suelen abrazarse, pero esa vez lo único que ella desea es estar entre sus brazos.

Al cabo de unos segundos, él extiende la mano y le desenreda suavemente el pañuelo del pelo. Sus dedos le rozan el cuello y Jane da un respingo al notar su tacto, a pesar de que lleva guantes.

—Siento llegar tarde —se excusa, entrando detrás de él.

—No te preocupes, ya me conoces. Para mí, esto es ser puntual.

Eso es cierto. Cuando Joseph queda con ella, siempre está haciendo un millón de cosas a la vez hasta el último minuto: enviar correos electrónicos, llamar por teléfono, pasarse por casa de fulanito, hacerle algún favor a un pariente lejano…

—¿Qué tal tu madre? —le pregunta Jane mientras van hacia la mesa.

Piecaramba está repleto de recuerdos de la cultura pop: pósteres de Hulk en las paredes, cómics antiguos y figuras de acción haciendo equilibrios en el alféizar de la ventana.

A Jane no le suenan de nada la mayoría de los pósteres, pero le gusta el ambiente que se respira allí, la cordialidad y la sensación de que todo el mundo es bienvenido. Y a Joseph le gustan las figuras de acción. Le ha dado instrucciones firmes a Jane para que deje de llamarlas «muñequitos» y ella ha obedecido, así que al menos está aprendiendo algo.

—La verdad es que ha tenido un buen día —responde Joseph mientras aparta la silla y se quita el abrigo—. Y tú, ¿cómo estás?

Jane sonríe. Es muy habitual que él desvíe la atención hacia otra cosa. Forma parte de su encanto, aunque a veces Jane se pregunta si ese carisma suyo será una distracción, como el plumaje de un pájaro.

—Bien. Debe de ser muy duro cuidar de ella.

Joseph parpadea rápidamente detrás de las gafas.

—Bueno, se hace lo que se puede —responde, con una sonrisa radiante—. No puedo imaginar lo duro que debió de ser para ti perder a tu madre a una edad tan temprana. Tengo mucha suerte de haberla tenido conmigo, de tenerla todavía, aunque ya no esté tan presente como antes. Pero tú te perdiste muchas cosas.

—Ya estamos otra vez hablando de mí —suelta Jane enseguida, con descaro. Se ruboriza de inmediato y nota el calor en la cara.

—Espera un momento, esto es muy fuerte. ¿Tú me estás acusando a mí de esquivo, Jane Miller? Nunca he conocido a una mujer más misteriosa que tú.

Jane lo mira fijamente, boquiabierta.

—Yo no soy misteriosa. Soy aburrida. Hago las mismas cosas una y otra vez. Me pongo la misma ropa. Pido la misma comida cada vez que vengo aquí. Voy a trabajar, leo un libro y me voy a la cama.

—Eso es verdad en cierto modo —reconoce Joseph, inclinando la cabeza—. Lo misterioso es el porqué.

Jane se revuelve ligeramente en el asiento y se sujeta el pelo detrás de las orejas.

—Pues… porque me gusta tener una rutina —dice con inseguridad.

—Mmm. —Él lo sopesa con una seriedad que resulta gratificante. Jane creía que se iba a burlar de ella. A la gente suelen hacerle gracia sus rutinas y hábitos—. ¿Siempre te ha gustado? La rutina, quiero decir.

Ella aparta la mirada. Recuerda sus primeros días en Winchester, el pánico que le generaban las oportunidades, las opciones infinitas. Lo asustada que estaba.

—Sí —responde Jane—. Aunque…, antes de mudarme aquí, no hacía las cosas tan… —Le cuesta encontrar la palabra adecuada. «Antes tenía más libertad», está a punto de decir, pero eso no es en absoluto cierto—. Las rutinas son fáciles —dice al final—. Impiden que tenga que tomar decisiones todos los días. Así sé exactamente qué ponerme, a dónde ir, qué comer…

—¿Cómo de rápido leer? —le pregunta Joseph, arqueando las cejas.

Jane traga saliva. Se refiere a su regla de un libro por semana, algo que a él siempre le ha resultado sorprendente y que en ocasiones también ha supuesto un problema para el club de lectura. La semana anterior habían decidido cambiar de título después de haber leído un par de capítulos y Jane había tenido que explicarle que no podía coger otro hasta la semana siguiente. Joseph sabe que no es por el dinero —se han visto en la cafetería de la biblioteca suficientes veces como para que a él le haya quedado claro que es una usuaria acérrima— y desde entonces ha estado intentando que saque una segunda novela cuando termine la primera antes de acabar la semana.

—Cuando me fui de Londres, para mí leer un libro a la semana era un lujo. Un capricho que me daba.

—¿Y no puedes permitirte ampliar el cupo? Acabas los libros tan rápido que uno a la semana no es suficiente.

Jane frunce el ceño y se pone tensa.

—No es… No puedo.

—Entiendo el atractivo de la rutina —dice Joseph amablemente—. Por ejemplo, me gusta tanto comer *fish and chips* los viernes que me fastidia muchísimo tener que cenar otra cosa. Pero… ¿la regla de un solo libro no es un poco restrictiva?

A Jane le da un vuelco el corazón. Eso es lo que siempre dice la gente. «Restrictiva. Rara. Aburrida».

—Es… fácil —replica ella un poco a la defensiva—. Es lo que necesitaba cuando llegué a Winchester. Necesitaba simplicidad.

Joseph le dedica una sonrisa distendida y tranquilizadora.

—Anda, un pedacito de verdad —dice, inclinándose hacia ella—. Una pista sobre quién es en realidad Jane Miller.

—Déjalo ya —dice ella, aunque se anima un poco; es muy difícil no sonreír cuando Joseph lo está haciendo—. En realidad, no hay ningún rompecabezas que resolver. Lo que pasa es que no soy demasiado interesante.

—Pues resulta que yo sé que eso es una mentira como una catedral —dice Joseph.

Jane lo mira por debajo de las pestañas y vuelve a bajar la vista hacia la mesa. Si está intentando hacer que se sienta mejor, lo está consiguiendo; y ella está empezando a relajarse de nuevo cuando él ladea la cabeza y dice:

—¿No piensas contarme nunca lo que pasó en Londres?

Jane traga saliva. La culpa es suya: ha fomentado ese momento de intimidad al ser la primera en tratar de husmear tras su escudo protector. Aunque…, llegados a ese punto, esa sería la introducción perfecta. «Pues en realidad coincidimos trabajando en Bray & Kembrey. Aunque no te acuerdes de mi cara, seguro que has oído hablar de mí». Podría decirle eso. Dejarlo entrar.

—¿Y tú? ¿No piensas contarme nunca lo que pasó el día de San Valentín? —pregunta, en cambio. Lo hace en un tono desenfadado, esperando que él no note que le tiembla la voz.

Joseph frunce un poco el ceño, abre la boca como si fuera a hablar y la vuelve a cerrar. Va vestido de negro y eso hace que sus ojos parezcan más verdes detrás de sus lentes redondas. A Jane le gustan sus gafas. Joseph suele ir bien vestido y arreglado, pero esas gafas revelan que no le preocupa lo que los demás piensen de él. Y son muy monas. Funcionales, discretas y sobrias.

—¡Carter! —grita alguien desde el otro extremo del local.

Ambos se giran mientras un hombre vestido de traje entra por la puerta del restaurante. Lleva el cabello de color negro sedoso estudiadamente caído sobre la frente y una ropa que a Jane le da que es muy cara. Tiene la típica sonrisa que podría considerarse descarada si eres generoso o arrogante si no lo eres.

—¡Hola, Scott! —exclama Joseph, poniéndose en pie para abrazarlo—. Esta es Jane. Jane, este es Scott.

Este se queda mirándola. Ella le echa un vistazo rápido antes de volver a bajar la vista hacia la mesa. No ha conocido a muchos amigos de Joseph, puesto que la mayoría viven en

Londres. Sin embargo, ha oído hablar de Scott, normalmente en contextos de juergas de chicos.

—Encantado, Jane —dice Scott y ella capta una sonrisa amable en su voz. Este se vuelve hacia Joseph—. ¿Cómo te va, Carter? ¿Cuándo nos tomamos unas pintas?

Charlan un rato mientras Jane ojea el menú, escuchando distraídamente su conversación sobre cuándo volverán los padres de Scott de Hong Kong y sobre el horario de mierda del bufete de abogados en el que trabaja Joseph.

—Y… ¿qué tal Fifi? —le pregunta Scott.

Jane sigue leyendo con una concentración exagerada las opciones que tiene para cenar —como si no fuera a pedir el mismo pastel de siempre—, aunque, si pudiera levantar las orejas, lo haría. Joseph nunca ha mencionado a ninguna Fifi.

—Scott… —dice Joseph a modo de advertencia, y el otro se ríe.

—Vale, está bien, no voy a preguntar —dice Scott, dándole una palmada en el hombro—. La semana que viene quedamos para tomar esas pintas.

—Por supuesto —dice Joseph, volviendo a sentarse—. Cuídate.

—¿Quién es Fifi? —le pregunta Jane mientras Scott abandona el restaurante con una caja de comida para llevar.

Joseph arquea las cejas.

—Qué interesante.

—¿Qué te parece interesante?

Él intenta no sonreír.

—¿Un poco de agua del grifo? —le pregunta, echando la silla hacia atrás para ir a buscar un vaso para cada uno.

—¿Qué te parece interesante? —repite Jane cuando regresa él, que esa vez no puede ocultar su sonrisa. Es como si esta empezara en sus ojos y brotara desde allí.

—Nada, es que nunca me habías preguntado por ninguna mujer —dice Joseph.

—¡Claro que sí!

—De eso nada. Nunca —asegura Joseph antes de beber un sorbo de agua—. Créeme, lo recordaría. Nunca sacas el tema de mi vida de pareja. Ni de la tuya.

Jane está empezando a aturullarse de nuevo.

—Sabes que yo no salgo con nadie.

—Pero no sé por qué —señala Joseph, levantando una ceja de forma burlona.

Jane traga saliva, coge el bolso y saca un libro, *How Not to Be a Boy*[1].

—¿Pedimos ya la comida? Si quieres, por mí no hay problema.

—Puesto que soy tu falso novio, creo que me merezco conocer un poquito mejor tu vida amorosa —dice Joseph.

Ella parpadea.

—Ya no hace falta que seas mi falso novio —declara.

Joseph hace una mueca.

—¿Me estás despidiendo?

Eso le arranca una sonrisa a Jane, aunque tiene las manos muy apretadas sobre el regazo. Ese día, Joseph parece distinto. Al parecer, ella le ha dado permiso para ahondar en las conversaciones que él suele eludir educadamente. ¿De verdad era su intención?

—Llegaste con un día de retraso al trabajo —repone, arreglándoselas para mantener un tono de voz casual.

Joseph suelta una de esas enormes carcajadas tan típicas de él, de las que suelen lograr que Jane se relaje; sin embargo,

---

[1] «Cómo no ser un chico». *(N. de la T.)*

ese día lo que consigue es que se le encoja el estómago, aunque de una forma agradable.

«Ay, Dios». Le gusta. Le gusta de verdad. En ese momento, mientras Joseph se ríe, Jane se siente como si acabara de dar un paso y no hubiera nada debajo, como un personaje de dibujos animados caminando más allá de un acantilado.

Durante el mes siguiente, Jane se refugia en la rutina. Su plan, al salir de Piecaramba, es hacerle el vacío a Joseph —es la opción más segura—, pero, después de pasar por la agonía de ignorar sus mensajes durante uno o dos días, finalmente coge el teléfono, pulsa su nombre y escribe: Perdona, estos días he estado muy liada. ¿Leemos lo último de Stephen King?

Al parecer, es demasiado débil. No puede evitarlo. Así que ha renunciado a luchar contra las ganas de verlo y ha claudicado, haciendo lo que mejor se le da: crear un sistema.

Puede ver a Joseph una vez por semana. Llamarlo una vez por teléfono, intercambiar una cantidad moderada de mensajes esperando al menos una hora antes de responder y nada de fantasear con él. Debe considerarlo exclusivamente otro amante de los libros, alguien con quien hablar sobre la lectura. Nada más. Esas son las reglas.

Parecen razonables cuando se las impone, pero ahora, a finales de marzo, a Jane le cuesta creer la frecuencia con la que se ha permitido romperlas.

Está cerrando la tienda solidaria e imaginándose que Joseph le da un beso en la mejilla cuando alguien desconocido la llama por su nombre.

—¿Jane? ¿Jane Miller?

Ella se gira. Es un día gris y lluvioso y la mujer que está detrás lleva puesto un impermeable enorme; hasta que no se baja la capucha, Jane no la reconoce. Es Lou Savage, la secretaria de uno de los socios principales de Bray & Kembrey.

Al ver a Lou, Jane tiene la vertiginosa sensación de haber regresado a otra época. No ha cambiado nada: traje gris bajo la gabardina, tacones de diez centímetros y media melena rubia con una gruesa franja de raíces oscuras a lo largo de la raya. Lou siempre invitaba a Jane a ir a tomar algo después del trabajo cuando empezó en Brays; eran casi amigas.

—¡Qué sorpresa! —exclama Lou mientras se acerca a ella sonriendo—. Madre mía, ¿cómo te va?

—Pues… bien —logra articular Jane, tragando saliva, mientras empiezan a sudarle las palmas de las manos. Todo en esa mujer la transporta a aquella época: su pulcritud, su tono de voz, el brillo profesional de su sonrisa…—. Debería… Tengo que irme a casa.

—Ah, vaya —dice Lou. Su sonrisa flaquea—. Vale, perdona.

—No, no es que… No quiero ser grosera —dice Jane, aunque se le ha acelerado la respiración y las llaves de la tienda solidaria le arden en la palma de la mano.

La expresión de Lou se suaviza.

—Tranquila. Parece que acabas de ver un fantasma… y es probable que te sientas un poco como si hubiera sido así. Hace mucho tiempo que no coincidimos y sé que cuando dejaste Bray & Kembrey fue todo un poco… —Mueve la mano formando un círculo antes de abrir los ojos de par en par—. Lo siento, seguramente tú… No es que sepa lo que pasó, pero… ya sabes cómo le gusta hablar a la gente —dice, inclinándose un poco hacia ella.

Lou es más humana de lo que recordaba; es raro, pero su verborrea le resulta tranquilizadora. Jane se autoconvence de que solo es una persona, de que no es la encarnación de nada y de que no da miedo; solo es una mujer que se levanta cada mañana, se cepilla los dientes y a veces se olvida de cerrar la puerta.

—¿Así que te has mudado aquí? ¡Qué maravilla! Winchester es precioso. ¿A qué te dedicas ahora? —le pregunta Lou, colocándose la capucha mojada del chubasquero, mientras echa un vistazo a los escaparates de la tienda solidaria.

—Trabajo aquí —dice Jane.

—Vaya, ¿a jornada completa?

De repente, solo puede pensar en la plaquita que lleva en el pecho, en la que pone VOLUNTARIA. Ve un destello de curiosidad en la cara de Lou y capta el momento en el que esta neutraliza conscientemente su expresión.

—Bueno, es magnífico que hayas encontrado algo que te llene —comenta esta. Se muerde el labio unos instantes, en medio de un largo silencio—. Oye, siempre me he sentido un poco… Bueno, siento que no te hiciéramos una despedida en condiciones. No fue justo por nuestra parte. —Lou se mete la mano en el bolsillo y saca una tarjeta—. Toma. Llámame si necesitas algo, o si te apetece hablar sin más. Por favor —añade mientras Jane se limita a mirar fijamente la tarjeta—, cógela —le pide, sonriendo—. Aunque solo sea para hacerme sentir mejor.

Jane la acepta. Se queda mirando el pequeño logotipo de la bellota. Debajo, impreso en la clara fuente corporativa, se lee: «Bray & Kembrey». Entonces, incluso con la calidez de la tienda solidaria a sus espaldas, se siente como si estuviera de vuelta en Londres y fuera otra mujer. De repente, la invade una tristeza asfixiante.

—No todo el mundo creyó su versión de la historia, ¿sabes? —susurra Lou, dando media vuelta para marcharse—. Te sorprenderías.

Siobhan

La agenda del día de Siobhan está planificada al minuto. Dispone de trece minutos para ir del estudio de Golden Days Radio a la estación de tren; el trayecto hasta Limerick es de dos horas y seis minutos; tiene cinco minutos para tomar un café y un tentempié saludable (en realidad, una galleta), y luego hay un coche reservado para llevarla al parque empresarial donde aleccionará a ciento cincuenta empleados de servicios telefónicos de atención al cliente para que conformen su propia definición de la palabra «éxito». El vuelo a Londres sale a las cuatro; siempre calcula con exactitud para no tener que esperar a que anuncien el embarque y tampoco tener que correr.

Lo que sí hace, sin embargo, es quedarse dormida en el vuelo y llenar de babas el hombro de la anciana que va a su lado.

—No te preocupes, querida —le dice la mujer a Siobhan, dándole una palmadita en la mano. Esta se despega de su hombro cubierto por una rebeca—. A cambio, yo me he comido tus tentempiés.

—Se supone que tenía que aprovechar el tiempo para escribir alguna entrada en el blog —dice Siobhan, aturdida, mirando fijamente la pantalla negra del portátil que tiene delante mientras suenan los avisos que le indican que se prepare para el aterrizaje.

—Bueno, pues parece que tu cuerpo tenía otros planes —dice la anciana, secándose el hombro húmedo con una servilleta.

El avión aterriza y Siobhan sale corriendo de nuevo, maldiciéndose por el tiempo perdido. Camina con brío por el aeropuerto y adelanta a todos los que han bajado del avión antes que ella; se cuela al principio de la cola de los taxis mientras los demás pierden el tiempo con los cafés, las maletas y los niños. Siobhan lo tiene fácil. Ella va sola.

El día transcurre así, en pequeños bocados con forma de minuto, hasta que se los ha comido todos y llega a la habitación del hotel Thames Bank, casi mareada por el cansancio. Se sienta en el sillón que hay al lado de la ventana, se quita los tacones y mueve los dedos de los pies. Tiene una ampolla nueva; se da cuenta de ello distraídamente, consciente de que al día siguiente estará tan ocupada que no sentirá dolor.

Coge el teléfono por instinto y revisa los correos electrónicos, luego Twitter y luego Instagram. Esos solían ser los momentos de esparcimiento del día, pero ahora forman parte de su trabajo y se enfrenta a ellos con la misma concentración que parece exigirle todo últimamente. Responde a tantos comentarios como puede, luego apaga la pantalla del teléfono, cierra los ojos y apoya la cabeza en el respaldo del sofá.

Esa noche es suya y sabe muy bien cómo la va a pasar. Ella y Joseph se han acostado cuatro veces desde que le juró de nuevo a Fiona que nunca más volvería a acercarse a él. En los últimos meses, ella ha pasado en Londres más tiempo del habitual, y lo cierto es que no puede mantenerse alejada de él. Qué patético suena eso de que «no puede». Menudo cliché. Es lo típico que dicen las personas débiles para justificar sus malos comportamientos. Y eso apenas logra expresar la compulsión y el ansia que siente Siobhan por él; el mero hecho de pensar en Joseph la hace entrar en calor, como si se metiera en una bañera de agua caliente.

Estoy en Londres y libre, ¿y tú?

Aparecen las dos marquitas de verificación azules y Joseph empieza a escribir. Siobhan recuerda que no ha comido y vuelve a olvidarlo de inmediato, porque él le dice: ¡Hola! ¿Por qué no respondiste a mi último mensaje? Estoy en el Last Out. Podría ir a verte después… o podrías venir a tomarte una copa conmigo.

El Last Out es uno de esos clubes de jazz de pega en los que los músicos tocan versiones con exceso de saxofón de temas como *Happy* y *Valerie*. No es el tipo de local que le gusta a Siobhan —demasiado artificial, lleno de gente que cree que eso es jazz de verdad—, pero en ese bar todo el mundo baila, incluso en la cola de los lavabos, y a ella le encanta bailar. La idea de pegar su cuerpo al de Joseph en una pista abarrotada de gente hace que se le encoja el estómago de la emoción.

¿Con quién estás?

Es la fiesta de cumpleaños de un buen amigo. Me encantaría que vinieras.

No debería salir esa noche. Está agotada. Sin duda ha forzado demasiado la máquina últimamente. Pero… es tan difícil resistirse a esa sensación de baño caliente, a esa «josephidad»…

Siobhan escribe: Estoy allí en cuarenta minutos.

Cuando llega, Joseph está bailando, borrachísimo. Siobhan se da cuenta por la forma en la que se mueve: tiene los codos un poco relajados de más y sus pies no siguen el ritmo de la música. Ella tenía razón: está sonando *Happy*.

Tiene el pelo revuelto y la camisa pegada a la espalda por el sudor. Siobhan intuye la silueta de sus brazos a través de las mangas y se fija en la barba de un día que le recubre la mandíbula mientras él levanta la cara hacia el techo con los ojos cerrados. Va directamente hacia él y pega su cuerpo al suyo antes de que a Joseph le dé tiempo a abrir los ojos. La forma en la que estos se iluminan al verle la cara causa estragos en ella y hace que le brote algo maravilloso en lo más profundo del pecho.

—Eh, hola —dice él antes de darle un largo beso. Empiezan a bailar, cuerpo a cuerpo—. Estoy borracho —comenta con una franqueza adorable. Ella se ríe.

—Ya veo.

—Estoy borracho y estoy… estoy… —Joseph mira a su alrededor durante unos instantes, entrecerrando ligeramente los ojos—. Estoy aquí —dice, un tanto sorprendido—. Contigo.

—Ajá. —Siobhan intenta no reírse—. Me has mandado un mensaje.

—Pues claro, ya lo sé —replica antes de volver a besarla—. Hola. Hola.

Siobhan empieza a notar un ligero calor en la base del estómago y, cuando Joseph la agarra por la cintura para acercarla más a él y levanta una mano para acariciarle el pelo, ese calor se vuelve más intenso y se convierte en un fuego lento y sensual. Joseph tiene algo. Cierto magnetismo, cierto tirón, como si el mundo girase a su alrededor y atrapara a Siobhan en el remolino. En ese momento, pegada a su cuerpo ardiente mientras bailan impetuosamente hasta quedarse sin aliento, Siobhan siente que algo se calma en su interior. Esa urgencia vertiginosa y apremiante que hierve siempre dentro de ella se apacigua cuando Joseph la abraza. Pensar eso la pone nerviosa y se aleja un poco, dándose cuenta de repente de que está empezando a sudar.

—Bueno, ¿y quién es el cumpleañero? —pregunta, echando un vistazo a su alrededor.

Joseph señala por encima del hombro de Siobhan, sonriéndole a alguien que ella no ve.

—Ese tío de la camisa horrible —dice mientras ella mira hacia donde apunta su dedo—. ¡Scott! ¡Ven a conocer a Siobhan!

Scott se abre paso entre la multitud, con un vaso medio vacío en la mano. Su cabello oscuro emite reflejos plateados bajo las luces y alguien le ha puesto una chapa de cumpleañero en el pecho. Siobhan resopla entre risas al darse cuenta de que la camisa «cuestionable» pertenece a la colección de Dolce & Gabbana de esa temporada. Joseph no se entera de nada, qué mono.

—¡Ah! ¡La famosa Siobhan! —Scott también está borracho y la mira demasiado fijamente, pero está tan bueno que Siobhan obvia ese detalle.

—Esa soy yo. ¡Feliz cumpleaños! —grita Siobhan por encima de la música—. Voy a la barra, ¿queréis algo? —Está demasiado sobria y le duelen los pies. Y la intensidad del baile con Joseph la ha dejado hecha polvo.

—Te acompaño —dice Scott.

Avanzan juntos entre la multitud de bailarines y se ponen uno al lado del otro cuando llegan a la barra. A la izquierda de Scott, una mujer vestida con lentejuelas plateadas mueve las caderas al ritmo de la música y él la observa con la mirada experta de un hombre al que se le da bien saber si una tía está borracha o soltera. A Siobhan también se le da bastante bien ese juego y, definitivamente, la mujer está tanto borracha como soltera, pero, para su sorpresa, Scott vuelve a centrar su atención en ella.

—¿Y tú a qué te dedicas, Siobhan? —le pregunta.

—Soy orientadora personal.

Por norma general eso da pie a distintos tipos de reacciones. Muchas personas piensan que «orientadora personal» es, básicamente, sinónimo de «estafadora». Suelen empezar preguntándole cuánto cobra. Luego están aquellos que quieren terapia gratuita y que empiezan enseguida a soltar una retahíla de problemas de autoestima. Por último, están los que desean cuestionar su autoridad para orientar a otros sobre su vida. Casi siempre son hombres.

La opinión que Siobhan tiene de Scott mejora notablemente cuando este demuestra no pertenecer a ninguna de las categorías anteriores.

—Debe de ser un trabajo muy duro, estar ocupándose todo el día de los problemas de los demás —dice, para variar.

—Sí, a veces —reconoce ella, sonriendo—. ¿Tú a qué te dedicas?

—A la captación de fondos —responde él, y Siobhan piensa: «Perfecto, te va como anillo al dedo».

—¿Y de qué conoces a Joseph? —le pregunta mientras Scott le pide una copa de *pinot* gris.

—Fuimos juntos al colegio en Winchester. Era un pringado. Bueno, los dos lo éramos. No le digas que te lo he contado —susurra en tono conspirador, sonriendo.

Siobhan se ríe y permite que Scott la mire a los ojos un rato más de la cuenta mientras reflexiona. Es guapo, viste bien y su confianza resulta muy sexy. Por un momento juguetea con la idea de irse a casa con él en vez de con Joseph y se pregunta qué haría él. ¿Se enfadaría con ella? ¿La dejaría? ¿O ni siquiera le importaría?

—¿Puedo preguntarte algo? —dice Scott. Ella arquea las cejas, como diciendo: «Adelante»—. Sabes que sale con otras mujeres, ¿no?

La banda ha empezado a interpretar una animada versión de *Just Haven't Met You Yet*. El ritmo se transmite a través de la barra bajo el codo de Siobhan y esta sabe que, si pudiera oír los latidos de su corazón, este también habría acelerado el tempo.

—No tenemos nada serio —dice Siobhan. Es la verdad, pero eso no explica por qué se está clavando las uñas en las palmas de las manos.

—Está bien saberlo —dice Scott con una sonrisa pícara y cautivadora, pero su pregunta ha desmotivado a Siobhan. Esta vuelve a mirar hacia la pista de baile y ve a Joseph intentando enviar un mensaje de texto mientras baila. La luz del móvil ilumina su cara de concentración.

—Ha sido un placer conocerte, Scott —dice ella antes de ir hacia Joseph, abriéndose paso entre la multitud. Sus ojos se encuentran mientras él guarda el teléfono y de nuevo aparece esa mirada de sorpresa y satisfacción en su rostro, acompañada por el correspondiente dolor en el pecho de Siobhan.

Joseph extiende el brazo.

—¡Baila conmigo! —le pide con una de esas sonrisas contagiosas.

Ella acepta su mano. ¿Acaso no lo hace siempre?

Joseph ya está despierto cuando la alarma de Siobhan suena a la mañana siguiente. Se encuentra tumbado de espaldas a ella, con la barba incipiente un poco más oscura y los ojos de color avellana abiertos.

—Tengo una resaca terrible —anuncia. Siobhan se ríe y él gira la cabeza—. Buenos días —dice, entornando los ojos—. Por favor, ¿cómo puedes estar tan guapa nada más despertarte?

«Porque solo me quito la mitad del maquillaje cuando me acuesto —piensa Siobhan—. Solo me desmaquillo los ojos y rocío el resto con espray fijador».

—Es un don —responde ella, estirándose, con la espalda arqueada.

Joseph recorre su cuerpo con la mirada, como ella esperaba.

—Gracias por venir anoche —dice él, tumbándose de lado para acariciarle el costado, desde el pecho hasta la cadera. Siobhan se estremece y su cuerpo empieza a despertarse bajo su mano—. Estuvo bien. Me gustó que estuvieras allí.

Ella levanta una ceja mientras él desliza los dedos sobre su cadera.

—¿Para tener a alguien con quien restregarte en la pista de baile?

—Me gustó salir contigo. Me gustó que conocieras a algunos de mis amigos. —Joseph apoya la cara sobre una mano, pero el brazo levantado no puede ocultar el rubor que le ha teñido el rostro.

Siobhan ladea la cabeza. Ese rubor resulta verdaderamente cautivador, y el gesto impulsivo de ocultarlo, más todavía. Recuerda lo que le dijo Scott la noche anterior de que era un «pringado» y piensa que no le extraña. Se nota que Joseph ha adquirido ese aspecto con el tiempo; seguro que era un adolescente desgarbado, demasiado ancho de hombros, con unas cejas excesivamente pobladas y rectas para su cara. Además es inteligente, algo que ella ya sabía, porque lee los típicos libros que quedan de finalistas en los premios. Los ve sobresaliendo de los bolsillos de su abrigo, y una vez, al salir de la ducha, se lo encontró leyendo boca abajo sobre la cama, con los pies en el cabecero.

Ese rubor le hace desear cosas que no debería. Le hace desear sentarse en su regazo y besarlo hasta desgastarlo, hasta llegar a su corazón. Él ha movido la mano hacia abajo, hacia la parte superior de su muslo. Siobhan se concentra en esa sensación. No debería estar pensando en cómo es realmente Joseph. Es bueno en la cama. Eso es lo único que importa.

—Fue divertido —dice ella y suspira mientras él aproxima los dedos al punto en el que ella quiere que estén—. Y Scott es muy mono —añade, sin poder resistirse.

La mano de Joseph se detiene. Siobhan debería haberlo visto venir. Puede que lo hiciera. Sin duda, ha sido una estupidez decir eso. La necesidad de presionarlo, de fastidiarlo, es un claro indicio de que está sintiendo cosas por él que no debería.

—Suele tener éxito con las mujeres, sí —reconoce Joseph. Su voz suena despreocupada, pero es obvio que allí hay tensión. Si lo que buscaba Siobhan eran celos, los ha encontrado, aunque lo único que ha conseguido es ponerse nerviosa. Se aparta un poco y Joseph vuelve a posar la mano sobre su barriga: señal recibida.

—Bueno, ¿qué hay hoy en la agenda? —pregunta él, intentando atusarse el pelo revuelto con la mano en la que tenía apoyada la cabeza.

Siobhan cierra los ojos unos instantes mientras repasa el día que tiene por delante.

—Prensa y una sesión personal virtual que me pidieron que reprogramara.

—¿Todavía sigues con las sesiones personales? —le pregunta Joseph.

Este aparta la mano de su estómago para acercarla a la mesilla de noche con un gesto que a Siobhan le resulta casi demasiado familiar: está buscando las gafas a tientas para verla bien. Ella traga saliva. Qué fácil le resultaría enamorarse de ese hombre cuando está así, resacoso y con cara de sueño.

—Solo si pagan bien —responde ella, y él sonríe, sin dejarse engañar.

—Me sorprende que tengas tiempo —dice Joseph, poniéndose las gafas—. He visto tu agenda. Trabajas siete días a la semana e incluso tienes programadas las pausas para ir al baño.

Siobhan se molesta. Es un tema delicado. Sus amigos tampoco dejan de hablar de su apretada agenda.

—Sí, está saturada, pero ¿qué se supone que debo hacer, rechazar oportunidades? —dice, sentándose en la cama. Su ropa se encuentra desparramada por el suelo con cómico abandono: el sujetador está con las copas hacia arriba sobre la mesa, con un tirante colgando, y hay un zapato emparedado entre los dos cojines del sofá.

Joseph la agarra del brazo. Ella se zafa, pero él vuelve a acariciarla insistentemente hasta que acaba mirándolo.

—Solo quería decir que a veces debe de ser difícil. —Su expresión es aún más seria que de costumbre—. Eso es todo. No era mi intención criticarte. Es evidente que eres buenísima en tu trabajo.

Resulta inquietante lo mucho que parece entenderla. Los hombres con los que se acuesta no suelen quedarse el tiempo suficiente como para llegar a conocerla tanto. Ella le dedica una sonrisa temblorosa, pero él no piensa conformarse con eso. Se sienta a su lado y entrelaza los dedos con los suyos. Sus intentos de arreglarse el pelo no han tenido demasiado éxito: lo tiene todo aplastado por un lado y de punta por el otro. Mientras parpadea con ojos somnolientos detrás de aquellas gafas ridículas y adorables, el fuego del abdomen de Siobhan desaparece y su ira se apacigua, como si alguien hubiera bajado el regulador de gas de un fogón.

—Siento haberte echado la bronca —dice ella al cabo de un rato—. Supongo que estoy un poco… estresada.

Él acerca la mano de Siobhan a sus labios.

—¿No te vendría bien un descanso?

Siobhan vuelve a alterarse.

—No puedo. No es tan sencillo.

—Bueno —responde él tranquilamente—. Entonces está claro que hacen falta más masajes.

Se le da demasiado bien tranquilizarla cuando empieza a ponerse nerviosa. Ella sonríe y se gira hacia él para darle un beso, rompiendo una de sus reglas sagradas de ligoteo (nada de besos matutinos hasta que todo el mundo se haya lavado los dientes), algo que le resulta peligrosamente agradable.

Se levanta, coge el teléfono y va hacia el baño. Ese rollo con Joseph está yendo demasiado lejos, debería cortar por lo sano antes de que alguien salga herido.

Mientras deja correr el agua de la ducha para que se caliente, Siobhan echa un vistazo a las notificaciones. Hay una de su calendario menstrual: tiene un retraso de un día.

Ya está un poco inquieta por lo que acaba de suceder con Joseph y eso acaba de rematar la faena. Comprueba la fecha: 7 de abril. El calendario está en lo cierto. Tiene un retraso. Sus periodos son puntuales como un reloj, solo tuvo un retraso de un día una vez en su vida y fue porque estaba embarazada.

—No, no, no —dice en voz alta, pegando la espalda a la puerta. La invade un frío tremendo, como si algo estuviera reptando por su piel.

—¿Qué? —grita Joseph desde la habitación, sobresaltándola. Había olvidado que él seguía allí, detrás de la puerta cerrada, en la parte de su vida en la que ese desastre aún no ha ocurrido.

Tiene que salir a comprar un test de embarazo. Pero el mero hecho de pensarlo le produce náuseas. Tiene clarísimo cuál será el resultado; no soporta imaginarse esos tres minutos de espera, la segunda línea apareciendo de forma gradual al lado de la primera, la terrible certeza de que ha sido increíblemente estúpida. Ella y Joseph siempre han utilizado anticonceptivos, pero los preservativos no son del todo eficaces, ¿no es cierto? Debería haber empezado a tomar la píldora de nuevo cuando el sexo con Joseph se convirtió en algo más que un acuerdo de una vez al mes. Se lleva la mano a la tripa y la aprieta con fuerza. ¿Cómo ha podido ser tan estúpida? Ha dejado entrar a ese hombre en su corazón y ha acabado sucediendo lo peor que podía suceder. Siobhan sabe perfectamente lo que va a pasar a continuación, lo tiene clarísimo.

—¿Va todo bien ahí dentro? —le pregunta Joseph.

—¡Estoy bien! ¿Quieres hacer el favor de largarte? Quiero decir, ¿te importaría irte, por favor?

De repente necesita con urgencia que Joseph Carter se vaya de la habitación del hotel.

—¿Qué? ¿Que me largue? —Este se ha acercado más a la puerta—. ¿Estás bien?

Tiene tantas ganas de llorar que siente la dolorosa presión de las lágrimas en la parte de atrás de los ojos. Siobhan aprieta los dientes con fuerza.

—Necesito que te vayas.

—¿Quieres que me vaya? ¿Ha pasado algo?

—Estoy bien, lárgate de una vez —grita ella. No podrá contener las lágrimas durante mucho más tiempo—. Vete, Joseph. Márchate.

Se hace un largo silencio. En él, Siobhan oye el sonido del pasado repitiéndose; se oye a sí misma siendo rechazada, abandonada, sintiéndose fracasada. Todo eso le parece aterrador e inevitable. No se trata solo del miedo al embarazo, Siobhan ya se ha dado cuenta: se encuentra en una especie de punto de inflexión y eso le ha hecho perder el equilibrio. Está totalmente desquiciada, fuera de control. Ya se vino abajo de esa forma una vez, y eso empeora aún más las cosas, porque sabe lo terrible que va a ser.

—¿Por qué? —pregunta Joseph. Parece muy preocupado, como si de verdad le importara, pero se marchará pronto, se irá, ella lo sabe—. ¿He dicho algo malo, Shiv?

Siobhan cierra los ojos con fuerza mientras las lágrimas le recorren las mejillas.

—No —dice con voz ahogada—. Pero necesito que te vayas, ¿vale? Lárgate de una vez.

Otro silencio. Siobhan se clava las uñas en las palmas de las manos. Al cabo de un buen rato, Joseph intenta abrir la puerta y Siobhan se estremece, aunque ha cerrado con llave.

—¡He dicho que te largues! —grita.

—Vale, lo siento, me marcho si eso es lo que quieres —dice él, desde el otro lado de la puerta—. Pero ¿prometes llamarme si necesitas algo? —Siobhan no responde. No piensa prometerle nada—. Vale. Por favor, cuídate, Shiv. Haz el favor de llamarme si puedo ayudarte.

Al cabo de un rato, Siobhan oye que se aleja y cierra la puerta de la habitación del hotel. Ella se derrumba contra la puerta del baño sollozando, sin dejar de oír una y otra vez el sonido de la puerta al cerrarse.

Miranda

Carter se gira en la cama de Miranda y se tapa los ojos con la mano para protegerse de la luz primaveral que entra por la ventana.

—Mmm —dice.

Miranda sonríe y se sienta a su lado. Ha vuelto a cambiar de sitio los muebles, un ejercicio que lleva a cabo cada varias semanas para experimentar con el *feng shui*. Puede que la habitación sea diminuta y un poco húmeda, pero es suya y le encanta cada centímetro de ella, desde la persiana rota hasta la estantería que ha construido con madera reciclada. La disposición actual hace que el triángulo de sol de abril que entra por la ventana ilumine su cama con un cálido tono amarillo limón; a Miranda le entran ganas de acurrucarse en ella como un gato.

—¿Ayer bebiste demasiado? —le pregunta a Carter.

La noche anterior este había ido a la fiesta de cumpleaños de Scott. Le había dicho que dormiría con ella porque su tía se quedaba con su madre, pero Miranda había recibido un mensaje un poco confuso alrededor de las diez y media en el que le decía que estaba demasiado borracho y que se iba a casa de Scott. A ella no le habría importado que volviera a casa borracho; de hecho, habría preferido eso a que durmiera en casa de Scott. Miranda no se fiaba de él, porque era de esas personas que decían «Es broma» después de soltar una grosería, como si eso la anulara. Además, una vez que ella se recogió el pelo en dos trenzas, él le tiró de una y le dijo que era «una monada».

«Deberías verme con una motosierra, tío», le respondió ella. Él se echó a reír.

—Hasta el agua de los floreros —responde Carter. Tiene la voz un poco ronca—. Ven aquí —le pide, dándose unas palmaditas en el pecho. Miranda cambia de postura para recostarse sobre él—. Mucho mejor —asegura él, con un suspiro—. Tu mera presencia es un bálsamo para el alma, Miranda Rosso.

Miranda sonríe. Carter huele a su gel; se ha metido en la ducha nada más llegar esa mañana. Al parecer, Scott tarda una hora en ducharse y a él no le apetecía esperar a que el cuarto de baño quedara por fin libre.

Miranda y Carter llevan un par de meses muy bien. Ella ha estado yendo a Winchester cada pocas semanas, incluso lo ha acompañado al médico con su madre. Tienen una relación mucho más formal que antes. Curiosamente, aquel día raro de San Valentín parece haberlos acercado.

—¿Sugieres que me promocione como cura para la resaca? —le pregunta Miranda, acurrucándose a su lado.

Carter se ríe.

—Soy demasiado egoísta para eso. Eres mi cura personal para la resaca. —Le da un beso en la cabeza—. Solo tú podrías hacerme reír cuando me encuentro tan mal.

—¿Es una de esas resacas en las que te arden las entrañas, como si estuvieran enfadadas contigo e infligiendo su castigo de dentro hacia fuera?

—Qué gráfico —dice Carter, y ella nota en su voz que lo ha hecho sonreír—. No creo que definir con precisión la resaca vaya a servir de mucho.

—¡Brunch! —grita Frannie al otro lado de la puerta.

Carter suelta un pequeño gemido.

—¡Carter tiene resaca! —le responde Miranda a gritos.

—¿No podríamos bajar hoy un poquito el volumen de la familia Rosso? —pregunta Carter con voz lastimera.

Miranda se ríe.

—Entonces ¿no quiere tortilla? —berrea Frannie.

—¿Tortilla? ¿Desde cuándo sabes hacer tortilla?

—¡Es un experimento! —vocifera Frannie—. ¡Tortilla de salchichas y pimientos!

—Madre mía. Por favor, no volváis a decir «tortilla». —Carter se sienta, frotándose los ojos—. Solo de pensar en los huevos… Puaj. —Su teléfono suena. Él lo mira con expresión tensa y luego gime—. Mierda. Tengo que pasarme por el despacho.

—¿Un sábado? —le pregunta Miranda, incapaz de contenerse.

Carter hace una mueca.

—Los abogados no respetan los fines de semana.

—Pues vaya. Bueno. ¿Seguro que no quieres…?

—Miranda, te lo advierto —dice Carter con esa voz severa que siempre la hace reír.

—¡Tortilla! —grita ella mientras él va hacia la puerta con la mochila al hombro.

—Cuando se me haya pasado la resaca, te haré cosquillas sin piedad —dice él, girándose y señalándola con el dedo.

Carter se ha dejado el abrigo; mientras Miranda se pone los zapatos, lo ve al pie de la cama y sonríe. Se ha puesto unos vaqueros y un jersey de cuello de pico que le regaló su madre en su último cumpleaños; va a ir a tomar unas cervezas por la tarde con Jamie y el resto del equipo para celebrar que han tenido un mes de marzo especialmente bueno. Miranda coge el abrigo y se lo pone, sonriendo un poco para sus adentros al sentirse como la típica chica de la fiesta que lleva puesta la sudadera de su novio.

Frannie está en el sofá, mirando en el móvil una página de cotilleos, cuando Miranda sale de la habitación. La casa todavía huele a su terrible tortilla quemada. Adele ha salido a hacer un misterioso recado que, seguramente, no era más que una treta para evitar tener que comerse un trozo.

—Dios, estoy muy obsesionada con Harry y Meghan, no puedo dejar de leer esto —dice Frannie, levantando la vista del teléfono—. Hala, ¿abrigo nuevo?

—Es de Carter. —Miranda no puede evitar sonreír—. Se lo ha dejado esta mañana. Es bastante chulo.

—Pareces un malvavisco rojo —declara Frannie, aparentemente sin intención de insultarla—. ¿Has revisado los bolsillos?

Miranda se queda pasmada.

—¿Qué? ¿Por qué iba a hacer eso?

—¿Y por qué no? —replica Frannie, inclinándose sobre el respaldo del sofá para ponerse a rebuscar en el que le queda más cerca—. ¡Anda, un chicle!

—¡Oye, para! —dice Miranda mientras Frannie empieza con el otro bolsillo, mascando ya el chicle.

—¡Un recibo! —Frannie lo agita en el aire y se agacha cuando Miranda intenta arrebatárselo.

—¡No podemos cotillear los bolsillos de Carter! ¡Es algo privado! —exclama.

—Ahora mismo son tus bolsillos —señala Frannie—. ¡Bueno, parece que tu novio se ha tomado un buen desayuno esta mañana para aliviar la resaca en el Balthazar de Covent Garden! ¡No me extraña que rechazara mi deliciosa tortilla de salchichas!

—Dame eso —dice Miranda, recuperándolo y guardándolo en el bolsillo.

Tiene el corazón desbocado. Cuando Frannie le ve la cara, se deja de tonterías de inmediato. Esa es la diferencia entre ella y Adele: si Frannie hace algo que te sienta mal, se da cuenta.

—¿Qué, Mir? ¿Qué pasa?

—No, nada.

—Te has puesto pálida y muy seria. ¿Qué pasa?

Miranda traga saliva. Scott vive en Tooting. No había absolutamente ninguna razón para que Carter estuviera al norte del río esa mañana. ¿Por qué iba a ir desde la casa de Scott al centro de Londres para desayunar solo y luego volver a Surrey a pasar el sábado con ella?

Bajo la atenta mirada de Frannie, Miranda vuelve a comprobar el recibo. Es una sensación asquerosa. Como despegar una tirita o apretar un grano: horrible pero irresistible.

Al parecer, solo pidió comida para una persona: tortitas de plátano y un café. Puede que dividiera la cuenta con alguien. Quizás ha sido una reunión de trabajo que a Carter se le ha pasado mencionarle.

Pero Carter tiene una American Express para el trabajo. Seguramente la usaría si se tratara de una reunión de negocios. En el recibo pone que pagó con una tarjeta Visa de débito. Y además es sábado.

—¿Miranda…? —dice Frannie, con los ojos muy abiertos—. ¿Qué estás pensando?

—Nada —responde ella—. Ha ido a desayunar solo a Covent Garden. No tiene nada de raro. No significa nada.

Aunque sí podría sugerir —solo un poquito, siendo muy picajosa— que tal vez no hubiera pasado la noche en casa de Scott. Y si no pasó la noche en casa de Scott…

¿Dónde la pasó realmente?

Miranda llega al bar sudorosa y alterada. Durante todo el viaje en autobús solo ha pensado en ese puñetero recibo.

Es excesivamente confiada, la típica mujer que elegirían para una estafa, con su expresión alegre y transparente y su tendencia a ver lo mejor de cada persona. Pero se trata de Carter, y, en el fondo, a Miranda siempre le ha parecido demasiado bueno para ser real. Así que puede racionalizar ese recibo todo lo que quiera, pero la duda ya estaba ahí y ha sido alimentada.

—¡Rosso! —exclama Jamie cuando Miranda entra en el bar.

Lo primero que esta percibe es el olor reconfortante y honesto de un lugar en el que se han derramado muchas cervezas sobre la moqueta. Jamie ha levantado un brazo para captar su atención y ella se da cuenta de que ya lleva encima un par de pintas. Miranda sonríe mientras se acerca a ellos. Los bares y los colegas; ambas son cosas que la hacen sentirse a gusto. Allí está como en casa.

—¿Qué quieres tomar, Rosso? ¿Cerveza, vino? ¿Una de esas cosas de colores con nombre ridículo? —le pregunta Jamie, levantándose para ir a la barra.

—Cualquier cerveza de barril, pero solo media pinta —dice ella.

—¿Media? —Él se queda callado mientras recapacita, obviamente recordando que Miranda es una mujer joven que trabaja para él—. Muy bien —dice—. Vale. Media, entonces.

Miranda se vuelve hacia A. J., Trey y Spikes. El primero está apoltronado en uno de los bancos, o tal vez sería más correcto decir «despatarrado». Ocupa casi todo un lado de la mesa, con las rodillas separadas y sus hombros enormes apoyados en el respaldo acolchado. Trey está encorvado a su lado, mirando fijamente su bebida, como si estuviera haciendo una audición para un futuro papel de «viejo en el bar a las diez de la mañana». Spikes está sentado en un taburete demasiado pequeño para él y mueve la cabeza de un lado a otro, como si estuviera siguiendo la trayectoria de una abeja; Miranda se gira para ver qué está mirando y se da cuenta de que, en realidad, se está fijando en las mujeres que pasan por delante de las ventanas del bar.

—En fin. Otra buena semana —dice, intentando no reírse de Spikes.

—Aquel roble era un cabrón —comenta este. Luego cae en la cuenta de lo que acaba de decir y la mira con malicia—. Aunque al menos de ese no hubo que rescatar a nadie.

A. J. arquea las cejas, observando a Miranda; incluso Trey levanta la vista lentamente de la pinta.

Miranda se ríe.

—No pasa nada. Ya se me ha pasado la vergüenza —asegura—. Hace ya casi dos meses que A. J. tuvo que sacarme de ese roble. Podéis burlaros de mí. No me importa.

—Ya nos hemos burlado mucho de ti, pero nos hemos asegurado de que no nos oyeras —declara Trey y, al cabo de un rato, curva un poco hacia arriba las comisuras de los labios, vueltos hacia abajo.

—Gracias —dice Miranda con sorna. Se ha encariñado con él. Es un poco como el burrito Ígor, el amigo de Winnie the Pooh: aunque triste y malhumorado, es divertido tenerlo cerca.

—Al menos no te caíste —dice Spikes antes de dar un sorbo a su Guinness con una delicadeza sorprendente para un hombre tan grande—. Trey se cayó en su primer día de escalada.

La cara de este recupera su ceño fruncido habitual.

—De eso nada —replica, mirando fijamente a Spikes.

—¿Y cómo lo llamarías, entonces? —le pregunta el otro.

—Solo me resbalé un poco —asegura Trey—. Fue más rápido de lo que pensaba.

—Se ralló como un queso toda la parte delantera del cuerpo con el tronco de un sicomoro —le cuenta A. J. a Miranda, inclinándose hacia delante—. Tendrías que haber visto cómo le quedó la polla al pobre después de eso, parecía una barra de *pepperoni* a medio masticar.

Trey y Spikes se quedan mudos de sorpresa. Nunca hablan así en presencia de Miranda. A. J. guarda silencio, mirándola de esa forma tan particular que sugiere que la conoce perfectamente.

—Si pretendes escandalizarme, A. J., vas a tener que usar algo mejor que la polla de Trey. Sin ánimo de ofender, Trey —dice ella con desenvoltura, cogiendo el vaso que Jamie le entrega cuando vuelve a la mesa.

A. J. se ríe. Tiene una risa profunda y gutural que te estremece, y Miranda piensa, como tantas otras veces, lo fácil que debe de resultarle conquistar a las mujeres. Ha escuchado muchos comentarios trabajando con los chicos: historietas sobre los tríos que se monta, sobre su fijación con las rubias y hasta una anécdota especialmente ridícula sobre un revolcón en la parte trasera de un camión que estaba cruzando el país.

—De salami, no de *pepperoni* —dice Trey, malhumorado—. Una barra de salami de las grandes. Y bien gorda.

Cuando A. J. se bebe el último trago de la pinta y se levanta para ir a la barra, Miranda extiende una mano para impedírselo.

—Invito yo —dice ella—. Os debo una ronda.

Sus ojos se encuentran y Miranda se ruboriza al recordar aquel momento de hace casi dos meses en el que A. J. la invitó a salir a tomar algo, cuando aún estaban sin aliento por el descenso entre las ramas del roble. Él levanta un poco las cejas, pero no dice nada; solo la sigue hasta la barra. Ella lo mira, sorprendida.

—Te ayudo a llevarlas, no me fío de esas manos con cinco pintas —comenta A. J.

Ella pone los ojos en blanco, pero sonríe. Es un alivio que le tomen el pelo, francamente. Si la gente no bromea contigo es porque cree que eres idiota, y esos tíos han tardado demasiado en empezar a burlarse de ella.

—Bueno, A. J. —dice Miranda mientras se unen a la marabunta de personas que están esperando a que les sirvan. Se lo piensa dos veces antes de apoyar los antebrazos en la barra, que está llena de bebidas derramadas y seguro que muy pegajosa—. Mañana no hay que levantarse temprano para trabajar. ¿Qué te depara esta noche? ¿Un polvo en lo alto de un pino, un cuarteto en la plataforma elevadora?

Él no responde, y, cuando ella se vuelve para mirarlo, no consigue descifrar su expresión. Por un instante se pregunta si lo habrá ofendido, pero no es eso: parece más serio que enfadado y la está mirando fijamente.

—Oye, si quieres que ellos te consideren uno más, por mí vale —susurra A. J., acercándose un poco más a ella—. Pero que sepas que yo nunca te veré de esa forma.

Miranda se queda sin respiración. Él se ha portado bastante bien durante las últimas seis semanas. A veces se le escapa algún coqueteo —no en voz alta, sino alguna que otra mirada que se prolonga más de lo necesario, o una mano en la espalda cuando pasa a su lado—, pero nada por lo que Miranda sienta la necesidad de regañarlo. Ya casi se ha acostumbrado a ello. Que ella sepa, A. J. siempre está en modo ligón.

Así que eso —la mirada intensa, la cercanía de su cuerpo— resulta un poco inesperado. Miranda nota que se le calienta la piel y le da la espalda para mirar hacia la barra.

—No pretendo ser uno más —dice tranquilamente—. Solo quiero formar parte del equipo. No entiendo qué tiene que ver el hecho de que sea mujer.

Ella lo oye resoplar; tal vez sea una risa o puede que una expresión de sorpresa. Pero no dice nada. Miranda llama la atención del camarero, pide la ronda y, cuando por fin vuelve a mirar a A. J., él la está contemplando con cierto asombro. Como si, después de todo, no la conociera tan bien.

—¿También eres así con él? —le pregunta, cogiendo dos de las pintas de la barra.

—¿Así cómo? ¿Con quién?

—Con tu novio. ¿Eres así de confiada y sexy? ¿Así de natural?

—A. J., ya basta —le advierte Miranda.

—¿No puedo decirte que eres natural?

—No puedes decirme que soy… No puedes coquetear conmigo.

Él esboza una pequeña sonrisa y niega con la cabeza mientras van hacia la mesa.

—Miranda…, si no quieres que piense que eres sexy, vas a tener que dejar de decirme que no puedo tenerte. No llevo bien las prohibiciones. Son como… tentaciones en estado puro.

—Suponía que ese era el atractivo —dice ella mientras se abren paso desde la barra a través del concurrido bar.

—Piensa lo que quieras —dice A. J., rozándola mientras caminan entre las mesas—. Pero, si solo te deseo porque no puedo tenerte, ¿no sería mejor que salieras un día conmigo? Solo para zanjar el tema.

—Aaron Jameson, eres un mujeriego y un sinvergüenza —dice Miranda con firmeza—. Liga con alguna de las veinte mujeres de la barra que te están mirando boquiabiertas.

—No me interesan las veinte mujeres de la barra —dice él justo cuando llegan a la mesa.

—Pues ya te has tirado al menos a dos de ellas, si no recuerdo mal —comenta Jamie, observando con los ojos entornados el grupito de mujeres que se han girado para mirar a A. J.—. Así que es bastante raro.

Siobhan

Siobhan ha conseguido cancelar la sesión personal, pero no ha podido eludir todas las entrevistas con la prensa. No tiene ni idea de lo que ha dicho en ninguna de ellas. Ya es de noche y las conversaciones con blogueros y periodistas de poca monta son un espacio en blanco absolutamente impenetrable en su cabeza. No le extrañaría haber mandado a la mierda al redactor de noticias del *Dublin Business Journal Monthly*.

Mientras camina en la oscuridad hacia la parada de taxis del aeropuerto de Dublín, se siente como si fuera otra persona. No en términos abstractos, sino de una forma muy real y tangible. No es la orientadora personal Siobhan; no es Siobhan la «empoderadora», la imagen de marca, la empresaria; ni siquiera es Siobhan, la compañera de piso de Fiona. Desde esa mañana ha estado... flotando.

Le sorprende seguir avanzando, poniendo un pie delante de otro; la gente que la rodea parece real y sus pies también parecen reales, pero siente la poderosa y acuciante necesidad de preguntarle a alguien: «¿Estoy aquí? ¿Seguro que soy yo?».

La última vez no fue así. Entonces se vino abajo, pero al menos sabía quién era. Aunque quizás hubiera preferido no saberlo.

—¿Se encuentra bien? —le pregunta el taxista mientras ella se queda inmóvil junto al coche, mirando a la ventanilla. Su rostro le devuelve la mirada. Está distorsionado y resulta extraño. Se clava las uñas en las palmas de las manos y siente dolor, pero de una forma reconfortante, de una forma que la devuelve a sí misma. Deja las uñas allí, enterradas en la carne, como un recordatorio de que es real.

—Sí —responde ella—. Sí, estoy bien.

Se sube al taxi. Este avanza por Dublín. Siobhan observa las caras por la ventanilla, deseando que alguien se gire y la mire mientras pasa.

—Dios mío —dice Fiona al abrir la puerta del piso.

Siobhan ha llamado al timbre; buscar las llaves en el bolso se le antojaba un esfuerzo titánico, como caminar a través de cemento.

—Madre mía, Shiv, estás…

Siobhan consigue esbozar una sonrisa. Fiona está absolutamente igual que siempre. Como si nada hubiera cambiado.

—Hecha una mierda, ¿no? —dice.

—Pues sí —reconoce Fiona, haciéndola entrar enseguida—. Una mierda bonita, claro, porque se trata de ti, pero una mierda al fin y al cabo. Siéntate, te voy a preparar un té.

El té está tan caliente que la taza le abrasa las manos frías a Siobhan. Esta siente los pinchazos de las marcas de las uñas, que queman un poco más que el resto de la piel de las palmas.

Se echa a llorar. Ese día ha llorado mucho. Todo el tiempo que no ha pasado con otro ser humano lo ha pasado con la mirada perdida en el más allá, o acurrucada en posición fetal, con la cara empapada en lágrimas y los puños apretados.

—Has trabajado demasiado —dice Fiona, acomodándose junto a ella en el sofá y tapando con una manta las piernas de ambas—. Creo que estás estresada, cielo.

Siobhan niega con la cabeza, aferrándose a la taza caliente.

—Se me ha retrasado la regla —dice mientras Fiona abre los ojos de par en par.

—Vaya. —Su amiga extiende la mano y la agarra de la muñeca—. Shiv, todo va a salir bien. ¿Te has hecho la prueba?

Siobhan niega con la cabeza. Una lágrima cae en su té.

—Estoy tan… —Busca las palabras adecuadas para transmitir que se siente completamente a la deriva—. Le he abierto mi corazón a Joseph —declara. Su voz es como un gemido infantil; apenas se reconoce a sí misma—. Y ahora mira. Mira dónde estoy. Dios, ha sido un error tan grande permitirme… permitirme…

—¿Enamorarte de él? —pregunta Fiona.

—¡No! —exclama Siobhan, levantando la cabeza. Ve a Fiona borrosa y nublada a través de las lágrimas—. No, no lo he hecho, no lo he hecho. Es imposible.

—Eso es, suéltalo todo —la anima Fiona.

Entonces Siobhan se da cuenta de que sus lágrimas se han convertido en sollozos irregulares y entrecortados. De repente le duelen las piernas. Siente una especie de picazón en las manos y en la cara; llamarlo cosquilleo sería quedarse corto. Es como una descarga de electricidad estática violenta y atronadora que se le extiende bajo la piel.

—Vale, puede que sea mejor que no lo sueltes tanto —dice Fiona, abriendo un poco más los ojos. Le quita el té de sus manos temblorosas—. Shiv, respira. Respira. Mírame.

Siobhan lo intenta. Fiona parece Fiona, pero es como si su cerebro no fuera capaz de reconocerla. Lo único que logra pensar es que no está a la altura. «No puedo volver a hacer esto. No puedo volver a pasar por esto». El pensamiento es tan tremendo que se adueña de todo el espacio, sin dejar sitio para nada más, ni siquiera para Fiona.

—Inhala, exhala, inhala, exhala —repite Fiona mientras le acaricia la espalda a Siobhan. Pero su respiración no hace lo que se le dice: va demasiado acelerada y llega en grandes bocanadas que le golpean con fuerza la parte posterior de la garganta.

—No puedo… —susurra ella. ¿Cómo puede parar eso? ¿Cómo puede hacer que se detenga?

—Estás hiperventilando —le dice Fiona—. Tienes que intentar estabilizar la respiración conmigo. Como al principio de una meditación, ¿vale?

Pero es inútil. Siobhan deja caer la cabeza sobre los muslos, cerrando los ojos con fuerza, con los hombros temblando. Piensa por una fracción de segundo en el sonido de la puerta del hotel cerrándose detrás de Joseph y se le acelera la respiración todavía más. Ya no tiene ningún control sobre su cuerpo, se encuentra en caída libre. Desesperada, piensa que se le estarán hinchando muchísimo los ojos. ¿Cómo va a aliviar la hinchazón para la primera sesión del día siguiente? Tiene una presentación en una escuela. Se pondrá delante de toda aquella gente y la verán como lo que es: una insustancial, una inepta.

—Tengo que hacerme una prueba —dice Siobhan, con la cara sobre las rodillas.

—Vale. Pues vamos.

—No puedo. No puedo hacerla. No puedo.

—Yo estoy a tu lado. Seguiré contigo todos los pasos.

Siobhan no es capaz de levantar la cabeza de las rodillas. Los sentimientos llegan en oleadas, cada cual más horrible que la anterior, y es como si su cuerpo estuviera lleno de odio a sí misma, como si este fuera tinta corriendo por sus venas.

—Para empezar, vamos a asearnos —dice finalmente Fiona—. Venga, a la bañera.

Siobhan se deja llevar, apoyándose en el brazo de Fiona; la verdad es que no está segura de que sus piernas logren sostenerla. Le está sucediendo algo terrible. Se está viniendo abajo.

—Vamos a dividir el día en periodos de cinco minutos —dice su amiga mientras le despega la camiseta empapada de sudor a una temblorosa Siobhan—. Como en tu agenda del trabajo, pero aquí todo es muy fácil. Absolutamente todo. Los próximos cinco minutos los vamos a pasar en la bañera. Yo no me voy a mover de aquí ni un segundo de esos cinco minutos. Vamos a hablar de la nueva temporada de *RuPaul's Drag Race*. Puede que te lavemos el pelo o puede que no, tú decides.

Siobhan solloza entre las manos mojadas, acurrucada en el agua caliente con las piernas contra el pecho.

—Lo siento mucho —dice—. Tienes cosas... Tienes cosas que hacer...

—Siobhan —dice Fiona, echando unas gotas de aceite de lavanda en la bañera—, ¿cuántas veces has cuidado tú de mí?

«Ya —piensa—, pero eso es distinto». Esa es su dinámica: Siobhan es la que arregla las cosas, la que barre y soluciona los problemas de los demás. Nunca deja que nadie la vea así de frágil, ni siquiera Fiona.

—Tú nunca has estado tan hecha polvo —dice Siobhan, apretando los puños contra los ojos. Vuelve a clavarse las uñas en las palmas de las manos, persiguiendo esa sensación que encontró fuera del taxi, la breve satisfacción que le produjo aquella inyección de dolor silencioso.

—Deja de hacer eso —le ordena Fiona con brusquedad, agarrándole una de las manos—. Shiv, para.

Siobhan deja que Fiona le abra la mano. Tiene cuatro cortecitos curvados en la palma, azulados e hinchados: el rastro de sus uñas postizas. Dos han empezado a sangrar; Siobhan observa la sangre brotar con una especie de placer indiferente.

Fiona coge una esponja y le limpia con suavidad una mano y luego la otra.

—Por favor, no vuelvas a hacer eso —le pide en voz baja. Siobhan mira a su amiga. Se siente insignificante y perdida. Completamente destrozada—. Shiv, prométeme que la próxima vez que quieras hacerte daño acudirás a mí, estés donde estés.

—No me estaba haciendo daño —replica Siobhan, sorprendida.

Fiona arquea las cejas, contemplando la sangre que se está acumulando en la palma de la mano izquierda de su amiga.

—Vale —dice—. Bueno, como quieras llamarlo.

—Ah, es que… —empieza a decir Siobhan mientras Fiona limpia la sangre fresca—. Lo siento. Me hacía sentir… mejor. No pretendía que sangrara.

—Hay mejores formas de sentirse mejor. Y vamos a encontrarlas —comenta Fiona—. Pero ¿te lavamos el pelo antes?

Siobhan accede a tumbarse dentro del agua. Cierra los ojos. De cinco en cinco minutos. Puede hacerlo. Claro que sí.

—Fi —dice de repente, abriendo los ojos y sacando la cabeza del agua—. Fiona, ¿soy real? ¿Estoy aquí de verdad?

Su amiga le echa champú en las raíces del pelo a Siobhan.

—Eres real, Siobhan Kelly. Si fueras un producto de la imaginación de alguien, probablemente dirías menos palabrotas y no me robarías tantas veces los zapatos.

Siobhan emite una risa húmeda al oír aquello. Ambas se miran sorprendidas: al parecer, ninguna de las dos creía que tuviera la capacidad de reírse. Fiona sonríe y se inclina hacia delante para emulsionar el champú en el cuero cabelludo de Siobhan.

—¿Qué tal si hacemos un trato? —le pregunta su amiga—. Si dejas de existir, te lo diré, ¿vale? Seré la primera persona en avisarte si dejas de estar aquí.

Siobhan vuelve a cerrar los ojos y asiente ligeramente antes de sumergirse en el agua.

Jane

A medida que la primavera va dando paso al verano, Jane empieza a relajarse de nuevo. La tarjeta de visita de Lou está a buen recaudo detrás de un tarro de mermelada lleno de flores secas que hay en la repisa de la chimenea. Sigue llamando a su padre y contándole mentiras piadosas; va a desayunar al Hoxton Bakehouse; se calza sus gastados zapatos marrones, y remienda los codos de su rebeca de los jueves cuando empieza a desgastarse. Un libro a la semana. Un chorrito de nata en el café. Meticulosa y maravillosamente simple: así es la vida que ha construido para sí misma.

Y luego está Joseph. Maravilloso, sí, pero en absoluto simple.

Jane ha intentado volver a ver a Joseph como un amigo, pero es como si hubiera encendido una luz y no fuera capaz de encontrar el interruptor de desconexión. No hay manera de apagarla. Lo que siente por él aumenta a cada semana que pasa, y a veces le parece imposible que él no vea brillar esa enorme e intensa esfera de amor que se está formando en su pecho.

Joseph tampoco ayuda a mejorar la situación. Es amable, inteligente y encantador; sabe escuchar y se acuerda de las cosas que le importan a Jane. Nunca se pasa de la raya ni dice nada remotamente insinuante.

Y le trae libros.

Todo empieza en mayo. En su puerta aparece otro libro más de la biblioteca. Aunque no hay ninguna nota, sabe que lo ha dejado él. Lo mete en el piso y la tentación es demasiado grande; después de todo, no está claro cuáles son las reglas cuando otra persona le lleva un libro a casa. Además, acabó la novela de suspense del club de lectura el miércoles y la noche del jueves es demasiado larga y aburrida.

Él se los deja todas las semanas. No hay un momento concreto en el que Jane hable con él del tema, ni en el que Joseph confiese, pero un día este le pregunta qué le ha parecido *El príncipe Oroonoko*, y ella le envía un mensaje al llegar a «ese momento» de *Perdida*, y así, sin más, los libros a domicilio entran a formar parte de la rutina de Jane.

Durante junio y julio, ambos compiten con todo tipo de libros, desde crudas novelas de asesinatos hasta romances desgarradores; Joseph les ha impuesto el reto de dejar de lado el esnobismo de género y darle una oportunidad a todo, literalmente. A mediados de julio, se reúnen para hablar de *La seducción del apuesto duque*. Jane lleva puesto su vestido favorito, el de los sábados, y se tumba boca arriba sobre el césped de la catedral y la falda de color crema se extiende alrededor de sus piernas, aplastando apenas con la seda las briznas de hierba. A través de sus gafas oscuras, el sol es un cálido resplandor brumoso. Está esperando a

Joseph con el libro abierto sobre la tripa y nota los nervios bajo las páginas, las mariposas de emoción por saber que él pronto estará tumbado en la hierba a su lado.

—¡Siento llegar tarde… otra vez! —exclama Joseph alegremente, sentándose de golpe—. Pero tengo una excusa excelente.

Jane sonríe, todavía con los ojos cerrados tras las gafas de sol, demorando el momento de abrirlos y verlo.

—Siempre la tienes.

Joseph gime de felicidad mientras se echa a su lado.

—¿Hay algo mejor que sentir el sol en la cara? —pregunta.

«La forma en la que sonríes cuando me ves al otro lado de la calle —piensa Jane—. El roce de nuestras manos. Tu olor a madera de cedro y a limón».

—Me encanta el verano —dice ella con indolencia—. Pero prefiero la primavera. Toda esa esperanza, con todo a punto de cobrar vida…

Con los ojos así, cerrados, se imagina que el cuerpo de Joseph está solo a un milímetro del suyo, que, si se diera la vuelta, caería justo entre sus brazos. El sol se oculta detrás de una nube y vuelve a aparecer; su calor remolón se desliza por su piel.

—Déjame adivinar. ¿También prefieres la Nochebuena a la Navidad? —le pregunta Joseph, y ella nota en su voz que está sonriendo.

Jane aprieta los labios. Últimamente, las Navidades son un compromiso desagradable y forzado. Ella y su padre pasan el día con la familia de su tía, pero él odia las fiestas y Jane odia tener que contar tantas mentiras. «Sí, Londres es genial; sí, el trabajo va bien…».

—¿Cuál era tu excusa para llegar tarde? —le pregunta Jane a Joseph, sin demasiadas ganas de hablar de la Navidad.

Aunque, sí, siempre le ha gustado la emoción de la Nochebuena; prefiere los viernes a los sábados, y a veces pasar el pulgar por el lomo intacto de una novela nueva le resulta tan placentero que casi le impide empezar el primer capítulo.

—Estaba comprando algo adecuado para picar en el club de lectura.

Jane oye el crujido de unas bolsas de papel. Se pone de lado y su ejemplar de *La seducción del apuesto duque* cae sobre la hierba, y abre los ojos cuando Joseph empieza a vaciar las bolsas. Ese día, su barba incipiente es más oscura, como si llegara tarde y no hubiera tenido tiempo de afeitarse. Eso le cambia la cara, dándole a su dulzura de chico bueno un toque diferente. Lleva puestos unos pantalones cortos y una camiseta blanca con cuello en uve que deja a la vista un poco de vello, algo que ella nunca había imaginado que le resultaría atractivo, pero que no puede dejar de mirar.

—Tarta Victoria, porque salen en esa escena de la reina —declara solemnemente—. Y rollitos de salchicha fálicos, en honor al pene del duque. —Jane se echa a reír y él le sonríe, encantado—. Y algunos de esos bollos redondos glaseados con cerezas confitadas en medio, por razones que espero que resulten obvias. —Los pone por parejas y sonríe—. ¡Te he hecho reír!

—Pues sí —reconoce ella, apoyándose sobre un codo.

—No es una tarea fácil —dice Joseph, propinándole un buen bocado a un rollito de salchicha—. Mmm. Tan bueno como aseguraba la hermosa doncella. A ver, ¿qué te ha parecido el libro? Genial, ¿no?

Su desvergüenza es contagiosa, aunque ella se pregunta si habrá venido armado con chistes sobre pasteles fálicos para romper el hielo. Nunca antes habían hablado de un libro con tantas escenas de sexo; sería muy propio de Joseph tenerlo en cuenta e intentar encontrar la manera de hacerlos sentir más cómodos.

—Ha estado muy bien —admite ella, cogiendo un bollo glaseado. Le parece un poco escandaloso ir directamente a por la cereza confitada, pero lo hace de todos modos—. Me lo he leído en un día. Creía que el duque sería insufrible, pero era autoritario y aristocrático sin ser del todo...

—¿Idiota? —dice Joseph antes de acabar el rollito de salchicha—. Estoy de acuerdo. No era en absoluto lo que me esperaba. Las escenas de sexo suelen dar mucha vergüenza ajena en los libros, ¿verdad? Con toda esa palabrería sobre lo que va a suceder. O entonces se pasan al otro extremo y todo parece un símil sobre el movimiento de las mareas, o algo así, y no eres capaz de entender lo que están haciendo. Pero... —Joseph coge su ejemplar y pasa el dedo por una página que ha marcado—. Aquí esta. Es una descripción de cómo la toca después de tanto tiempo soñando con hacerlo, cuando dice: «Le acarició la piel suave como la seda del vientre, conteniendo la respiración. Era demasiado, como el sabor de la miel más exquisita, casi excesivamente dulce como para soportarlo, y, mientras bajaba los labios hacia sus prominentes pechos, su...».

Joseph se aclara la garganta, sin levantar la vista del libro. A Jane le palpita con fuerza el corazón y siente un ansia acorde en el bajo vientre, porque sabe cómo continúa esa escena, y el mero hecho de imaginarse a Joseph hablando de un duque ficticio que besa los pezones de una doncella inexistente al parecer le basta para arder de deseo. Ella procura mostrarse impasible, pero seguro que él percibe la tensión que hay en el aire que los separa y su intenso calor, como si el sol los hubiera iluminado con uno de sus potentes rayos.

—Bueno, eso —dice Joseph, cuyos pómulos se han teñido de un dulce rubor rosado que no ayuda en absoluto a mitigar los sentimientos que florecen en el vientre de Jane—. Me pareció que tenía mucho sentido. Lo entendí perfectamente. Es decir, me lo imaginé. Como que resultaba muy evocador. —Levanta la vista con timidez—. Caray, no me extraña que sea difícil escribir una buena escena de sexo, yo ni siquiera soy capaz de comentar una.

Jane sonríe.

—Sé lo que quieres decir. La espera es en parte lo que hace que sea tan... tórrido, ¿no? —Jane baja la vista al decir «tórrido»; no es una palabra muy propia de ella, pero no se le ocurre otra—. Han estado tanto tiempo sin tocarse que cuando lo hacen...

—Sí —dice Joseph aclarándose la garganta antes de coger la tarta de bizcocho Victoria y empezar a desenvolverla—. Supongo que hay personas a las que merece la pena esperar.

Ella no deja de darle vueltas a ese comentario una vez que se han despedido, cada uno con su ración de bollos y tarta. Cuando su mente empieza a divagar, en lugar de llevarla de vuelta a lugares a los que Jane no quiere ir, la lleva a ese momento tan dulce y excitante sobre la hierba y a Joseph diciendo: «Hay personas a las que merece la pena esperar». No se cansa de revivirlo.

La frase regresa a su mente varias semanas después, uno de esos días tan asfixiantes de principios de agosto en los que parece que Inglaterra ha migrado a un lugar más cercano al ecuador. Ella y Colin están tomando el sol en sendas sillas plegables delante de la tienda solidaria; hace ya dos horas que ha entrado el último cliente (en busca de crema solar, algo que ellos no venden), y Colin es un encargado suplente mucho más indulgente que su compañero. «Las bolsas de donaciones pueden esperar, este tiempo no», había dicho, empujándola hacia el sol.

—Bueno, Jane —dice, colocándose la gorra. Está completamente calvo y Mortimer insiste mucho en que se tape la cabeza cuando hace sol. Colin obedece, pero se asegura de que Mortimer no tenga ni voz ni voto en su elección. Ese día lleva una gorra negra de visera larga que dice: ME IMPORTA UNA MIERDA en letras enormes, en la parte delantera—. Estoy pensando en pedirle a Mort que se case conmigo.

Jane se gira para mirarlo a través de las gafas de sol. Están bebiendo té helado. Lo preparó un día y Colin se declaró fan incondicional, y ahora insistía en que lo hiciera siempre que iba a la tienda. A Jane se le aceleró el corazón al ver una red de limones en la cocina que decía: «¡Para el té helado especial de nuestra Jane! ¡NO TOCAR!».

—Eso es maravilloso —asegura ella.

—Siempre pensé que me lo pediría él. Una vez, hace años, dijo que lo haría, que quería ser él quien lo hiciera. Creo que está esperando a algo, pero no sé a qué. —Colin bebe un sorbito de té helado—. Y aunque estoy convencido de que merece la pena esperar, sin duda alguna, también me pregunto si no debería agarrar el toro por los cuernos y pedírselo yo a él.

Jane se muerde el labio y piensa en cuando le preguntó a Mortimer si le importaba que Colin le mintiera a su madre sobre él. «Creo que acabará contándoselo, solo necesita un poco más de tiempo», le había respondido este.

—¿Te gustaría casarte a lo grande? ¿Con toda tu familia presente? —le pregunta.

—Por supuesto —dice él, riéndose—. Seguro que a Mort le gustaría invitar a toda su gente, aunque a mí ya solo me queda mi madre y…, bueno, ella no podría asistir de todos modos, a no ser que nos casáramos en Edimburgo.

Jane no sabe a ciencia cierta si lo de la madre de Colin es lo último que le falta a Mortimer para pedirle que se case con él, pero… percibió algo en la voz de Mortimer cuando estaban hablando de «Bluebell». Un falso desenfado, bastante poco convincente. A Jane le viene a la cabeza la última conversación que mantuvo con su padre, en la que fingió estar en Regent's Park, y cierra los ojos con tristeza.

—¿Te gustaría que estuviera presente? ¿Tu madre? ¿Crees… crees que a Mortimer le gustaría? —le pregunta Jane con prudencia.

Pero Colin es demasiado listo para esas cosas y la mira fijamente.

—¿Te ha dicho algo?

Jane no debería involucrarse. No es asunto suyo y, además, su relación actual con esas personas es bastante buena; no quiere echarla a perder entrometiéndose. Pero la voz de Colin suena un poco dolida, su actitud parece desconfiada y, es curioso, por un instante ella se ve tentada a extender la mano para posársela sobre el brazo, un impulso que no ha sentido en mucho tiempo.

—Me comentó hace poco que ella no sabía nada de lo vuestro —dice con cautela—. En realidad solo pretendía hacerme sentir mejor por haberle mentido a mi padre. No le he contado que ya no vivo en Londres. No me atrevo a decepcionarlo. —Jane se ajusta la cola de caballo, desviando la mirada—. Lo que quiero decir es que a veces mentimos a las personas que queremos, yo la primera. Pero me pregunto si esa podría ser la pieza que falta, lo último que Mortimer está esperando.

Colin baja la mirada hacia el vaso y la gorra le ensombrece el rostro.

—¿Sabes? En realidad creo que ya lo sabía —dice casi susurrando.

Jane se queda allí sentada, en silencio. La calle está llena de vida, atestada de peatones con bolsas de la compra amontonadas en los brazos, pero nadie se acerca a la tienda solidaria; ella y Colin están sentados en su pequeño mundo iluminado por el sol, cada uno con su té helado en la mano.

—Gracias, Jane —dice él.

El teléfono de esta pita ruidosamente sobre la mesa desvencijada que los separa. Colin se sobresalta y se lleva la mano al pecho.

—Dios santo. Odio esos condenados trastos —dice, mirándolo con desagrado.

Jane sonríe y abre el correo electrónico. Es una invitación de Paperless Post: «Martin Wang y Constance Hobbs, junto con sus respectivas familias, se complacen en invitarlos a su enlace matrimonial…».

El corazón le da un vuelco y se precipita desagradablemente hacia su estómago como una piedra. Va a tener que ir. Sería una grosería no hacerlo, sobre todo después de haber asistido a su fiesta de compromiso en febrero. Pero ¿qué se va a poner? ¿Con quién va a hablar? ¿Y si se queda sola en medio de la multitud o, peor aún, si esperan que mantenga conversaciones interesantes con extraños? Jane le murmura a Colin que ahora vuelve y regresa al frescor de la tienda solidaria; ese sol abrasador es de repente demasiado para ella.

No hay nadie en el interior, y, mientras permanece allí en silencio, la asalta la súbita necesidad de hacer algo.

Se permite un agradable arranque de irritabilidad infantil y lanza el teléfono móvil contra el gigantesco oso polar de peluche que vive al lado de la caja registradora. El móvil rebota entre sus orejas, cae entre sus patas delanteras extendidas y aterriza en su regazo.

—Qué ridiculez, poner a esa pobre criatura así sentada sobre el trasero —dice una voz desde las estanterías que están a la derecha de la caja.

Jane se sobresalta, se gira y ve aparecer a una mujer con un montón enorme de libros de bolsillo. Tras un análisis más detallado, se da cuenta de que se trata de Aggie, la del pijama.

—Ya llevo un rato aquí —comenta esta, dejando los libros junto a la caja registradora con un quejido—. Perdona si te he asustado. No sé tú, pero yo nunca he visto a un oso polar sentado de esa manera. Tampoco es que haya visto muchos osos polares. Bueno, lo que quiero decir es que no me extraña que quisieras poner fin al sufrimiento de ese pobre bicho.

Jane recoge avergonzada el teléfono del regazo del peluche.

—Es que… acabo de recibir un correo electrónico sobre algo que preferiría no tener que hacer —dice ella, guardándose el móvil en el bolsillo.

—Parece que tengo la costumbre de aparecer en tus días malos —dice Aggie con una sonrisa—. ¿Qué te parece si nos tomamos un té y me lo cuentas todo?

Jane parpadea. Está preparando la respuesta habitual para ese tipo de propuestas («Gracias, pero estoy demasiado ocupada y no puedo entretenerme») cuando Aggie empieza a hablar de nuevo.

—En realidad tengo una idea mejor. ¿Tu jefe puede prescindir de ti unos minutos?

—Uy, yo no soy el jefe de nadie —dice Colin alegremente, entrando en la tienda. Todavía lleva puesta la gorra de ME IMPORTA UNA MIERDA; Jane se fija en la mirada de admiración de Aggie—. Jane, puedes tomarte un descanso si quieres.

—No hace falta —repone esta de inmediato—. Gracias. Tengo que ordenar el…

—Cinco minutos —dice Aggie, mirándola con perspicacia—. Tres, si quieres. Cualquiera dispone de tres minutos.

Eso es difícil de rebatir. Y Aggie tiene algo especial. A Jane le recuerda a Joseph, por ridículo que parezca: ella se centra en las personas igual que él, proporcionándoles la sensación maravillosa de que realmente las están escuchando, en lugar de estar pensando en lo que van a decir a continuación.

—Si no consigo alegrarte la mañana, prometo dejarte en paz para siempre —declara Aggie, con la mano en el corazón—. Pero estoy segura de que, si me das tres minutos, conseguiré hacerte sonreír.

«¿Para qué vas a molestarte? —quiere preguntarle Jane—. ¿Para qué vas a intentarlo?». Ambas se quedan en silencio; Jane no sabe qué decir. Aggie suspira.

—A ver, Jane, es que tengo la sensación de que podríamos ser amigas —dice Aggie al cabo de un rato, un poco exasperada—. Creo que no le he pedido a nadie que sea mi amigo desde que tenía doce años y necesitaba a alguien con quien sentarme en el autobús, pero, como parece que no pillas las indirectas, voy a ser sincera.

Jane se queda pasmada.

—Ah. ¿En serio? —pregunta, sorprendida.

—No era una niña de doce años muy guay —replica Aggie con sorna.

—No, me refería a… —Jane se queda callada.

—¿Tan difícil te resulta creer que alguien quiera ser tu amigo? —Está bromeando, pero se pone seria al ver la cara de Jane—. Ah. Vale. Bueno, venga, vamos. No aceptaré un no por respuesta.

Aggie la saca de la tienda después de dejar la torre de libros encima del mostrador.

—Soy como un perro con un hueso —comenta esta alegremente mientras gira a la izquierda una vez fuera de la tienda para ir hacia las casas que hay junto al río—. Que sepas que no habría dejado de insistir hasta que me dijeras que sí. Así soy yo. —Aggie abre el portal de un pequeño y cuidado bloque de apartamentos de ladrillo rojo con geranios en macetas azules a ambos lados de la puerta.

Suben las escaleras y entran en el apartamento número cuatro. Se trata de un espacio luminoso, decorado por alguien con clara inclinación artística. Jane pasa a la sala de estar, donde hay un largo sofá de color ocre, decorado con cojines de pavos reales; el zócalo está pintado de negro azabache y han barnizado las tablas del suelo para darles brillo. Jane gira en redondo para verlo todo bien y de repente le entra la risa al ver la enorme obra de arte que ocupa la pared del fondo.

Se trata de un lienzo de color rosa intenso, tan chillón que da la sensación de que brilla. Sobre la superficie coloreada hay una frase que parece escrita con rotulador permanente negro: «La mayoría de la gente es gilipollas, ¿qué se le va a hacer?».

—¿Te gusta? —le pregunta Aggie, dejando el bolso en el sofá, antes de mirar el reloj—. No me contestes, ya va un minuto y medio. Ven.

Hace salir a Jane al balcón. La vista no es especialmente bonita. A sus pies hay un aparcamiento lleno de garajes, con las puertas de acero bajadas como ojos tristes y cerrados.

—Toma —dice Aggie, entregándole una cosa pesada y blanda.

Es un globo de agua. Hay un cubo entero lleno de ellos en una esquina del balcón, de diferentes colores y tamaños, todos bien atados.

Jane se queda mirando el objeto viscoso, resbaladizo e infantil que tiene entre las manos y levanta la vista hacia Aggie.

—Te hago una demostración —le dice esta y, de repente, con un movimiento de brazo espectacular, digno de un jugador de críquet, lanza el globo desde el balcón al asfalto.

Este aterriza con un chasquido y explota en una radiante lluvia de agua.

—Te toca —declara Aggie.

—¿Quieres que lance globos de agua desde tu balcón? ¿Al suelo?

—Sí —responde Aggie tranquilamente—. Venga.

—¿Y los restos? —pregunta Jane.

—Después los limpio. Lo hago siempre. Tú prueba.

El globo se bambolea y se desliza entre las palmas de las manos de Jane. Esta lo cambia a la mano derecha y mira hacia abajo desde el balcón. Los restos del globo de Aggie yacen inertes allá abajo, salpicando el asfalto con pedacitos de goma de color verde intenso.

Jane lanza el globo. Lo hace con bastante más ímpetu del pretendido, pero, una vez que pone el brazo en movimiento, la fuerza aumenta y de repente se muere de ganas de romperlo, de ver cómo explota esa cosa que tiene en la mano y que parece una medusa globosa.

Cuando el globo estalla, se siente como si se hubiera quitado un peso de encima.

Ni siquiera le da tiempo a girarse para mirar a Aggie, que ya le está pasando otro globo, esa vez de color vino y algo más grande. Jane se inclina sobre la barandilla y lo levanta bien arriba antes de dejarlo caer. Y otro globo. Y otro. Es una gozada, se está partiendo de risa; Aggie se ha puesto también a lanzar globos y un vecino se asoma a la ventana y vuelve a meterse en casa al ver a dos mujeres adultas gritando y lanzando globos de agua desde el balcón.

Para cuando todos los globos han desaparecido, Jane está jadeando. Se vuelve hacia Aggie, que le sonríe con un mechón de pelo rojo pegado a la frente.

Su amiga Aggie.

¿Y por qué no? Creía desde hacía mucho tiempo que nadie querría ser su amigo. Su estancia en Londres le había enseñado esa lección. Pero hay una mujer que sí quiere serlo, y justo al final de la calle hay una red de limones reservada para «nuestra Jane», y en su teléfono hay un mensaje de Joseph diciéndole lo mucho que le ha hecho reír su último comentario.

«Puede que al final no sea tan difícil quererme —piensa Jane emocionada, mirando a Aggie a los ojos—. Puede que yo no sea tan peculiar, tan torpe ni tan complicada. Puede que él también estuviera equivocado en eso».

—¿A que mola? —dice Aggie.

—Sí —responde Jane sonriendo. Para su inmensa sorpresa, se siente feliz.

La felicidad es una de esas emociones que no notas que se ha ido hasta que regresa.

—Pues pídele que sea tu acompañante —dice Aggie, cogiendo la botella de vino.

Está tumbada en el sofá ocre. Jane está sentada en el sillón, abrazando uno de los cojines de pavos reales contra el pecho. Todavía no se cree que eso haya sucedido. Alentada por Aggie, le ha enviado un mensaje a Colin preguntándole si le importaba que no volviera a la tienda; él la ha llamado por teléfono para responderle («No tengo los pulgares para teclear en esos cacharros», le ha dicho) y le ha contado que no han vendido ningún artículo en las últimas cuatro horas, así que probablemente no la necesite, pero que la llamará si de repente hay una avalancha de exaltados compradores de objetos de segunda mano.

Y ahora son las diez de la noche y Jane sigue en el piso de Aggie.

—No puedo pedirle que sea mi pareja —replica Jane.

Hacía siglos que no pasaba tanto tiempo en compañía de otra persona, simplemente charlando. Está a la vez agotada y entusiasmada.

—Claro que sí —dice Aggie—. Ya se lo pediste una vez, ¿no?

—Entonces era diferente. Ahora…

Ahora intenta encontrar significado a los libros que él deposita en su puerta, perdiendo el tiempo preguntándose por qué le habrá dejado *Sentido y sensibilidad*, o por qué habrá elegido *Bajo la misma estrella*. Ahora, cuando no están juntos, desea que él aparezca envuelto en su torbellino habitual de energía de última hora para oírlo reír, para contemplar sus cálidos ojos de color avellana y sentir mariposas en el estómago cuando sus miradas se cruzan. Ahora se está enamorando de él.

—¿Por qué no lo invitas a salir? —le pregunta Aggie. Se le ha corrido un poco el maquillaje en las arrugas que tiene bajo los ojos y la falda se le ha engurruñado bajo los muslos, pero ella ya la conoce lo suficientemente bien como para saber que ambas cosas le importan un bledo.

—No puedo. —Jane juguetea con el ribete del cojín que tiene en el regazo, con el corazón acelerado—. Las citas se me dan fatal.

—¿Que las citas se te dan fatal?

—Soy muy mala novia —asegura Jane.

Se hace un largo silencio.

—Decir eso es muy raro —comenta Aggie al cabo de un rato. No la está juzgando, simplemente parece sentir curiosidad.

Jane la mira.

—Me refiero a que no se me dan bien las relaciones. Los hombres suelen dejarme al poco tiempo. Siempre meto la pata. —Levanta un hombro—. Y soy muy intensa. Cuando me enamoro de alguien, cuando estoy con él... —«Me pierdo», piensa—, pierdo la perspectiva —dice, en cambio.

—Mmm —responde Aggie, ladeando la cabeza—. ¿Puedo hacer un comentario? Eso de «Soy muy mala novia» tiene pinta de ser algo que te han metido en la cabeza. ¿«Soy muy intensa»? ¿«Siempre meto la pata»? ¿Quién te ha contado todas esas cosas sobre ti, Jane?

Jane mira fijamente a Aggie. Se quedan las dos allí sentadas, en silencio, Aggie con su expresión transparente y Jane con cara de sorpresa.

—Bueno... —dice.

—¿Algún ex asqueroso? —le pregunta Aggie, con empatía—. Te dejó hecha polvo, ¿no?

Es como si a Jane el corazón le palpitara en las mejillas, rojas como un tomate.

—¿Serviría de algo que te dijera que a mí me pareces genial? Básicamente he estado persiguiéndote durante medio año, hasta que has aceptado ser mi amiga —declara Aggie antes de darle un trago a su copa de vino—. Y los de la tienda solidaria hablan de ti como si fueras su nieta favorita. La gente te quiere, Jane. Da igual lo que te hayan dicho.

Ella no sabe qué decir. Es como si Aggie hubiera derramado algo frío sobre la tristeza abrasadora y miserable que siempre arde en su pecho, empapándola por completo. «La gente te quiere, Jane».

Para su vergüenza, se echa a llorar. Baja la vista hacia el cojín que tiene en el regazo. No sabe qué decir.

—Gracias —susurra—. Eres muy amable.

Aggie resopla.

—Solo estoy siendo sincera —asegura—. Además, está claro que estás medio enamorada de ese tal Joseph, y te mereces ser feliz, así que deberías pedirle que salga contigo. Así al menos él sabrá lo que sientes; seguro que es mucho más difícil estar enamorada a escondidas.

—Es más difícil, sí —reconoce Jane, conteniendo las lágrimas—. Pero también mucho más seguro.

Cinco días después, sentada frente a Joseph en su mesa favorita del Josie's Café, Jane se sorprende diciendo:

—¿Recuerdas cuando me preguntaste si te había despedido como falso novio?

—Sí —responde Joseph, limpiándose las gafas con la camiseta. Ese día le brillan los ojos y está lleno de energía. Acaba de estar jugando al fútbol y todavía tiene el pelo húmedo por la ducha. Al entrar en la cafetería, le ha sonreído y le ha dicho: «Jane, hoy estás guapísima». Y ella ha pensado: «Cásate conmigo, cásate conmigo, cásate conmigo». Y luego: «Para ya, Jane. Déjalo de una vez».

—Pues me gustaría saber si te interesaría recuperar tu antiguo puesto. Volver a la empresa para un último trabajo, por así decirlo.

Ella solo pretendía quitarle hierro al asunto, pero ahora desearía no haber dicho lo de la empresa. Joseph todavía no sabe que Jane había trabajado en Bray & Kembrey. Se ha estremecido un poco al pronunciar aquella palabra, y ahora él la está mirando con su típica cara de curiosidad, inclinando la cabeza hacia un lado.

—¿Vuelves a necesitar pareja? —le pregunta Joseph al cabo de un rato.

Jane baja la vista hacia la carta. ¿Por qué demonios ha empezado esa conversación? ¿Por qué no es posible pescar las palabras al vuelo y retirarlas?

—A finales de septiembre es la boda de Constance. Tengo que ir, pero odio ese tipo de eventos grandes, y la verdad es que… me encantaría que me acompañaras.

—En calidad de falso novio —dice Joseph.

—Bah, ignóralo, es una idiotez. No debería habértelo pedido —dice Jane, cubriéndose las mejillas con las palmas de las manos.

—No pasa nada —dice él después de un rato—. Solo quería dejarlo claro.

Cómo no. Seguro que hay alguna mujer encantadora y guapísima por ahí con la que ha estado chateando en una aplicación de citas, o algo así; quién sabe, hasta podría tener novia. Hace tiempo que no hablan de su vida amorosa, desde aquel comentario que hizo Scott, aquella mención a una mujer llamada Fi o Fifi. Joseph nunca ha vuelto a pronunciar ningún nombre parecido ni ha hecho referencia a ninguna novia; claro que Jane tampoco le ha preguntado.

—Vamos a fingir que nunca he dicho eso —propone ella, mirando de nuevo la carta, aunque ya han pedido—. Es que odio ir sola a esas cosas. Pero debería ser más valiente. Será un buen reto para mí.

No lo dice en serio. Ya está maquinando una excusa para no asistir al evento. ¿Qué tal una intoxicación alimentaria? Preferiría no mentir, ya lo hace demasiado. Aunque podría comer pollo medio crudo o beber un poco de leche pasada.

—Estaré encantado de ir si tú quieres, si necesitas que alguien te acompañe —dice Joseph.

—Qué va —replica Jane—. No pasa nada.

Ella se da cuenta de que él está buscando su mirada, de que está bajando la cabeza para tratar de captar su atención. Los latidos del corazón se le antojan tan gigantescos y estruendosos que está segura de que él los oye, como si alguien estuviera tocando un tambor con todas sus fuerzas dentro de la cafetería.

—Jane, me parece bien —dice por fin Joseph—. Si me necesitas, allí estaré —asegura antes de quedarse callado unos instantes—. Para eso están los amigos —añade. A Jane le entran ganas de echarse a llorar.

—Claro —responde ella—. Para eso están los amigos.

Miranda

Es 25 de agosto: el cumpleaños de Miranda y su día favorito del año.

Sabe que quizás debería preferir la Navidad, o algún otro día en el que se rinda homenaje a la buena voluntad y a la familia y, bueno, a otras personas. Pero nunca ha perdido esa ilusión infantil de despertarse por la mañana y hacer lo que le dé la gana durante todo el día. Todo el mundo tiene que ser amable contigo, recibes montones de mensajes de tus amigos y hay sorpresas como esa: Carter presentándose en su piso con un gran plato de tortitas empapadas en jarabe de arce.

—Traídas desde Winchester —dice este con orgullo, dejándolas sobre la encimera de la cocina.

Son del Josie's Café, el lugar favorito de Carter para tomar el brunch. Miranda le sonríe.

—¿Las has traído hasta aquí en el tren?

—Por supuesto. Tú te mereces lo mejor. —Carter besa a Miranda, que lleva puesto un pijama rosa estampado, inclinándola hacia atrás. Ella está a punto de caerse. Cuando Adele entra en la habitación están enredados besándose, sentados en el brazo del sofá.

—Qué asco —dice esta, bostezando—. Feliz cumpleaños, Mir. ¿Son para todas? —pregunta Adele, que ya se ha hecho con un tenedor y se está acercando a las tortitas con intenciones obvias.

—Son solo para Miranda —dice Carter antes de que esta abra la boca para echarle la bronca a su hermana—. Privilegios de cumpleañera: no tiene por qué compartir.

—Gracias —le susurra ella al oído mientras se levantan y se colocan bien la ropa.

—Buenos días —dice Frannie, que entra arrastrando los pies con las zapatillas de Miranda puestas y una prenda que solo podría describirse como un picardías—. ¿Qué vamos a hacer hoy antes de que empiece la fiesta?

—Nosotros vamos a pasar el día en Londres —la informa Miranda, cogiendo el tenedor que Frannie acaba de sacar del cajón—. ¡Nada de tortitas! ¡Prepárate tu propio desayuno!

Frannie hace un mohín.

—El cumpleaños se te ha subido a la cabeza. Entonces ¿no estamos invitadas?

—Pues no —dice—. Vosotras podéis ordenar la habitación de invitados antes de que lleguen todos para la fiesta de esta noche.

—¿Por qué tiene que estar ordenada nuestra habitación? —pregunta Adele, comiéndose un puñado de copos de maíz directamente de la caja—. Nadie va a entrar allí, ¿no? Tengo objetos de valor.

—¿Qué? No digas tonterías —replica Miranda—. Y claro que podría entrar alguien, es una fiesta.

—Antes eras divertida —dice Frannie.

—No, no lo era —repone Miranda alegremente.

—Eso es verdad —dice Adele—. Naciste responsable.

Carter se ríe y luego mira arrepentido a Miranda, para ver si se ha molestado. Ella le sonríe, aunque en realidad preferiría que él no oyera ese tipo de cosas; Adele y Frannie siempre la dejan como una pringada. Puede soportar todas las burlas de los chicos del trabajo, pero las provocaciones de sus hermanas siempre le dan donde más le duele.

A Miranda le suena el teléfono: es una videollamada de sus padres. Están de vacaciones con la autocaravana por Austria. Desde que las mellizas se mudaron, se han embarcado en varias aventuras que ella no puede evitar considerar más adecuadas para adolescentes mochileros, sobre todo porque insisten en llevarse a la abuela con ellos de viaje.

Miranda coge las tortitas y el tenedor y se va a su habitación, respondiendo mientras se sienta con la espalda apoyada en el cabecero de la cama. Su madre, su padre y la *nonna* aparecen y desaparecen; por lo visto, su madre es la encargada de sostener el teléfono y, como de costumbre, no consigue enfocar las caras. Sin inmutarse, se embarcan en una cacofónica interpretación del cumpleaños feliz.

—¡Miranda! ¡Mi niña! —exclama su madre gritando mucho más de lo necesario—. ¡Qué mayor! Recuerdo cuando eras una cosita así, con esas manitas y esos piececitos, llorando a grito pelado cuando te pusieron por primera vez en mis brazos...

Es la típica conversación de cumpleaños, básicamente un monólogo protagonizado por su madre, que narra su vida hasta el momento; la *nonna* y el padre de Miranda contribuyen a veces, pero a la madre le gusta ser el centro de atención, así que ellos no tienen muchas oportunidades.

Al final, Penny Rosso ni siquiera finge intentar que su marido y su suegra salgan en pantalla.

Cuando se despiden, a Miranda le duelen las mejillas de sonreír y se ha acabado todas las tortitas, que seguramente eran para dos personas. Cuando regresa a la cocina, Adele se encuentra tumbada en el sofá viendo un vídeo en el móvil con el sonido activado y Carter está encorvado sobre la mesa de la cocina, escribiendo. Este levanta la vista y esconde algo en el regazo. Miranda sonríe. La felicitación navideña que le dio Carter era una ilustración hecha por él mismo en la que salía ella en lo alto de un árbol de Navidad, con una pequeña motosierra y todo. No se le daba bien dibujar y la ilustración no podía parecerse menos a ella, pero eso era lo de menos: el caso era que lo había intentado.

Es un detalle que le esté dibujando también una tarjeta de cumpleaños. Aunque el gesto habría sido un poquitín mejor si lo hubiera hecho con antelación y no mientras ella se arreglaba para salir. La impuntualidad de Carter y su costumbre de hacer todo a última hora le resultan entrañables..., aunque también un poco irritantes para Miranda, que nunca ha entendido cómo la gente puede llegar siempre tarde. ¿Por qué no se dan cuenta de que simplemente necesitan más tiempo?

—Dame dos minutos, cumpleañera —le pide él con voz tímida, tapando el papel con la mano—. Luego nos iremos de expedición.

Miranda ya se imagina creando recuerdos. Sabe que esos momentos con Carter volverán a su mente cuando se acurruque en la cama, o cuando tome ese mismo tren hacia el centro de Londres cualquier otro día, y no podrá evitar sonreír.

Últimamente, ella y Carter no han hablado demasiado. Tampoco ayuda que sus dos hermanas menores no dejen de rondar por el piso con su música ensordecedora, sus planchas para el pelo y comunicándose a gritos. «¿Por qué nunca están en la misma habitación cuando hablan?», se pregunta Miranda. Pero, mientras ella y Carter pasean agarrados de la mano por Kew Gardens, bajo la fina lluvia de verano, y él le deja divagar con entusiasmo sobre los árboles y arbustos que se encuentran mientras exploran…, las cosas vuelven a ser perfectas.

En el tren de vuelta a casa, Carter reproduce una conversación especialmente absurda entre su tía y su madre que incluye una imitación perfecta del remilgado acento escocés de la primera. A Miranda le hace tanta gracia que suelta una carcajada y sobresalta al anciano que dormita al otro lado del pasillo. Oírlo hablar de esa forma tan abierta de la enfermedad de su madre, e incluso restarle importancia, la llena de alegría. Mientras se enjuga las lágrimas y le aprieta la mano, siente que ha recuperado al antiguo Carter, al Carter resiliente, siempre risueño y dispuesto a hacerla reír.

Regresan al piso un poco más tarde de lo esperado; los invitados llegan a las siete y media y son ya más de las seis. Frannie sigue con el salto de cama puesto y Adele está limpiando la cocina con el paño equivocado, dejando unos arcos húmedos sobre las superficies que probablemente harán que esta quede peor que cuando estaba sucia.

—¿Quieres que te maquille? —le propone Adele con voz amable cuando Miranda sale de la habitación vestida de fiesta a las siete y media.

—¿Qué? ¡Si ya estoy maquillada! —responde ella, mirándose en el espejo que está apoyado en la pared del salón.

Frannie y Adele se miran. No se trata de una mirada secreta entre mellizas, sino de una completamente transparente para todas las partes implicadas, que dice: «No tiene remedio».

Hasta después de ese intercambio de miradas, Miranda no se da cuenta de que Trey, A. J. y Spikes están de pie en la entrada, con Carter cerrando la puerta a sus espaldas. Ella endereza la espalda y se sonroja de repente. Le resulta extraño verlos a todos allí; es como si sus dos vidas se superpusieran y la escena se volviera borrosa.

—Pues yo creo que tu maquillaje está fenomenal —declara Carter justo al mismo tiempo que A. J. dice: «Estás guapísima».

Se quedan todos completamente inmóviles. En medio del silencio, Frannie deja caer la chapa de una botella al suelo de la cocina y emite una pequeña exclamación, sobresaltándose a sí misma. A. J. no se queda cortado ni fanfarronea; ni siquiera mira a Carter. Se limita a sonreírle a Miranda.

—A. J., ¿no? —dice este fríamente. Lleva puestos unos pantalones chinos y una camisa, y está guapísimo: pulcro, elegante, el tipo de hombre del que no puedes evitar enamorarte.

A. J. le estrecha la mano. Esa noche ha hecho un esfuerzo: lleva una sudadera extragrande con capucha y unos de los pocos vaqueros que tiene que no están rotos ni manchados. No es de los que se «arreglan», ese es su tope de elegancia.

—Ambrose —dice Spikes, dándole la mano a Carter.

—¿Cómo? —exclama Miranda, volviendo a la vida—. ¿«Ambrose»?

Él parece avergonzado.

—¿Qué? No lo elegí yo.

—Te juro que creía que te llamabas Spikes —declara ella asombrada, aceptando el pack de seis cervezas que este le entrega—. Gracias, voy a meterlas en la nevera.

—Vaya —dice Carter, siguiéndola hasta la cocina—. No me habías contado que ese armario empotrado lleno de tatuajes que trabaja contigo estaba enamorado de ti —le susurra al oído, acercándose a ella mientras abre la nevera.

—Por favor —replica Miranda con firmeza, moviendo algunas de las numerosas tarrinas de yogur empezadas de Adele para hacer sitio a las cervezas—. A A. J. le encanta causar problemas, solo es eso.

—Mmm —dice Carter—. ¿Tengo que ponerme en plan cavernícola y patearle el culo?

—¿Acabas de decir «culo»? —pregunta Miranda, girándose hacia él.

—Sí —repone Carter, muy serio—. Es una amenaza de las buenas.

Miranda se ríe y lo besa, rodeándole el cuello con los brazos.

—No le hagas nada al culo de nadie, por favor.

—Está bien poner límites, Rosso —comenta Trey, pasando a su lado con un vaso de plástico lleno de vino tinto.

Miranda apoya la frente en el hombro de Carter, medio suspirando, medio riendo.

—Lo siento —se excusa—. Mis compañeros de trabajo son un poco… diferentes a los tuyos.

—Oye —dice él, encogiendo el hombro para que ella vuelva a levantar la cabeza—. Si a ti te caen bien, a mí también.

—¡Miranda, acaban de llegar más hombres de mediana edad! —grita Adele.

Son su antiguo jefe y uno de los escaladores de su anterior trabajo. Ella les sonríe y se aleja de Carter para ir hacia ellos, abrazarlos y saludarlos.

—¿Todos los invitados a esta fiesta creen que ponerse una camiseta gigante y unos vaqueros es tener estilo? —pregunta Frannie mientras Miranda vuelve a la cocina, cargada de botellas.

—Pues sí —responde Miranda, divertida—. Y tanto.

Es una fiesta larga de borrachera, una de esas noches que avanzan a trompicones y haciendo eses casi hasta que empieza a amanecer y estás tan alterado por el cansancio que no sabes si el mareo se debe al alcohol o al agotamiento. Miranda acaba durmiéndose en el sofá, encima de Adele, alrededor de las cinco de la mañana.

A. J. se marchó con Trey antes de las doce, probablemente a una discoteca o algo así. Miranda lo ha ignorado toda la noche; cuando se acercó a hablar con ella a eso de las once y media, ella le espetó: «Estás castigado»; luego le dio el abrebotellas y se fue a buscar a Carter.

Miranda se despierta a las ocho y media; tempranísimo, teniendo en cuenta la hora a la que se había dormido la noche anterior. Va cojeando hacia la cocina. Anoche Spikes le pisó un dedo del pie mientras jugaban entusiasmados a encestar pelotas de pimpón en vasos de cerveza, tras lo cual tuvo lugar una larga discusión sobre si debía ir a urgencias. La conclusión fue que no, que solo era un dedo del pie y que, a fin de cuentas, no servían para nada.

—Hola —murmura Carter, saliendo de la habitación de Miranda.

Ella se frota los ojos.

—¿Has dormido en mi cama?

Él sonríe, le rodea la cintura con un brazo y le da un beso en la frente.

—Alguien tenía que hacerlo. A ver, ¿cuál es tu desayuno de resaca favorito después de una fiesta de cumpleaños?

A Miranda, eso del «desayuno de resaca después de una fiesta de cumpleaños» le recuerda algo. En los últimos meses, ha dejado completamente aparcado lo del recibo arrugado de las tortitas de plátano en Covent Garden; nunca le ha preguntado nada a Carter, porque confía en él y ya apenas piensa en ello.

Pero, al ver sus ojos soñolientos y su pelo alborotado, no puede evitar hacerlo. Solo por un instante. Lo suficiente como para decir:

—El tuyo es el del Balthazar, en Covent Garden, ¿no?

Él frunce el ceño y retrocede para verla bien.

—¿Qué? —dice.

—Tu lugar favorito para desayunar después de una fiesta. —Él se queda callado y se limita a mirarla fijamente—. Después de la fiesta de cumpleaños de Scott, cuando tenías tanta resaca. Fuiste allí antes de venir aquí, ¿no? —Miranda traga saliva. Empieza a tener el estómago un poco revuelto; la resaca se está instalando en todos sus poros, densa y pegajosa.

Carter frunce todavía más el ceño y escudriña el rostro de Miranda.

—Ah, ¿sí? ¿Te lo conté? —pregunta al final.

A Miranda le resulta raro que diga eso, aunque no sabe exactamente por qué. Se ha apoderado de ella una desagradable sensación de confusión, fruto la deshidratación y el exceso de alcohol.

—Supongo. ¿De dónde si no iba a sacarlo? —responde, como sin darle importancia.

Si Carter está intentando disimular su sorpresa, no lo está haciendo demasiado bien. Sigue mirándola con el ceño fruncido, sin apartar la mano de su cintura, cuando Frannie sale de la habitación de invitados diciendo que va a salir a correr.

Miranda hace una mueca, rompiendo el contacto visual con Carter.

—¿A correr?

Frannie lleva la melena larga y oscura recogida en una alegre cola de caballo y unos pantalones cortos ridículamente pequeños.

—Pues claro —responde como si Miranda estuviera un poco lenta ese día—. La verdad es que me he levantado con un poco de resaca y he pensado que correr me vendrá bien.

—Todavía no sabe lo que es una resaca —comenta Carter en tono agorero mientras Frannie sale disparada por la puerta. Luego mira a Miranda y sonríe—. Bueno, ¿un desayuno completo, entonces? ¿En la cafetería de la esquina?

—Por supuesto —responde ella, aliviada, apoyándose en su pecho. «Menos mal que ya ha pasado», piensa. No tiene muy claro cómo quería que fuera esa conversación, pero así no, definitivamente.

Siobhan

Creo que simplemente necesito descubrir el sentido de la vida, eso es todo —dice Siobhan mientras pasa flotando al lado de su amiga Marlena, que se balancea sobre un flamenco hinchable.

Están en Grecia, justo a las afueras de Atenas. Fiona ha elegido el hotel y es impresionante: un precioso palacio de cinco estrellas repleto de personal que se escabulle diligentemente y te ofrece bebidas gratis en bandejas si estás tumbada al lado de la piscina.

Cuando Siobhan descubrió en el mes de abril que no estaba embarazada, sus problemas no se solucionaron de golpe, como ella esperaba. Continuó estando mal. De hecho, siguió sin tener la certeza de si realmente estaba allí, e incluso en la actualidad la embargaba una tristeza atroz y angustiosa, una sensación de incapacidad total y absoluta.

Se había tomado un largo descanso en el trabajo. Había abandonado las redes sociales, había dejado de escribir en su blog y había derivado a los clientes de las sesiones personales a otra orientadora. De forma lenta y dolorosa, con interminables charlas a corazón abierto con sus amigos y un periodo de terapia intensiva de por medio, se había pasado el verano averiguando cómo recomponerse.

—¿El sentido de la vida? —le pregunta Marlena, ajustándose el bañador negro. Tiene las piernas alrededor del cuello del flotador y hay varios hombres al borde de la piscina que la miran como si sintieran mucha envidia del flamenco.

Marlena es la típica mujer que nunca describirías como «guapa», sino como «espectacular». Es la mejor amiga de Fiona y Siobhan desde que estudiaron en la escuela de Interpretación, y se mudó a Dublín en julio, lo que significa que por fin la ven tanto como querían. Ahora es modelo a tiempo completo y siempre suele llevar alguna novia imponente colgada del brazo, aunque nunca durante el tiempo suficiente como para que Siobhan llegue a conocerla de verdad. Marlena es una gran amiga, pero una pareja terrible.

—Sí, eso es —dice Siobhan, recostándose—. Creo que, si logro descubrir el sentido de la vida, sabré qué hacer.

El cielo tiene un color azul intenso, sin nubes, y el frescor del agua se agradece con ese calor. Ya llevan una semana allí; Siobhan debería estar más relajada de lo que está. Han pasado cinco meses desde que el susto del embarazo la sumió de forma inexplicable en la locura. Ocho semanas desde que Joseph finalmente dejó de intentar contactar con ella.

Al principio hizo lo que hacía con todos los hombres cuando ya no le interesaban. Ignoraba sus mensajes y ya está, aunque, en realidad, durante las primeras etapas de su crisis de salud mental, un simple mensaje de él la hacía llorar de tal forma que el tiempo se comprimía y se estiraba, y perdía horas y horas en el sofá, atormentada por la inseguridad. Pero él no había hecho lo mismo que la mayoría de los hombres: no se había enfadado, ni se había hecho el digno, ni había desaparecido al cabo de una o dos semanas. Había seguido enviándole mensajes; no tan a menudo como para presionarla, pero lo suficiente como para demostrarle que seguía pensando en ella y que quería saber si estaba bien.

Hasta que, finalmente, le escribió un último: Ya han pasado tres meses, así que imagino que será mejor que me tome en serio lo de dejarte en paz. Espero de corazón que estés bien, Shiv, y que con un poco de suerte nuestros caminos vuelvan a cruzarse algún día. Bss.

—¿Saber qué hacer con...? —le pregunta Marlena, bajándose las gafas de sol hacia la punta de la nariz.

—Con todo —responde Siobhan, agitando vagamente una mano hacia el cielo—. El trabajo. Los hombres. El dinero. —También los hijos, pero no se atreve a decirlo. El mero hecho de pensarlo la hace sufrir. Ese tema ha surgido una y otra vez en las interminables conversaciones que ha mantenido sobre su crisis, y todavía no ha encontrado una forma de abordarlo que no le resulte dolorosa—. Con todas las cosas importantes —añade, en lugar de ello.

—Bueno, si te sirve de algo, yo creo que es el sexo —dice Marlena antes de estirarse arqueando la espalda y suspirar con fuerza. Uno de sus admiradores del borde de la piscina parece a punto de desmayarse.

—¿Qué pasa con el sexo? —le pregunta Fiona mientras se acerca nadando con su gorro de ducha morado favorito.

—Que es lo que le da sentido a la vida —dice Marlena.

—¡Por favor! —exclama Fiona, horrorizada, manteniéndose a flote—. ¡Eso es deprimente! Si el sexo le da sentido a la vida, ¿para qué sigo viva?

—La verdad es que hace tiempo que me hago la misma pregunta sobre ti —repone Marlena.

Fiona la salpica y Marlena grita y se lleva la mano a las gafas de sol, pero no consigue mantener el equilibrio y se cae del flamenco al agua. Varios hombres levantan la cabeza de la tumbona, indudablemente con la esperanza de que necesite que la rescaten, pero ella vuelve a emerger al cabo de unos segundos, chapoteando, mientras el flamenco hinchable se aleja con parsimonia hacia el otro lado de la piscina.

Mientras Fiona y Marlena emprenden una guerra de chapoteos muy poco civilizada, Siobhan rema hasta donde está su bolsa, al lado de la piscina, y saca el teléfono. No tiene mensajes nuevos. Abre el chat con Joseph y se queda mirando su último mensaje. El deseo de responder es muy similar a la compulsión de hacerse daño a sí misma: un impulso intenso y brutal que requiere de una fuerza visceral para ignorarlo.

Mientras sostiene el teléfono, le llega un mensaje nuevo: es de Richard, Acero Azul, su cliente de las sesiones personales. Siobhan parpadea sorprendida.

Espero que estés disfrutando de tus vacaciones. Estoy deseando retomar las sesiones contigo cuando regreses. No es lo mismo sin ti.

—¡Siobhan Kelly! —exclama Fiona. Siobhan se da la vuelta. Fiona no suele ser de las que gritan, pero de repente su expresión es sumamente severa—. ¿Qué estás mirando, jovencita? —le pregunta.

—Ay, no. —Marlena se acerca nadando a braza desde el rincón de la piscina al que había huido para escapar de Fiona—. Dime que no estaba haciendo eso.

—¡No era el correo electrónico! —protesta Siobhan, riéndose—. Os lo juro.

Le está resultando un poquito difícil olvidarse del trabajo durante ese periodo de recuperación.

—Estabas frunciendo el ceño en plan «Siobhan trabajadora» —dice Fiona, poniéndose muy seria.

—Que no. De verdad. Estaba... —Gruñe ligeramente en voz baja—. Pues, ya que queréis saberlo, estaba leyendo los mensajes de Joseph.

—Ah —dice Fiona.

—Pero no pienso enviarle ninguno —añade enseguida.

—¿Y podrías recordarme... por qué no? —le pregunta Marlena, agarrándose al borde de la piscina.

—Estábamos intimando demasiado. Casi parecía una relación. Y eso no es lo que quiero.

—¿Y no lo quieres porque...? —dice Marlena en el mismo tono—. Es decir, ya sabes que, personalmente, estoy a favor de la vida de soltera, pero parecías muy feliz cuando salías con ese tío.

—Las relaciones son estresantes, te atan y son... son... No merecen la pena.

La expresión de Fiona y Marlena es idéntica: ojos entrecerrados y cabeza ladeada.

—Voy a decir algo que no te va a gustar —le advierte Marlena—. Tu ex te trató muy mal, Shiv.

—No quiero hablar de Cillian —declara Siobhan mientras se aleja un poco flotando en el agua.

—Lo sé. Nunca quieres. Pero la cuestión es que te dejó tirada y estabas... estabas embarazada, Shiv...

—Basta —le espeta Siobhan, con la cara ardiendo. Nunca hablan de eso. Nunca. Fiona se queda mirando a Marlena con los ojos muy abiertos, como si no pudiera creer que se hubiera atrevido a sacar el tema.

—No me sorprendería que parte de lo que has vivido este año tuviera que ver con que no has superado ese trauma —insiste Marlena.

—No me digas, quién se lo iba a imaginar —dice bruscamente Siobhan—. El susto del embarazo me trajo recuerdos y blablablá. Enhorabuena.

—No se trata solo del embarazo. También se trata de Joseph —dice Marlena—. Cillian te hizo daño. Y ahora rechazas a las personas antes de que ellas te rechacen a ti.

Siobhan retrocede, dolida. El sol le está quemando demasiado los hombros, incluso dentro del agua.

—De eso nada —replica.

—Claro que sí —repone Marlena con firmeza.

—¡Venga ya! ¿Qué es esto, una intervención? ¡No se puede hacer una intervención en traje de baño! Venga. Vamos a relajarnos. ¿No se supone que para eso estamos aquí de vacaciones?

—Se supone que estamos aquí para cuidarnos —dice Fiona. Se siente incómoda; odia las conversaciones tensas y detesta que Siobhan se enfade. Aun así se mantiene firme mientras se muerde el labio inferior.

—Queremos ayudarte, pero tienes que dejarnos —dice Marlena—. El tema de Joseph... A ver, parecía encantador. Te hacía feliz cuando estabas con él. Los mensajes que te envió demuestran que es un buen tío. Me preocupa que te estés saboteando a ti misma. Que no te permitas ser feliz. Te exiges demasiado en el trabajo, como si tuvieras que demostrar lo plena que es tu vida, el sentido que tiene y...

—¡Basta! —brama Siobhan, levantando las manos y salpicando agua de la piscina—. No he venido a Atenas a que me digan que mi vida no puede ser plena ni tener sentido si no tengo novio.

Sus amigas la miran fijamente, obcecadas y resueltas. Ninguna de las dos piensa recular.

—Sabes que no nos referimos a eso —señala al final Fiona.

Siobhan resopla y da media vuelta para salir de la piscina.

—Voy a tranquilizarme un poco —dice—. Nos vemos más tarde para echarnos unas risas con unos cócteles. Como saquéis a relucir lo del trauma, me largo, ¿entendido?

Fiona y Marlena siguen las reglas de Siobhan durante el resto de las vacaciones. Nadie vuelve a mencionar el tema del trauma. Pero la tensión se masca en el ambiente y Siobhan no logra olvidar lo que le han dicho: «Rechazas a las personas».

¿Será cierto? Le parece absurdo. ¿Por qué demonios iba a hacer eso cuando lo último que quiere en el mundo es quedarse sola?

Jane

Parezco… otra persona —dice Jane, girando hacia un lado y hacia el otro delante del espejo.

Aggie sonríe a su reflejo, sentada en la cama que está detrás de Jane con la bolsa de las compras por internet sobre las rodillas.

—Pareces tú, pero arreglada —afirma Aggie.

Jane apenas se cree que esté haciendo eso. Cuando se mudó a Winchester, estaba tan magullada, se sentía tan frágil… El abanico de opciones vitales que se desplegaba de repente ante ella le resultaba totalmente abrumador. Al dejar Londres, ya no había nadie que le dijera qué comer, a dónde ir ni cómo vestirse, y las posibilidades parecían agotadoras.

Así que se había comprado siete conjuntos, uno para cada día de la semana, todos ellos compuestos por varias capas, de manera que le sirvieran para todas las estaciones. Era mucho más sencillo y le daba libertad para tomar otras decisiones, aquellas que de verdad importaban.

Pero hace un par de días, Aggie le dijo: «¿Por qué no te pones un jueves otra cosa que no sea el vestido verde claro? Y ya que estamos, ¿por qué no te permites desayunar un bollo de canela, en lugar de un yogur?». Y Jane pensó: «No puedo. No puedo».

Entonces lo vio claro, tan de repente como si fuera un relámpago: «Esto no es libertad». Puede que sus métodos la tranquilizaran en su día, pero habían acabado convirtiéndose en una trampa más. Leer dos libros por semana es mejor, sencillamente, y ¿por qué no iba a permitirse Jane algo mejor?

Así que ahí está, con ropa nueva.

El vestido es de color rojo pasión, largo hasta el suelo y con unas aberturas que le llegan al muslo y que al andar dejan al descubierto lo que a ella le parecen kilómetros de pierna. Hacía tiempo que Jane no las enseñaba así y piensa que tienen un aspecto algo infantil, con las rodillas nudosas y torpes. Su gato, Theodore, una bola de pelusa gris y reprobadora, la observa al calor del radiador.

—¿No crees que el rojo es un poquito… llamativo de más? —pregunta Jane.

—No hay nada de malo en llamar la atención —responde Aggie.

«Lo hay si tienes algo que ocultar», piensa Jane, con un nudo en la garganta, mientras se gira para verse por detrás. La tela se le pega al trasero, que está bastante menos firme que la última vez que se lo miró. Tiene el pelo suelto —ahora suele llevarlo así— y bastante menos desgreñado desde que Aggie le cortó las puntas.

—No debería quedármelo —dice Jane de repente, preocupada—. No lo necesito. Podría ponerme…

—Jane, ¿por qué no deberías quedarte ese vestido? —le pregunta Aggie con severidad.

—Porque… —«No me lo merezco». Es lo primero que le viene a la cabeza.

Aggie le lanza una mirada de complicidad.

—Tú te estás castigando por algo, digas lo que digas. El que te haya hecho creer que no te mereces las cosas es un capullo, ¿entendido? No te has permitido comprar una sola prenda nueva en años. Por el amor de Dios, chica, ese vestido está hecho con botellas de plástico recicladas, no podría estar más libre de culpa. Y te queda de escándalo. En serio. Joseph se va a caer de culo.

Al día siguiente, Joseph llega temprano a la boda, lo cual es toda una novedad. Espera a Jane en la puerta de la iglesia, con la chaqueta sobre el brazo y su habitual sonrisa cálida y atenta. Lleva un traje azul oscuro, una corbata de lana de color burdeos y las gafas puestas; parece tan relajado y guapo sin pretenderlo… Jane está hecha un manojo de nervios, se siente como si tuviera las entrañas hechas un ovillo. ¿Siempre ha sido tan alto? Con ese traje, de repente le resulta un poco intimidante, como si fuera otra versión del hombre de mirada dulce que ella suele ver con jerséis de lana.

Joseph abre los ojos de par en par cuando la ve acercarse.

—Estás impresionante —le dice antes de darle un beso en la mejilla—. Caray. ¿De rojo?

Jane baja la vista hacia el suelo.

—Ha sido idea de Aggie —comenta en voz aún más baja de lo habitual, y Joseph agacha la cabeza para entender lo que dice—. Me estoy arrepintiendo un poco.

—No, si es precioso —le asegura Joseph, ofreciéndole el brazo—. Muy bien. ¿Preparada para ser mi novia?

A Jane le da un vuelco tremendo el corazón, como si acabara de pasar volando sobre un badén.

—Preparada —responde ella con voz un tanto temblorosa—. Gracias por hacer esto. Otra vez.

—De nada —dice Joseph tranquilamente—. Aunque esta vez será mejor que nos pongamos de acuerdo con la historia. Tu compañera Keira me hizo muchas preguntas la mañana siguiente a la fiesta de compromiso y apenas recuerdo lo que le dije. Nos conocimos...

—En el Hoxton Bakehouse —dice Jane mientras caminan hacia la entrada de la iglesia. Es un día soleado y despejado de septiembre; ha llovido a primera hora, pero luego ha salido el sol y los charcos entre los adoquines brillan como el oro—. Esa parte la contamos igual. Aunque creo que tú le dijiste que...

—Había empezado a ir a la panadería solo para verte, sí. Una vez me topé contigo y me pareciste guapísima, así que empecé a ir a la misma hora todos los días, con la esperanza de encontrarte allí —dice Joseph.

Eso es demasiado, casi una tortura, pero una tortura deliciosa, desagradable y agradable a la vez, como la quemazón que produce el azúcar en la parte posterior de la garganta cuando le das un buen mordisco a un dónut relleno de mermelada.

—¿Y nuestra primera cita? —pregunta Jane. Su voz suena demasiado ahogada; seguro que él se da cuenta de que le pasa algo.

—Creo que es mejor decir que primero nos hicimos amigos —responde él al cabo de unos instantes—. Tal vez, para no liar más las cosas, decimos que una noche, después del club de lectura...

Él espera a que ella intervenga en ese momento y acabe la frase, pero Jane no puede, no es capaz.

—Las cosas cambiaron —continúa él en voz baja mientras llegan a las puertas de la iglesia—. Y nos dimos cuenta de que nuestros sentimientos habían pasado de la amistad a algo mucho más profundo.

Entran en la iglesia. Ya hay al menos un centenar de personas dentro. Jane aspira el olor a piedra fría, a incienso y a almizcle ligeramente húmedo propio de un edificio que no puede permitirse arreglar las goteras del tejado.

Se acomodan en sus asientos justo antes de que empiece la música. Cuando Constance entra caminando por el pasillo del brazo de su hijo, ella siente una punzada de envidia pura y dura. La novia está radiante de alegría. Jane hace una foto de la firma del registro para enviársela a su padre más tarde, como prueba de que ha hecho algo con amigos ese fin de semana.

Tras la ceremonia, van a pie al convite, que se celebra en un pub cercano. El interior está abarrotado y huele a sudor por el exceso de gente. El personal del bar parece estresado y no hay suficientes mesas. Jane y Joseph se abren paso hasta una columna que tiene una repisa del ancho justo para dejar una copa. Joseph se ausenta durante unos diez minutos para ir a buscar las bebidas a la barra y Jane se queda sola, irradiando inaccesibilidad a raudales. Es entonces, por supuesto, cuando Keira ataca.

—¡Jane! ¡Qué guapa estás! —exclama esta, mirándola de arriba abajo—. ¡Me alegra que hayas intentado arreglarte un poco! Es todo un detalle.

Colin aparece detrás de Keira, vestido con un traje rosa pálido y un sombrero. Va acompañado de Mortimer, que lleva una versión especialmente favorecedora de su habitual traje de tres piezas marrón.

—Estás increíble —le dice Colin, mientras Mortimer asiente con firmeza.

—Estás preciosa, Jane, querida —dice este último.

—Gracias —responde ella, relajándose un poco.

—¡Y has vuelto a traerte a ese hombre tan guapo! Me alegro mucho, aunque imagino que no será conde, como Ronnie, ¿verdad? —dice Keira justo cuando por fin aparece Joseph abriéndose paso entre dos grupos de hombres de mediana edad, con una copa en cada mano. Está sudando ligeramente y las luces del bar le resaltan la frente y el labio superior. A Jane eso le resulta bastante atractivo, lo que supone una nueva dimensión en la que adentrarse: ni sudando enfundado en ese traje puede resistirse a él.

—Aunque tal vez no necesites un conde, chica —añade esta, dándole un codazo—. Ya sabes que nos morimos por saber de dónde sacas tanto dinero.

Joseph mira a Jane mientras le entrega una copa de vino blanco y saluda a Colin y a Mortimer. A ella le da un vuelco el corazón. «No, no, no —piensa, aferrándose a la copa—. Hoy no, por favor».

—¡Joseph! —grita Keira, acercándose a él, para alivio de Jane—. ¿Vais a ser los siguientes?

—Disculpa, ¿los siguientes en qué? —le pregunta él amablemente.

—¡En subir al altar! —grazna Keira, extendiendo la mano para darle a Jane unas palmaditas en la mejilla.

—Ay —dice Jane, esquivando la mano y mirando temerosa a Joseph. Comprueba, aliviada, que él está intentando no reírse.

—No tenemos ninguna prisa —señala con diplomacia.

—¿Cuántos años tienes, chica? —le pregunta Keira a Jane.

—Treinta —responde esta.

—¡Uy, bueno, se te pasa la hora! —exclama Keira.

Jane ya está tensa después del comentario sobre el dinero. Lleva años soportando en silencio y con resignación los innumerables comentarios sarcásticos de Keira. Pero, de repente, piensa: «¿Por qué aguanto esto?».

—¿Te refieres a que, como mis años fértiles están contados, debería darme prisa en casarme? Eso es un poco desconsiderado, Keira —le espeta.

Jane no ha podido evitar soltarlo; de hecho, se siente bien diciendo lo que piensa en voz alta, sin avergonzarse de su propia franqueza. Está enfadada, ¿y por qué no iba a estarlo? A lo mejor ni siquiera quiere tener hijos. En realidad, sí quiere, de hecho le encantaría tenerlos cuando llegue el momento, pero ¿qué sabrá Keira?

—¡Bueno, solo estaba siendo sincera! —replica Keira.

Jane tiene que reprimir una sonrisa pícara al ver que se ruboriza. Ya se siente mejor.

—¿Qué tal tu capacidad reproductiva? —le pregunta Jane a Joseph—. Eres fértil, ¿no?

Él deja escapar una de esas risas de admiración que a ella tanto le gustan y que significan que lo ha sorprendido.

—La verdad es que no es algo que me pregunten a menudo —reconoce él.

—¿En serio? —dice Jane, mirando de reojo a Keira—. Qué suerte.

—Es algo que no volveré a subestimar —declara Joseph solemnemente y Colin se ríe, detrás de él—. Ahora, si nos disculpáis, Keira, Colin, Mortimer…

Joseph guía a Jane a través de la melé. A pesar de la multitud, esta se siente eufórica por haberse enfrentado a Keira. Pero, cuando se adentran en la muchedumbre, tiene que agarrarse al brazo de Joseph porque alguien la empuja, y, de repente, la cercanía de todos esos cuerpos le resulta sofocante. La euforia se desvanece y se aferra al brazo de Joseph con más fuerza.

—¿A dónde vamos? —pregunta justo cuando aparece ante ellos la puerta del jardín del bar.

—He pensado que te gustaría tomar un poco el aire, sé que las multitudes no son lo tuyo —dice Joseph.

Jane respira hondo cuando cruzan las puertas del jardín y se vuelve para mirar hacia dentro.

—Gracias. No debería haberle hablado así a Keira —comenta, preocupándose de repente.

—¡Has estado genial! —declara Joseph, sonriendo con la mirada—. Nunca te había visto así. Me gusta la Jane deslenguada.

Ella contempla sus ojos cálidos por un momento e intenta no sonreír.

—Bueno, no suele hacer acto de presencia a menudo, al menos a propósito.

—¿Puedo preguntarte…? Eso que ha dicho Keira sobre el dinero, ¿a qué se refería? ¿No te pagan por trabajar en la tienda solidaria? —le pregunta Joseph mientras se apartan para dejar paso a una pareja.

Jane cierra los ojos durante un instante incómodo. Deseaba con todas sus fuerzas que él lo hubiera pasado por alto. Gira a un lado y a otro la copa de vino por el tallo, observando cómo el líquido capta la tenue luz mientras la vergüenza le abrasa la piel.

—No, trabajo como voluntaria —responde, con la mirada fija en el vino.

—Caray —dice Joseph, frunciendo un poco el ceño.

Es demasiado educado para preguntarle de dónde saca el dinero entonces, pero la cuestión queda suspendida en el aire, como si alguien la hubiera planteado.

Jane vuelve a respirar hondo. El silencio que los separa se vuelve más denso y oscuro. Va a tener que mentirle.

—Cuando dejé mi antiguo trabajo, mi jefe me pagó… una especie de… liquidación. La estoy dosificando. —La vergüenza se vuelve más candente y Jane bebe un trago de vino.

—Ah, ya, ¿como una indemnización por despido?

—Ajá —dice Jane, con la boca en la copa.

—¿A qué te dedicabas? —le pregunta Joseph.

Eso se está convirtiendo en una pesadilla. Jane busca la forma de zafarse de esa conversación, pero no la encuentra; de repente, el suave tejido de punto de su vestido le resulta ajustado como un corsé. Preferiría que Keira la interrogara sobre sus decisiones vitales.

—Trabajaba en un gran bufete de abogados —responde finalmente. No es una mentira, pero sin duda sí es una evasiva.

—Venga ya —dice Joseph, un tanto sorprendido—. Sabes a qué me dedico yo, ¿no?

—Sí, lo sé —responde Jane, mirando a su alrededor, cada vez más desesperada—. ¿No tienes frío?

—No —declara con rotundidad Joseph—. ¿Por qué no me has contado que tú también trabajabas en un bufete? Seguro que conozco al equipo de Recursos Humanos, hasta puede que haya trabajado allí; me he movido bastante.

—Sí, es posible —dice ella con un hilillo de voz.

Él suspira.

—Jane…

Esta cierra los ojos unos instantes.

—¿Por qué me presionas?

—Lo siento —dice él al cabo de un rato—. Es que no entiendo por qué esto es… tan difícil. Ya me ocultas muchas cosas. ¿Por qué no puedo saber ese pequeño detalle sobre ti?

—Creía que lo entendías. Es decir…, ¿por qué no puedo saber yo lo que pasó el día de San Valentín? —le pregunta Jane, abriendo los ojos para mirarlo directamente—. ¿No es lo mismo?

Él pone cara de sorpresa, como si ella lo hubiera abofeteado.

—Bueno…, eso es distinto —dice. Le tiembla un músculo de la mandíbula. Suele ser muy expresivo, pero en ese momento su gesto es hermético.

—¿Por qué? —le pregunta Jane.

—Pues porque eso es… —De repente, Joseph se desinfla—. Dios, no lo sé. Lo siento. No quiero presionarte para que hables de tus secretos si no quieres. Supongo que no puedo evitar querer conocerte de verdad. —Se queda mirando el vaso vacío—. Mierda. Creo que ha hablado el vodka doble.

Dos niños pequeños vestidos de etiqueta pasan corriendo entre ambos y Jane se apoya en la pared del pub.

—Te traeré algo más de beber —dice Jane, extendiendo una mano temblorosa hacia su copa—. ¿Otro igual?

—Entonces…, ¿ya hemos acabado de hablar?

—¿Qué quieres que te diga?

—Quiero que me cuentes cosas que no les cuentas a los demás —dice Joseph con un entusiasmo repentino. Cada vez está más cerca de ella, aunque Jane no está segura de cuál de los dos se ha movido. Ambos están sujetando el vaso vacío, sosteniéndolo entre ellos como si estuvieran en pausa—. Quiero que me abras tu corazón. No debería quererlo, sé que no debería, pero quiero que lo hagas.

Jane le mira fijamente el cuello. No es capaz de levantar los ojos hacia su cara. En lugar de ello, examina los puntitos granulosos de su barba incipiente, que parecen arena oscura sobre su piel.

—¿Por qué me has pedido que venga hoy? —le pregunta él en voz baja.

Y la toca. Solo posa un dedo sobre el de ella, sobre el vaso que empieza a calentarse entre sus manos. Jane nota una sensación brusca cuando la piel de él roza la suya y, por una décima de segundo, se pregunta en serio si Joseph le ha dado una descarga eléctrica.

—Quería... —Jane tiene la garganta sequísima. Hay alguien riéndose demasiado fuerte en las inmediaciones—. Quería estar contigo. Aquí, quiero decir. No quería venir sin ti.

—Así que solo necesitabas un amigo. Nada más.

Jane levanta la vista para mirarlo brevemente a los ojos. Tiene las pupilas dilatadas, como charcos de tinta. Hay algo nuevo, salvaje y ávido en su mirada. El deseo la atraviesa cuando sus ojos se encuentran... y luego vuelven a alejarse, nerviosos e incómodos, cuando Keira reaparece, agitando sus enormes pestañas postizas y ofreciéndole a Joseph una especie de medio disculpa por su grosería. Él suelta el vaso que ambos estaban sujetando y su mirada vuelve a ser tan cálida y afable como siempre; de repente, todo se ha esfumado, ha desaparecido, como si aquel momento nunca hubiera existido.

—Te traeré otro —dice Jane mientras se escabulle con el vaso en la mano.

Los hacen pasar al comedor poco después de hablar con Keira, y Jane comprueba consternada que han sentado a las parejas de cada mesa separadas, seguramente para fomentar la socialización, justo una de las actividades que menos le gustan. La mujer que está a su lado es la novia de alguien que está en la mesa presidencial. No deja de echarse el pelo sobre los hombros y de parlotear con Jane de programas de telerrealidad de los que esta nunca ha oído hablar; es todo tremendamente estresante.

Jane se escapa al baño y le suena el teléfono mientras espera en la cola. Es un mensaje de Aggie: ¿Le has dicho lo que sientes por él?

Jane se muerde el labio durante unos instantes y luego abandona la fila para ir hacia el jardín mientras llama a Aggie.

—No puedo decírselo —susurra Jane, sentada en un banco que tiene el respaldo pegado a la pared del bar—. Aggie, no puedo. Aunque creyera que sí, aunque quisiera hacerlo. Me ha preguntado por Londres.

—Ah, eso es una buena señal —declara Aggie, imperturbable.

—¿Una buena señal?

—Esa es la diferencia entre un amigo y un novio, Jane. Un amigo no necesita saberlo todo de ti. Si no quieres contarme cómo era tu vida antes de que nos conociéramos, me importa un pepino: a mí la que me interesa es la Jane que está aquí y ahora, ¿entiendes? Te acepto tal y como eres. Pero si te amara querría saberlo todo de ti, ¿no? ¿Tú no quieres saberlo todo sobre él? ¿Todos sus secretos? ¿Conocer todas las versiones existentes de Joseph? ¿Cómo es cuando está en el trabajo, con su madre y con sus amigos en el bar?

—Sí —responde Jane desolada. Ella quiere saber por qué cuando mencionó el día de San Valentín fue como si le hubiera dado un puñetazo; quiere agarrarlo de la mano mientras se enfrenta a la demencia de su madre; quiere ir retirando todas sus capas hasta descubrir el núcleo de Joseph, el hombre que es cuando está a solas. Hace tiempo que la situación se le ha ido de las manos y está perdida y locamente enamorada.

—¿Es que no quieres hablar con él de lo que pasó en Londres? —le pregunta Aggie.

Jane se muerde el labio con inseguridad.

—No es solo eso. Es que trabajábamos juntos.

Aggie da un respingo.

—Me tomas el pelo. ¿Conociste a Joseph en Londres?

—No —dice Jane, alisándose el vestido rojo por encima de los muslos—. Lo conocí en Winchester. Pero luego me di cuenta de que me sonaba de mi antiguo trabajo. No creí que acabara enterándose de que había trabajado en la misma empresa que él, porque como no se había dado cuenta de inmediato... No se me ocurrió... que pudiera surgir el tema.

Se hace un breve silencio.

—¿Hola? —dice Jane, comprobando la señal.

—Sigo aquí —responde Aggie—. Solo me estaba preguntando si lo que acabas de decir es cierto, nada más.

Jane se queda callada, un poco ofendida.

—¿Qué quieres decir?

—Bueno, como no me has contado exactamente lo que sucedió en Londres, me estoy echando un poco a adivinar. Pero, por lo que yo sé, hace muchísimo tiempo que no dejas que ningún chico hable contigo durante más de cinco minutos. Así que ¿por qué él?

—¿Crees que yo...? ¿Crees que me hice amiga de Joseph porque trabajaba en Bray & Kembrey? —Jane niega con la cabeza—. No, no fue por eso. En absoluto.

—Puede que no fuera por eso —dice Aggie—. Pero creo que sabías que era un riesgo. Creo que sabías que iba a surgir el tema. Y eso es interesante. Puede que ya estés preparada para hablar de ello.

Jane observa los bancos de pícnic que hay en el exterior, provistos de sombrillas publicitarias. La basura se agolpa debajo de ellas, esperando a que alguien la recoja: pintas a medio beber, paquetes de patatas fritas, ceniceros... Hay un pañuelo de seda abandonado bajo un banco que, por un momento, en la oscuridad, parece un animalillo agazapado.

—Lo de aislarte y mantenerte fiel a tus rutinas nunca ha tenido nada que ver con un cambio de vida, ¿verdad? —le pregunta Aggie con delicadeza—. Solo era un mecanismo de supervivencia, ¿me equivoco? Es posible que necesitaras un poco de tiempo para procesar algunas cosas y también cierta tranquilidad, pero puede que ahora ya no te haga falta. A lo mejor estás en un punto de tu proceso en el que necesitas hablar.

Jane se queda allí sentada en silencio, valorando la idea como quien cata un trago de vino. La verdad es que nunca se había planteado que aquello fuera un proceso. Más bien solía considerarlo como un antes y un después: ella era una persona que regaló sus pertenencias, se subió a un tren y se convirtió en otra. La idea de estar todavía evolucionando le resulta francamente desconcertante. Se revuelve incómoda, deseando no haberse dejado la chaqueta dentro; el aire se ha ido enfriando a medida que avanzaba la tarde y tiene la piel de gallina en las piernas descubiertas.

—O no —dice Aggie, divertida, ante el prolongado silencio de Jane.

—No, no, entiendo lo que quieres decir —asegura Jane aclarándose la garganta—. Es que es una idea... bastante densa.

—Bueno, pues entonces apárcala por esta noche —le propone Aggie tranquilamente—. Pero confía en tu instinto. Si quieres abrirle tu corazón a Joseph, hazlo. Esa es mi opinión. ¿Cuál es el problema? Ya conoces bastante bien a ese hombre, ¿no? ¿Sabes si puedes confiar en él?

Jane vacila. ¿Confía en él? Aunque es muy hipócrita por su parte echarle en cara sus secretos a Joseph, lo primero que le viene a la cabeza es: «No me va a contar lo que pasó el día de San Valentín». ¿Eso lo hace indigno de confianza?

No debería. Pero ese secreto le parece importante. Jane no puede evitar sentir que, hasta que no lo descubra, no conocerá de verdad a Joseph.

El día no ha transcurrido exactamente como Jane se había imaginado, pero el momento después del primer baile, cuando Joseph la toma de la mano y la lleva a la pista de baile, es tan hermoso como ella había soñado.

—¿Estás bien? —murmura Joseph sobre su cabello.

Ella asiente, cerrando con fuerza los ojos durante unos instantes mientras se mece entre sus brazos. Está sonando *All of Me*, de John Legend, y la letra no puede ser más adecuada. Por primera vez en mucho tiempo, Jane siente deseos de entregarse por completo, con todas sus luchas y contradicciones.

—Jane —susurra Joseph, posando la mano sobre la parte baja de su espalda, para atraerla un poco más hacia él.

El calor de su cuerpo la desarma. No se atreve a abrir los ojos. Se están balanceando sin apenas mover los pies y ella siente su aliento sobre el pelo, ligero como una pluma, embriagador.

—Jane, siento haberte presionado antes. Entiendo que solo necesitas un amigo.

Una nueva descarga eléctrica la recorre cuando él cambia de posición la mano derecha sobre su cuerpo. El más mínimo contacto con Joseph le resulta abrumador. ¿Qué sentiría si lo besara con lujuria, enredando su lengua con la suya, notando la aspereza de su barba incipiente y apretando el cuerpo contra el de él?

—No te pedí que vinieras por eso —dice Jane atropelladamente. Las palabras salen de su lado oscuro e impulsivo, de la parte de sí misma que, cuando está en el andén del tren, se imagina por una décima de segundo lanzándose a las vías. Se hace el silencio. No puede creer lo que acaba de decir.

—Ah, ¿no? —pregunta Joseph al cabo de un rato, acercando más su cara mientras bailan. A su alrededor, las parejas giran con lentitud e indolencia y la canción cambia.

Jane se echa hacia atrás para mirarlo a la cara. Entonces él la mira a los ojos y ella tiene la impresión de haber entrado en el radio de acción del sol: siente su calor por todo el cuerpo, en cada centímetro de su ser.

—Entonces ¿qué es esto? ¿Qué estamos haciendo aquí? —susurra él.

—No lo sé —responde Jane. Apenas se están moviendo ya y ella tiene la cara inclinada hacia la suya. No sabe qué le está costando más: luchar contra el impulso de besarlo o lanzarse a la piscina.

Jane levanta la barbilla. Es un movimiento minúsculo, casi imperceptible, pero las pupilas de Joseph se dilatan, su mandíbula se tensa y Jane se da cuenta de que él también siente el soplo de aire que separa sus labios, la decisión que espera ser tomada.

Cuando llega, el beso es eléctrico. Se trata apenas de un susurro, de un roce, pero recorre ardiendo el cuerpo de Jane como una brasa. Sus labios se unen una vez más con mayor intensidad y Jane arde en llamas mientras se esfuerza en no desplomarse sobre él, en evitar que sus rodillas cedan.

Entonces, de repente, él retrocede con las manos sobre sus hombros y la cabeza caída. Jane se tambalea, a punto de perder el equilibrio.

—Lo siento —dice Joseph con voz entrecortada—. No puedo.

Ella tarda un rato en entender lo que está diciendo. Todavía siente el tacto de sus labios sobre los suyos, como si el beso, al igual que Jane, fuera un paso por detrás.

Él la mantiene a un brazo de distancia, agarrándole los hombros con fuerza. Su respiración es agitada y sigue mirando fijamente el suelo. La inmovilidad de ambos parece fuera de lugar, como si hubieran salido de la línea temporal y se hubieran quedado congelados mientras el resto de los bailarines se mueven a su alrededor.

¿Qué quiere decir con que no puede?

El miedo avanza poco a poco, reptando por su piel como un escalofrío.

—Lo siento, Jane. No debería haber… Lo siento mucho.

Así que hay alguien más. Una mujer guapa y encantadora que puede besarlo como si nada.

—Deberías haberme contado que estabas saliendo con alguien —dice Jane, sorprendida por la serenidad de su propia voz—. ¿Por qué no me lo has dicho antes?

Él tarda tanto en contestar que ella se pregunta si la habrá oído.

—Lo siento —dice él finalmente, levantando la cabeza. Hay desesperación en sus ojos, cansancio y puede que cierta ferocidad—. Es difícil de explicar. Soy un poco desastre,

Jane, aunque estoy intentando cambiar. Intento ser mejor persona.

Ella no debería haber levantado la barbilla. Si no hubiera hecho ese pequeño movimiento, si hubiera permanecido inmóvil, no estaría sintiendo ese dolor acuciante en el pecho. Siempre mete la pata, siempre.

—Lo siento. No debí… Tendría que haber sido más claro. Pero quiero ser tu amigo, si me dejas. Si todavía me aceptas.

«No —piensa ella—. No, no, no. Lo quiero todo, hasta el último pedazo de ti, o prefiero no tener nada. Esto duele demasiado».

Pero no lo suficiente como para decirle adiós, así que Jane apoya la cabeza sobre su pecho y dice:

—Claro. Claro que somos amigos.

Miranda

Octubre acaba y el otoño se acerca. La lluvia se cuela por dentro del cuello del impermeable de Miranda; las coloridas hojas, finas como el papel, se acumulan en grandes montones y hay bellotas y castañas de Indias por todas partes. Ya está deseando que llegue la primavera. Cuanto más cortos son los días, más rara se siente.

Lo único bueno, entre tanta humedad y frío, es que las cosas con Carter parecen ir por buen camino. Algo cambió en él a finales de verano: de repente empezó a estar más presente, a involucrarse más, aunque hasta que se produjo esa transformación Miranda no había sido consciente de que no se estaba entregando al cien por cien.

Es el viernes siguiente a Halloween y Scott organiza una fiesta, algo que suele hacer a la mínima oportunidad. Carter va directamente al piso de Miranda después del trabajo para arreglarse juntos. Cuando esta abre la puerta, él se está aflojando la corbata. A ella le encanta ese gesto, la forma en que ladea la cabeza y lo que significa: a partir de ese momento, Carter sale del modo trabajo y entra en el modo ocio.

Él se inclina para besarla y aspira el aroma de su pelo recién lavado.

—Hueles a verano —dice.

—Ojalá. —En el piso hace muchísimo frío, en parte porque no hay suficientes radiadores y en parte porque ella siempre se acuerda de encenderlos demasiado tarde—. ¿Ese es tu disfraz?

Miranda señala la bolsa que lleva en la mano y él hace una mueca.

—Sí. Lo ha elegido una amiga. No sé por qué le he dejado que me ayudara —responde Carter.

Ella suele estar convencidísima de que ya no alberga ninguna duda sobre Carter, hasta que de repente él hace algo así: mencionar a una mujer, pero sin decir su nombre. Y entonces, pum, las sospechas aparecen de nuevo. Lo del día de San Valentín, lo del recibo, la confusión de Mary Carter preguntando quién era Miranda la primera vez que estuvo en su casa…

—Ah, ¿sí? ¿Quién? —pregunta ella con la mayor naturalidad posible.

—Madre mía —dice Carter, deteniéndose de golpe en medio de la sala y echándose a reír.

Adele y Frannie acaban de salir de la habitación de invitados con sus disfraces de Halloween.

—No puedo creer que te haya dejado convencerme para hacer esto —dice Frannie.

Frannie es la parte trasera del gato. Adele es la parte delantera, que es definitivamente la mejor de las dos opciones.

—¿Vais a estar pegadas la una a la otra toda la noche? —pregunta Miranda—. ¿Y si una de las dos necesita hacer pis?

—Lo de hacer pis es lo de menos. ¿Y si una de nosotras conoce a un tío bueno? —dice Frannie.

—¡Nada de tíos buenos! —exclama Miranda, convencida de repente de que llevar a Frannie y Adele a una fiesta de adultos es un error enorme, por mucho que tengan dieciocho años.

—No te preocupes —la tranquiliza Adele—. No creo que Frannie consiga ligar vestida de culo de gato. Además, tiene cremallera, mira.

Adele se contorsiona para intentar demostrar que el cuerpo del gato se desabrocha, evitando así que Frannie tenga que seguirla obedientemente toda la noche, pero no lo consigue. Frannie le da un tortazo en las manos.

—Deja, ya lo hago yo. —Esta abre la cremallera para separarlas con cierta dificultad. El gato se parte por la mitad. Carter pone cara de desagrado y lo cierto es que la imagen resulta un tanto grotesca. Por muy irreal que sea el disfraz, nunca es plato de buen gusto ver un gato partido en dos.

—¡Ya está! —exclama Adele—. Perfecto.

—Ahora Frannie es un gato sin cara —señala Carter.

—¿A que es lo más Halloween del mundo? —dice Adele alegremente.

En eso tiene razón, aunque lleve medio cuerpo de gato colgando por la parte de atrás de las piernas. Miranda frunce el ceño al darse cuenta de que el frontal del disfraz de gato es escotadísimo. El traje de la pobre Frannie no es más que una túnica de fieltro negro hasta el cuello; encima, la mitad del cuerpo del gato le sobresale por delante y parece que va disfrazada de monja embarazada.

—¡Rápido, preparaos! —dice Adele, arrastrando a Carter y a Miranda hacia la habitación—. Fran, vamos a por unas cervezas.

—¿Así vestidas? —pregunta Frannie mientras Miranda cierra la puerta de su cuarto.

Carter suelta una carcajada.

—Tus hermanas...

—Ya lo sé —dice Miranda, poniendo los ojos en blanco pero sonriendo—. Está claro que nos vamos a arrepentir de llevarlas con nosotros. Déjame ver tu traje... ¡Me encanta!

Es un disfraz de vaquero, con sombrero, botas y todo.

—Voy a parecer imbécil —dice Carter, rascándose la cabeza mientras observa el traje que está sobre la cama de Miranda.

—Vas a estar muy sexy —le dice ella, probándose el sombrero—. Vaya, qué pena que no me hubieras avisado. Me habría disfrazado de vaquerita.

Él abre los ojos de par en par.

—Ojalá te lo hubiera dicho. Ese sombrero te sienta de maravilla —responde, acercándose a ella para agarrarla por la cintura.

Carter desliza las manos por el cuerpo de Miranda, enredándolas en su camiseta hasta encontrar su piel. Esta inclina la cabeza hacia él, que la besa suavemente pero con firmeza, con uno de esos hábiles besos que le hacen temblar las rodillas.

Ella mira hacia la puerta.

—No tenemos tiempo ni de broma. Esas dos nos matarían —susurra.

—¿Cuánto tiempo necesitas en realidad para arreglarte? —le pregunta Carter, empezando a besarle el cuello.

Eso es algo que también ha cambiado últimamente. Él siempre ha sido muy sexual, siempre ha estado dispuesto a hacerlo si ella lo estaba. Pero desde hace un par de meses se ha vuelto más fogoso; parece desearla más, y a Miranda le encanta esa nueva voracidad, el hecho de que le resulte imposible mantener las manos alejadas de ella.

Fuera, las mellizas cierran de golpe la puerta principal al salir. Carter arquea las cejas.

—La tienda está a solo tres minutos andando —dice Miranda con pesar, deslizando las manos por el pecho de Carter. Él todavía lleva puestas la chaqueta del traje y la corbata floja.

—Pero con medio disfraz de gato...

—Irán más lentas —reconoce Miranda—. Cinco minutos.

—Y elegir las cervezas...

—Adele es muy quisquillosa. —Lanza el sombrero y se quita la camiseta.

—Además, ya sabes que los semáforos del paso de peatones que hay en tu calle son lentísimos —dice Carter, bajando las manos hacia el cierre del sujetador.

Ella se echa a reír, excitada, mientras él le baja los tirantes.

—Tú sí que sabes decirme guarradas —dice Miranda, jadeando cuando su piel desnuda roza la tela del traje de Carter.

Carter se ríe mientras la besa.

—Y eso que ni siquiera he hablado de lo abarrotada que puede estar la acera delante del pub —comenta.

Aunque Miranda intenta arreglarse a toda velocidad, van con retraso; echa a Carter de la habitación para que entretenga a Frannie y a Adele al volver de la tienda y dedica toda su atención a intentar domar su cabello despeinado.

En cuanto se acerca a una cama, se le queda el pelo como si se acabara de levantar; es muy injusto. Carter tenía un aspecto de lo más civilizado cuando salió por la puerta de la habitación, guiñándole un ojo, ya vestido de vaquero.

—Mir, ¿me he dejado ahí el teléfono? —grita Carter unos minutos más tarde, cuando Miranda tiene ya un aspecto menos acalorado y más parecido al de Alicia en el País de las Maravillas.

Esta echa un vistazo a su alrededor. El teléfono de Carter está encima de la cama.

—Mmm, sí… —dice, mirándose a sí misma. Solo lleva puestas unas bragas y unas medias blancas; pensaba acabar de maquillarse antes de ponerse el vestido.

—¡Busca el evento en la agenda! —grita Carter—. ¡Necesitamos la dirección para que Adele pida un Uber!

Esa es la forma que tiene Adele de intentar que Miranda se dé prisa. Ella pone los ojos en blanco y abre la agenda de Carter.

Está justo en ese día y allí está el evento: Halloween en casa de Scott.

Pero es otra anotación que hay debajo lo que llama la atención de Miranda.

Mi noche ;)

Ese guiño… A Carter no le pega escribir algo así y menos en una nota para sí mismo. Eso es algo que escribiría una mujer. Y desde luego ella no ha metido nada en su agenda.

Vacila durante una fracción de segundo antes de hacer clic sobre el evento. En el espacio donde suele introducirse la ubicación, pone: El primer viernes del mes es MÍo, Joseph Carter, no lo olvides. Bss. El evento está programado para repetirse cada mes.

—¿Mir? —dice Carter.

Ella traga saliva. Tiene el corazón a mil. Retrocede mes a mes —septiembre, agosto, julio…—, buscando rastros de sí misma en la agenda de Carter. «Cena con Mir. Dormir en casa de Miranda. Mir viene a Winchester».

Nunca ha pasado el primer viernes de ningún mes con Carter. Estuvieron juntos el día anterior y posterior en agosto y julio, también el viernes siguiente en septiembre, pero nunca el primer viernes del mes. Sigue avanzando: junio, mayo, abril… El primer viernes de abril fue el cumpleaños de Scott, el día 6. Fue el sábado 7 de abril cuando Miranda encontró el recibo que indicaba que Carter acababa de desayunar en el centro de Londres.

¿Realmente fue a la fiesta de Scott? ¿Estaba con otra mujer?

La puerta se abre con un clic.

—¿Estás bien? —Miranda lo mira y él debe de notarle algo en la cara. Se pone serio de inmediato, entra en la habitación y cierra la puerta—. ¿Qué pasa?

Observa el teléfono en la mano de ella y se le tensa la cara.

—Me has pedido que lo mirara —le espeta Miranda.

—Me refería a Facebook —dice él fríamente.

Carter extiende la mano, reclamando el móvil. Ella se lo entrega, con la pantalla aún abierta en el primer viernes de abril. «Mi noche ;)» está justo ahí, desentonando con el recordatorio de la fiesta de cumpleaños de Scott, ambos eventos situados uno al lado del otro.

Carter baja la vista hacia la pantalla durante unos instantes y, por primera vez, sus emociones no están ahí en su cara, a disposición de quien quiera descifrarlas. De hecho, en ese momento Miranda no es capaz de interpretar su expresión.

—Había un recordatorio para hoy. Y… he ido hacia atrás. —Tiene la garganta sequísima.

Él tarda un buen rato en levantar la vista. Miranda se muerde el labio. Está demasiado confusa como para saber si lo que ha hecho ha sido algo paranoico o razonable. Lo único que siente son los latidos de su corazón y el hormigueo del sudor que le corre por la nuca. Sigue desnuda de cintura para arriba; solo lleva puestas las medias y, al darse cuenta, cruza los brazos sobre los pechos.

—Miranda, esto no es lo que parece —dice Carter tras un silencio abrumador y terrorífico.

Eso es lo que dicen siempre, ¿no? Cuando alguien le planta cara a un mentiroso en la televisión, este siempre dice: «Esto no es lo que parece».

—¿Y qué es, entonces? —le pregunta ella totalmente en serio. Está desesperada por obtener una respuesta que tenga verdadero sentido. Su piel vibra con esa necesidad acuciante de moverse que siempre la asalta cuando entra en pánico. Necesita correr, escalar un árbol, sentir que le arden los músculos.

Carter no dice nada. Traga saliva. Mientras lo observa, Miranda sabe que está tratando de inventarse una mentira y de repente le aterra que no sea capaz de encontrar ninguna buena, verse obligada a quitarse las medias de Alicia, ponerse el pijama y echarse a llorar sobre la cama porque han roto.

—¿Es de una ex? —le pregunta—. ¿Lo escribió ella y lo programó para que se repitiera?

Carter saca la lengua para humedecerse el labio inferior. Finalmente, levanta la mirada hacia ella.

—Sí —responde. Intenta sonreír, algo que empeora las cosas, porque queda muy falso. No es su verdadera sonrisa.

Está demasiado pálido, parece cansado y un poco sorprendido—. Sí, es eso. Lo siento. Debería haberlo borrado.

—¿Y por qué no lo has hecho? —le pregunta Miranda con un hilillo de voz. Ojalá llevara más ropa puesta.

—No lo sé. —Carter se pasa una mano por la boca—. Supongo que no se me ocurrió.

—¿En todos estos meses, cada vez que salía, nunca se te ha ocurrido borrarlo?

Carter hace una mueca de dolor.

—Lo siento. Creía que lo había hecho, pero… A lo mejor borré solo un evento en vez de todos.

Entonces Miranda se da cuenta de que está mintiendo. Ella ha retrocedido hasta abril y todos los recordatorios de las citas nocturnas seguían allí.

—Los borro todos ahora mismo. —Lo hace con una determinación que a Miranda le resulta un tanto dolorosa; es como si él necesitara demostrárselo, como si ella no estuviera siendo razonable.

—¿Sabes que nunca hemos quedado el primer viernes de ningún mes?

Carter retrocede un poco y la mira con esos ojos vidriosos que no parecen suyos.

—Ah, ¿no? ¿Nunca? Seguro que sí —dice, recuperando el control sobre sí mismo.

—Bueno, al menos en los últimos seis meses. No he ido más allá.

—Eso es una coincidencia, Miranda.

Esta baja la vista. Entonces Carter le roza con mucha suavidad el hombro derecho. Ella piensa en alejarse o en sacudir el hombro para que él se aparte, pero le resulta tan natural sentir su mano que cuando se plantea hacerlo ya es demasiado tarde.

—Miranda, ¿en qué estás pensando?

—¿Dónde estuviste el viernes 6 de abril?

Volver a mirarlo a los ojos le resulta imposible ahora que ha desviado la mirada.

—¿A qué…? ¿A qué te refieres? Tendría que consultar la agenda, Mir. ¿Cómo voy a…? —Carter se queda callado—. Ah, espera, fue el cumpleaños de Scott. Estuve en su fiesta —asegura. Ha bajado un poco la voz: le ha molestado la pregunta y eso colma la paciencia de Miranda.

—¿Qué se supone que debo pensar? —dice ella, mirándolo a los ojos—. Desayunaste en el centro de Londres a la mañana siguiente. Tenías una cita con alguien anotada en la agenda para esa misma noche.

—Esa noche también tenía apuntada en la agenda la fiesta de cumpleaños de Scott —señala Carter—. Y hoy tenía esa… esa serie de eventos, pero estoy aquí, ¿no? No he quedado con nadie más. Vamos a ir a una fiesta de Halloween juntos.

—Bueno, vale —admite Miranda, porque, aunque le moleste, en eso tiene razón—. Bien. Así que lo escribió tu ex, tú no lo borraste y el hecho de que no salieras conmigo ninguno de esos días que están marcados en la agenda es simplemente una coincidencia.

—Ahora vamos a salir, ¿no?

—¿De verdad te estás enfadando conmigo por esto? —A Miranda le arden las mejillas—. ¿En serio me estás levantando la voz cuando tienes marcada en la agenda una cita esta noche con otra mujer?

—Miranda —dice Carter, suspirando exasperado—, ese evento lleva en mi agenda muchísimo tiempo, ¿vale? Te prometo que… que ya no salgo con esa persona.

Ella se da cuenta de que ha evitado decir el nombre.

—Bueno, acabas de borrarlo, ¿no? Ahora ya no hay forma de saber cuándo lo pusieron en la agenda. —Miranda aprieta los dientes. Ambos se miran fijamente, en silencio, durante un rato.

Carter se acerca a la cama y le da el vestido.

—Toma —dice, y, en cierto modo, eso también le molesta, como si insinuara que debería taparse.

—No he acabado de maquillarme —le espeta ella—. Tengo que hacerlo antes de ponerme el vestido.

Carter levanta las manos, haciendo ese gesto tan masculino y universal que significa: «Bueno, vale, no me arranques la cabeza». Ahí va otra dosis de su sonrisa perfecta.

—¿Qué estáis haciendo ahí dentro? ¡Más vale que no sea nada raro! —grita Adele al otro lado de la puerta.

Miranda mira fijamente a Carter durante un rato. Hace apenas veinte minutos, él estaba dentro de ella, aferrándose a sus muslos, pegándole la espalda contra la puerta. Se le antoja algo demasiado íntimo como para haberlo hecho con ese desconocido.

Cierra los ojos y trata de serenarse. Su explicación tiene sentido, aunque sigue sin darle una razón coherente que justifique ese desayuno en el centro de Londres el 7 de abril, si es que de verdad estuvo en la fiesta de cumpleaños de Scott la noche anterior. Pero Miranda sabe que le ha mentido. Lo sabe perfectamente. Ojalá no le hubiera ofrecido la solución de la ex, porque ahora ya nunca sabrá si se ha aferrado a ella porque le proporcionaba una salida.

—Tú y esa mujer, ¿cuánto tiempo estuvisteis juntos?

—Miranda…, ¿en serio quieres hablar de eso ahora?

No, no quiere. Le duele imaginárselo con otra persona, sobre todo porque, en el fondo, está convencida de que eso de «Mi noche ;)» no lo escribió ninguna exnovia.

¿Quién mantiene los planes de una antigua relación en la agenda?

Carter suspira y relaja los hombros.

—Miranda, si estuviera saliendo con otra persona, ¿no crees que te darías cuenta? —le pregunta con dulzura—. Mírame. Estoy plenamente comprometido contigo, te lo juro. Para mí solo existes tú. Solo tú.

Carter posa una mano bajo la mandíbula de Miranda y le hace inclinar la cabeza para que lo mire. De pronto, el labio inferior de ella tiembla de emoción por ese gesto.

No cree que le esté mintiendo en ese momento. Su mirada es sincera y la está mirando a los ojos.

Él le da un beso suave en los labios.

—Siento haber dejado eso en la agenda. Ya sabes lo desorganizada que es a veces mi vida. Soy un desastre. Pero ya está borrado. Y si quieres, a partir de ahora, todos los viernes serán tuyos. Absolutamente todos.

—¿Hola? —chilla Adele a través de la puerta—. ¿Hooolaaa?

—¡Ya vamos! —grita Miranda, alejándose de Carter para volver a ponerse delante del espejo—. Dios, ahora no tengo tiempo para arreglarme el maquillaje. Tendré que apañarme con el resto.

—Estás guapísima —asegura Carter. Miranda reprime las ganas de reírse. Por favor. Si está a medio vestir, con un ojo maquillado y el otro completamente sin maquillar—. ¿Todo solucionado? —pregunta tímidamente, acercándose a ella.

Hacen muy buena pareja en el espejo, aunque Miranda esté a medio maquillar. Esta le llega justo por debajo de la barbilla y él la envuelve con sus anchos hombros. Además, está supersexy vestido de vaquero. Parece recién salido de una fantasía.

La ira de Miranda se esfuma al contemplar su reflejo. Se va como el agua por el desagüe y deja tras de sí solo cansancio.

—Sí —responde ella, porque no se le ocurre nada más que decir y además tienen que llegar a esa fiesta—. De momento. Todo solucionado, de momento.

Siobhan

A principios de noviembre, Siobhan se siente como una taza de porcelana rota que han vuelto a pegar. Es dolorosamente consciente de las nuevas uniones, de los puntos por los que se resquebrajó, pero casi se atrevería a afirmar que ha recuperado su entereza.

Solo ha ido a Londres un par de veces desde su crisis de salud mental; incluso tras todos esos meses de recuperación, sigue sintiéndose rara y ajena allí, como en una tierra hostil que le exige ser otra persona. Va vestida con botas de tacón y vaqueros pitillo: un atuendo empoderador al estilo Siobhan. También lleva un abrigo enorme de piel sintética con una capucha gigante. Parece la típica mujer a la que pararía un fotógrafo callejero para sacarla en una columna de *Vogue* sobre el estilo urbano londinense, y, cuando se ve reflejada en un escaparate, la invade por un instante esa sensación que ahora sabe que se llama «disociación», es decir, cuando te observas desde la distancia y no eres capaz de discernir si eres real.

Va hacia la oficina que alquila cuando está en Londres, para reanudar las sesiones personales con Richard y algunos clientes más, como Media Melena, Frente Amplia y Encorbatado. Poco a poco va retomando sus responsabilidades, o aquellas que le quedan por retomar.

Richard es el primero en llegar, justo cuando ella se está preparando. Ese edificio de oficinas es uno de esos lugares con césped artificial en los pasillos y máquinas expendedoras llenas de fruta y batidos; Siobhan todavía no tiene claro si le parece genial o demasiado extravagante.

Hace meses que no ve a Richard en persona. Ha olvidado que es algo menos esbelto de lo que parece en la pantalla, sentado detrás del escritorio, pero cuando sonríe es tan encantador como siempre. Le estrecha la mano a Siobhan y luego se inclina para darle un beso en la mejilla.

—¿Qué tal, Richard? —le pregunta esta, posando el bloc de notas sobre el regazo. Se ha dado cuenta de que el bloc tranquiliza a las personas más tradicionales; hace que la cosa parezca más oficial. Además, le viene bien para tener algo que hacer con las manos.

—Han sido unos meses… interesantes —responde él, colocándose bien la corbata sobre la camisa. Luego se recuesta en la silla, pone un tobillo sobre la rodilla y se pasa un dedo por el labio superior—. En lo que respecta a los negocios, creo que voy bien encaminado.

Cuando Siobhan empezó a asesorar a Richard, este acudía a las reuniones con un listado de lo que quería conseguir exactamente con las sesiones de orientación: un ascenso, solucionar unos cuantos problemas empresariales concretos o recibir consejo sobre ellos, y hablar con ella para que lo ayudara a congeniar más con los hombres. «Con las mujeres me llevo bien, pero suelo caer mal a los hombres», le había dicho sonriendo, un tanto avergonzado.

—¿Y tú? ¿Estás bien? —le pregunta Richard, con la mirada ensayada de un hombre que sabe cómo resultar atractivo.

—Sí —responde Siobhan—. Espero que mi ausencia te haya dado la oportunidad de explorar un enfoque diferente con Eko.

—He de decir que no era lo mismo.

Siobhan sonríe con amabilidad, sin hacer ningún comentario al respecto. Richard parece un poco sorprendido ante la falta de respuesta, porque Siobhan suele ser más complaciente con él, pero aun así continúa.

—En cuanto a mi vida personal… Mi secretaria y yo… Las cosas han seguido, bueno, evolucionando. Francamente, nos cuesta mucho evitar tocarnos. Su cuerpo, lo que ella me hace sentir… Dios, es como si volviera a ser adolescente. Tengo las hormonas revolucionadas. Si nos lo hemos montado esta misma mañana en la silla de mi despacho, por el amor de Dios.

Richard mira a Siobhan mientras hace ese comentario y de repente ella se da cuenta de una cosa. Lo ha notado al estar en la misma habitación que él. Algo que sería imposible captar por Skype allí no puede resultar más obvio.

Es como si se estuviera pavoneando. El hecho de contarle la rocambolesca historia de la seducción de la secretaria, lo del sexo en la silla y lo de las hormonas revolucionadas no tiene nada que ver con la necesidad de hablar de sus emociones; simplemente quiere que ella lo escuche.

Odia tener que darle la razón a Fiona.

Mientras Richard sigue hablando de su secretaria sexy, cambiando de postura en la silla para sentarse con las piernas abiertas, Siobhan se pregunta qué se supone que debería hacer ella exactamente en ese caso. En realidad, él no ha dicho ni hecho nada inapropiado *per se*. Podría anular el contrato que acaba de renovar con el equipo de Recursos Humanos de la empresa de Richard, pero eso significaría perder a todos los clientes de las sesiones personales, además de los cursos de asertividad empresarial que imparte, con los que gana mucho dinero. Podría abordar el tema directamente con Richard, pero... es demasiado escurridizo. Su instinto le dice que la cosa no acabaría bien.

Sin embargo, de algún modo necesita salir de la vida de Richard Wilson. Siobhan aprieta un puño, pero tiene las uñas tan cortas que no llega a clavárselas en la palma de la mano. El resto de los tics autolesivos, como mordisquearse la piel de la muñeca o tirarse del pelo, han ido desapareciendo a medida que ha ido trabajando su salud mental, pero ese último persiste y se ha convertido en un hábito del que no puede desprenderse cuando está estresada.

Y, definitivamente, esa situación es estresante. Puede que Siobhan no tenga un gran historial en cuestión de hombres, pero ha vivido lo suficiente como para detectar una manzana podrida. Y lo más preocupante de todo es que sabe que, en los momentos en los que más débil se encuentra y en los que peor se siente consigo misma, los hombres como Richard son justo los que más le atraen.

Por alguna razón, ese día, mientras Siobhan está sola en el bar de un hotel con el denso frío de noviembre oprimiendo las ventanas, una copa grande de *pinot noir* es suficiente para quebrar su voluntad.

Va a llamar a Joseph. Lo sabe. Es algo que bulle en su torrente sanguíneo, que hormiguea en sus dedos. En algún momento, entre pedir y acabar la copa de vino tinto, aquello se convierte en una realidad inevitable e innegable, aunque ella siga allí sentada diciéndose que no va a hacerlo.

«Puede que Fiona y Marlena tengan razón —piensa—. A lo mejor no soy capaz de confiar en ningún hombre por culpa de Cillian». Siobhan contempla sombríamente la copa. Qué irritante es pensar que un hombre tan débil le haya afectado tanto. Ella quiso a Cillian, aunque ojalá no lo hubiera hecho, porque era un lobo con piel de cordero. «Y encima me dejó él», piensa Siobhan, con una mueca de dolor.

Echa tanto de menos a Joseph que no soporta pensar en él. Ha perdido la cuenta de las veces que ha abierto su chat y ha leído todos los mensajes que le envió y que ella nunca llegó a responder. Hace un par de noches, hasta soñó con él. En el sueño también salían una llama y un hombre que mantenía en equilibrio un bote de mermelada sobre la cabeza, pero eso es lo de menos. No es algo que le suela ocurrir cuando deja de acostarse con alguien.

Haber visto a Richard le ha recordado por qué mantiene a los hombres a raya —la mayoría de ellos son unos imbéciles—, pero también le ha hecho pensar que, en muchos aspectos, Joseph es diferente. No solo le hacía sentirse sexy y deseada, sino también segura. Feliz.

Joseph responde al tercer tono. Más de doscientos días de abstinencia se van al traste en menos de cinco segundos.

—¿Siobhan?

Ella cierra los ojos mientras aprieta con fuerza el tallo de la copa de vino. A su espalda, en el bar, una mujer cuenta a gritos el final de un chiste y el resto de la mesa se ríe. El bullicio de las vidas ajenas continúa y Siobhan está allí, sola, encorvada sobre una mesa, con la voz de Joseph en el oído.

—Sí, hola —dice antes arrugar la cara con un gesto de dolor. ¿A quién se le ocurre esperar meses para hacer una llamada y luego empezar por «Sí, hola»?

—Has llamado —dice Joseph sorprendido.

—Has contestado —replica Siobhan, sintiéndose un poco mejor consigo misma, aunque lo que está diciendo sea una obviedad.

—No creía que… Ha pasado tanto tiempo… —dice él. Ella mueve la copa de un lado a otro. Queda una pequeña cantidad de vino en la base, aunque no suficiente para dar un trago—. Pero has guardado mi número —añade Joseph lentamente. A Siobhan le da la sensación de que está sonriendo.

«No debería haberte llamado», piensa. Lleva pensándolo desde que él ha pronunciado su nombre, porque, a decir verdad, en cuanto lo ha hecho, ella se ha dado cuenta de que estaba sentenciada. Escuchar a Joseph Carter pronunciar su nombre es algo que le resulta irresistible.

—¿Estás en Londres? —susurra Siobhan.

—Pues la verdad es que estoy volviendo a Winchester —responde él al cabo de un rato—. Estaba en una fiesta, pero… ya me he ido.

Siobhan comprueba la hora. Las once y media. Ha almorzado en un italiano con Kit, luego ha tomado el postre y se ha puesto al día con Vikesh y Kalvin en su casa, ha vuelto al bar del hotel para tomar una copa y… se le ha hecho tarde.

No es una hora decente para llamar a un hombre, a menos que lo hagas para acostarte con él.

«¿Y ahora, qué? —piensa mientras juguetea con la copa de vino y contempla sus uñitas rechonchas, cortadas al ras como si fuera una niña que no deja de rascarse—. ¿Para qué lo has llamado, Siobhan Kelly?».

—Podría… podría ir a verte. Solo para hablar. Es primer viernes de mes. Me toca, ¿no? —añade en voz baja.

El silencio resulta insoportable. Siobhan no sabe qué parte de la frase ha sido más humillante: el hecho de que, después de todo ese tiempo, se le ocurra quedar con él en el quinto pino en plena noche, o que finja que es «solo para hablar».

—Me encantaría —dice Joseph justo cuando ella está abriendo la boca para retractarse—. Me gustaría mucho, Siobhan.

Otra vez ha vuelto a decir su nombre. Ella cierra los ojos un instante, consciente de que el pánico y las dudas sobre esa decisión la atormentarán durante cada minuto del viaje en tren hasta Winchester.

—Nos vemos en un rato —dice ella antes de colgar.

Cuando el tren para en Basingstoke, Siobhan está a punto de echarse atrás e incluso se levanta para bajarse. Podría volver a Londres y convertirlo todo en una anécdota divertida en la que, al final, ella acaba siendo una mujer independiente a la que no se le ocurriría ni por asomo hacer un viaje de una hora para tirarse a un tío con el que solía acostarse. O tal vez podría pasar la noche en Basingstoke; le suena que conoce a alguien que vive allí, una mujer del curso de nivel tres de Asesoramiento, ¿o era la ex de Kit, aquella bajita con tanto pelo?

Pero se queda plantada en el pasillo, como paralizada, apretando el bolso contra el costado. Las puertas pitan y se cierran, el tren se pone en marcha de nuevo y ahí sigue ella, de camino a Winchester a la una de la madrugada. Muerta de miedo. Se está poniendo en evidencia. Ante un hombre. No es una situación cómoda.

No hay nadie esperando en el andén cuando se baja del tren. El aire de la noche es muy frío; un hombre borracho pasa tambaleándose por delante de ella, cantando *You'll Never Walk Alone*, y una mujer con tacones de quince centímetros le pide que se calle, aunque sonríe y lo sigue, correteando como puede con aquellos zapatos. Hay tantas personas en la vida de Siobhan que raras veces se siente sola. Pero en ese momento, al ver al hombre esperando a que su novia lo alcance con los tacones, con una gran sonrisa de borracho en la cara, una idea la atraviesa como un puñal. Ella también quiere a alguien que la espere.

—Siobhan.

Joseph está bajando las escaleras desde el otro andén, con las manos en los bolsillos del abrigo. Tiene el mismo aspecto de siempre: gafas, cabello castaño revuelto y sonrisa radiante. Al verlo, a ella la invade una sensación de alivio agradable y cálida, como cuando por fin recibes la buena noticia que deseabas. Ella no tiene muy claro cómo saludarlo, pero él la besa en la mejilla y luego le da un abrazo rápido.

No la lleva a su casa.

Alega que está demasiado lejos de la estación, pero evita mirarla a los ojos y la corazonada de que le está mintiendo ahuyenta la sensación previa de calidez; por un momento, Siobhan se plantea dar media vuelta y volver a la estación. Pero Joseph la estrecha y su olor y el tacto de su cuerpo contra el suyo después de tantos meses de separación son suficientes para retenerla.

Se registran en un hotelito precioso que está a un par de minutos andando de la estación. Ella agradece que no sea de una cadena barata, como si en cierto modo así todo fuera menos sórdido. El dueño parece que conoce a Joseph, y ella se pregunta si habrá llevado allí a otras mujeres. El corazón le da un vuelco.

—¿Nos tomamos algo en el bar antes de que cierren? —le pregunta él, sorprendiéndola.

Ella había asumido que subirían directamente a la habitación.

—Vale —responde mientras él va hacia una mesa que está al lado de la ventana y se quita el abrigo. Siobhan pide sin pensar otra copa de *pinot noir*: otro bar de hotel, la misma copa de vino tinto.

—Bueno, creo que querías hablar —dice Joseph sonriendo, aunque la observa cauteloso, puede que incluso dolido.

La situación es cada vez más rara. Siobhan y Joseph nunca hablan. Nunca se reciben en las estaciones. Nunca se sientan el uno frente al otro en una mesa para tomar algo.

—Bueno. En varios de tus mensajes decías que me echabas de menos —dice Siobhan, levantando una ceja para que eso suene pícaro en lugar de desesperado.

Joseph baja la vista hacia su pinta, sonriendo casi con tristeza; Siobhan cierra las manos sobre el regazo. Le asalta un mal presentimiento. Él parece cansado; ella se pregunta por primera vez por qué se habrá ido tan temprano de la fiesta, por qué se estaría marchando a casa a las once y media.

—Es cierto que te echaba de menos —reconoce, y el mal presentimiento de Siobhan cobra vida—. Te echo de menos. Pero...

«Ay, Dios —piensa Siobhan, apretando los puños—. Ay, Dios, ya no le gusto». Esa es la peor de las posibilidades, la que se ha imaginado en el tren una y otra vez hasta llegar allí, y ya está abriendo la boca para decirle que ella tampoco está interesada en él cuando sigue hablando:

—Oye, me dolió mucho cuando pasaste de mí en verano. —Joseph la mira a los ojos—. Fue… Parecía que las cosas iban bien entre nosotros y de repente desapareciste. No conseguí entender por qué.

—Ya —dice Siobhan, jugueteando con la copa de vino—. Entiendo que fuera… confuso.

Por eso es importante marcar el límite cuando decides que vas a marcarlo, en vez de marcarlo y luego volver a llamar a esa persona y plantarte en su puñetero pueblo a la una de la madrugada.

—En abril, aquel día, estabas preocupada por algo —dice Joseph—. Y aunque te dejé en paz, porque dijiste que era lo que querías…, no me pareció bien. Me pasé todo el día pensando en volver para ver cómo estabas. Creo que debería haberlo hecho.

Siobhan exhala despacio.

—Seguramente habría vuelto a echarte.

Joseph aprieta los labios, pensativo.

—¿Sabes por qué? —pregunta.

Es una forma extraña de plantear la pregunta, algo que ella podría decirle a un cliente en una sesión, y le toca la fibra sensible, porque Siobhan no está segura de conocer la razón. O, más bien, tiene ciertas sospechas y no quiere enfrentarse a ellas.

—Es que no me gusta… Bueno, no me gusta que me rechacen —dice con un mohín. Nada le apetece menos en ese momento que hurgar en su miserable vida personal. Pasa tanto tiempo hurgando en la de los demás que lo normal sería pensar que se le da bien, pero la introspección nunca ha sido lo suyo—. Y a veces, cuando tengo la sensación de que eso es lo que va a suceder, pienso que es mejor rechazar yo antes a la otra persona.

—Para evitar que te haga daño —dice Joseph.

—Para seguir teniendo el control —lo corrige ella de inmediato—. Para asegurarme de que tengo la sartén por el mango.

—Vale —dice él, esbozando una pequeña sonrisa—. Lo entiendo.

—Pero lo siento si te he hecho daño —se excusa Siobhan después de un largo silencio—. No —dice a continuación, levantando una mano—. Eso ha sonado a disculpa falsa de político. Siento haberte hecho daño.

Entonces Siobhan recibe una sonrisa de verdad, una sonrisa de las de Joseph, y se siente como si acabara de beber algo caliente. Ella se la devuelve. De pronto, su mirada hace que haya merecido la pena rebajarse y tragarse el orgullo. «No tengo remedio», piensa, presa del pánico, pero sigue sonriéndole como si su cara fuera por libre.

—A decir verdad, el hecho de que me apartaras de tu vida me sirvió un poco como toque de atención. Me hizo desear ser mejor persona. Tranquilizarme un poco, beber menos y dejar... las relaciones abiertas. —Joseph aparta la mirada.

—¿Por eso estamos abajo, hablando, en lugar de estar arriba, en la cama? —le pregunta Siobhan con naturalidad, aunque el corazón le está latiendo con fuerza; no sabe qué hará si él la rechaza.

—En parte sí —dice Joseph, lanzándole una mirada que le pone la piel de gallina—. Y en parte porque me parece que la última vez no dedicamos el tiempo suficiente a hablar abajo.

«La última vez». Puede que eso sugiera que va a haber otra. Siobhan endereza la espalda y cruza las piernas, rozándole la tibia a Joseph. Él arquea un poco las cejas para reprenderla. Ella lo mira descaradamente, con insolencia.

—Siobhan —dice Joseph y ella aparta la vista al oír su tono de voz—, no puedo. Ya no. Estoy… saliendo con otra persona.

«Uf». Siobhan aparta el pie, apretando con fuerza las manos sobre el regazo. «Vale». Intenta reponerse. No es una buena noticia, pero podría ser peor: no es que él no la desee, simplemente se ha topado con otra persona por el camino.

—¿Vais en serio? —le pregunta, tragando saliva. Normal que se lo hayan birlado. No hay más que verlo. De pronto, la intensidad de lo que siente por ese hombre le resulta tan obvia que duele. Cuando salían juntos, ella insistía todo el rato en que siguieran teniendo una relación abierta, pero ahora, al imaginárselo entre los brazos de otra, le entran ganas de romperle la nariz a alguien.

Joseph juguetea con su pinta.

—Aún no lo sé. Tal vez.

—¿Es como conmigo? ¿Es tan intenso como lo nuestro?

Él se sonroja. A ella le encanta ese rubor, es como atisbar por un segundo el niño que hay debajo de ese hombre tan perfecto y guapo.

—Siobhan…

—Vale, vale, no debería preguntarte eso. Está bien.

Siobhan se muerde el labio. Es cierto que puede ser despiadada e incluso desaprensiva si es necesario, pero nunca le robaría el novio a nadie. El «código femenino» es importante para ella, quizás una de las cosas más importantes; haría prácticamente cualquier cosa por las mujeres de su vida.

Y eso significa que, si Joseph tiene pareja, ella tiene que aceptarlo.

Qué tonta ha sido. Todos esos meses sin él ¿para qué?

—¿Amigos, entonces? —pregunta Siobhan.

Él relaja sus enormes hombros, aliviado.

—Por supuesto. Me parece perfecto.

—Bueno, yo volveré a Londres el fin de semana antes de Navidad. Si estás por allí, a lo mejor podríamos vernos. Como amigos. —Él entorna ligeramente los ojos. Ella le responde levantando las cejas—. Lo digo en serio —asegura Siobhan—. Solo como amigos. No tengo ningún interés en invadir el territorio de nadie.

Pero tampoco está preparada para dejarlo marchar del todo.

Jane

Jane tiene el pulgar suspendido sobre el nombre de Joseph Carter.

Han hablado un par de veces desde la boda, pero hace un mes y medio que no se ven. Solo se envían mensajes de texto inofensivos, de esos que ella tanto odia; un diálogo sin sustancia. «¿Cómo estás?», «Bien, gracias, ¿y tú?».

Puede que dijeran que seguirían siendo amigos, pero ¿de verdad eso es una amistad, ese rollo de «¿Cómo estás?». Si lo es, a Jane no le interesa. Ella necesita tenerlo todo: su olor, sus brazos rodeándola mientras bailan…. Ya ha decidido dejar de resistirse a esos sentimientos. El doloroso baile nupcial de septiembre había demostrado lo inútil que era intentar no amar a Joseph Carter. Curiosamente, aceptar esa agonía había sido un alivio para ella. «Ser humano es complicado, Jane —le dijo Aggie un día—. Por muchas reglas que te pongas, no puedes evitarlo. A veces no queda más remedio que permitirte sentir algo, aunque sea desagradable».

De forma lenta y deliberada, Jane acaricia el nombre de Joseph. El borrador del mensaje que ha redactado continúa a la espera: ¿Sigue en pie la cena de esta noche?

Habían hecho aquel plan mucho antes de la boda; estaban hablando de cocina después de leer *To Lahore, With Love*[2] y Jane mencionó su pollo al curry especial, el que hace cuando le apetece comida casera. Él cazó la oportunidad al vuelo. «Tienes que preparármelo, me autoinvito a cenar. Venga, dame tu teléfono», le dijo. Ella se rio de su entusiasmo y le aseguró que no era tan especial; él eligió una fecha a meses vista y respondió que así tendría mucho tiempo para practicar, y Jane se relajó: noviembre quedaba muy lejos. Invitar a cenar a Joseph rompería todas las reglas que ella había creado para mantenerlo alejado, pero aún le quedaba mucho tiempo para buscar una excusa y escabullirse.

Tal vez él sabía que ella solo aceptaría si elegía una fecha lejana. Lo suficiente como para sentirse segura. Jane ha cambiado mucho desde que apuntó «curry casero con Joseph» en su agenda; ahora la idea de que esa cena no se celebre le resulta mucho más terrible que la de cocinar para él.

Inhalando bruscamente, Jane mueve el pulgar por la pantalla y pulsa «Enviar».

Está tan absorta mirando el teléfono que, cuando la campanilla tintinea sobre la puerta de la tienda solidaria, tarda al menos cinco segundos en levantar la vista y darse cuenta de que Lou, su excompañera de trabajo, está allí, ladeando incómoda los pies.

—Hola. No sabía cómo ponerme en contacto contigo si no era viniendo aquí y... tenemos que hablar —dice Lou, justificándose.

---

[2] «Para Lahore, con cariño». *(N. de la T.)*

—Ah —replica Jane, mirando hacia la parte de atrás de la tienda, donde Mortimer está ordenando un montón de libros de bolsillo ajados—. ¿Dices que has venido desde Londres solo para verme?

Lou asiente, apretando los labios.

—¿Prefieres ir a un sitio más privado?

—Estoy bien aquí —dice Jane, de repente un poco asustada. La presencia de Mortimer le resulta bastante tranquilizadora y, de todos modos, está demasiado lejos para oírlas.

Lou frunce los labios, mirando a su alrededor.

—De acuerdo. Yo solo… quería ponerte sobre aviso. No sabía si conocías a más gente en Brays, o si alguien más te lo contaría. Hay un rumor circulando por la empresa que ha sacado a relucir… La gente está hablando otra vez de… de tu marcha.

«Por favor, suéltalo de una vez», piensa Jane, con el corazón latiendo tan fuerte que lo siente en los brazos y en las piernas.

—Él te está buscando —susurra Lou—. Lo siento. Me ha parecido que querrías saberlo.

El miedo se arremolina a su alrededor como si fuera humo. Jane se aferra al borde de la caja registradora con tal fuerza que le duelen los dedos.

—Vale —dice temblando—. Vale. Gracias por contármelo.

—Tal vez podrías venir a Londres y enfrentarte a él en tus propios términos. Yo te apoyaría, si te sirve de algo. Perdona, sé que apenas me conoces, así que probablemente eso no signifique mucho para ti.

En realidad significa más de lo que Jane es capaz de imaginar en ese momento.

—Gracias, pero prefiero quedarme aquí —susurra—.
Ya me enfrentaré a ello si se da el caso.

—Creo que eso es lo que he venido a decirte, en realidad —declara Lou, con cara de pena—. Tengo la impresión de que no te quedará más remedio que hacerlo. ¿No crees que acabará encontrándote aquí? No estás tan lejos de Londres.

Jane hace un gesto de dolor. Eso no es lo peor. Cualquiera que la conozca bien sabe que ella nació en Winchester y que es donde murió su madre. Por eso ha regresado, cuando habría sido mucho más sensato irse más lejos si realmente quería huir. Siempre se ha sentido unida a ese lugar.

No recuerda sus primeros años de vida allí; lo único que conoce es el pueblo cercano a Preston donde se crio con su padre. Él nunca habla de Winchester; para Jane, hay algo ilícito en esa hermosa ciudad, y cuando descubrió que la Fundación Conde Langley tenía una tienda solidaria allí le pareció cosa del destino. Uno de los pocos datos que tiene de la vida de su madre es que la Fundación Conde Langley la ayudó a planificar sus cuidados paliativos cuando supo que se estaba muriendo. Jane encontró los papeles cuando era adolescente, guardados con el programa del funeral, que robó porque estaba lleno de fotografías de su madre que ella nunca había visto; las contempló durante horas, admirando su cara sonriente y sus dulces ojos marrones, tan parecidos a los suyos.

Podría huir de nuevo. Dejar Winchester. Irse a algún lugar donde él no la encuentre.

—No —exclama Jane con voz ahogada—. No puedo irme de aquí todavía. Aún no.

Está Joseph y también la cena que habían planeado. Y Aggie. Y su pequeño piso. Y el sabor de las tortitas del

Josie's Café y la calidez de Piecaramba... No soporta la idea de dejarlo todo atrás. Jane aprieta los ojos con fuerza. Si tiene que irse, se irá. Pero todavía no.

Cuando Joseph llega —tarde, como era de esperar—, el piso está impregnado del fragante aroma de las especias cocinadas a fuego lento y Jane lleva puesto el vestido de seda color crema de los sábados, va descalza y tiene en la mano un vaso de tónica fría.

—Hola —la saluda Joseph, dándole un beso en la mejilla.

Ella hace un esfuerzo monumental para no desmayarse.

—Hola. ¿Qué tal? —responde Jane, aferrándose al aparador.

—Siento mucho llegar tarde —se excusa Joseph, agachándose para saludar a Theodore—. Mi madre ha estado peleándose con la puerta del baño y luego me han llamado del trabajo por un problema con un puerto USB; para mí que el hijo de alguien había pegado un chicle dentro, pero no había manera de convencer a los jefes. Madre mía, perdona, no sé por qué te cuento todo esto, lo siento, estoy un poco... nervioso. —Joseph se levanta y apoya un hombro en la nevera. El frigorífico gime ligeramente en señal de protesta; como la mayoría de las cosas que hay en el piso de Jane, está viejo y sucio, pero resulta entrañable—. Las cosas están un poco tensas entre nosotros, ¿no crees?

—Pues sí, un poco —reconoce Jane, ahuecando el arroz con un tenedor y evitando su mirada. Esa verborrea no es propia de Joseph y a ella le resulta muy enternecedora.

—Es culpa mía —asegura él, frotándose la nuca. Su reloj emite un destello dorado bajo las luces de la cocina—.

Lo siento. Debería haber sido más claro contigo desde el principio sobre... sobre lo que podía dar.

—Nunca me dijiste que seríamos algo más que amigos —dice Jane tras una pausa prudencial.

Ella saca los mejores cuencos del armario, que tintinean entre sus manos temblorosas. Se está muriendo de vergüenza al hablar de eso. Jane solo quiere acurrucarse en posición fetal; no soporta mirarlo. Acaricia con el pulgar el borde desportillado de uno de los cuencos.

—Cuando nos conocimos, me dijiste que tenías novio —comenta Joseph. Su voz suena rara—. Así que bueno.

—Ya. Nunca me has visto de esa forma. Lo entiendo.

—No, Jane, no. Eso... eso no es lo que estoy diciendo. —Joseph baja la voz y extiende una mano como si fuera a acariciarle el brazo, pero luego la baja—. A mí también me resulta difícil que seamos solo amigos.

Ella se ruboriza. Se arriesga a mirarlo por debajo de las pestañas mientras empieza a servir la comida: está muy serio y tiene los pómulos enrojecidos, señal inequívoca de que siente algo que no está diciendo.

—Pero eso es todo lo que puedes ofrecer —dice Jane lentamente.

—Sí. Es todo lo que puedo ofrecer.

La idea de que otra mujer lo posea por completo la desespera, la enfurece, la llena de odio. Al menos no le ha dado ningún nombre. Sabe que, si lo hace, no podrá evitar rastrear las redes sociales hasta localizar a esa mujer que él quiere más que a ella.

—¿A ti te parece... bien? Porque depende de ti, Jane. Si esto es demasiado... Ya sabes, lo de quedar y ser amigos...

—No es demasiado. —Se apresura a sonreír. Por un momento, se plantea soltar alguna frase cómica, como «Por favor, no eres tan irresistible», pero se ha propuesto dejar de mentir siempre que sea posible, así que se contiene—. Me alegro de verte.

—¿Estás segura?

Se da cuenta de que Joseph está agachando la cabeza para intentar que ella lo mire a los ojos, y eso le encoge el corazón.

—Segurísima. ¿Puedes poner la mesa?

Jane consigue sobrevivir a la cena sin comportarse de forma extraña; se le saltan un poco las lágrimas cuando va a buscar el segundo plato, pero está de espaldas a Joseph y, si este se da cuenta, no hace ningún comentario. Sin embargo, tiene las emociones a flor de piel después de la visita de Lou.

—Jane… —dice él con indecisión cuando están acabando el postre.

Es una *mousse* de chocolate; nunca la ha hecho y no le extrañaría que acabaran intoxicados con toda esa clara de huevo cruda, pero está deliciosa y, francamente, una muerte por chocolate suena incluso un poco atractiva en ese momento.

—¿Estás bien?

«Por favor, no me preguntes eso», piensa Jane, de nuevo con lágrimas en los ojos.

Bebe un sorbo de agua; le tiembla tanto la mano que se le cae un poco en el plato.

—¿Qué te pasa?

La voz amable de Joseph empeora todavía más las cosas. «Ojalá fueras un ser repulsivo —piensa ella—. Ojalá fueras un embaucador mujeriego, embustero y asqueroso que no me dijo que tenía novia y que me hizo creer que yo era la única».

Eso podría aceptarlo. En ese momento, por una fracción de segundo, piensa: «Podría ser tu amante. Ni siquiera tendrías que mentirme».

Jane se aleja de la mesa y se levanta mientras las lágrimas regresan. Porque así es ella en realidad: una mujer que ama con tanta intensidad que pierde completamente los papeles en un instante.

—Perdona —se excusa, yendo hacia al baño.

Joseph la sigue, pero por suerte ni siquiera intenta tocarla. Cuando Jane cierra la puerta, lo oye apoyar la espalda en ella y deslizarse hasta el suelo. Ella lo imita y a continuación hunde la cabeza entre las rodillas y se queda mirando fijamente los azulejos del baño. Están salpicados de lágrimas recién derramadas. Jane llora sin consuelo, pero en silencio, sollozando cual experto que sabe cómo evitar que lo oigan.

—Jane, lo siento mucho —dice Joseph con voz amortiguada, a través de la puerta—. No sabía lo difícil que…

—No es por ti —grita Jane, aunque sí lo es, es por él y tiene la sensación de que siempre lo será—. Es por otras cosas que están pasando. Se me ha juntado todo, solo es eso. —Coge un trozo de papel higiénico y se suena la nariz—. Enseguida se me pasa, de verdad —añade, intentando sonreír.

Se hace un silencio prolongado al otro lado de la puerta.

—Lo siento mucho —dice Joseph.

El silencio se alarga. El inútil ventilador del baño zumba en la pared de enfrente, con una hebra de telaraña atrapada entre sus fauces.

—Lo de que iba al Hoxton Bakehouse para verte es cierto —reconoce.

Jane se queda inmóvil, con el pañuelo en la mano izquierda.

—¿Recuerdas la historia que nos inventamos sobre cómo nos conocimos? ¿Cuando yo dije que iba a la misma hora todos los días para verte porque me habías parecido guapísima?

Jane aprieta un puño contra el pecho. Siente un dolor agudo, como si el corazón de verdad se le estuviera rompiendo y el cerebro le recomendara la absurdez de estrujarse el pecho con fuerza para evitar que se le partiera en dos.

—Pues no mentía. Ojalá sí, en serio, porque no estoy orgulloso de ello, pero no mentía.

—¿Por eso…? ¿Por eso hablaste conmigo la primera vez? —le pregunta Jane con voz llorosa—. ¿Porque te parecía guapa?

—En realidad me parecías… fascinante. Me dije a mí mismo que mirar no hacía daño a nadie. Y luego me pareció que tampoco hacía daño a nadie entablar una conversación cordial y sentí un gran alivio cuando me dijiste que tenías novio, porque, obviamente, eso significaba que estabas fuera de mi alcance y así no tenía que preocuparme de caer en la tentación. Pero cuando me contaste la verdad sobre lo del novio… Entonces ya éramos amigos y pensé que las cosas seguirían igual. Estaba tan orgulloso de mí mismo… —declara con voz quebrada—. Creía que lo había logrado. Creía que había conseguido ser amigo de una mujer guapa, inteligente y divertida, sin intentar llevármela a la cama.

El mero hecho de imaginárselo hace que se estremezca.

—Pero aquí estoy —continúa Joseph—. Y lo único que deseo ahora mismo es abrir esta puerta, estrecharte entre mis brazos y besarte.

Jane oye un ruido sordo, tal vez el puño de Joseph golpeando el suelo; se sobresalta y se da un cabezazo contra la puerta. Cierra los ojos y se queda allí, mirando hacia el techo, con la cabeza apoyada en la madera fría. Quiere guardarlo todo en su memoria: el tacto gélido de las baldosas bajo su vestido, la tensa humedad de las lágrimas secándose en sus mejillas, la voz de Joseph diciéndole que la desea…

—Me hice una promesa a mí mismo, Jane —revela él con voz ahogada, y ella se pregunta si también estará llorando—. Pero ojalá pudiera romperla por ti. ¿Por qué es todo tan difícil?

—Yo también me hice una promesa a mí misma —dice ella, temblando de pies a cabeza—. Y ya la he roto. Prometí no volver a enamorarme, Joseph, y tú… tú… No puedo hacer esto. No puedo hacer las cosas a medias. No puedo tenerte y no tenerte. No puedo compartirte con otra persona.

—Jane, no. —Definitivamente, está llorando.

Ella se plantea por un momento abrir la puerta. Dejar que la tome entre sus brazos y la abrace, poner a prueba la fuerza de voluntad de ambos.

—¿Qué se supone que debemos hacer? —pregunta en voz baja—. ¿Qué hacemos ahora? ¿Podremos ser amigos?

—De momento no lo hemos hecho muy bien —declara Joseph, haciendo reír a Jane—. Pero yo quiero. De verdad que quiero.

Ella intenta imaginárselo. Las reuniones del club de lectura como antes, los cafés en Josie's, los mensajes a los que esperaba una hora para responder… Ha sido amiga de Joseph estando enamorada de él durante meses. ¿Por qué tiene que cambiar eso ahora?

Porque es inevitable; porque ella ya se lo ha dicho y él lo sabe. No pueden deshacer esa pequeña fracción de segundo del mes de septiembre, aquel beso que fue y no fue.

—No creo que pueda ser tu amiga, Joseph —dice Jane, abriendo los ojos—. No puedo. Lo siento. Si lo hiciera, nos estaría engañando a ambos. No voy a dejar de quererte.

Él se queda callado durante tanto tiempo que, de repente, ella se siente realmente sola, en el suelo del baño. Como si estuviera hablando consigo misma y Joseph nunca hubiera estado de verdad allí.

—Vale —responde él al final—. De acuerdo.

Joseph respira hondo y ella lo oye moverse. Jane se gira impulsivamente hacia la puerta, pero no la abre: tiene que dejarlo marchar o ya nunca podrá hacerlo.

—Adiós, Jane —dice Joseph—. Espero que sepas que yo... —Vuelve a respirar hondo—. Espero que nos volvamos a encontrar alguna vez. Cuando los dos estemos en un punto diferente. En un momento mejor.

Jane no dice nada. Eso no va a suceder. Porque ella se va a marchar al día siguiente. Lo ha decidido en algún momento entre el «No creo que pueda ser tu amiga, Joseph» y el «No voy a dejar de quererte».

Tal vez a las Hébridas Exteriores, o a algún lugar remoto de la zona rural de Gales. A algún sitio donde no haya ni una sola persona, porque así no habrá literalmente nadie de quien enamorarse.

Miranda

Para Miranda, el mes de noviembre transcurre de forma difusa, como si otra persona estuviera viviendo las semanas. Al equipo le resulta difícil trabajar con tan mal tiempo y ella pasa más horas en casa de las que le gustaría, dando vueltas por el piso e intentando mantenerse ocupada. Carter se muestra obstinadamente alegre, quizás incluso más encantador que de costumbre. Se está esforzando. Ella sigue teniendo esos ramalazos de «no me creo la suerte que tengo», cuando lo ve sentado enfrente de ella en la mesa de un bar o cuando apoya la cabeza en su pecho desnudo en la cama, pero cada vez son más escasos. Su brillo se ha apagado un poco, como el baño de oro de las joyas baratas.

Ya es diciembre, hace mucho frío y las luces de Navidad adornan anárquicamente los sicomoros que hay a ambos lados de la calle. Miranda ha sobresaturado el piso de adornos, decidida a darle un poco de alegría. Una tarde, tras un día de compras navideñas, mientras se bebe un gran vaso de agua en la cocina, un llamativo reno se cae de la puerta de la nevera y le clava en el pie sus alegres y brillantes cuernos.

—¡Ay, joder! Coño. ¡Mierda, mierda, mierda!

—¡Miranda! —dice Frannie, asomando la cabeza por encima del sofá—. ¿Estás diciendo palabrotas?

Miranda se sobresalta. No se había dado cuenta de que Frannie estaba allí.

—No —responde arrepentida, y luego hace una mueca, todavía saltando a la pata coja—. Bueno, es posible. Me paso el día rodeada de hombres que no paran de decir tacos, ¿vale?

Frannie sonríe.

—A mí no me molesta, tú eres la mojigata.

Por alguna razón, eso le sienta mal. Tal vez sea por el frío invernal que se le cuela por el cuello de la camisa, o porque no ha hecho ejercicio en todo el día, o por el dolor punzante que siente en el pie derecho. Pero algo la hace explotar.

—¿Sabes qué, Fran? La verdad es que no soy ninguna mojigata. Nadie que tenga más de doce años lo es, por si no lo sabías, pero eso no viene al caso; lo que quiero decir es que en realidad soy la leche. Vivo sola, o lo hacía antes de que vosotras os plantarais aquí sin invitación; tengo un trabajo genial que me encanta y en el que, por cierto, hago todos los días cosas que dan mucho miedo y para las que hay que ser muy valiente; y además tengo un novio encantador. —Miranda hace hincapié en la palabra «novio» y sigue hablando—. No soy la persona que era cuando vivíamos juntas en casa de papá y mamá, ¿te enteras? Ahora tengo mi propia vida. Y tú tienes dieciocho años, Fran. Tal vez también deberías empezar a buscar algo de eso en lugar de pasarte el día por ahí detrás de Adele y haciendo el vago en mi casa sin pagar el alquiler.

Frannie abre los ojos de par en par, sorprendida. Ambas se miran en silencio durante un rato.

—Lo siento —dice finalmente esta con apenas un hilillo de voz.

Miranda, que todavía sigue haciendo equilibrios sobre una pierna, se tambalea.

—No, soy yo la que lo siente. Me he pasado. Es que este tiempo me pone de mal humor.

Frannie se levanta y se gira para mirarla a los ojos, estrechando un cojín contra el pecho.

—¿Quieres que nos vayamos?

—¡No! No. Lo siento. Es que... a veces tengo la sensación de que sois un poco inconscientes y me habláis como si fuera una especie de... —Miranda agita una mano, posando el pie en el suelo—. No sé, una pringada.

Frannie abre aún más los ojos.

—No pensamos que seas una pringada. ¡De eso nada! Deberías escuchar cómo le habla Adele a la gente de tu trabajo. «Es la única podadora de árboles del condado». Siempre está presumiendo de ti.

Miranda mira boquiabierta a su hermana.

—¿Lo dices en serio? —pregunta anonadada antes de quedarse callada unos instantes—. Y eso no es verdad, por cierto.

—Ay, Dios... ¿Deberíamos limpiar más? —Frannie parece realmente asustada—. ¿O hacer la cena? ¿O... pagar el alquiler? —añade, todavía más horrorizada.

Miranda tiene que hacer un esfuerzo para no reírse. Se sienta con Frannie en el sofá.

—No estaría mal que limpiarais un poco —dice, examinando su pie dolorido. No hay sangre, qué decepción—. Y que tuvierais en cuenta que este es mi espacio y que a veces me apetece cenar con mi novio sin que me interrumpan.

—Cenar —dice Frannie, con una mirada de lo más elocuente—. Vale, ya lo pillo. Vosotros dos cenáis mucho, ¿no?

Miranda la golpea con un cojín.

—¡Eh! —exclama—. Tú aún eres demasiado joven para saber nada de cenas. En mi cabeza todavía tienes doce años, Fran.

—Ojalá alguien quisiera cenar conmigo —dice Frannie y se gana otro golpe con el cojín.

Acaban cotilleando y riéndose hasta bien entrada la noche y Miranda se va a la cama mucho más contenta que en las últimas semanas. En realidad ha estado bien regañar un poco a Frannie. Y también hacer algo agradable juntas, aunque solo haya sido charlar en el sofá con té y galletas y un montón cada vez más grande de mantas sobre las piernas.

Se mete en la cama a las once, con un gorro y un jersey de lana para protegerse del frío. Para ella eso es trasnochar, y al día siguiente tienen que empezar temprano, pero no es capaz de dormir. Contempla la oscuridad, pensando, pensando y pensando, sin llegar a ninguna conclusión.

Eso es algo que, últimamente, le ocurre con demasiada frecuencia. Miranda Rosso es de las que actúan. Se esfuerza en el trabajo, se enfrenta a los problemas y hace lo que hay que hacer. No va por ahí dándoles vueltas a las cosas. Pero todo ese asunto con Joseph le está resultando… imposible de abordar. Es decir, no hay nada que abordar, nada, ya está todo resuelto, y, sin embargo, ella sigue volviendo al tema del recibo. A lo del desayuno inexplicable. A la anotación de «Mi noche ;)» en la agenda.

Cierra con fuerza los ojos, deseando dormir, pero no está para nada cansada, y seguir en la cama parece estar espabilándola más en lugar de aletargarla. Es como si, últimamente, hubiera algún sistema eléctrico que empezara a chispear en su vientre en cuanto apaga la luz. De repente, continuar allí inmóvil le resulta insoportable.

Se levanta y enciende la luz, entrecerrando los ojos ante el resplandor de la bombilla desnuda. Tiene el móvil enchufado en el suelo, junto a la cama, y se agacha para echar un vistazo distraídamente a las aplicaciones. El WhatsApp se abre en el chat con Trey; está conectado y ella frunce el ceño, comprobando la hora. Son más de las tres de la mañana.

Miranda vacila antes de empezar a teclear.

¿Qué estás haciendo?

Se ha hecho muy amiga de él en los últimos meses. Es una persona tranquila y de fiar. Su pesimismo le resulta entrañable, como la mala leche de un pequeño terrier engreído. Una vez, uno de los peones de suelo que se une de vez en cuando al equipo la llamó «Tía inútil» y Trey fue a verla durante el almuerzo para preguntarle si estaba bien. Luego le pidió a ella, y no a A. J., que lo ayudara a practicar la escalada, y ella se emocionó.

Gilipolleces con A. J., cómo no.

Miranda sonríe.

¿Qué tipo de gilipolleces?

Él le envía una foto a modo de respuesta. Es casi imposible ver lo que están haciendo, porque la imagen es muy oscura, pero, tras examinar la pantalla durante unos segundos, Miranda se da cuenta de que está mirando hacia abajo desde la cesta de una plataforma elevadora en la más absoluta oscuridad. El brazo está extendido, como si estuvieran trabajando en lo alto de la copa de un árbol.

¿¿Dónde estáis??

En casa de mi amigo Reedie.

¿Y qué hacéis en la plataforma elevadora?

Reedie quería ver el jardín del vecino por encima del seto.

Miranda resopla.

¿Por la noche?

Pues no íbamos a hacerlo de día, ¿no? Nos verían.

Trey le envía otra imagen: esa vez la escena está iluminada por el haz de luz de al menos una linterna frontal. Distingue la parte superior de un denso seto de aligustres y el contorno de lo que sospecha que es la pierna de A. J. en la esquina inferior izquierda de la fotografía.

¿Estás bien?

Miranda duda antes de responder: Dándoles demasiadas vueltas a las cosas. No puedo dormir.

¿Necesitas animarte?

Esa no es una frase demasiado típica de Trey y Miranda observa el mensaje, sorprendida.

No estaría mal.

Pues espera. Nos vemos en veinte minutos.

¿Qué?

Pero Trey ya se ha desconectado. Miranda vuelve a leer la conversación: sí, sigue pareciendo que él piensa presentarse en su piso a las tres de la mañana. Se plantea la posibilidad de vestirse, pero, en lugar de ello, se dedica a repasar los mensajes que Carter y ella intercambiaron en la época del cumpleaños de Scott, cuando él fue a tomar ese misterioso desayuno al centro de Londres. Empieza a sentirse mal de nuevo, sobreexcitada y atrapada en su pequeño dormitorio.

Un nuevo mensaje aparece en la parte superior de la pantalla. Es de Trey: Abre las cortinas.

Ella se levanta mientras se da cuenta de lo que han hecho y cuando corre las cortinas ya se está riendo. Ahí están A. J. y Trey de pie en la cesta de la carretilla elevadora, Trey con una cerveza en la mano y A. J. mirándola desde el panel de control. Ha aparcado el vehículo en la carretera y ha extendido el brazo hacia arriba, de manera que están justo delante de su ventana.

—Madre mía —susurra Miranda, empujando la ventana para abrirla. La persiana rota repiquetea contra el marco y ella la aparta mientras se asoma para hablar con ellos—. ¿Pero qué estáis haciendo?

—¿Tú qué crees? —replica A. J. Lleva puestos unos vaqueros y una chaqueta de cuero; tiene la mano libre metida en el bolsillo, e incluso bajo la tenue luz de la habitación y las luces de la calle, Miranda percibe un brillo de diversión en sus ojos—. ¿Te apetece una cerveza? ¿O dar un paseo?

—Pues... —Baja la vista hacia sí misma. Debería haberse vestido. Lleva puestos un gorro de lana, un pantalón de pijama de felpa y un jersey raído con una camiseta térmica debajo—. Un momento —dice antes de entrar para coger una sudadera con capucha y un abrigo.

Salir por la ventana de la habitación le cuesta mucho más que a los adolescentes de las películas. Tampoco ayuda que Miranda casi siempre tenga dolores musculares —una realidad vital que hace tiempo que ha aceptado—, ya que la tarea requiere una cantidad considerable de flexibilidad. Se contorsiona para salir, agarrándose a los barrotes de la cesta elevadora, y se sube.

Una vez que están los tres dentro, el espacio resulta más estrecho de lo que esperaba. Se da cuenta demasiado tarde de que se ha dejado el teléfono dentro, aunque en realidad es muy agradable estar ahí fuera, al fresco de la noche, sin él. Es como dejar atrás la vida real.

—Hola —dice, mirando primero a A. J. y luego a Trey—. ¿A dónde vamos?

A. J. se encoge de hombros y abre una cerveza para ella con los dientes.

—¿A dónde necesitas ir?

Ella busca su mirada. Tiene la expresión que suele utilizar cuando la mira: medio curiosa, medio pícara.

—Necesito despejar la mente —declara.

A. J. asiente una única vez.

—Vale —dice antes de volver a girarse hacia los mandos de control de la plataforma. El brazo comienza a retraerse y, aunque intenta guardar el equilibrio, Miranda choca con A. J. El contacto le hace hormiguear la piel. Es algo que suele ocurrirle cuando A. J. está cerca. Ha aprendido a ignorarlo y desdeñarlo, pero esa noche, por un instante de rebeldía, se plantea apoyarse en él. Deliberadamente, de forma provocativa.

A él no le importaría. Aprovecharía la oportunidad para rodearle la cintura con un brazo o para pegarse a su cuerpo. Lo sabe.

—¿Y esta aventura nocturna? —pregunta Miranda, alejándose lo máximo posible de él, dado el espacio disponible. El viento le está revolviendo el pelo y ella lo sujeta con más fuerza debajo del gorro.

—A. J. también necesitaba animarse —responde Trey, y ella arquea las cejas.

—Ah, ¿sí?

—¿Crees que los chicos guapos no tienen sentimientos? —le pregunta Trey, que se gana un empujón de A. J.

La carretilla elevadora empieza a avanzar traqueteando por la calle. Miranda tiene bastante claro que no deberían estar conduciendo una plataforma articulada por allí sin una licencia especial y, además, es de tontos ir en la cesta de esa manera; Jamie nunca les permitiría estar ahí arriba sin un arnés enganchado a un punto de sujeción. Pero, mientras le da un trago a la cerveza, le sorprende darse cuenta de que no le importa. Vuelve a sentirse emocionada y viva, y eso es muy agradable.

Piensa en la pregunta de Trey.

—Yo no digo que no tenga sentimientos, pero seguro que son de los sucios —comenta, mirando a A. J.

Este resopla.

—Crees que me tienes calado, ¿eh?

—Más o menos —dice Miranda antes de beber otro trago de cerveza; sus hombros se relajan cuando el lúpulo golpea la parte trasera de la lengua. La cerveza fría tiene algo especial, está asociada a los mejores momentos: las noches en el bar, las conversaciones íntimas, las situaciones en las que Miranda es más ella misma…

—Pues puede que sea más profundo de lo que crees —replica él, arqueando las cejas mientras maneja los mandos—. ¿Y a ti qué te pasa, por cierto? ¿Por qué no podías dormir?

Miranda está a punto de contárselo, pero al final no se atreve a compartirlo. Si les cuenta lo del recibo y lo de la anotación en la agenda, ya no podrá fingir que aquello no está ocurriendo. Y en el fondo sabe perfectamente cómo sonará si lo dice en voz alta.

—He tenido un mal día —se limita a responder, levantando la cabeza para contemplar las guirnaldas luminosas mientras circulan despacio por las afueras de Erstead. Están tan cerca que, si levantara la mano, casi podría cogerlas. Más allá de ellas, el cielo es negro como boca de lobo, no se ve ni una sola estrella.

—¿Es por ese tío con el que sales? —le pregunta A. J. en voz baja.

Ella lo mira. La luz de las farolas que tienen a ambos lados y el suave resplandor de los adornos navideños lo bañan de dorado. Bajo las luces, ve el tatuaje que tiene en el cuello, la rama que le sale del pecho y sus hojas, que apenas le rozan la clavícula. Por un momento, mientras avanzan entre el brillo de los adornos navideños que tienen encima, es como si el tatuaje creciera sobre su piel, extendiendo su follaje.

—Llevas un par de meses muy callada —señala A. J. Tiene la cabeza inclinada hacia un lado; como siempre, la mira a los ojos más de lo necesario—. No pareces... Miranda.

—Eso es verdad —dice Trey, mirando hacia las casas mientras pasan junto al cartel que les agradece que conduzcan con cuidado en Erstead—. Estás mustia.

—¿Sí? —Ella los observa a ambos; Trey sigue mirando al infinito. Está francamente sorprendida: es verdad que ha estado un poco alicaída, pero ¿tanto como para que ellos se hayan dado cuenta?

—Parece como si estuvieras, no sé... —Trey hace un gesto con las manos, como si empujara algo hacia abajo—. Chafada —añade—. Estás un poco chafada.

—¿Chafada?

—Sí —dice él, con firmeza— Sí. Eso es.

—Ya —dice Miranda, tímidamente.

Las casas están ahora más espaciadas. Son viviendas independientes alejadas de la carretera, con largos caminos de acceso y vallas metálicas puntiagudas en forma de lanza: la peor pesadilla de un podador de árboles. El viento le azota las mejillas mientras se agarra a los barrotes helados de la cesta.

—No me gusta —dice A. J.

Su voz es tan dulce que le resulta imposible no mirarlo; a Miranda le da un vuelco el corazón. Cada vez le cuesta más ignorar las mariposas en el estómago, la necesidad de mirarlo a los ojos y el deseo de que haya talas grandes para trabajar con él. Siempre se ha cuidado mucho de no abrirle su corazón. Y no piensa hacerlo. Ni siquiera en esos momentos.

Simplemente le está resultando cada vez más difícil, eso es todo.

—Bueno, Carter y yo estamos pasando una mala racha —dice Miranda, encogiéndose de hombros—. Le pasa a todo el mundo —añade, intentando sonreír—. Si alguno de vosotros hubiera tenido una relación seria, lo sabría.

Ninguno de los dos se ríe. A. J. no quita los ojos de los mandos de control de la plataforma.

—Yo sí que he tenido una relación seria —comenta este finalmente.

Miranda se sorprende.

—Ah. No me digas.

—Era un calzonazos —comenta Trey, recostándose sobre los barrotes mientras la cesta rebota. Han tenido que subir un poco el tono de voz a causa del viento—. Cuando estábamos en el instituto, él y Mini eran inseparables. Estuvieron juntos hasta que ella se fue a la universidad. Lo dejó porque...

—Trey —susurra A. J.

Trey se queda callado. Miranda los observa; es demasiado difícil interpretar sus expresiones en la oscuridad.

—¿Por qué te dejó? —pregunta.

A. J. resopla, emitiendo una especie de suspiro, o más bien un medio gruñido. Desvía la mirada hacia los campos que empiezan a extenderse más allá de las últimas farolas. No hay nada de tráfico, nadie está tan loco como para conducir por la zona rural de Surrey casi a las cuatro de la mañana.

—Ella quería un tipo listo y rico. Creía que encontraría a alguien así en la universidad. —A. J. se encoge de hombros—. Al final se casó con un banquero, así que supongo que consiguió lo que buscaba.

Miranda clava los ojos en la nuca de A. J., pensando en cómo le gusta hacerse el duro: siempre con sus vaqueros sucios, flexionando los bíceps, mirando de arriba abajo a las mujeres…

—Y después, ¿qué pasó? —le pregunta.

—Después me di cuenta de que había todo un mundo ahí fuera —responde A. J., mirando hacia atrás para sonreírle.

Pero ahora Miranda lo conoce mejor. Sabe que esa sonrisa es su herramienta favorita para desviar la atención.

—¿Te rompió el corazón? —le pregunta ella.

Trey cambia de postura entre ellos. El silencio se alarga, trémulo e incierto; es el tipo de silencio que casi te hace sentir mal. Miranda no debería haberle hecho esa pregunta, es demasiado personal. No tienen este tipo de amistad. Ella misma se ha asegurado de que así sea.

—Podría decirse que sí.

Miranda no sabe si le sorprende más que a A. J. le rompieran el corazón o que él se lo haya contado.

—Lo siento —dice antes de tragar saliva—. ¿Por eso te acuestas con tantas mujeres?

—Miranda, hace casi un año que no me acuesto con nadie —declara A. J., esa vez con mayor aspereza.

La sorpresa la deja momentáneamente sin palabras.

—¿Qué? —dice ella.

A. J. dobla una esquina con demasiada brusquedad y los tres salen despedidos y se chocan entre ellos. A Miranda se le clava el codo de Trey en el estómago y la espalda de A. J. en el costado. Para cuando vuelven a separarse, la expresión de este ya es de absoluta indiferencia.

—¿Por qué nunca…? Tú siempre… —Miranda vuelve a mirar a Trey—. ¡La gente dice que eres un mujeriego!

A. J. resopla.

—El problema de «la gente» es que no suele informarse muy a menudo de las novedades. A los veinte años me acostaba con muchas chicas, sí. Pero ahora ya no. Eso se acabó.

—Pero… ¡si siempre me estás tirando los tejos! —exclama Miranda.

—Sí —reconoce A. J. Le tiembla un poco el labio—. Ya.

—¿Y qué? ¿Es solo una broma?

Trey se inclina hacia atrás con un gemido, para observar el cielo nocturno.

—No estoy lo suficientemente borracho para presenciar esta conversación.

Miranda los mira a los dos, desconcertada. A. J. pone los ojos en blanco.

—No, Miranda, no es solo una broma.

—Así que… Perdona, pero ¿en realidad quieres acostarte conmigo o no?

A. J. se ríe. Miranda se gira hacia él y a su espalda ve con el rabillo del ojo los oscuros árboles balanceándose ligeramente mientras la cesta rebota.

—Quiero invitarte a tomar algo —dice, y se pasa el dorso de la mano por la boca. Luego la mira a los ojos con

fijeza. No podría resultar más obvio e insinuante. Aunque…
¿no será algo que hace con todo el mundo?—. Nunca te he
pedido más que una cita, ¿no?

Miranda abre y cierra la boca, aferrándose a los barrotes de la cesta que tiene a su espalda. Trey sigue mirando
al cielo, aparentemente fingiendo estar en otra parte, y a
ella le entran ganas de darle una patada para que reaccio-
ne y preguntarle: «¿Tú estás viendo esto? ¿Estás oyendo
esto?».

La plataforma elevadora empieza a reducir la velocidad. Con el piloto automático puesto, los tres se hacen a un
lado mientras la cesta se mueve en el aire y A. J. aparca en
un lateral de la carretera. Cuando apaga los faros, se sumer-
gen en una oscuridad total, tan densa como el terciopelo.
Ahora, lejos de las luces de las farolas, las estrellas son visi-
bles y parecen infinitos puntitos plateados, como brillantes
semillas de amapola esparcidas por el cielo. El viento frío se
instala en el fondo de la garganta de Miranda, como si hubiera comido hielo. Ahora Trey y A. J. no son más que dos
sombras; ella casi podría fingir que no están allí y que se
encuentra flotando en el cielo.

—¿Todo bien? —le pregunta A. J.

La está tocando. Solo le ha puesto una mano en el
codo, dos dedos como mucho. Pero la sensación le resulta
voluptuosa y excitante, y Miranda necesita recurrir a toda
su fuerza de voluntad para no acercarse más a él. Ahora no
está flotando. Está ahí.

—Sí, todo bien. —No sucumbe, pero tampoco se zafa.
Es A. J. el que deja caer la mano—. ¿Dónde estamos? ¿Qué
hacemos aquí?

—Escalada nocturna —dice A. J.—. Puedo dejarte mi
equipo de repuesto.

—Me parece una pésima idea —opina Miranda, pero el corazón se le acelera nada más pensarlo. Nunca ha escalado por la noche—. ¿Qué hay de los puntos de amarre? ¿Y de los cabos de sujeción?

Trey enciende la linterna frontal y Miranda se estremece ante aquella luz repentina, protegiéndose los ojos con un brazo.

—Uy, perdón —se excusa Trey.

Este se gira para examinar los árboles que hay junto a ellos y el haz de luz choca con las ramas desnudas y húmedas. Por si fuera poco, hace viento; las hojas crujen como papel de regalo. No es un buen día para escalar, ni siquiera con luz.

—Hemos traído la plataforma elevadora para comprobarlo todo antes de subir —dice Trey, iluminando las ramas con la linterna frontal—. Es todo muy seguro.

Miranda resopla, pero ya está flexionando las manos y moviendo los hombros en círculos. De repente, lo que más le apetece en el mundo es escalar. Puede que todo eso sea una estupidez, pero resulta emocionante. Hacía mucho tiempo que no sentía tanta emoción.

—Toma. —A. J. le da un frontal—. Echa un vistazo. Tú decides si quieres subir. Si te animas, puedes ponerte mi casco.

Sus manos se rozan cuando ella coge la linterna.

—¿Y tú? —pregunta Miranda.

—Soy famoso por ser duro de mollera —asegura él, esbozando una sonrisa fugaz que la luz de la linterna de Trey capta de frente—. Yo estoy a favor de los riesgos, pero me gusta ese cerebro tuyo.

A. J. extiende la mano y le acaricia el pelo por debajo del gorro, justo al lado de la oreja. Aunque la retira en un instante, ella sigue sintiendo el hormigueo por todo el cuerpo.

Al final, Miranda toma prestado el equipo de Trey, que, después de insistir en ir primero y tras seis intentos fallidos de pasar el cabo principal por una de las ramas más bajas en la oscuridad, se ha declarado «demasiado borracho para esas historias» y se ha quitado el arnés con torpeza para pasárselo. Ahora está apostado en la plataforma elevadora, utilizando la linterna frontal para seguir sus movimientos y proporcionarles un poco más de orientación cuando la necesiten.

Ella y A. J. trepan al mismo árbol, pero por caras opuestas. Miranda avanza a paso de tortuga. Hacía tiempo que no escalaba sin el peso de la motosierra en la cadera y durante los diez primeros minutos, más o menos, pierde todo el rato el equilibrio y tiene la sensación de estar medio ciega. Además, se ha tomado una cerveza. Y, aunque solo ha sido una, se siente un poco entumecida y sus reacciones son claramente algo más lentas de lo normal. Sin embargo, sin esa cerveza, seguro que ni se le habría ocurrido intentar escalar en la oscuridad.

El problema son los puntos de anclaje. Si ya es bastante difícil conseguir pasar limpiamente una cuerda sobre una rama a plena luz del día, lo es mucho más cuando las ramas que hay allá arriba son un amasijo de color gris negruzco que se recortan sobre el cielo. Todo les lleva al menos cinco veces más de lo normal. Pero es increíble cómo cambia la escalada. Miranda lo siente todo con mayor intensidad: la corteza contra las rodillas, la quemazón de la cuerda en la palma de la mano y también el murmullo del árbol, sus jadeos y gemidos, su cercanía. Está realmente concentrada. Ha dejado de pensar, de darles vueltas a las cosas, de obsesionarse con Carter. Está escalando, nada más.

—¿Lo dejamos aquí?

A. J. está más cerca de lo que esperaba. Ambos se encuentran al lado del tronco y Miranda ha perdido la noción de la altura hasta la que ha trepado, aunque tiene la sensación de que el árbol es cada vez más delgado, como si estuvieran acercándose a la copa. Es más tarde de lo que pensaba, o más temprano, más bien; entre las ramas, detrás de los hombros de A. J., se ve una franja rosa en el horizonte.

—Sí —responde sin aliento, con el pecho agitado.

Solo entonces siente el escozor de los rasguños en los brazos y en las piernas. El arnés le ha recogido el pantalón del pijama y tiene un brazo de la sudadera remangado; el haz de luz de su linterna frontal ilumina una mancha de sangre en una de sus mangas, fruto de uno de los cortes más profundos que tiene en el antebrazo. Miranda avanza hacia A. J., que ha cambiado de posición para sentarse en una rama prácticamente horizontal, y fija el cabo principal para que soporte parte de su peso. Una vez que ha pasado el amarre de seguridad alrededor del tronco del árbol, no puede estar más segura. Exhala, levanta el brazo y apaga el frontal.

El de A. J. ya está apagado y el efecto es instantáneo. La luz desaparece y, por un momento, solo hay una negrura vertiginosa, un vacío; ella estira los brazos a ciegas para agarrarse al tronco del árbol que está a su lado, como si se fuera a caer en aquella oscuridad repentina. Entonces sus ojos comienzan a adaptarse y la realidad se impone a medida que el mundo vuelve a enfocarse. No está tan oscuro como creía. Entre las ramitas negras que arañan el cielo, el horizonte es una tenue raya y los bosques que los rodean son de un tono gris oscuro que se va aclarando por momentos.

—Deberíamos bajar para ir al trabajo —comenta Miranda. Tiene la voz un poco ronca de haber estado hablando con A. J. mientras escalaban—. Al menos la adrenalina impedirá que estemos cansados.

Él sonríe. Ella intuye la forma de su mandíbula barbuda y el brillo de sus ojos.

—Siempre viendo el lado positivo —dice él—. ¿No hemos dormido nada?

Miranda se ríe. Debería estar preocupada: nunca ha ido a trabajar sin haber dormido, eso sería una locura y obviamente no es seguro. Pero está con el subidón de la escalada y allí arriba, en el roble, se siente más a gusto de lo que se ha sentido en semanas.

—Jamie nos va a matar —dice.

—Seguro que esto no es nada comparado con las barbaridades que él hacía en su día. Además, yo te cubro las espaldas. Un café por el camino y estarás tan en forma como siempre.

Ella lo observa mientras él contempla el amanecer que se avecina. Es extraño pensar que comentarios como «yo te cubro las espaldas» o «estarás tan en forma como siempre» puede que no sean mera palabrería, después de todo.

—Creía que era solo un juego para ti —dice finalmente Miranda, contemplando el horizonte. El cielo está empezando a pasar de un gris pálido a un azul claro invernal, y la estrecha franja rosada que lo atraviesa se está volviendo de color magenta—. Lo del tonteo y todo eso. Pensaba que solo lo hacías porque te gustaban los retos.

—Al principio puede que sí —admite A. J. al cabo de unos instantes—. Pero también puede que no. Tal vez ni siquiera entonces lo fuera. Supe que eras alguien especial en cuanto te conocí, a decir verdad. Eres… Ni siquiera eres capaz de fingir. Siempre eres tú misma. Además de ser guapísima, está claro, lo cual también ayuda.

A Miranda se le acelera de nuevo la respiración. Frota con suavidad la corteza del árbol, que le araña la piel.

—Pero entiendo lo que quieres decir. —A. J. la mira fugazmente de reojo. La tenue luz hace que el verde de sus ojos se vuelva brumoso y grisáceo, como el liquen—. Supongo que no sé comportarme de otra forma. No suelo tener… conversaciones serias con mujeres.

—Pues ahora mismo estás teniendo una —señala ella.

—Puede que necesite estar a veinte metros de altura.

«¿A veinte metros?». Miranda mira hacia abajo, pero no alcanza a ver el suelo. Por mucha experiencia que tengas como escalador, nunca te acostumbras a esa sensación de mirar hacia abajo, al repentino cambio de perspectiva, a ese momento en el que tu cerebro te dice: «Esto es peligroso».

—No puede ser eso —replica Miranda, fijando de nuevo la mirada en el horizonte—. Has dicho tonterías a veinte metros de altura un montón de veces. —A. J. se ríe—. En realidad, no sé si eso es mucho mejor —añade ella—. El hecho de que de verdad te gustara cuando me tirabas los tejos. Tengo novio. Si fueras un buen tío, asumirías que no puede ser y te comportarías.

—Ya, bueno. Yo nunca he dicho que fuera un buen tío —señala.

—Déjate de historias. —Él la mira con curiosidad—. Todo ese rollo de que eres un chico malo es una excusa. Asume tu responsabilidad, A. J. Eres un buen tío, sabes que no deberías tontear conmigo si no estoy soltera.

Él guarda silencio, pensativo.

—Es posible —reconoce—. Es posible que lo sepa. Pero no creo que me haya propasado.

Miranda levanta las cejas.

—Ah, ¿no? ¿Entonces coquetearías así con otras mujeres si estuviéramos juntos?

—No —responde A. J. de inmediato, antes de hacer una mueca de vergüenza—. Bueno. No creo que sea lo mismo, pero vale, de acuerdo. La cuestión es que ese hombre con el que sales no te hace feliz y yo podría hacer que lo fueras.

Miranda se agarra con fuerza a la rama que tiene debajo y la corteza se le clava en las palmas de las manos.

—A. J. —empieza a decir, aunque no tiene la energía necesaria para detenerlo.

—¿Qué? —Él se acerca un poco más y ella siente el calor de su cuerpo—. ¿Él te quiere tal y como eres, o le gustaría que fueras otra persona?

El uso del verbo «querer» la desconcierta; es como si se hubiera quedado sin aliento. A. J. no le está diciendo que la quiere, ni mucho menos, pero… el mero hecho de oír esa palabra de su boca le parece importante. Ella siempre había imaginado que él se acostaría con ella y luego la dejaría tirada, aunque intenta no imaginarse cosas muy a menudo. Miranda echa un vistazo al perfil de A. J.; ya hay suficiente luz y se fija en su barba desaliñada.

—La verdad es que creo que a Carter… le gusto tal y como soy —dice ella por fin. A pesar de todo, ella y Carter nunca han hablado de amor—. No creo que me entienda del todo, pero tampoco intenta cambiarme. —Miranda respira hondo; el aire huele ligeramente a humo, a mañana invernal—. Creo que el problema soy yo, en realidad. Tal vez yo no lo acepte a él tanto como debería, puede que tenga una idea demasiado preconcebida en mi cabeza de cómo debería ser. Un hombre adulto con las cosas claras. Cuando en realidad es... humano, supongo. —Baja la vista. Definitivamente, ya es casi por la mañana. Y definitivamente necesita dejar de hablar si no quiere soltarlo todo y reconocer que ya no confía en Carter y que no sabe cómo recuperar esa confianza—. Tenemos que irnos, A. J. Hay que bajar para ir a trabajar.

—Pues sí —dice él, tranquilamente, sin mover un dedo—. Aunque preferiría quedarme aquí. ¿Tú no?

Miranda hace una larga pausa antes de responder. Ella nunca le ha dado alas a A. J. Ni una sola vez. Ni con una palabra, ni con una mirada ni con nada. Pero en ese momento, mientras está allí sentada con el sol saliendo por encima del bosque, el mundo real a sus pies y A. J. a su lado, se muere por hacerlo.

Pero Miranda Rosso no es así. Está con Carter, a pesar de sus problemas de confianza, y le gusta demasiado A. J. como para darle falsas esperanzas.

—Oye, A. J., nunca va a haber nada entre nosotros. —Miranda traga saliva—. Lo siento. No quiero que me esperes si nunca voy a aparecer, ¿entiendes?

—Ya —dice él en voz baja al cabo de un rato—. Bueno. Pues se acabó, entonces.

Es lo correcto. Miranda está segura de ello.

Solo que no acaba de sentirse como si lo fuera.

El trabajo es horrible. Llegan con diez minutos de retraso —todo un logro, dadas las circunstancias— y, cuando Jamie los ve, se agarra un cabreo monumental.

—A beber agua —dice—. Medio litro cada uno y el que vomite se queda con la peor parte de las cargas pesadas.

Por suerte, todos aguantan, aunque Trey tiene pinta de haberse vomitado un poco en la boca. Sin duda es el que peor lo pasa, porque estuvo bebiendo sin parar mientras A. J. y Miranda escalaban. En un momento dado, deja caer un tronco peligrosamente cerca del pie de esta y Jamie le grita tanto que la clienta sale de casa en camisón para ver a qué se debe tanto alboroto.

Cuando por fin acaban y ella vuelve a casa, hay unas flores esperándola en la puerta. Claveles rojos, escaramujo y hojas de eucalipto, todo atado con una cinta de color rojo pasión. La nota dice: «¡Para alegrarte la semana! Con cariño, Carter. Bss».

Miranda las mete dentro, las pone en un vaso de cristal grande y entonces, de repente, mientras coloca el ramo en el centro de la mesa, se echa a llorar.

—¡Mir! —dice Adele, asomando la cabeza por la puerta del dormitorio—. Madre mía, ¿estás llorando?

Parece aún más sorprendida que Frannie cuando la pilló diciendo palabrotas.

Miranda se limpia la cara apresuradamente.

—No, no, estoy bien —asegura, pero se le nota en la voz que acaba de llorar.

Adele se le acerca por detrás, la rodea por la cintura y le da un abrazo del revés. Miranda se queda inmóvil, con una mano en la muñeca de Adele, tan conmovida por el gesto que los ojos vuelven a llenarse de lágrimas; exhala un gemido de frustración y se separa de Adele para coger el papel de cocina y limpiarse la cara.

—¿Dónde está Fran? —le pregunta. Que sus dos hermanas la vean llorar le parece demasiada humillación para un solo día.

—En una entrevista de trabajo —responde Adele, y Miranda se gira para mirarla. Algo en su expresión hace que

Adele se eche a reír—. No te sorprendas tanto —dice, yendo hacia la tetera—. Frannie siempre ha sido la más buscavidas de las dos, ¿no?

—Eh, ¿no? —dice Miranda, y Adele se ríe—. Ah, estabas bromeando.

—Sí, era una broma, pero estoy orgullosa de ella. ¡Lo ha hecho todo solita!

Algo en su voz hace que Miranda se pregunte si la broma tiene más calado del que parece. Si siempre eres la melliza que lo hace todo antes, debe de resultar raro ver a tu hermana hacer algo que tú nunca has hecho.

—¿Por qué lloras? —le pregunta Adele—. Supongo que te apetecerá un té.

Miranda le lanza una mirada que dice que por supuesto que sí y luego va hacia el sofá. Se deja caer con un suspiro. ¿Había estado alguna vez tan cansada? Siente los ojos como papel de lija y le duelen un poco las extremidades, como si tuviera la gripe.

—Ha sido un día muy largo —responde.

—Ya sabes que puedes hablar conmigo —dice Adele.

Miranda se incorpora, apoyándose en un brazo, para ver a su hermana. Está preparando el té, pero lo hace con demasiada despreocupación, como si estuviera fingiendo un poco. Miranda se pregunta si sus hermanas habrán hablado de la crisis que sufrió el día anterior, después de lo del reno en el pie.

—Gracias —dice, recostándose, y luego piensa en lo bien que le sentó reírse con Frannie—. Si te cuento algo, ¿prometes no decírselo a nadie? Solo a Fran, obviamente, y también tendrías que hacerle jurar a ella que guardará el secreto.

—Por supuesto —asegura Adele—. Claro. Ahora se me da muy bien guardar secretos.

Miranda sonríe con ironía, mirando hacia el techo. Ese «ahora» hace referencia al hecho de que, cuando eran niñas, Adele siempre se chivaba de todo el mundo, incluso de su padre cuando este se fumaba un cigarrillo a escondidas en las escaleras de atrás.

—Me gusta mucho Carter —dice al cabo de un rato. Adele deja las tazas de té sobre la mesa, le levanta los pies a su hermana para sentarse debajo de ellos y, una vez conseguido su objetivo, posa las piernas de Miranda sobre su regazo.

—Vale —dice Adele—. Eso está bien, ¿no? —Miranda tiene sus dudas de que esa charla confidencial vaya a funcionar. Cierra los ojos un momento. Se siente increíblemente a gusto, pero no quiere dormir. Si se va a la cama, su mente empezará a divagar de nuevo—. Entonces, te gusta mucho Carter, ¿pero...?

—Pero —dice ella—. Pero...

—Pero —repite Adele muy seria, y de repente Miranda se echa a reír. Han dicho la palabra tantas veces que suena ridícula.

—¿Qué? ¿Qué? ¡Te estoy escuchando! —protesta Adele—. No he dicho «perro», he dicho «pero».

Miranda se acerca los pies al pecho, llorando de la risa. Adele le da un golpe en la espinilla.

—¡Concéntrate! ¡Dime qué es lo que te preocupa! ¡Venga, ya verás que soy superútil!

Miranda se serena y vuelve a poner los pies en el regazo de Adele.

—Me gusta mucho Carter y, en teoría, es perfecto para mí.

—En teoría —dice Adele, y Miranda hace una mueca.

—No era mi intención ponerme en plan *Love Island*.

—No, no, estás hablando mi idioma —dice Adele—. Me gusta. Continúa.

—Pero tengo miedo. Me siento como si… Yo creía que nuestra relación era perfecta. Y no lo es. —Miranda suspira—. Hasta me siento mal al decirlo. Es muy buen tío. —«¿Lo es? Lo es, ¿no?».

—¿Pero…? —Adele la mira con cara de circunstancias mientras ella esboza una sonrisa—. ¡No te rías! Hablo en serio. ¿«Es muy buen tío» no es una frase completa? ¿O no es razón para llorar cuando te regala flores?

—Es muy buen tío, pero tengo la sensación de que no lo conozco de verdad. —Se lleva una mano a la frente y su sonrisa se desvanece—. Dios, eso es absurdo. Llevamos un montón de tiempo juntos. Claro que lo conozco. Aunque es como si hubiera… una puerta cerrada con llave. Y a veces él se cierra en banda. Y con A. J.… —Se muerde el labio.

—Con A. J.… —repite Adele con elocuencia—. Pásame el té.

Miranda cambia de postura con un gemido para coger primero una taza de té y luego la otra.

—¿A. J. es el de tu fiesta de cumpleaños? ¿El leñador buenorro de los tatuajes?

—En el Reino Unido no somos leñadores, Adele, somos…

—Ya lo sé —dice la otra antes de beber un sorbo de té—. Por favor, ya sé cómo se llama tu trabajo. Pero él tiene pinta de leñador. Me refiero a que ese tío iba prácticamente vestido con ropa de franela.

Miranda abre la boca para preguntar en qué consiste ir «prácticamente vestido con ropa de franela», pero se lo piensa mejor.

—Bueno, sí —dice—. Ese A. J.

—Y él no tiene ninguna puerta misteriosa cerrada con llave —apunta Adele—. ¿Era eso lo que querías decir?

Miranda se lo piensa. No es del todo eso. Sin duda hay abismos sin explorar en Aaron Jameson.

—Más bien la cuestión es que… sé que A. J. me daría la llave.

Adele se queda callada y bebe otro sorbo de té.

—Eso es muy profundo —señala—. Y entonces ¿Carter te deja fuera?

—Sí —responde Miranda—. Eso es, exactamente. Está obviando cosas a propósito. Ocultándomelas.

—¿Te está mintiendo? —le pregunta Adele.

—Sí —dice Miranda, despacio—. Creo que sí. Es posible. Aunque… no entiendo por qué. No creo que me esté engañando. De verdad que no.

—Vale —dice Adele un poco insegura.

—Bueno, a veces pienso que sí —reconoce Miranda—. Pero no me parece… realista.

—¿Pero hay cosas que te han hecho pensar que podría ser cierto?

El recibo. La anotación de la agenda. Mary Carter insistiendo en que Miranda no es realmente la novia de Carter, en que ella se refería «a la otra».

—Sí —dice—. Hay algunas cosas a las que no dejo de darles vueltas. Había conseguido mantener a A. J. a distancia. Pero ahora, con todas esas dudas sobre Carter, me resulta mucho más difícil.

—Bueno —dice Adele, estrechando la taza de té entre las manos—, entonces necesitas husmear.

—¿Husmear?

—Conseguir más información. Espiar un poco.

—¿A Carter? No puedo espiar a mi novio.

—Claro que puedes. Tienes que coger la sartén por el mango, Mir. Eso es lo que te preocupa, creo yo. Tú no soportas esperar a que pasen las cosas. Necesitas hacer algo.

Adele se queda sentada con aire de suficiencia, en silencio, mientras Miranda la mira fijamente, con la boca abierta. Ha dado justo en el clavo. ¿Cómo es posible que se haya dado cuenta de eso?

—Soy una lumbrera —declara Adele—. De nada. Puedes prepararme otro té si quieres.

Siobhan

Muy de buscona.

Siobhan lanza las botas por encima del hombro y busca otro par.

—Muy de postureo.

—¿Y estas?

—Muy «Acabo de bajarme del yate».

—Qué específica. Vale. ¿Y estas?

—Muy juveniles para ti.

Siobhan abre la boca haciéndose la indignada y se lleva una mano al pecho. Marlena se ríe.

—¿Te lo estás pasando bien? —le pregunta Siobhan, cogiendo su par favorito de botas marrones, con tacón de cinco centímetros. Por algo acaba siempre poniéndose esas.

—Pues claro. ¿No se nota? —replica Marlena.

Fiona entra con *All I Want for Christmas Is You* a todo volumen en el móvil y una bandeja de tazas humeantes. Es su típico chocolate caliente con Baileys. Siobhan cierra los ojos e inhala el olor; nada es más navideño que el chocolate caliente de Fiona. Ella siempre intenta hacerlo en casa de sus padres el día de Navidad, pero nunca le sale igual. El de Fiona lleva un poco de su propia magia, una especie de esencia de mejor amiga.

—¿Todavía estás haciendo la maleta? —le pregunta Fiona, observando boquiabierta el batiburrillo de ropa que hay sobre la cama de Siobhan—. No pensarás llevarte todo eso.

Fiona es conocida por viajar excesivamente ligera de equipaje; es de esas personas que rellenan con champú los botecitos de viaje en lugar de comprar nuevos útiles de aseo y que, al final de las vacaciones, se habrá puesto todo lo que ha llevado al menos dos veces. A Siobhan le gusta poder elegir. Y nunca repite, eso es un hecho.

—Necesito un montón de ropa —dice Siobhan, sentándose en el borde de la cama con su taza de chocolate caliente—. No tengo ni idea de qué me encontraré en este viaje a Londres. Necesito un posible modelito para conocer a sus amigos, otro para la primera cena casi formal de verdad…

—Ah, ¿sí? —dice Fiona—. ¿No se trataba estrictamente de una no-cita?

—En teoría sí, siempre que esa otra mujer siga existiendo —comenta Siobhan, rebuscando entre los vestidos que hay amontonados sobre la cama—. Pero mejor estar preparada.

—Ese es el espíritu —exclama Marlena, empezando a mover las caderas al ritmo de la música—. Ve a por tu chico, Shiv.

—Marl, cuidado, se te va a caer —dice Fiona.

Marlena la fulmina con la mirada. Una vez se tiró a una piscina con una copa de champán en la mano y no derramó ni una sola gota.

—A mí me parece genial que le des otra oportunidad —declara Marlena antes de beber un sorbo de chocolate caliente mientras baila—. No has tenido una relación de verdad desde lo de Cillian, y eso es muy raro. Tú eres una persona de relaciones.

—Gracias, Marl —dice Siobhan con sorna—. Pero te recuerdo que solo somos amigos. No voy a darle «otra oportunidad». Fiona no se acuesta con nadie desde hace siete años, ¿por qué no le das la tabarra a ella?

—Créeme, es mi siguiente objetivo —asegura Marlena con la boca llena de chocolate caliente.

Estar con Joseph Carter de día, al aire libre, resulta bastante surrealista. Como entrar en una discoteca con todas las luces encendidas o ver la foto de un perro en el asiento del conductor de un coche.

Cuando se están acercando al enorme árbol de Navidad de Covent Garden, dos grupos de turistas los empujan y, al chocarse, Siobhan roza con la mano la de Joseph. Ha tocado a ese hombre un montón de veces de un montón de maneras, pero, curiosamente, el contacto de sus manos enguantadas allí, en esa plaza abarrotada, le resulta tan íntimo como cualquier cosa que hayan hecho en la cama. Se estremece.

—Está muy sobrevalorada —señala ella, mirándolo, después de aclararse la garganta. Están comparando sus opiniones sobre la Nochevieja, que, a sus veintiocho años, a Siobhan siempre le ha parecido una mierda.

—¡No! —exclama Joseph horrorizado mientras esquivan una pequeña procesión de niños de una excursión escolar, todos con mochilas fluorescentes—. ¿Quién odia la Nochevieja?

—Mmm, ¿todo el mundo? —replica Siobhan. Le duelen las mejillas del frío. Seguro que está coloradísima y llena de ronchas, y su base de maquillaje es demasiado ligera para eso, pero le da absolutamente igual.

Ha sido un día maravilloso. Han hecho compras de Navidad, han tomado café cargado y calentito en cafeterías de moda, se han sentado a ver a la gente pasar y se han parado a escuchar a los músicos callejeros que cantaban canciones navideñas.

—¿Cómo la celebras? Puede que ahí esté el error —propone Joseph.

—Lo he probado todo —asegura Siobhan mientras entran en el mercado cubierto. Un aroma a canela y manzana emana de una elegante tienda de cosméticos y el escaparate del comercio de al lado está lleno de montañitas de *macarons* en todos los tonos pastel existentes—. Cenas con amigos íntimos, juergas desenfrenadas, fuegos artificiales en la azotea, fiestas en casa…

—¿Juergas desenfrenadas? —repite Joseph, observando a Siobhan un tanto sorprendido.

—Claro. A mí también me gustan. —Ella arquea una ceja y él se ríe.

—Me encantaría verte en una —dice Joseph, y Siobhan resopla como si dijera: «Tendrías mucha suerte».

—¿Dónde vas a empezar el año? —le pregunta Siobhan. Es realmente maravilloso pasear así a su lado, disfrutar de él un día entero. Es todo un lujo, como el helado de chocolate o un vino tinto caro.

—Scott y yo vamos a una fiesta de la organización benéfica para la que trabaja; es una gran gala en The Grange, cerca de Winchester —responde Joseph. Van caminando despacio, avanzando entre la multitud, mirando escaparates.

Es la actividad menos programada en la que ha participado Siobhan en mucho tiempo, y ni siquiera le importa la falta de objetivos, le gusta callejear sin más con él—. El sitio parece una especie de templo griego, pero cuando entras hay yeso y tablones de madera al descubierto por todas partes. Es alucinante. Un amigo mío se casó ahí el verano pasado.

«¡Estamos hablando de bodas!», exclama una parte del cerebro de Siobhan, como siempre que un hombre menciona ese tema y ella no es capaz de obviarlo, por mucho que se diga a sí misma que ni siquiera cree en la institución del matrimonio. Ese convencionalismo social en particular está demasiado arraigado en ella. La culpa la tienen sus adoradas comedias románticas de la infancia.

—Suena genial —dice ella.

Ambos se quedan en silencio. Una pandilla de adolescentes los empuja al pasar, en medio de una acalorada discusión sobre Kanye West; un niño pequeño grita, con las manos en alto, y su padre lo coge en brazos. En una tienda de bolsos que se encuentra a unos cuantos pasos de ellos, suena a todo volumen *Jingle Bells*. Pero la ausencia de invitación a esa increíble fiesta de Nochevieja es ensordecedora, mucho más estridente que todo lo demás, y Siobhan sonríe irónicamente bajando la vista. Un útil recordatorio para que no se deje llevar demasiado. Al fin y al cabo, no son más que amigos.

Esa noche salen a cenar a un restaurante oscuro y caro del Soho. Los camareros son demasiado entusiastas para su gusto, pero la comida es estupenda. Joseph parece distinto —se ríe demasiado fuerte y no para de hablar—, y, al cabo de un rato, esta se enternece al darse cuenta de que, en realidad, está un poco nervioso.

A ella le sucede todo lo contrario. En cierto modo, eliminar el sexo de la ecuación ha hecho que todo le resulte infinitamente más relajante. Nunca había pensado que pudiera pasar el rato sin más con un hombre por el que sentía algo, sin la presión del romance. Para ella, los rollos casuales son la forma más inteligente de hacer que una relación funcione, porque te quedas con lo bueno (el sexo) y prescindes de lo engorroso (todo lo demás). Ese día ha sido una revelación.

—Venga, como ahora solo somos amigos, podemos ser sinceros, ¿no? —dice Siobhan después de una copa y media de vino.

—Yo ya era sincero antes —murmura Joseph, y ella se ríe.

—De eso nada. Nadie lo es cuando quiere acostarse con otra persona.

Joseph la observa a través de sus ridículas gafas redondas. Que Siobhan ni siquiera se plantee llevárselo de compras para que las cambie demuestra lo enamorada que está. El hecho de que un hombre tan guapo haya elegido tan mal sus gafas es un gran misterio y, sin duda, resulta entrañable.

—Empiezo yo. Finjo que me quito todo el maquillaje para irme a dormir, pero, si estás tú, me dejo las cejas puestas.

Tras un silencio de sorpresa, Joseph se echa a reír.

—¿Las cejas?

—Sí. —Se señala la cara con la mano—. Son un fraude en toda regla. En realidad, casi no tengo cejas. Exceso de depilación a principios de los terribles noventa. La culpa es de Britney Spears.

—Tengo la sensación de haber entendido menos del cincuenta por ciento de lo que acabas de decir —comenta Joseph—. Pero tus cejas me parecen maravillosas.

Siobhan pone los ojos en blanco y bebe un trago de vino.

—A eso me refería precisamente, pero vale. Te toca.

—Bueno. Mmm… Sin duda fingí estar menos interesado en ti de lo que lo estaba, supongo.

Siobhan no se esperaba eso. Se queda mirándolo por encima del borde de la copa, observando el seductor rubor de sus mejillas, señal de que no ha logrado controlarse. A ella le entran ganas de inclinarse sobre la mesa y besarlo lentamente de una forma que resultaría escandalosa en un lugar como ese.

—¿Por qué demonios hiciste eso? —le pregunta, en cambio.

Joseph juguetea con la carta.

—Dejaste muy claro que querías algo informal. No quería pasarme y asustarte.

Siobhan se pone a la defensiva.

—No me asusto con facilidad. —Él la mira esbozando una pequeña sonrisa, pero guarda silencio. Ella vuelve a poner los ojos en blanco—. Vale, soy un poco asustadiza.

—Me hiciste el vacío durante meses, justo cuando las cosas empezaban a ir estupendamente —señala él, mientras la vulnerabilidad de su mirada desaparece para volver a dejar paso a su encanto.

«Eso no fue porque yo te gustara demasiado, sino porque tú estabas empezando a gustarme de verdad», piensa Siobhan.

—Muy bien, sigamos. ¿Qué cosas te sacan de quicio en las relaciones? ¿Qué es lo que más te molesta?

Joseph se para a pensar.

—Las personas que hacen ruido al comer —responde, negando con la cabeza—. Para mí es como pasar un clavo por una pizarra.

—Tomo nota —dice Siobhan, deseando no haber pedido espaguetis.

—Esto puede sonar raro, pero... —Joseph aprieta los labios, pensativo—. Creo que las mujeres suelen encasillarme.

Siobhan posa la copa y lo observa con la cabeza ladeada. La cosa se está poniendo interesante.

—¿En qué sentido? —le pregunta, al ver que él no dice nada más.

—No lo sé exactamente. Creo que tengo pinta de..., no sé, ¿de qué tengo pinta? —Él la mira, sonriendo con timidez—. Tú eres la experta en calar a la gente.

A Siobhan le encanta que la llamen «experta».

—Pues tienes pinta de ser una persona muy educada y con las ideas claras —responde ella, inclinando la cabeza hacia el otro lado—. Una buena persona. Una buena persona, seria y de fiar.

—Vaya —dice Joseph, riéndose—. No hay nada más sexy que la seriedad y la fiabilidad.

—Al contrario; es de lo más sexy —asegura ella—. En serio, a las mujeres nos encanta. El mundo es un nido de víboras. Estoy convencida de que hay algo primitivo que nos lleva a querer a un tío que no salga pitando de la cueva después de habernos dejado preñadas, o algo así. —Siobhan hace una pequeña mueca—. Además, seas chica o chico, a la gente le gusta sentirse protegida por su pareja, ¿no? Queremos a alguien que nos haga sentirnos seguros, como si nada malo pudiera ocurrirnos cuando estamos con esa persona.

Llega la comida y, durante un rato, eso acapara su atención, pero Siobhan no se deja distraer tan fácilmente.

—Entonces, eso de que te encasillen ¿te saca de quicio? —pregunta, enroscando los espaguetis en el tenedor.

—Bueno, no sé —dice Joseph, mirando con fijeza su pizza—. Es que tengo la sensación de que las mujeres quieren que sea algo que no sé si puedo ser. En realidad no soy perfecto, ¿sabes?

—¿De verdad? —dice Siobhan.

—¿Tú crees que soy perfecto? —le pregunta él, levantando la vista para mirarla a los ojos por una décima de segundo, antes de volver a centrarse en su plato.

Siobhan piensa en su sonrisa amplia y afable, en cómo hace que todo el mundo se sienta cómodo, en la forma en la que se entrega a todos.

—Definitivamente no —repone ella—. Y, la verdad, creo que deberías dejar de invertir tanto tiempo en intentar serlo.

Su sonrisa la descoloca. Ella creía que se molestaría.

—Eso es lo que me gusta de ti, Siobhan Kelly, que no te andas con rodeos —dice Joseph.

Siobhan y Joseph acaban quedando de nuevo el domingo para un brunch que se convierte en comida y en merienda. Es una verdadera sorpresa descubrir que se llevan bien. Ella siempre lo ha considerado un tipo carismático, de esos de cuya compañía no puedes evitar disfrutar; seguro que así lo percibe todo el mundo. Pero ella tiene claro que no se trata solo de eso. Conectan. Él la ayuda a olvidarse de sí misma, la hace reír hasta que el rímel se le corre por las mejillas, le hace sentir que el mundo es infinitamente más amable de lo que ella creía. Las horas pasan y Siobhan no deja de desear que regresen para pasar unos minutos más con él, como una niña que no quiere que se acabe la Navidad.

Ahora que Joseph se ha ido y ella lo ha asimilado, Siobhan entra en pánico, cómo no, sobre todo al pensar que no puede tener a ese hombre que hace ocho meses podría haber sido suyo si ella hubiera querido.

—Fiona —susurra al teléfono, caminando de aquí para allá sobre el pedazo de moqueta que hay entre la cama y la televisión de su habitación de hotel—. Fiona, ha sido maravilloso.

—Eso es genial —dice esta antes de quedarse callada unos instantes—. ¿No?

Es lunes por la mañana y, sin duda, demasiado temprano para llamar a nadie; Fiona está medio dormida.

—¡No! —exclama Siobhan, llevándose una mano a la frente—. Estoy…

—¿Perdidamente enamorada? —pregunta Fiona con dulzura.

—Puaj, no —replica Siobhan, que no es de las que se enamoran perdidamente. Solo que…

—¿Te tiemblan las rodillas?

—¿Quieres dejarlo ya? Estoy muerta de miedo. Le he abierto mi corazón, Fi. Le he dejado entrar hasta el fondo.

—Vale, Siobhan, no hace falta que seas tan gráfica —dice Fiona, y ella se da cuenta de que está conteniendo la risa.

—¡Venga ya, no me refería a eso! —replica—. Ahora solo somos amigos, ¿recuerdas? —añade con cierta amargura—. Aunque creo que él sabe que me gustaría que fuéramos algo más. Estoy demasiado pillada. No debería haber pasado todo el fin de semana con él. Ahora me lleva ventaja, ¿no? Además, tiene novia, nunca voy a salir de la zona de amigos, persiguiéndolo todo el rato como un perrito hasta que me mande a freír espárragos…

—Y entonces ¿qué? —pregunta Fiona—. ¿Te pondrás triste?

—No. Entonces me enfadaré —dice Siobhan.

—Permíteme que te diga que ya pareces enfadada —replica Fiona.

—¡No me estás ayudando!

—Eso es porque estás diciendo cosas sin sentido, Shiv —dice Fiona con dulzura—. Tu plan era simplemente conocerlo como amigo, ¿no? Y luego, si la cosa iba a más...

—¡Shh! —dice Siobhan, porque ella no ha elaborado ese plan como tal y al oír a alguien insinuarlo en voz alta se siente muy mala persona—. No quiero robárselo a nadie ni nada por el estilo. No tengo ningún plan. No hay ningún plan. —Se hace el silencio al otro lado de la línea—. ¿Hola? ¿Sigues ahí?

—Sí —responde Fiona con cautela—. Simplemente me pregunto por qué intentas hacerte amiga de ese hombre del que estás enamorada si no es para...

—¡Shh! —vuelve a decir Siobhan, llevándose una mano a la frente—. Joder, otra vez estoy planificando, ¿no?

—Tú eres así. Es normal —dice Fiona, con cariño.

—Ya, bueno, esto ha sido un desastre. —Siobhan se sienta en la cama—. Tengo la sensación de que voy a hacer una locura. Es como si me hirviera la sangre.

—Ni se te ocurra —dice Fiona—. En serio, Siobhan. Vete a la cama y duerme unas horas más antes del vuelo. No te sabotees a ti misma, por favor.

Siobhan se muerde el labio. Fiona la ha cuidado muchísimo durante ese año. Antes las cosas no eran así; hace un año, Siobhan nunca habría permitido que nadie la viera en el estado en el que la ha visto Fiona, por muy amiga suya que fuera. Siobhan es la cuidadora. Se ha acomodado demasiado apoyándose en otras personas desde su crisis; necesita endurecerse de nuevo.

Su teléfono suena. Lee el mensaje: Siobhan, soy Richard Wilson. Espero que no te importe que me ponga en contacto contigo. Sé que hoy no tenemos sesión, pero me vendría muy bien verte. Supongo que no tendrás tiempo para hacerme un hueco. Perdona que te lo pida con tan poca antelación.

Richard, Acero Azul, el del polvo en el despacho. Un cliente. Territorio prohibido. Y justo el tipo de hombre desaprensivo e insensible que ella solía llevarse a la cama antes de conocer a Joseph. Deslumbrante, refinado, peligroso.

Se estremece. El pánico se desliza bajo su piel y Siobhan nota esa sensación terriblemente familiar, como de lava, recorriendo su cuerpo; está a punto de tomar una decisión nefasta.

Bajo ninguna circunstancia debería responderle a Richard en ese momento. Es fundamental marcar unos límites estrictamente profesionales con él, dado que sospecha que la ve como algo más que una simple orientadora personal. Si estuviera en casa, con Fiona en la habitación de al lado, ni siquiera se lo plantearía. Pero está ahí, en una habitación de hotel en Londres, y Joseph Carter sale con otra persona.

Justo estoy en Londres. ¿Quieres que quedemos para desayunar? Saludos, Siobhan.

Richard está un poco más delgado que la última vez que lo vio, y eso le sienta bien: con su abrigo azul a medida y su bufanda a cuadros, es la quintaesencia del madurito sexy. Siobhan se levanta y lo recibe con un apretón de manos; él se acerca para darle un beso en la mejilla. Huele a perfume caro y demasiado rebuscado. En cuanto siente sus labios sobre la piel, piensa que ojalá no hubiera respondido a su mensaje. Sin duda ha sido una idea terrible, ni siquiera le apetece verlo. ¿Por qué ha hecho eso? ¿Por qué hace esas cosas?

—Me alegro de verte —dice Richard, deslizando la mano por su cadera mientras se separan.

Ella ha elegido una cafetería neutra cerca del hotel, en absoluto romántica y de lo más impersonal. Pero ahora que él está ahí, aquello no parece una sesión normal. Siobhan traga saliva.

—Bueno, ¿cómo te va? —le pregunta antes de beber un sorbo de agua del grifo.

La mañana se le ha ido de las manos y ahora siente una suave palpitación en el vientre, un nudo de pánico que va en aumento. Mira el teléfono, que está boca arriba al lado del cuchillo y del tenedor: hay un mensaje de Fiona, un pantallazo de los vuelos de Dublín a Londres para Nochevieja. «¿Qué te parece?», dice el mensaje. Piensa en Fiona y la sensación de miedo que nota en el estómago se intensifica un poco más; se va a sentir muy decepcionada con ella. Por un instante, se pregunta si sería capaz de levantarse y marcharse. Ya se ha demostrado a sí misma lo que fuera que tenía que demostrarse, ¿no? Ha demostrado que Joseph no es su dueño.

—Uf, Siobhan. Tengo un problema en el trabajo y necesito hablar de ello con urgencia —dice Richard.

Siobhan se relaja un poco. Ese es un terreno cómodo.

—Adelante —dice.

—¿Recuerdas que hablamos de mi secretaria?

—¿Con la que te acuestas? —le pregunta Siobhan educadamente, haciéndole un gesto al camarero para que se acerque. Tiene que asegurarse de que eso sea solo un café y no un desayuno.

—Sí. Esa. Bueno, pues… me entregó un formulario relacionado con los trámites de expedición, no te voy a aburrir con los detalles, pero la cuestión es que hay que firmarlo y presentarlo en una fecha muy específica. Pero, bueno…, nos distrajimos un poco. Y aunque lo firmé, si te soy realmente sincero, no lo puse en la bandeja de correo para que lo enviara. Así que no lo recibieron a tiempo.

—¿Y eso te ha causado algún problema? —le pregunta Siobhan—. Un café con leche cargado, por favor —le pide al camarero. No es día de leche de avena.

—Bueno, podría haberme acarreado alguno. Sí podría haber pasado. Pero lo rompí. Me refiero al formulario. Y le dije a ella que no me lo había entregado.

Siobhan se queda mirándolo, tratando de articular una respuesta neutra y adecuada, propia de una orientadora personal, pero esa revelación es completamente inaceptable.

—Bueno, no la van a echar, yo me aseguraré de ello —sigue diciendo Richard, ahorrándole el esfuerzo a Siobhan—. Y, en cierto modo, tiene sentido hacer que me deba algo, ¿no? Por si las cosas entre nosotros se complican. Es como una póliza de seguros.

Su paciencia, siempre escasa, se ha agotado por completo; esa es la peor cara de su trabajo. Ese hombre se supera en idiotez cada vez que se reúne con él. Le ha tendido una trampa a la mujer con la que se acuesta para tener munición si alguna vez necesita que la despidan. ¿Y qué hace ahí? ¿Acaso busca un poco de atención femenina favorable, ahora que su secretaria seguramente estará enfadada con él?

Si ella está haciendo bien su trabajo, Richard se dará cuenta por sí mismo de que ha sido un gilipollas; Siobhan está convencida de que esa es la única forma posible de que él cambie de vida. Pero también le gustaría decirle que es un cabrón. Por un momento, desea no haber insistido en tener confidencialidad total con cada cliente al firmar ese contrato; su intención era proteger a las personas a las que orientaba, asegurarse de que no le pedirían que «informara» a sus superiores. Pero ahora hay una pobre mujer cuyo puesto de trabajo está en peligro, y no puede denunciarlo al equipo de Recursos Humanos sin incumplir el puñetero contrato. Siobhan se revuelve incómoda en la silla.

—¿Cómo te sientes con esa decisión, Richard? —le pregunta por fin.

—Bien —contesta él un poco molesto, como si la respuesta debiera ser obvia. Prueba a mirarla a los ojos de esa forma tan ensayada, como un hombre que ha leído demasiadas veces *Cómo ganar amigos e influir sobre las personas*—. Es complicado, obviamente. No digo que haya hecho lo correcto. He acudido a ti porque creía que me entenderías y porque hemos…

Siobhan tiene la sensación de que se avecina algo malo, algo inminente y desagradable que no podrá esquivar.

—Hemos conectado, ¿no? ¿Tú y yo? —dice Richard, mirándola a los ojos mientras esboza una ligera sonrisa.

«Ahí está». Ella traga saliva.

—Creo que ha sido un error reunirnos fuera de la oficina, Richard —dice Siobhan—. Considero que en el futuro es muy importante que limitemos nuestras sesiones a los horarios y lugares acordados de antemano, ¿de acuerdo? Tiene que quedar claro que nuestra relación es meramente profesional.

Richard frunce el ceño.

—Venga ya.

—Si sigues excediéndote, me veré obligada a cortar de raíz las reuniones, Richard.

Este la mira, evaluándola. A ella no le gusta nada esa mirada. Es deliberada y calculadora, como si él fuera un gato observando algo que le gustaría atrapar.

—Muy bien, Siobhan —replica como si estuviera siguiéndole la corriente a una niña, en un tono de voz que nunca había usado con ella—. Vamos a dejarlo por hoy. Pero espero volver a verte pronto. Después de todo, ahora conoces mi secreto —dice sonriendo—. Razón de más para seguir con nuestras sesiones, diría yo. No puedo imaginarme con ninguna otra persona.

Las Navidades transcurren como una amalgama un tanto desagradable de reuniones familiares y conversaciones forzadas. No es que Siobhan no se lleve bien con su familia, más bien es que no se entienden lo suficiente como para tener una relación cercana. Sus padres se esfuerzan por fingir interés en lo que hace, pero son personas de números, matemáticos, y en el fondo ella sabe que piensan que eso de la orientación personal es un cuento chino. Por supuesto, ellos nunca lo admitirían, pero eso es casi peor. Siobhan preferiría una confrontación sana, como es debido.

Su hermano es diez años mayor que ella y nunca se han caído demasiado bien. Ella pasa el día de San Esteban en su casa, con sus hijos aferrándose a sus extremidades y exigiendo que los lleve a caballito, angustiándola con sus manitas y sus sonrisas radiantes. Se escabulle tan pronto que tiene muy claro que lo considerarán de mala educación. Sin duda, eso pasará a los anales de la familia como otro ejemplo de las rarezas de Siobhan y su arrogancia.

Regresa a su precioso piso de Dublín el día después de San Esteban, que da la casualidad de que es su cumpleaños. Siobhan odia los cumpleaños. Para empezar, no le gusta envejecer, y una celebración diseñada específicamente para poner de manifiesto que está un año más cerca de los treinta —de hecho, solo le falta un año para cumplirlos— no es algo que la motive. Antes probaba a organizar fiestas multitudinarias para distraerse, pero ahora prefiere tomar vino y helado con Fiona y Marlena.

—Señoras, he estado reflexionando durante las Navidades y creo que es posible que tenga una vena autodestructiva —declara mientras ella y Fiona se acomodan en el sofá y Marlena se tumba en la alfombra, con una copa de vino al lado.

—¡No! —exclama Marlena fingiendo sorpresa.

—Cállate —le espeta Siobhan—. La pregunta es: ¿qué hago con Joseph? Porque la he cagado a base de bien.

Se muerde el labio, rodeando la copa de vino con ambas manos para resistir el impulso de clavarse las uñas en las palmas. Su salud mental se está tambaleando; siente el pánico y el autodesprecio acechándola.

Apenas se cree que fuera capaz de reunirse con Richard fuera del horario laboral. Fue una estupidez monumental y deliberada. Si ni siquiera quería verlo. Pero acabó siendo el toque de atención que Siobhan necesitaba. No es de extrañar que se derrumbara en abril: su necesidad de control, su incapacidad de abrirse a la gente, su propensión a actuar cuando le entra el pánico... Era imposible que ese caldo de cultivo siguiera ahí sin destruirla.

Siobhan inhala y exhala lentamente. Aún no es demasiado tarde para cambiar.

O eso espera.

—Mira, Shiv, solo tienes que decidir cuánto te importa que esté con otra persona, básicamente —dice Marlena—. Si yo fuera tú y de verdad quisiera a ese tío, al menos probaría a decírselo, sobre todo si él no me hubiera dejado claro que la relación con esa otra mujer era seria.

—¿No creéis que está mal? —pregunta Siobhan—. Ya sé que no la conocemos, pero sigue siendo una mujer. No se lo merece.

—Si está destinado a estar contigo, está destinado a estar contigo —dice Fiona al cabo de unos instantes—. No vas a intentar seducirlo. Solo vas a decirle lo que sientes, para que tenga la información necesaria para tomar una decisión.

—Por lo que él sabe, solamente os acostabais, ¿no? Y cree que nunca te gustó tanto como tú a él. —Marlena se encoge de hombros—. Creo que vale la pena intentarlo, Shiv.

Siobhan coge la tarrina de helado que hay en la mesa de centro, la cambia por la copa de vino y hunde una cuchara en la parte blanda y pegajosa de los bordes. Nota que está empezando a sucumbir; tal vez siempre haya sabido que acabaría haciéndolo. No soporta pensar que Joseph está ahí fuera, conformándose con otra persona, sin saber lo que ella siente por él.

—Bueno..., ¿y lo de la fiesta de Nochevieja? —Les había contado a Fiona y a Marlena el plan de Joseph, en parte porque lo de esa mansión griega medio en ruinas sonaba increíble y en parte porque él de verdad parecía disfrutar de la Nochevieja, algo que a ella le fascinaba—. Ya pensábamos irnos nosotras a Londres, y no queda tan lejos de allí. Podría sorprenderlo. Sería muy romántico.

—¿Y piensas decirle...? —pregunta Fiona.

—¿... que lo quieres? —dice Marlena, acabando la frase por ella.

—Joder, ¿lo quiero? —exclama Siobhan, presa del pánico, agarrando con fuerza la cuchara de helado—. Mierda.

Mierda, ¿lo quiero? —Las otras dos intentan no reírse. Ella gime, apoyando la cabeza en el brazo del sofá—. Supongo que sí. —La idea la hace sudar—. Eso da mucho miedo. Dios. Pero estoy harta de espantar a la gente buena, en serio. —Vuelve a sentarse y se come un bocado glacial de helado—. Propósito de año nuevo: no joderme la vida.

—Brindo por eso —dice Marlena, levantando la copa—. Entonces ¿vamos a ir contigo a esa fiesta?

—¿Para consolarme si está enamorado de otra mujer, quieres decir? —pregunta Siobhan con ironía.

—Mmm, no. Para celebrar el feliz momento en el que recuperes a tu chico —la corrige Marlena.

Jane

Jane levanta el teléfono hacia el vacío cielo blanco, entornando los ojos para protegerse de la claridad.

—¿Hola? ¿Me oyes ahora? —pregunta.

La rayita de la señal aparece, desaparece y vuelve a aparecer. La voz de Aggie suena metálica y entrecortada al otro lado de la línea y a Jane, que se está congelando, le tiembla el teléfono entre las manos. Solo puede hacer llamadas desde la colina que hay al lado de la casa de campo en la que se aloja, en la zona rural de Powys; no hay señal en ningún otro lugar al que se pueda ir andando y aún no ha solucionado el problema del wifi.

—Te oigo más o menos —dice Aggie gritando, como si eso fuera a ayudar con los problemas de cobertura. En momentos como ese es cuando realmente se nota la diferencia de edad, reflexiona Jane con una sonrisa—. ¡Tu voz suena un poco a Dalek[3]! —berrea.

---

[3] Robots extraterrestres de la serie de ciencia ficción *Doctor Who. (N. de la T.)*

Jane se ríe. Esas conversaciones han sido el mejor momento del día durante el último mes, desde que se mudó allí, aunque tiene los dedos de los pies entumecidos dentro de las botas por el frío y las mejillas le escuecen a causa del viento. Nunca ha agradecido tanto tener una amiga tan buena. Las Navidades habían sido tristes y solitarias: le había dicho a su padre que iba a alquilar una casa de campo en Gales con unos amigos, incapaz de soportar la idea de volver a mentirle sobre su vida durante tres días, en la casa de su tía en Preston, pero se había arrepentido muchísimo. El día de Navidad lo echó de menos de una forma insólita y visceral, casi como si también lo hubiera perdido a él.

Pero el regalo de Navidad de Aggie le había alegrado un poco el día y ahora colgaba sobre el viejo armazón metálico de la cama de Rhosyn Cottage: un cuadro de Winchester, pintado con óleo de color rosa.

—Prométeme que te pensarás lo de venir mañana por la noche —grita Aggie—. ¡Será divertido! En serio.

El viento le golpea en los oídos. Lleva el pelo lo más sujeto posible en la nuca, pero aun así se le han soltado varios mechones y le están azotando la frente y las mejillas, metiéndosele en los ojos entrecerrados.

—Lo pensaré —promete Jane—. Adiós, Aggie.

—¡Te quiero mucho! —grita esta—. ¡No te vayas a enfriar!

Jane permanece un rato a la intemperie después de que Aggie cuelgue. Mira fijamente el teléfono, olvidándose del frío. Tiene los ojos llenos de lágrimas. Aggie nunca le había dicho «te quiero».

Jane mira hacia atrás. El joven cajero desvía la mirada enseguida y se pone tan colorado que ella no puede evitar seguir mirándolo, observando cómo su piel se enrojece y cambia totalmente de color. Le recuerda a las pinceladas de rubor que tiñen los pómulos de Joseph y transforman por completo su rostro mejorando todavía más su absoluta perfección.

Alguien se ríe a su lado. Es una anciana a la que ya ha visto en la tienda del pueblo en un par de ocasiones; tiene una nariz agresiva y puntiaguda y el ceño fruncido, unos rasgos que se ven un tanto desvirtuados por las gafas de Winnie the Pooh que lleva colgadas del cuello por una cadena.

—Haz el favor de invitarla a cenar de una vez, Malcolm —le dice la mujer al chico que está detrás de la caja.

Él se pone todavía más colorado.

—Ay, Dios —susurra Jane, metiendo un manojo de zanahorias en la cesta—. Eeeh...

—¡Gladys! ¡Por favor! —la reprende Malcolm—. No quiero... incomodar... a esta amable señora. —Da la sensación de que le encantaría retirar eso de «amable señora», o, mejor aún, que se lo tragara la tierra.

—Me llamo Jane —dice ella, alzando una mano—. Hola, Malcolm.

—¡Venga, mañana es Nochevieja! —dice Gladys, levantando las gafas trabajosamente para examinarla de forma más exhaustiva—. Mmm. ¡Es una noche perfecta para una cena romántica! No tienes planes, ¿verdad? Te vas a quedar sola en Rhosyn Cottage, ¿no? No hay nada que hacer allí, excepto observar los milanos reales. Baja a cenar a casa de Malcolm. Vamos, es un chico encantador, lo conozco desde que llevaba pañales.

—¡Gladys! —dice de nuevo Malcolm, agarrándose al borde de la caja registradora—. ¡Por favor, para! ¡Soy… soy un hombre hecho y derecho! ¡Puedo invitar a salir a las mujeres por mí mismo! Lo siento muchísimo —le dice a Jane, que se esfuerza por no sonreír.

—No pasa nada —responde ella.

—Pues venga —le dice Gladys a Malcolm, agitando un brazo—. Hazlo, entonces.

Malcolm está empezando a sudar. Jane se apiada de él.

—Me temo que tengo planes —dice—. He quedado.

Gladys entorna los ojos. Jane retrocede ligeramente ante la intensa mirada de la anciana.

—¿Con un hombre?

—No, no —dice ella mientras piensa que esa mentira habría sido mucho mejor. Pero se refería a Aggie. Hace tiempo que no tiene que fingir que tiene novio; ya ha perdido la costumbre—. Con una mujer. Con una amiga, quiero decir.

—¿Va a venir aquí? —le pregunta Gladys con incredulidad.

Jane se queda callada. Gladys parece saber de buena tinta que ella vive sola en Rhosyn Cottage; Jane tiene la sensación de que la ausencia de un segundo coche en la propiedad podría no pasar desapercibida.

—En realidad, voy a ir a una fiesta con ella. —La frase suena ridícula y en el fondo tiene la sensación de que ellos lo saben, de que Malcolm y Gladys saben que ella nunca va voluntariamente a las fiestas, así que comete el pecado capital que suelen cometer todos los mentirosos del mundo y sigue dando explicaciones—. Es la decoradora de un evento que hay en un caserón antiguo precioso en Hampshire. Recrea el estilo griego. —Hace una pequeña mueca.

El rostro de Gladys permanece impasible ante las credenciales arquitectónicas de The Grange; Malcolm, entre tanto, vuelve a pasar lentamente del rojo rubí al blanco—. En fin, que le han regalado unas entradas como parte del pago y, al parecer, es un evento increíble, así que voy a acompañarla.

—Intenta sonreír—. No me gustan mucho las fiestas, pero ya sabe cómo son estas cosas. No quiero decepcionar a mi amiga.

A Jane se le encoge el estómago al decir eso. Al parecer, hay algo de verdad en ello. No quiere defraudar a Aggie, que tan orgullosa está de los árboles de interior, de la iluminación morada y azul de la mansión destrozada y derruida y de la flamante hiedra que ha colgado ya para el acto del día siguiente.

Jane siempre ha podido contar con Aggie. Mientras se acerca con la cesta en la mano a la caja donde está Malcolm, se da cuenta de que ser una buena amiga conlleva responsabilidades. Quiere demostrarle que la apoya. Quiere demostrarle que puede contar con ella.

Jane detesta las fiestas: la muchedumbre, el ruido, las risas falsas, la ostentación…, pero adora a Aggie.

Volver a Winchester es casi como retroceder en el tiempo. Han pasado cinco semanas y media desde que Jane hizo la maleta, metió a Theodore en el transportín y se despidió de los empleados de la tienda solidaria de la Fundación Conde Langley. A Mortimer no pareció sorprenderle que se fuera de un día para otro, pero se le saltaron las lágrimas cuando la abrazó para despedirse.

Tiene la espalda dolorida del viaje, pero por fin estaciona delante del garaje de Aggie, en el aparcamiento que en su día bombardearon con globos de agua. Aggie ya está en la puerta del edificio cuando Jane sale del coche; debe de haberla visto por la ventana. Ver su rostro familiar y sonriente y su pelo rojo desaliñado le resulta tremendamente reconfortante.

—Has venido —dice Aggie, acompañándola adentro.

Incluso el mero aroma de su piso, la combinación de la esencia fresca e intensa de la lima con el olor a casa recién aspirada, hace que a Jane se le encoja el estómago. Echa de menos Winchester. Echa de menos su casa.

—¿Has traído algo para ponerte? —le pregunta su amiga, que ya le está preparando una taza de café.

Luego saca un botecito de nata de la nevera y Jane intercepta su brazo a medio camino.

—¿Qué? —pregunta Aggie, mirándola sorprendida.

—Aún te acuerdas —dice Jane, mirando la nata.

Aggie sonríe.

—¿De cómo tomas el café? Pues claro, boba. Solo han pasado cinco semanas. ¿Creías que me olvidaría completamente de ti mientras estabas fuera o qué?

Es más bien que ella nunca había imaginado que le importara a alguien lo suficiente como para que reparara en esos detalles. Le suelta el brazo a Aggie con una sonrisa temblorosa y va hacia su rincón favorito del sofá ocre.

—No, no he metido nada especial en la maleta para ponerme. Todo lo que llevé a Gales era bastante... práctico —dice.

Ropa térmica, calcetines de lana y forros polares. Eso no es muy apropiado para una gala multitudinaria en una mansión en ruinas. Jane tiene mariposas en el estómago; ahora que ha llegado, está nerviosa, y no por las razones que había imaginado. Creía que se sentiría amenazada al volver a Winchester, por lo que Lou le dijo antes de irse. Pero, al margen de lo que dicte la lógica, allí se siente segura: en su mente, el piso de Aggie es, en cierto modo, un castillo inexpugnable.

No, los nervios no son porque su vida londinense pueda sobrevenirle de repente, sino por tener que asistir a una fiesta.

—Vale. Ayer fui a ver a Mortimer y a Colin y te han preparado un modelito ideal —dice Aggie—. Colin insistió mucho en que te transmitiera que te echan mucho de menos los dos, y también me pidió que te dijera… Espera, deja que me acuerde. —Aggie frunce los labios mientras remueve los cafés—. «No digas que no al sujetador *push-up* hasta que te lo hayas probado con el vestido».

—Oh, oh —dice Jane, haciendo una mueca, mientras coge el café que Aggie le ofrece—. Creo que eso no suena muy…

Aggie levanta un dedo.

—¡Obedece a Colin! ¿Vas a atreverte a desafiarlo?

Jane agacha la cabeza.

—No, por supuesto que no.

Se ponen al día mientras toman el café. Jane no tiene mucho que contar. En Rhosyn Cottage no ocurren demasiadas cosas, quitando algún que otro percance con la calefacción central. Pero Aggie disfruta con la historia de Gladys y Malcolm.

—¡Así que fue eso lo que te convenció para venir! —se burla Aggie.

—No ha sido exactamente así —replica Jane, frunciendo el ceño—. Fue más bien que ellos… me hicieron darme cuenta de que debía venir. Quiero verte, apoyarte y… —Vuelve a temblarle la barbilla; no entiende de dónde han salido todas esas emociones—. Lo siento. Es que te estoy muy agradecida.

—Bah, cállate —dice Aggie, dándole una palmadita en la pierna—. Venga. Acábate el café y déjame hacer de hada madrina. Y luego, Jane Miller, irás al baile.

El vestido de seda de color verde intenso se anuda detrás del cuello y le queda justo por debajo de la rodilla. Deja al descubierto una cantidad de piel abrumadora: los brazos, los hombros y un gran triángulo en el pecho. Colin tenía razón: el efecto *push-up* es bastante sorprendente. Hace tanto tiempo que Jane no usa lencería de verdad que le parece todo un lujo, aunque el sujetador sea de segunda mano.

Aggie le entrega unas sandalias de tiras y tacón bajo; está claro que Colin y Mortimer han sido realistas en cuanto a la habilidad de Jane para desenvolverse con tacones. Se los pone mientras Aggie rebusca con desdén en el neceser de maquillaje de Jane.

—La mayoría de estas cosas son tan antiguas que están resecas —comenta, mirando al trasluz un bote de base de maquillaje—. Y no puedo dejarte mi base de maquillaje porque es tan pálida que parecería que estás enferma. Menos mal que tienes una piel perfecta. Al menos puedes usar mi máscara de pestañas.

Jane se las arregla para meterse el aplicador en ambos ojos y dibujarse una línea negra en el lado izquierdo de la nariz mientras se pone la máscara en cuestión, para regocijo de Aggie. Al final, esta toma las riendas.

—Vale. Creo que ya está. ¿Lo rematamos con un brillo de labios clarito? —le pregunta a Jane, entregándole un tubito rosa nacarado—. Listo, estás guapísima.

Se arriesga a mirarse al espejo. Su reflejo le devuelve una mirada seria, con los ojos muy abiertos. Rara vez se fija en sí misma y, cuando lo hace, nunca tiene ese aspecto. Aggie está en lo cierto. Está guapísima. A Jane se le vuelven a llenar los ojos de lágrimas y suspira con frustración, alzando la mirada hacia el techo.

—¡Nada de llorar! —le ordena Aggie—. Venga, piensa en cosas bonitas. Ponis. Cachorros. Theodore cagándose de miedo cuando ve una araña.

Eso hace reír a Jane.

—¡Mucho mejor! —exclama Aggie—. Y ahora tenemos que irnos. Necesito llegar temprano para dar los últimos retoques.

Jane traga saliva mientras suben por el amplio camino de grava que conduce a The Grange. El lugar es verdaderamente grandioso, como sacado de una leyenda griega. El oscuro cielo nocturno se arremolina tras sus columnas. Es una noche despejada y tan fría que le lloran los ojos.

El personal va de aquí para allá alrededor de la mansión. Solo faltan cinco horas para que ese año se convierta en el siguiente. Dejando a un lado la pavorosa obligación de asistir a fiestas, a Jane siempre le ha gustado la idea de celebrar la Nochevieja. La novedad, los nuevos comienzos…, todo eso la atrae. Por primera vez en mucho tiempo, Jane piensa que tal vez no quiera borrar por completo ese año de su mente.

—No te pongas nerviosa —le dice Aggie con firmeza, levantando una mano para saludar a un grupo de empleados que están colocando unas luces bajo las columnas—. Estás guapísima, no te voy a dejar sola en ningún momento y nos vamos a divertir.

—No quiero que te sientas obligada a cuidar de mí —dice Jane ansiosa, alisándose el vestido. No tenía ningún abrigo que combinara con él, así que ha ido sin nada. Hace mucho frío, pero está bien entrenada gracias a las conversaciones telefónicas con Aggie desde la cima de la colina.

—Me gusta cuidar de ti —declara Aggie con naturalidad—. ¿Por qué crees que te acosé hasta que te hiciste amiga mía? Soy una solterona sin hijos que necesita un proyecto. Sin ti, tendría que dedicarme a hacer punto.

Jane resopla, riéndose, mientras Aggie le sonríe antes de girarse para hablar con el guarda de seguridad que está en la puerta. Jane sabe que Aggie es tremendamente feliz con la vida que se ha forjado, aunque bromee con lo de hacer punto. Esa es una de las cosas que Jane admira de ella. Le parece increíble que esté felizmente soltera. Cierto es que Jane, siempre que ha estado sola, ha sido con el corazón roto.

—¿Es que no te basta con este proyecto? —le pregunta mientras entran en la mansión—. Caray, Aggie —susurra acto seguido.

Es como entrar en un misterioso cuento de hadas. El edificio, que por fuera tenía un aspecto impecable, por dentro se encuentra en ruinas y descuidado, pero con arte. El yeso está medio arrancado de las paredes, lo que deja al descubierto el ladrillo rojo; el techo es un gran agujero de bordes dentados que se abre al piso de arriba y en él se ven los extremos rotos de las vigas que en su día sostuvieron la segunda planta. Hay una chimenea decorada con pesadas coronas de hiedra y tejo, además de varios árboles en diferentes puntos que parecen haber estado siempre allí, creciendo entre los escombros.

—Es impresionante —declara Jane, girándose hacia su amiga.

Aggie se encoge de hombros, pero sonríe.

—Es fácil cuando trabajas con un lienzo como este. Casi no he tenido que hacer nada.

Esta la pone a trabajar moviendo las cosas un milímetro hacia delante o hacia atrás, encendiendo velas y recolocando el follaje. La gente está empezando a llegar cuando Aggie suelta de repente una de sus características sartas de palabrotas.

—¡Mierda, joder, me cago en todo lo que se menea! —murmura—. ¡Las puñeteras pancartas de los patrocinadores!

Aggie sale corriendo hacia las entrañas del edificio. Jane la sigue, un poco desconcertada. Apoyadas en la pared del fondo de una de las habitaciones, ocultas entre las sombras, hay dobladas tres pancartas blancas y plateadas.

—Venga, tenemos que colgar esto en algún sitio. Arruinarán la decoración, pero no hay más remedio; al fin y al cabo, han pagado por ello. Tal vez en la zona de los sillones, para no echar a perder la primera impresión de la gente al entrar. Me pregunto si conseguiré salirme con la mía —cavila Aggie, desplegando la pancarta que está arriba de todo.

Jane se queda inmóvil. Se siente como si alguien le hubiera echado un líquido helado por la espalda, sobre los hombros, y este se estuviera filtrando a través de la tela del vestido. Es pánico. Algo tan familiar como horrible.

En la pancarta se lee, con una gruesa tipografía de color azul marino, bajo un icono de una bellota: «Bray & Kembrey. Generoso patrocinador de la recaudación de fondos de esta noche».

—Aggie —dice Jane, retrocediendo—, no puedo quedarme aquí.

—¿Qué? —Aggie parece estresada. Se le han soltado ya varios mechones del moño—. ¿Podrías coger el resto de las pancartas, por favor? Esas de ahí.

Pero Jane ya ha dado media vuelta y ha echado a correr.

—¡Jane! —grita Aggie.

—No puedo —dice Jane, con voz ahogada—. Lo siento mucho.

Vuelve a atravesar la fiesta volando, esquivando cuerpos; hay mucha más gente de la que había diez minutos atrás. Las personas giran la cabeza hacia ella. Todo el mundo está iluminado con la luz púrpura y azul de Aggie; tienen un aspecto horrible, como de pesadilla, acechándola en la oscuridad.

Se obliga a ir más despacio. El corazón es como un puño que le está golpeando el pecho. No ha llegado a la entrada principal, se ha equivocado de camino, pero hay una puerta y echa a correr de nuevo una vez que la cruza, bajando un tramo de escalones de piedra enorme e interminable.

Jane está demasiado ocupada mirándose los pies; no se da cuenta de que hay alguien subiendo las escaleras delante de ella hasta que es demasiado tarde. Chocan. Ella rebota contra su pecho y se queda sin aliento. Él se tambalea y luego la sujeta por la parte superior de los brazos con manos firmes, para evitar que se caiga.

Ella se fija en sus zapatos relucientes y en los bajos de los pantalones del traje. Jane intenta seguir adelante, murmurando una disculpa con la cabeza gacha, pero él la agarra con más fuerza. El corazón le golpea una y otra vez la caja torácica, como si se le fuera a salir del pecho.

—Jane Miller —dice el hombre. Su voz es suave y profunda, como un whisky caro—. No me lo puedo creer. Recorro todo el Reino Unido buscándote y aquí estás, cayendo directamente en mis brazos.

Miranda

No puedo creer que al final nos hayas dejado hacer esto —declara Frannie, blandiendo entusiasmada una brocha de maquillaje—. ¿Tienes idea de cuánto tiempo hace que queremos hacerte un cambio de imagen?

—¡No es un cambio de imagen! —protesta Miranda, consultando el reloj. Ya son casi las ocho; están en casa de la madre de Carter, donde este sigue viviendo, y él las está esperando abajo. Por alguna razón, no parece muy entusiasmado con la fiesta y Miranda está nerviosa, como siempre que Carter se comporta de forma extraña—. ¡No tenemos tiempo para un cambio de imagen! Solo os he pedido que me maquillarais un poco, nada más.

—Vale, vale —dice Frannie, ignorándola con un ademán—. Adele, ¿estás con lo del vestido?

—Ya tengo vestido —protesta Miranda, intentando levantarse.

Frannie la empuja de nuevo hacia abajo con una fuerza sorprendente.

—Siéntate —le ordena a Miranda, poniéndose delante de ella—. Cierra los ojos. Relájate.

—¡Esto no es nada relajante! No me fío un pelo de vosotras.

Frannie resopla, molesta, y le da una colleja a Miranda cuando esta abre los ojos de nuevo.

—¡Que los cierres! —le ordena.

—¿No se supone que tú eres la melliza buena? —dice Miranda.

—He traído unas cuantas opciones más, Mir —dice Adele, rebuscando en la maleta absurdamente grande que se ha llevado para pasar una noche en Winchester—. Supongo que te parecerá bien lucir esas tetas y esas piernas.

—¿Lo ves? Yo soy la melliza simpática —dice Frannie con suficiencia, poniéndose a trabajar en la cara de Miranda.

Miranda se ve obligada a admitir a regañadientes que la han maquillado bien. Tras un poco de tensión y unos cuantos gritos, Adele ha cedido en el tema del vestido: le ha permitido que se ponga algo con lo que se sienta cómoda en lugar de uno de sus modelitos discotequeros, que Miranda nunca había visto antes y que ahora insiste en que su hermana no vuelva a ponerse. Así que al final lleva una falda de cintura alta con un top de seda metido por dentro y sus tacones favoritos. Es un poco informal para una fiesta tan pija, pero la ropa formal la hace sudar. Siempre es muy ajustada e incómoda y la obliga a pensar en qué se le va a ver cada vez que se siente.

Miranda observa distraídamente el caótico escritorio de Carter mientras Adele y Frannie discuten sobre qué bolso de mano debería llevar. Están encantadas de que las hayan invitado a esa fiesta de Nochevieja —ha sido muy amable por parte de Carter decirles que podían asistir— y demuestran su entusiasmo siendo aún más ruidosas que de costumbre.

Hay un montón de libros al fondo de la mesa; está claro que Carter se ha quedado sin espacio en las estanterías. Todos sus libros están ajados y mal cuidados. No es de extrañar, ya que suele llevarlos metidos en los bolsillos del abrigo. Hay un ejemplar de *Manage Your Mind*[4] sobre el escritorio con el lomo rasgado y un billete de tren como marcapáginas; *Bienvenidos a Occidente* está inusitadamente cuidado, pero el libro que hay debajo tiene el lomo tan arrugado que Miranda tarda un rato en leer el título. *Finding a Better You*[5]. Cuando lo coge para leer la frase que está escrita debajo —*Moving Through Grief, Addiction or Trauma*[6]—, descubre una tarjeta bajo la pila.

Siente un escalofrío. En el sobre pone «Siobhan».

«Tú debes de ser Siobhan», dijo Mary Carter cuando se conocieron. Ella se quedó con aquel nombre desde entonces, pero Carter nunca lo ha mencionado ni una sola vez.

Vuelve a mirar a Adele y a Frannie, que están gritando tan fuerte que ni siquiera ella, acostumbrada al volumen de las discusiones de los Rosso, puede evitar hacer una mueca de dolor. Posa despacio el libro *Finding a Better You* y coge el sobre.

No debería abrirlo, obviamente. Pero cuando piensa en lo que le dijo Adele, en la necesidad de husmear, de tomar cartas en el asunto, sabe que lo va a hacer. Mientras

---

[4] Domina tu mente. *(N. de la T.)*

[5] Descubre la mejor versión de ti. *(N. de la T.)*

[6] Cómo superar el dolor, las adicciones y los traumas. *(N. de la T.)*

desliza el dedo por debajo de la lengüeta, se siente como si fuera a desmayarse, como si le fallaran las piernas.

Es una tarjeta. Una de esas que Joseph dibuja a mano. En ella salen un hombre y una mujer de pie delante de un árbol de Navidad gigantesco, en una plaza que al parecer es Covent Garden; se están mirando, pero no se tocan. En el interior hay un mensaje escrito con la caligrafía enmarañada de Joseph:

Querida Siobhan:

¡Feliz cumpleaños! Seguro que lo celebrarás por todo lo alto.

He pensado mucho en el fin de semana que pasamos juntos en Navidad. La verdad es que no tengo muy claro si enviarte esto para decirte…, no sé, que sentí que aquello era algo más que amistad. Y también algo más que lo que teníamos antes, algo más que un rollo de primavera, algo más que sexo. Y que necesito saber si tú también sentiste lo mismo.

En fin, disfruta del vino y del helado. Seguro que el año que viene te deparará cosas maravillosas, Siobhan Kelly.

—Mir, ¿estás bien? —le pregunta Frannie.

Ver esas palabras escritas con la letra de Carter le resulta devastador. Como si lo hubiera visto agarrado de la mano de otra. Miranda recuerda cuando lo sorprendió escribiendo su tarjeta de cumpleaños la mañana que fueron de excursión a Kew Gardens; le cuesta creer que haya otra persona en su vida a la que también le escribe esas tarjetas, con sus cubiertas dibujadas a mano y su letra enrevesada, retorcida e infantil. Es tan... íntimo que la pone enferma.

—¿Mir?

Adele y Frannie se le acercan por detrás. Una le pone una mano en el hombro, pero ella se zafa para seguir dándoles la espalda mientras mira fijamente el árbol de Navidad de la cubierta de la tarjeta. Carter estuvo en Londres el fin de semana antes de Navidad. ¿Fue entonces cuando quedó con Siobhan? Dios, Miranda está furiosa, indignada, sumamente triste. En sus entrañas se despliegan un sinfín de emociones desagradables, como si hubieran estado allí agazapadas todo el tiempo.

Carter está subiendo las escaleras; Miranda oye sus pasos sobre la moqueta.

—¿Qué pasa? —le preguntan Frannie y Adele a coro.

Miranda aparta las manos de ambas sacudiendo los hombros y guarda la tarjeta bajo el libro que estaba en el escritorio. Llaman suavemente a la puerta.

Miranda observa el montón de libros. Se da cuenta de que Adele y Frannie intentan captar su atención, intercambiando miradas de desconcierto entre ellas.

—¿Hola? ¿Puedo entrar? —dice Carter.

—¿Puede? —susurra Frannie, rodeando con un brazo a Miranda—. ¿Qué pasa, Miranda? ¿Qué ponía en esa tarjeta?

—Ay, Dios. Sí. Sí, entra —dice ella antes de aclararse la garganta y desviar la mirada del escritorio hacia la entrada.

—¿Va todo bien, chicas? —les pregunta él, abriendo la puerta—. Caray, Miranda, estás espectacular.

Ella lo mira. Ahí está su novio: tan elegante, tan trajeado, tan aficionado a la lectura, con sus gafas discretas y entrañables y su sonrisa radiante. El buen tío. El hombre de fiar.

Aunque Miranda ahora dice palabrotas de vez en cuando, le sigue costando mucho que le venga alguna a la cabeza. Sin embargo, mientras lo observa, está pensando: «Cabrón de mierda».

Sabía que era un mentiroso. Lo sabía. Debería haber seguido su instinto. Carter la mira a los ojos y su expresión cambia un poco; está receloso, o puede que alerta. Mira hacia el escritorio.

—Mir, ¿estás bien? —le pregunta Frannie con una timidez poco habitual. Miranda deja de mirar a Carter, con mucho esfuerzo.

Tiene ganas de gritarle. Tiene ganas de romper sus libros, de lanzárselos, de hacer una bola con esa tarjeta que ha dibujado con tanto cuidado y tirársela a la cabeza. Quiere empujarlo, salir corriendo a la calle bajo el frío helador de diciembre y seguir corriendo hasta que el dolor de sus músculos alivie la furiosa adrenalina que florece bajo su piel.

Pero sus hermanas están ahí. Están emocionadas por la fiesta de Nochevieja. No puede perder los nervios delante de Adele y Frannie, se supone que ella es la adulta.

Así que aprieta los dientes y se lo traga. Incluso sonríe. Es increíble, de verdad. Nunca hubiera pensado que fuera capaz de hacer eso. Piensa en lo que A. J. dijo de ella, eso de que ni siquiera era capaz de ser falsa, y por un momento desea con todo su corazón estar con el equipamiento de trabajo, subiendo a un árbol con un hombre que la vea como la persona que le gustaría ser en realidad.

El taxi está esperando delante de la casa. Mary Carter se despide de ellos con la mano desde la ventana, con el cabello plateado completamente liso y cara de cierta preocupación, como si hubiera olvidado a dónde va su hijo. O con quién va.

Carter le da un apretoncito en la rodilla a Miranda y ella se contiene para no darle un manotazo.

—¿Qué pasa? —le pregunta él en voz baja.

Adele y Frannie están sentadas enfrente de ellos, siguiendo con los pies el ritmo de la canción que suena en la radio del taxi.

—Luego hablamos —dice Miranda. Sabe que Carter está frunciendo el ceño, preocupado. Lo conoce muy bien. O, al menos, creía conocerlo.

La fiesta no se parece a nada que Miranda haya visto antes. Para empezar, se celebra en una mansión alucinante que parece un palacio en ruinas por dentro. Hay árboles de verdad en tiestos, olivos de tres metros y abedules elevándose a través del techo abierto hacia los pisos superiores. Todo está iluminado en color morado y azul y con lucecitas plateadas centelleantes, y hay ramas de tejo y acebo por todas partes; parece el decorado de una película.

Cuando llegan, una multitud de amigos engulle a Carter, o tal vez son compañeros de trabajo; Miranda no logra discernir de qué conoce a esa gente y él no le da explicaciones. Desaparece durante un rato, por algo relacionado con un problema con los patrocinadores. Se trata de una fiesta de recaudación de fondos para la organización benéfica en defensa de los derechos humanos para la que trabaja Scott, otro detalle que Carter no había mencionado.

A su favor hay que decir que, cuando vuelve, aunque parece un poco estresado y nervioso, la presenta a todo el mundo. «Mi novia, Miranda», repite una y otra vez, con una mano posada en la parte superior de su espalda. Claro que, al parecer, de momento es «solo amigo» de esa tal Siobhan, así que puede que no vea nada de malo en poner todos los huevos en la misma cesta ahora que él y Siobhan no tienen ningún «rollo de primavera».

—¡Miranda!

Ella se gira. Es Scott. Lo saluda con un abrazo y le presenta de nuevo a sus hermanas, a las que había conocido de pasada en su fiesta de Halloween; Frannie lo observa con demasiado interés para tratarse de alguien diez años más joven que él y Miranda la mira frunciendo el ceño, hasta que ella pone los ojos en blanco y se va a buscar algo de beber con Adele.

—¡Ya casi es medianoche! —le grita Scott al oído, por encima de la música—. ¿Preparada para entrar en 2019?

Miranda ve con cierta ansiedad que Frannie y Adele desaparecen entre la multitud. Son adultas, obviamente, pero... a la vez son unas niñas y se siente responsable de ellas.

—¿Qué? —pregunta Miranda, girándose de nuevo hacia Scott.

Él repite lo que le ha dicho, pegando más la boca a su oreja; sus palabras se mezclan con el ruido de la fiesta, pero esa vez las oye.

—Y tanto —responde sombríamente—. Estoy deseando que empiece el nuevo año.

—Ah, ¿sí? —Él la mira con interés. Está bebiendo una cerveza de botella y lleva una camisa de color azul plata que debería parecer una horterada noventera, pero que en realidad le sienta de maravilla—. ¿2018 no ha sido como esperabas?

—¿Sabes quién es Siobhan?

Miranda no tenía ni idea de que iba a hacer esa pregunta hasta que ha salido de su boca. Scott abre los ojos de par en par.

—Ah —dice—. Así que... ¿Carter te ha hablado de ella?

—Todavía no. Pero está a punto de hacerlo.

Miranda observa a Carter, que está de pie entre un grupo de gente, agachando la cabeza para hablar con una voluptuosa mujer rubia que lleva tacones altos. Al mirarlo, siente que la invade algo parecido al odio; es una sensación repugnante, como si se hubiera comido algo podrido. Miranda no es de las que sienten odio. Se está convirtiendo en otra persona y la culpa la tiene Carter, él le ha hecho eso.

—Oye, tienes que entender que… —Scott está tratando de elegir bien las palabras—. Siobhan siempre ejercerá esa atracción sobre él. Nunca será capaz de olvidarla.

—Vaya, pobrecito —le espeta Miranda—. Seguro que todo es culpa de Siobhan.

Scott hace una mueca y bebe un trago de cerveza.

—Vale, paso de meterme en esto —dice, haciendo ademán de marcharse.

—¿Carter fue a tu fiesta de cumpleaños este año? —le pregunta Miranda.

Él se queda inmóvil y mira a Carter.

—Mmm…, sí —responde—. Sí que fue.

—¿Y se quedó a dormir en tu casa?

—Sí —dice Scott.

Miranda no está muy convencida. Probablemente esté encubriendo a su amigo. Aprieta los dientes con rabia. Desde que ha dejado esa tarjeta de cumpleaños en el escritorio, su ira no ha dejado de crecer. O tal vez desde antes… Puede que lleve meses acumulándose, como la cal de una caldera, recubriendo sus entrañas y endureciéndola.

—¡Anda, mis dos personas favoritas! —exclama Carter, acercándose a ellos por la espalda; posa una mano sobre el hombro de Scott y rodea con la otra a Miranda por la cintura. Ella se zafa y él la mira con el ceño fruncido.

—Yo me largo —dice Scott, inclinando la cerveza hacia Carter—. Buena suerte.

Carter intenta agarrar de la mano a Miranda. Ella lo esquiva.

—Miranda, ¿qué sucede? Llevas enfadada conmigo toda la noche.

Esta se aleja. El sonido de la banda, que está tocando una versión de *Firework*, de Katy Perry, se amortigua un poco cuando Miranda por fin sale al exterior. Ya son casi las doce y hay una multitud congregada en el césped, delante de la mansión. Se rumorea que habrá fuegos artificiales y la elección de la canción previa a la medianoche está haciendo que la sorpresa resulte un poco evidente.

—Cuéntamelo —le pide Carter cuando la alcanza.

Ella se vuelve. Él retrocede ligeramente al verle la cara. Se encuentran bajo las columnas de la entrada y Carter está medio en penumbra, medio iluminado por la luz del interior de la fiesta.

—Sé lo de Siobhan —dice Miranda.

Para ser una frase tan trascendental, parece muy poca cosa.

Él se queda inmóvil. La banda está acabando de tocar Katy Perry, se escucha un redoble de batería y Miranda oye el sonido de un cristal rompiéndose y a alguien que chilla, asustado. El pecho de Carter sube y baja rápidamente, como si no fuera capaz de respirar.

—¿Qué te ha dicho Scott? —le pregunta. Su voz no es como ella esperaba. Creía que se pondría a la defensiva. Pero parece asustado.

—Ah, nada. No tienes que preocuparte por tu amigo, sabe guardar tus secretos. He encontrado la tarjeta de cumpleaños que ibas a enviarle. En tu escritorio.

Él se pasa una mano por la cara.

—Vaya.

—¿No piensas decir nada? —Miranda levanta la voz mientras en el interior de la fiesta el cantante anuncia que falta un minuto para la medianoche—. ¿No piensas arrastrarte, decirme lo mucho que lo sientes y que soy más importante para ti que ella?

Carter retrocede de nuevo.

—¿Qué?

—¿Cómo que qué? ¿No te arrepientes de lo que me has hecho?

—De lo que te he... —Carter se frota la cara con una mano—. Miranda, siento no habértelo contado, ¿vale? ¿Es eso lo que quieres que te diga?

—¿Si eso es lo que quiero que me digas? —exclama Miranda con voz quebrada mientras dentro los invitados gritan y la banda empieza a hacer un suave redoble con la batería, creando expectación, preparándolos para la cuenta atrás.

Carter le agarra las manos y se niega a soltárselas mientras ella tira. Tiene el rostro desencajado por la emoción y lleva esa máscara tan desagradable que se ponen los hombres cuando les da miedo llorar.

—¿Qué quieres que haga, Miranda?

—Quiero que lo admitas. Que te disculpes por faltarme al respeto, por mentirme y por engañarme.

Él afloja un poco las manos y Miranda se suelta.

—¿De qué estás hablando?

Casi no oye a Carter por encima del ruido de la banda, pero no importa. Ya se está alejando entre las columnas, dejándolo atrás.

—¿Le decimos adiós a 2018? —grita el cantante arrastrando las palabras, y la ovación aumenta todavía más.

—Yo nunca te he engañado, Miranda —grita Carter a sus espaldas—. Por favor. Yo nunca te he engañado.

Ella da media vuelta, con los puños apretados a los lados del cuerpo. Por un momento se plantea pegarle, ir hacia él y darle un puñetazo en la cara.

—¿Y cómo explicas la nota de la agenda? ¿Y la tarjeta de cumpleaños? ¿Y el misterioso desayuno en el centro de Londres, al lado de Covent Garden, donde pasaste ese fin de semana con Siobhan?

El rostro de Carter casi parece demoniaco por el esfuerzo que está haciendo para contener las lágrimas. Es demasiado evidente. «¿Por qué no llora de una vez, por el amor de Dios?», piensa ella con amargura, observando cómo trata de serenarse mientras las luces parpadean en la puerta detrás de él.

—No puedo hablar de esto, Miranda —dice Carter finalmente.

—¿Me estás tomando el pelo? ¿Cómo que no puedes hablar de esto?

Él está empezando a retroceder, alejándose de ella, yendo hacia la multitud sin rostro que está dentro de la fiesta.

—Ni se te ocurra moverte, hijo de puta cobarde —grita Miranda, que ni siquiera reconoce su voz. En circunstancias normales, nunca diría algo así. Respira hondo, intentando contener un sollozo—. ¿Todavía sientes algo por Siobhan? —le pregunta, esa vez con voz lastimera.

Ahora Carter casi parece enfadado, aunque sigue llevando esa máscara horrible. Aparta la vista. Tras una pausa prolongada y extraña, recupera la compostura y vuelve a mirarla a los ojos.

—Sí, todavía siento algo por Siobhan —reconoce él con amargura—. He intentado pasar página, pero…, sí, siento algo por ella.

A pesar de que Miranda ya se lo esperaba —y lo ha provocado para que se lo diga—, en cierto modo su franqueza la pilla desprevenida y le afecta más de lo que creía. Se lleva una mano incrédula a la cara mientras piensa: «¿Esto está pasando de verdad? ¿Realmente está sucediendo?».

Dentro empieza la cuenta atrás entre el griterío de la multitud mientras el redoble de tambor sigue retumbando de fondo. «Diez. Nueve. Ocho».

—Pero, Miranda, lo has entendido mal. Yo no te he engañado con Siobhan.

«Seis. Cinco. Cuatro».

—Es cierto que ella señaló esas fechas en mi agenda. Es cierto que le escribí esa tarjeta de cumpleaños.

«Tres. Dos». Finalmente, Carter se acerca con rapidez a ella y la agarra del brazo mientras Miranda intenta alejarse de él.

—Pero, Miranda… Miranda, escucha.

«Uno». Los invitados se vuelven locos y el estruendo de los fuegos artificiales casi ahoga las palabras que Joseph Carter dice a continuación:

—Eso fue hace mucho tiempo. Lo mío con Siobhan… fue hace ya más de dos años.

Siobhan

Bienvenido, 2016! —exclama el vocalista, y el ruido aumenta hasta convertirse en un único sonido, en un clamor sordo cada vez más estruendoso.

Siobhan echa la cabeza hacia atrás y grita junto con la multitud. Nunca había tenido tantas ganas de entrar en un nuevo año; 2015 ha sido un desastre. En 2016, Siobhan será feliz, estará bien y se esforzará en no sabotearse a sí misma.

—¿Cómo estás? —le grita Fiona al oído—. ¿Vamos a tomar un poco el aire?

Siobhan quiere quedarse allí, en pleno centro de la pista de baile, girando y dando vueltas sobre sus tacones de aguja, pero le basta con echar un vistazo a la cara de Fiona para darse cuenta de que no puede más.

—Claro —responde y sigue a Fiona, que se aleja de la banda para salir al jardín. Las columnas de The Grange están iluminadas en todo su esplendor. Joseph tenía razón sobre esa fiesta. Es realmente impresionante.

—¿Qué, lo has encontrado ya? —le pregunta su amiga, apartándose el pelo del cuello para refrescarse. Está lloviznando un poco, pero es ese tipo de lluvia que apenas se nota sobre la piel.

—No —repone Siobhan, mirando hacia la mansión—. No lo he visto por ninguna parte.

—Puede que haya cambiado de planes —dice Fiona, mirándola a los ojos. Los lleva pintados con delineador, una pequeña concesión al hecho de que se trata de una fiesta.

—Pues, por lo que dijo, parecía que iba a venir aquí —comenta Siobhan.

Salir de la fiesta parece haberle restado algo de energía; de repente es consciente de un dolor agudo en el punto en el que los zapatos se le clavan en la piel. Traga saliva y levanta la barbilla. Al parecer, Joseph no está allí. Pero da igual. La Nochevieja no tiene nada de especial, ¿qué importa si pasan unos días más antes de decirle lo que siente?

—Ya, y tú llevabas tres días sin pensar en otra cosa, ¿verdad? —dice Fiona, cuando Siobhan hace esa observación.

Siobhan la mira, frunciendo el ceño.

—Qué va. —Mentira cochina—. Y nos lo estamos pasando bien esta noche, ¿no? —Fiona la mira con una expresión educadamente optimista—. Ay, no, no te está gustando nada —dice Siobhan, tirando de ella para abrazarla—. Estás deseando irte a casa y ver películas navideñas, ¿verdad?

—¡No! ¡Me encantan las fiestas! Las fiestas son geniales —asegura Fiona, abrazándola por la cintura—. Bueno, vale, no las fiestas multitudinarias como esta, en las que no se oye nada, la gente está borracha y todos se besuquean con todos a medianoche. Pero... te quiero. Así que...

—Y yo te quiero a ti, así que… nos vamos —dice Siobhan, apartándose de Fiona—. Venga. Vamos a despegar a Marlena del bellezón con el que se esté morreando.

—¿«Morreando»? ¿En serio? —exclama Fiona, enganchándose al brazo de su amiga mientras van hacia la mansión.

—Auguro su regreso en 2016 —declara Siobhan—. Espera y verás. En 2017, ya nadie dirá «besarse», todo el mundo volverá a decir «morrearse».

Fiona se ríe.

—¿Qué más va a pasar en 2016?

—Mmm. Creo que 2016 va a ser el año en el que lo solucionemos todo. Solo habrá paz, buena voluntad y comprensión. Seremos todos más tolerantes y compasivos, dejaremos de llevar monos porque nos daremos cuenta de que son un incordio si quieres hacer pis y…

Siobhan se queda callada. Fiona sigue caminando, riéndose, y tarda un momento en darse cuenta de hacia dónde está mirando Siobhan. En cuanto lo hace, su expresión pasa de la diversión a una fascinación incrédula.

—¿Esa gente va a caballo? —pregunta.

Efectivamente, dos personas se están acercando a The Grange por el camino de grava que ellas tienen delante, montadas en sendos enormes caballos blancos, o «corceles», piensa Siobhan. Esos caballos son corceles. Son grandísimos y muy mansos y levantan mucho las patas al caminar, como si el suelo no fuera lo suficientemente bueno para ellos.

Sin embargo, lo que más le llama la atención a Siobhan es el hecho de que uno de esos hombres es Joseph Carter.

No es un jinete especialmente diestro, aunque ella no es la persona más adecuada para juzgarlo, pero da la sensación de que rebota demasiado. Y, sin embargo, hay algo en la imagen de un hombre guapo encima de un caballo blanco que simplemente… funciona.

—Ese es Joseph —le sisea a Fiona—. Y su amigo Scott, creo. Ay, Dios.

A Siobhan se le encoge el estómago, porque, si Joseph está ahí, es que va a suceder; ha llegado el momento, no tiene más remedio que hacer lo que juró que haría: decirle a ese hombre que lo quiere. Está tan preocupada por la magnitud de esa idea que tarda un rato en pararse a pensar de verdad en el resto de los datos relevantes.

—¿Qué hacen en esos caballos?

—No tengo ni idea —responde Fiona—. ¿Joseph sabe montar?

—Creo que no. Al menos no lo hace habitualmente —dice Siobhan mientras los dos jinetes van botando hacia ellas. Se están acercando más rápido de lo que creía; el corazón le da un vuelco—. Mierda. Vale. Ha llegado el momento. Madre mía. ¿Puedes ocuparte de Scott?

—¿Ocuparme de él? ¿Cómo, exactamente? —pregunta Fiona, observando los caballos.

—No lo sé, tú eres una mujer con recursos —dice Siobhan mientras Joseph entra en escena con el cabello castaño ondeando al viento y las mejillas sonrosadas por el esfuerzo. Tiene unos hombros muy anchos. Y está guapísimo a lomos del caballo. «Joder, soy una causa perdida —piensa—. ¿No debería mirar a este hombre y pensar: "¿Qué hace ese capullo encima de un caballo?"».

Los chicos ya casi han llegado hasta ellas. Joseph se está riendo de algo que ha dicho Scott mientras sujeta las riendas con demasiada fuerza contra el pecho. Scott da un grito de alegría; está empezando a formarse una pequeña multitud de curiosos bajo las columnas de la fachada de The Grange.

—¡Shiv, no se me da bien hacer las cosas sobre la marcha! —susurra Fiona—. ¡Ya lo sabes!

—¡Claro que sí! Eres buenísima improvisando —asegura Siobhan, subiéndose un poco el vestido y comprobando si el pelo está bien. Tiene el corazón desbocado. No es exactamente así cómo había imaginado ese momento (para empezar, hay más ganado de por medio), pero esa es su oportunidad de decirle a Joseph lo que de verdad siente por él, y está tan aterrorizada que se ha quedado en blanco y le tiemblan las manos.

—¡De eso nada! ¡Eso es lo que tú te crees! ¡Sabía que tu fe absurda en mis capacidades se volvería en nuestra contra algún día! Ah, hola, ¿me llevas? —dice Fiona desesperada mientras Scott y Joseph pasan trotando.

Siobhan la mira con recelo por un instante, antes de volver a centrarse en Joseph. Este se queda literalmente pasmado al verla y tira con tanta fuerza de las riendas que el caballo se detiene con brusquedad y se encabrita, levantando las patas delanteras casi un metro del suelo. De milagro, Joseph consigue sujetarse, pero Siobhan da un chillido, muy a su pesar.

—Joder —exclama Joseph sin aliento, aferrándose a la parte delantera de la silla de montar con una mano y a las crines del caballo con la otra—. Qué fuerte.

Mientras tanto, parece que Fiona se está subiendo al caballo de Scott. Le lanza a Siobhan una mirada de «¿Qué coño está pasando?» mientras Scott tira de ella para sentarla delante de él.

—¡Ay! En la televisión parece mucho más cómodo —se lamenta Fiona—. Vale. ¡Rumbo a la fiesta! Esos dos tienen que hablar, no hace falta que los esperes. Scott, ¿no? Hola, soy Fiona. O Fi, si lo prefieres. No suelo abrirme tanto de piernas nada más conocer a un hombre, pero es una urgencia.

Su voz se pierde mientras ambos se alejan al trote. Joseph y Siobhan se miran fijamente durante un rato, ella con el cuello inclinado hacia atrás y él ruborizado.

—Hola —dice Siobhan aliviada al comprobar que su voz no tiembla tanto como el resto de ella—. Bonito caballo.

—Ha sido idea de Scott —dice Joseph, todavía aferrándose a él—. Son de una mujer de Stockbridge que ha regalado un paseo a caballo para el sorteo benéfico. Nos dijo que podíamos usarlos para que la gente se ilusionara con el premio y..., bueno, es una larga historia, todo muy típico de Scott. ¿Nos hemos perdido la entrada en el nuevo año?

Siobhan se ríe.

—Por mucho.

—Mierda. Los caballos no son tan rápidos como parece —dice él, esbozando una sonrisa breve y tonta, como suele hacer cuando bromea—. ¿Quieres subir?

—La verdad es que no —responde Siobhan, mirando el caballo de arriba abajo.

El animal la observa con una cara que sugiere que tampoco tiene demasiado interés en llevarla.

—Entonces bajaré yo —dice Joseph, mirando hacia abajo con cierta inquietud—. Mmm. El suelo está bastante lejos, ¿no?

Siobhan mira a su alrededor, negando ligeramente con la cabeza pero sonriendo, muy a su pesar. Es tan típico de Joseph haber llegado tarde a la fiesta de Nochevieja, perderse la cuenta atrás y tener una excusa así de rebuscada... ¿Cómo se mete en esos follones? ¿Y por qué a ella le resulta tan entrañable?.

—Allí —dice Siobhan, señalando un gran tramo de escaleras que hay a la izquierda de la entrada principal y que conduce a otra ala de la mansión. Está bordeada por unos muros bajos y a ella se le ocurre que será más fácil desmontar sobre uno de ellos.

—Vale —dice Joseph, hincando ligeramente los talones—. Allá vam… ¡Uf!

Mientras camina al lado de él y de su caballo, Siobhan se pregunta cómo demonios ha acabado ahí. Nota en el cuello la palpitación de su pulso asustado y estabiliza la respiración, apretando los puños a ambos lados del cuerpo. Cuando llegan al muro, Joseph desmonta con muy poca gracia y luego hace una mueca de dolor, dándole la espalda brevemente para recolocarse.

—Bueno —dice Siobhan cuando él vuelve a girarse y se lanza a por las riendas del caballo al ver que este intenta alejarse en busca de una hierba más sabrosa. Ella está sonriendo, a pesar de los nervios: Joseph está tan mono con esa actitud tan perdida…—. ¿Vas a explicarme un poco mejor cómo has acabado con esta nueva mascota?

—Lo primero es lo primero: ¿qué estás haciendo tú aquí? —le pregunta Joseph aturdido—. Yo no te he…

—¿Invitado? —dice Siobhan alegremente al notar que se reactivan las magulladuras de su ego.

Él se sonroja.

—Quiero decir…

—No pasa nada. He venido con unas amigas; íbamos a ir a Londres de todas formas en Nochevieja y todavía quedaban entradas a la venta para esto, así que pensamos que solo sería un pequeño desvío. —Siobhan aprieta los labios, resistiéndose al impulso de detenerse ahí y hacerse la interesante—. Pero sí, he venido a verte —añade después de respirar hondo.

Esta percibe un destello en su rostro: ¿de esperanza, tal vez? ¿O quizás ella solo está viendo lo que quiere ver?

Armándose de valor y tragando saliva, se acerca a él cruzando el césped hasta estar tan cerca como para tocarse. El caballo relincha detrás de Joseph, que se sobresalta.

—No puedo... Lo siento —dice este al final, alisándose el pelo con la mano libre—. Estoy intentando no sacar conclusiones precipitadas, pero esto parece demasiado bueno para ser verdad, así que ¿se puede saber por qué has venido a verme exactamente? Por si acaso es para devolverme algo, o para darme una mala noticia en persona, en lugar de por la razón por la que espero que estés aquí en realidad, que es..., bueno..., la razón por la que yo habría ido a verte a Dublín si hubiera tenido valor.

La vulnerabilidad de su voz da a Siobhan el coraje que necesita y, antes de que la asalten las dudas, antes de interponerse en su propio camino, abre la boca y dice:

—He venido a decirte que te quiero.

Ambos se miran fijamente, sin mover un músculo.

Siobhan apenas se cree que lo haya dicho. Nunca se lo ha dicho a ningún hombre, excepto a Cillian, que acabó decepcionándola de una forma tan profunda que a ella le costó casi media década recuperarse.

—Madre mía. Mierda —dice Siobhan, rompiendo el silencio.

—¡No! —exclama Joseph, agarrándola de la mano—. No, no, es que estoy...

—¿Horrorizado? ¿En shock?

—Eufórico —dice él, dedicándole una de sus mejores sonrisas de oreja a oreja. Siobhan también le sonríe. Ya no nota el frío, ni siquiera le importa que haya empezado a lloviznar y que se le esté estropeando el peinado—. Madre mía, ¿en serio? ¿De verdad me quieres?

—¿Por qué? —le pregunta Siobhan sonriendo mientras se acerca a él—. ¿Es que tú también me quieres? —Su tono es burlón y pícaro, pero desea tanto oír la respuesta que le cuesta respirar.

—Pues claro —responde Joseph—. Desde aquella mañana terrible de abril en la que te dejé en el baño del hotel. Me pasé todo el año intentando olvidarte; intenté comprometerme con otras personas, pero en cuanto te vi en Winchester me di cuenta de que seguía loco por ti. Aunque no creí que me quisieras. Nunca me pareció que fuera así.

Siobhan se ríe y baja la cabeza para apoyarla en su hombro. La felicidad crece y crece, haciéndole cosquillas en las yemas de los dedos y descendiendo hasta sus pies medio congelados.

—¿Has olvidado que estudié Interpretación? —le pregunta ella, levantando la cara hacia la suya. Se tranquiliza un poco al ver su expresión; no está tan seguro como sugiere su voz—. Y perdona, tienes razón, debería haberme sincerado contigo sobre lo que sentía. Tenía miedo y te alejé. —Siobhan acaricia el rubor que tiñe sus pómulos hasta llegar a la barba incipiente de su mandíbula, disfrutándolo, deleitándose con el tacto de su piel—. Pero te quiero. Claro que te quiero.

Joseph le sonríe con sus dientes blancos, sus mejillas azotadas por el viento y sus preciosos ojos de color avellana. A Siobhan le resulta insoportable estar tan cerca de él sin darle un beso, así que se pone de puntillas y aproxima la cara a la suya. Es un verdadero placer besarlo así, sin guardarse nada. Siobhan deja que su cuerpo se funda con el de Joseph; le cuesta creer que hiciera eso tantas veces sin pensarlo. Su piel arde de deseo, como siempre que está a menos de un metro de Joseph Carter.

—¡Ay, mierda! ¿Y la otra mujer? —dice ella de repente, alejándose de él.

Él la mira parpadeando, confuso.

—¿Perdona?

—Dijiste que había otra persona —señala Siobhan con impaciencia—. Que salías con otra mujer, ¿no?

—Ah, no, no —dice Joseph, inclinándose para besarla de nuevo. Siobhan se aparta, insatisfecha con la explicación—. No, es decir, la hubo, pero entonces pasamos ese fin de semana juntos en Londres antes de Navidad y me quedó claro que no había superado lo tuyo. Así que lo dejé con Lola. De hecho, te escribí una tarjeta de cumpleaños en la que te decía que, en realidad, yo creía que sentíamos algo más que amistad el uno por el otro, pero la perdí —reconoce Joseph, avergonzado—. Y pensé que quizás era una señal de que no debía decírtelo.

Siobhan pone los ojos en blanco.

—Era una señal de que tienes que ser más organizado —le espeta, y él sonríe cuando Siobhan vuelve a posar los labios sobre los suyos. El beso se vuelve más intenso y el calor se acumula en su vientre al recordar cómo el cuerpo de Joseph recibe el suyo, cómo ella se relaja cuando él soporta su peso con los brazos.

—No sabes cuánto me alegra haber venido —declara Siobhan, con los labios todavía sobre los de él.

—Si no, no habrías conocido a Nighthawk —señala este, estrechándola con más fuerza. Ella siente la intensidad de los latidos de su corazón a través del abrigo.

—¿Nighthawk? —pregunta ella, con la cara sobre su pecho. El caballo relincha en el momento justo—. Ah, ¿se llama Nighthawk? —dice Siobhan, riendo e inclinando la barbilla hacia atrás para mirarlo.

—Claro. De niño eran mis cómics favoritos —revela él antes de robarle otro beso intenso y de enredar su lengua en la suya.

—Joseph Carter —dice ella cuando se separan, abrazándolo por la cintura—. ¿Eres un superfriki escondido en el cuerpo de un tío bueno?

Él le sonríe.

—Pues sí. Pero ya me has dicho que me quieres, así que no puedes retractarte.

—Tú a mí no me lo has dicho, por cierto —replica Siobhan. Hace una mueca de autocensura—. Lo siento. En realidad soy muy dependiente, ya te darás cuenta. Hasta ahora lo he disimulado bien.

—Eso no es ser dependiente —dice Joseph antes de darle un beso en la mejilla—. Y no lo has disimulado tan bien, Shiv.

—¿Qué?

—Quiero decir que se nota que te han hecho daño —añade él bajando la voz—. Me di cuenta la primera vez que nos vimos. Guardas tu corazón a buen recaudo.

Siobhan está nerviosa; todo eso es territorio desconocido, y, en medio de la alegría, el miedo también sigue presente. Joseph le acaricia la mejilla con una mano fría, sonriendo.

—Te quiero —dice—. Te quiero, Siobhan Kelly. Te quiero desde hace siglos. De hecho, no puedo dejar de quererte. Pregúntale a Scott. Está harto de que le hable de ti.

—Seguramente estará intercambiando impresiones con la pobre Fiona —comenta Siobhan, apoyando la frente contra el pecho de Joseph—. Ella está harta de que le hable de ti.

De repente, Siobhan se da cuenta de que está helada y, con la misma rapidez, decide que no le importa. No quiere volver a entrar. Quiere quedarse allí, entre los brazos de Joseph, con Nighthawk, el incongruente caballo blanco que está pastando detrás de ellos. Le cuesta mucho estar presente, pero nunca en su vida lo ha estado tanto como en ese momento.

—Madre mía. Entonces ¿ahora vamos a poder estar juntos? —pregunta Joseph casi con asombro—. ¿Vas a ser mi novia?

—Eso creo —responde Siobhan sonriéndole—. Parece demasiado sencillo para nosotros, ¿no?

—No, no, no. No empieces a darle vueltas —dice él de inmediato, abriendo los ojos de par en par, como si hubiera entrado en pánico.

—Entonces, bésame —le pide Siobhan, mirando sus labios fijamente—. Es un remedio infalible.

—Lo tendré en cuenta —dice Joseph mientras se inclina para tomar posesión de su boca con uno de esos besos intensos, voluptuosos y ardientes que parecen demasiado buenos para ser reales.

Jane

En cuanto lo mira a la cara, es como si hubiera retrocedido en el tiempo. Vuelve a ser la Jane de entonces: atemorizada, sumisa y fácil de dominar. Él tiene las sienes algo más canosas que la última vez que lo vio y está un poco más hinchado, como si hubiera perdido peso y lo hubiera ganado de nuevo. Pero sus ojos siguen siendo de ese color azul cautivador, irónico y chispeante y los tiene clavados en ella.

A Richard Wilson se le da muy bien eso del contacto visual. Cuando Jane trabajaba en Bray & Kembrey como su secretaria, fue esa mirada seductora lo que hizo que se enamorara perdidamente de él.

—Tenemos que hablar —dice él. Sigue agarrándola por los brazos con sus manos secas y cálidas; ella intenta zafarse, pero él la sujeta con firmeza. Están en medio de la escalera y, por un instante, a Jane se le pasa por la cabeza empujarlo, tirarlo por los escalones de piedra para que desaparezca de su vida para siempre.

—Richard, déjame —dice ella, intentando dar un paso hacia un lado.

—Esta vez no —replica él con rotundidad, pero cambia de posición para sujetarla solo por el brazo derecho y la hace bajar los escalones como si fuera una delincuente a la que está acompañando al furgón policial—. Vamos. Tú odias este tipo de fiestas. Te llevo a casa.

No puede subirse a un coche con él. A Jane se le pone la piel de gallina. La forma en la que le está agarrando el brazo es desagradable. Indecente.

—Suéltame, Richard, o monto una escena —le advierte con la mayor tranquilidad posible.

Él parece sorprendido por su obstinación. Otra vez esos ojos cautivadores, pero en esa ocasión con el ceño fruncido y los dientes apretados. Jane también recuerda perfectamente esa mirada. Él se recompone con visible esfuerzo e intenta sonreír, deteniéndose a su lado. Ella mira con elocuencia la mano con la que le sujeta el brazo y, tras unos segundos de reticencia, él la suelta y se mete las manos en los bolsillos.

—Está bien. Lo siento. Supongo que estoy siendo un poco brusco. Pero llevo buscándote mucho tiempo, Jane.

—No me digas —responde ella. También se ha serenado; ahora su voz es más tranquila—. Pues no he andado muy lejos. Si realmente quisieras encontrarme, podrías haberlo hecho.

Al principio era lo que Jane deseaba. Imaginaba que él aparecería y le pediría perdón, que la cogería en brazos y se la llevaría de vuelta a aquella vida en la que ella le pertenecía. Había sido aterrador irse de Londres y empezar de nuevo; no se dio cuenta de lo acostumbrada que estaba a vivir según los dictados de Richard hasta que quedó sola y únicamente tuvo que seguir sus propias reglas.

Richard extiende los brazos. Ahora están sobre el césped. Hay un grupo de fumadores cerca, hablando en voz baja, y una pareja camina de la mano hacia el río mientras las luces de la fiesta juguetean sobre sus cabezas gachas.

—Bueno, vale, me has pillado. La situación ha cambiado un poco, Jane. Creí que nos iría bien ponernos al día. Ha pasado demasiado tiempo.

«Ponernos al día». Como si fuera una reunión de trabajo. Esos límites siempre habían estado muy difuminados entre ellos. Su insistencia en que llevara trajes grises todos los días, ¿era la exigencia de un jefe o de un novio controlador? El hecho de que siempre eligiera él el menú cada vez que le hacía pedir comida a la oficina, ¿no era lo más razonable, dado que era su superior? Cuando le dijo que era mejor que dejara de ir a tomar una copa después del trabajo con las otras secretarias porque era demasiado indiscreta, ¿solo se estaba preocupando por ella profesionalmente?

Jane respira hondo. Esos son pensamientos viejos y anticuados. Ella ha demostrado que estaba equivocado: puede que le haya costado su tiempo, pero ha hecho amigos y ha empezado a descubrir a la Jane que esas amistades ven en ella. Y si él estaba equivocado cuando le dijo que ella simplemente no encajaba con el resto de la gente, que era «rara y peculiar», que los demás nunca la entenderían como él, puede que también estuviera equivocado en todo lo demás.

Jane ya no se considera una mujer imposible de querer. Esta se percata de que, teniendo en cuenta que Joseph Carter no la ama, ese es un logro todavía mayor. Levanta un poco la barbilla y se encuentra con la mirada de Richard.

—¿De qué quieres hablar conmigo? —le pregunta Jane.

—¿No prefieres ir a un sitio donde haga menos frío? Toma. —Richard se quita la chaqueta.

Jane retrocede. Está temblando, pero hasta el simple olor de la prenda de Richard le revuelve el estómago.

—No, gracias. Quiero acabar rápido.

Él arquea las cejas. La Jane que él conocía habría aceptado la chaqueta; habría hecho todo lo que él le pidiera.

—¿Qué esperabas? —pregunta ella en voz baja—. ¿Creías que nada habría cambiado?

—No exactamente —reconoce Richard, pero sí lo creía, Jane lo tiene claro—. Solo quería comentarte algunas cosillas. Ha habido un pequeño alboroto en el trabajo y es posible que alguien intente ponerse en contacto contigo para preguntarte por nuestra… relación laboral, cuando estabas en Bray & Kembrey. Solo quería asegurarme de que tú y yo seguimos en la misma onda.

—¿Un pequeño alboroto? —pregunta ella con serenidad—. ¿Como el «alboroto» de antes de que me despidieras?

Él entorna los ojos ligeramente. No acaba de entenderlo.

—Yo no te despedí, Jane; no tuve más remedio que dejarte marchar. Ya tenías una falta en tu expediente y cometiste un error que le costó a la empresa muchísimo dinero, por si no lo recuerdas.

—No lo he olvidado —replica ella con firmeza.

La falta se la habían puesto poco antes de que él revelara el error que había cometido Jane con el formulario de los trámites de expedición. Al parecer, ella no había organizado bien su agenda y él se había perdido una reunión importante. En su día, Jane había aceptado la medida disciplinaria a pesar de su desconcierto —estaba segurísima de haber anotado la reunión el día correcto—, pero últimamente había empezado a darle vueltas. Richard no podría haberse deshecho de ella solo con la excusa del error con el formulario de los trámites de expedición. Necesitaba algo más.

Y, a esas alturas, hacía meses que estaba claro que quería deshacerse de ella. El interés de Richard por el sexo había disminuido; en la oficina empezaban a surgir rumores sobre ambos y alguien los había sorprendido en la sala de conferencias fuera del horario laboral.

—¿Han vuelto a denunciarte por acoso? —le pregunta Jane—. ¿Por eso Recursos Humanos está haciendo preguntas?

Richard levanta la barbilla y la mira fijamente.

—Nadie me ha denunciado nunca.

—Ah —susurra Jane—. Así que te las has arreglado para hacer que eso desaparezca, ¿no?

—Nadie me ha denunciado nunca —repite él, acercándose más a ella.

Jane se estremece, muy a su pesar, y da un paso atrás, incapaz de mantenerse firme. Baja la vista al tiempo que su confianza flaquea. Pero sí lo habían denunciado. Ella había visto los papeles cuando estaba recogiendo las cosas de su escritorio, con las lágrimas corriéndole por las mejillas, mientras la puerta del despacho de Richard permanecía cerrada a cal y canto.

—¿Puedo contar contigo para decir la verdad, Jane? —le pregunta él.

—¿Y qué verdad sería esa? —le pregunta ella. Ese es el tipo de comentario descarado por el que él la habría reprendido si se hubiera atrevido a soltarlo cuando estaban juntos. A él le gustaba la Jane dulce y complaciente.

—Sería mucho más sencillo que te centraras en nuestra relación profesional. No hay necesidad de ahondar en la personal. Eso solo me complicaría las cosas.

Ella lo mira fijamente.

—Eras mi novio. Tú... lo eras todo para mí.

Él suspira, levantando por un instante la vista hacia el cielo.

—No nos pongamos dramáticos.

Jane piensa en todas las veces que él le había dicho que estaban «hechos el uno para el otro». En cómo la acunaba en su regazo, acariciándole el pelo, tranquilizándola cuando decía alguna tontería en una reunión de equipo o se ponía nerviosa en un gran evento corporativo.

Richard vuelve a suspirar al ver que ella no dice nada.

—Oye, no quería sacar el tema, Jane. Pero me lo debes. Sabes que es así.

«Mierda. El dinero. El maldito dinero».

¿Acaso ella sabía entonces que se lo había dado para que mantuviera la boca cerrada? ¿Que era otra forma de someterla? Jane prefiere pensar que no. Cuando Richard rompió con ella, estaba muy acostumbrada a que él le pagara cosas. Todo empezó con un pequeño préstamo cuando ella tuvo problemas para pagar el alquiler, unos meses después de llegar a Londres; luego llegaron las cenas y los regalos; después, una asignación mensual regular para que ella viviera el estilo de vida que él quería que viviera. Ropa bonita y un apartamento que a él le gustaba más que el pisito diminuto que ella se alquiló al llegar a Londres.

Se portó muy bien cuando le dijo que la relación había terminado, sosteniéndole la mano mientras ella sollozaba, diciéndole que seguiría cuidándola. Tenía que dejarla marchar de Bray & Kembrey —el error del formulario no podía pasarse por alto—, pero sabía que le resultaría difícil arreglárselas sola, y él se aseguraría de que estuviera bien.

Cuando aquel ingreso apareció en su cuenta bancaria, ella sintió una chispa de esperanza. Si le estaba dando todo aquel dinero, aún debía de importarle. Puede que en el fondo Jane se hubiera preguntado por qué el tema del dinero salió en la misma conversación en la que él le dijo que debía rechazar la entrevista de salida con Recursos Humanos; puede que en el fondo viera esa denuncia de acoso sobre el escritorio y se preguntara qué pensarían los de Recursos Humanos si les contara que llevaba acostándose con Richard en secreto más de un año…, pero Jane estaba ya demasiado agotada. Silenciada por meses de sumisión en los que Richard no dejó de decirle que ella siempre malinterpretaba las cosas. Que no se metiera en sus asuntos. Que ella no entendía nada.

—El dinero te ha venido bien, por lo que veo —dice Richard, mirándola de arriba abajo.

—Este vestido es de una tienda solidaria —replica Jane con frialdad, pero se trata de una excusa insustancial y ella lo sabe. Él está en lo cierto. Ha estado viviendo de ese dinero. Gracias a él, ha trabajado gratis en la tienda solidaria y ha alquilado el bonito piso blanco de Winchester y la casa de campo de Gales. No se sentía preparada para el trabajo real cuando llegó a Winchester. ¿Cómo iba trabajar en una empresa? Se le daba fatal relacionarse en la oficina, nunca le caía bien a nadie y no hacía más que meter la pata. «No soy capaz de arreglármelas sola», se repetía una y otra vez, como un mantra.

—Si te estás quedando sin fondos, Jane, puedo ayudarte —dice Richard de pronto con una voz más amable. Este ladea la cabeza—. ¿Lo estás pasando mal?

Algo se tensa en el pecho de Jane. Un viejo impulso latente aflora por un momento. «Sí —quiere decir—. Todo es más difícil sin ti».

Luego piensa en Aggie y en su melena azotada por el viento mientras le entrega otro globo de agua. Piensa en la cara de Keira cuando Jane se defendió en el banquete de boda de Constance. Piensa en Colin, bebiendo su té helado, diciendo: «Gracias, Jane».

Es cierto que se está quedando sin dinero. Pero Aggie ya le ha dicho que, si quiere, puede colaborar con ella como trabajadora autónoma en algunos de los proyectos de mayor envergadura, y, gracias a la experiencia en la tienda solidaria, seguro que podría encontrar trabajo en algún otro comercio. Es perfectamente capaz. Se las arreglará.

Así que no. No piensa aceptar dinero de Richard nunca más.

Aunque se muere por saber lo desesperado que está.

—¿Cuánto? —le pregunta Jane, descruzando los brazos para entrelazar las manos a la espalda. No es exactamente una pose de poder, pero no se le ocurre nada mejor—. ¿Cuánto me darías por mi silencio?

Él la mira, satisfecho.

—Ya casi no te conozco —comenta—. ¿Dónde está mi dulce Jane?

—Hace tiempo que se ha ido —replica ella con una leve sonrisa. ¿Qué diría Richard si se enterara de que ahora es una mujer que se pone vestidos rojos con aberturas hasta los muslos? ¿Qué diría si se enterara de que ahora es lo suficientemente valiente como para besar al hombre que ama, aunque eso le rompa el corazón?—. Suéltalo de una vez.

Ambos guardan silencio mientras la fiesta continúa, atronadora y estruendosa, llena de gente que ansía empezar de nuevo.

—Veinte mil —le ofrece al final Richard—. Tendríamos que tener cuidado con los rastros documentales, así que puede que no lo recibieras todo de una vez.

Jane asiente, pensativa.

—Dame tu tarjeta —dice. Sabe que él llevará alguna en el bolsillo interior; nunca va a ningún sitio sin ellas—. Te llamaré cuando esté preparada para hablar.

Por un instante, mientras le da la espalda a Richard Wilson y vuelve andando hacia el edificio, se plantea la posibilidad de marcharse. Lo último que le apetece en ese momento es una multitud de cuerpos agitándose, el ruido sordo de la música pop, el sudor, las luces… Pero ha dejado plantada a Aggie sin decirle nada y ella no se merece eso.

Jane está temblando. Volver a ver a Richard no ha sido en absoluto como esperaba. Casi ha resultado… estimulante. Nunca había percibido la diferencia entre su yo actual y el anterior de una forma tan nítida: estando allí de pie, frente al hombre que dominaba su vida en Londres, se había sentido como una mujer completamente distinta.

Mientras cruza el jardín alejándose de él, ve una figura que le suena muchísimo apoyada en una de las enormes columnas de The Grange. Las luces intermitentes lo iluminan desde atrás; tiene el pelo un poco revuelto y los hombros anchos. A Jane le da un vuelco el corazón y se detiene en seco.

Él la está observando. Se da cuenta enseguida de que algo va mal. Su postura no es la habitual. No está relajado y tranquilo, rezumando encanto. Está tenso, con los brazos cruzados. Cuando por fin se acerca a ella, tiene los puños apretados a ambos lados del cuerpo.

—Joseph —dice Jane con un hilillo de voz. Hace mucho tiempo que no lo ve y, aunque la inquieta que esté tan tenso y enfadado, la invade la alegría por el mero hecho de tenerlo cerca.

—¿Qué hacías hablando con Richard Wilson? —le pregunta él con aspereza. Entonces parece darse cuenta de quién es, como si por fin la reconociera, y su expresión se suaviza un poco—. ¿Estás bien?

A Jane le retumba el corazón en los oídos.

—Sí. No sabía que… ¿Qué haces aquí?

—Vengo a esta fiesta con Scott todos los años. ¿De qué conoces a Richard?

Él se mantiene demasiado alejado de ella, enfadado y receloso; Jane no lo soporta, pero sabía que eso acabaría sucediendo: ¿por qué si no iba a ocultarle que había trabajado en Bray & Kembrey en la misma época que él? Solo ha visto así a Joseph en una ocasión, hace años: el día que irrumpió en el despacho de Richard, cuando ella no era más que una secretaria sentada tras la pantalla del ordenador.

Podría mentirle. Jane se lo plantea; sinceramente, desea hacerlo, pero ya no tiene nada que perder. A él ya lo ha perdido. Joseph tiene novia; no la ha elegido a ella. Sin embargo, de repente, la idea de ocultar la verdad le da una pereza tremenda. Es un nuevo año. Le encantaría empezarlo con la verdad por delante por una vez.

—Fui la secretaria de Richard. Trabajé en Bray & Kembrey antes de venir a Winchester. Me fui un poco… por la puerta de atrás, a decir verdad. Todo el mundo sabía que me echaban porque él no me quería allí. —La vergüenza resulta demasiado abrumadora, es como si brotara de ella al rojo vivo—. No quería que lo supieras. No quería que me vieras como esa mujer.

Joseph abre los ojos de par en par. Parece atónito de verdad.

—Tú eras su…

No dice nada más, pero basta para que Jane se venga abajo. Ella no sabe exactamente cómo terminará esa frase, pero puede hacerse una idea. «Fulana, putita, juguete...». Ya oyó suficientes rumores de los que circulaban por la empresa antes de marcharse: las cosas que dejaba que Richard le hiciera, los lugares donde las hacían... Algunas eran puras fantasías y otras, desgarradoramente ciertas.

Sale corriendo, empujando a Joseph al pasar, y se pierde en el anonimato de la fiesta para intentar encontrar a Aggie.

—¡Jane, espera! —grita Joseph a su espalda, pero ella ya está dentro, abriéndose paso entre el ruido y los cuerpos con la cabeza gacha, empezando a sollozar.

—Eh —dice alguien, agarrándola del brazo.

Ella se estremece al sentir el contacto y se zafa desconcertada, levantando la vista. Es Scott, el amigo de Joseph.

—Jane, ¿verdad? ¡Hola! —grita él, colándose de lado entre las parejas para acercarse a ella.

Ella mira hacia atrás. Ya está muy lejos de las puertas y una densa multitud se interpone entre ella y Joseph.

—¿Estás bien? —le pregunta Scott.

—Sí —dice Jane, todavía mirando hacia la puerta. Debería irse. Buscar a Aggie. Pero Scott está justo ahí y hay algo que ella necesita saber—. Scott, ¿Joseph ha venido con su novia? —le pregunta sin pensar.

Scott retrocede, frunciendo el ceño.

—¿Qué? No tiene novia. De hecho, yo creía que estaba contigo, la verdad.

Ella lo mira fijamente. Las luces en movimiento le iluminan la cara. Cuando Jane lo conoció a principios de año, Scott no le inspiró demasiada confianza, pero en ese momento su mirada es amable y ha tenido la delicadeza de no volver a invadir su espacio vital después de que ella se haya estremecido cuando la ha tocado, a pesar de lo difícil que resulta oírse.

—No lo entiendo —dice Jane, empezando a sentirse aturdida. El ruido de la fiesta es atronador y la música, martilleante como un dolor de cabeza. Las voces chillonas y las risas planean como buitres sobre sus cabezas—. Él me dijo... Me dijo...

—¿Jane?

Es Aggie. Jane se gira con brusquedad al oír la voz de su amiga. Esta extiende una mano para sujetarla. Lleva el pelo todavía más revuelto de lo habitual; uno de sus mechones rojos está disparado hacia arriba y se mece suavemente con la brisa que entra por la puerta.

—Vamos a tomar el aire.

—No puedo volver fuera —dice Jane—. ¿Podemos ir a otro sitio?

—Te llevaré a la parte de atrás, a la carpa del cáterin. No, no te preocupes, yo me ocupo —le dice Aggie a Scott mientras guía a Jane entre la multitud—. ¿Qué pasa? ¿Por qué has salido corriendo?

Ella la sigue a trompicones e inhala profundamente el frío aire invernal cuando salen por la puerta trasera de la mansión, donde se encuentra el complejo de carpas y generadores que mantienen la fiesta en marcha. Cierra los ojos mientras Aggie la conduce a un cálido rincón entre dos carpas de lona, con el ruido del personal y las cocinas zumbando a su alrededor.

Aggie es encantadora. Conoce perfectamente a Jane, sus rarezas y debilidades, y aun así parece quererla. Es el tipo de amiga que Richard le había asegurado que nunca

tendría en Londres. Con una amiga como Aggie, Jane se
siente más fuerte, más Jane.

—Aggie —dice con voz temblorosa—, ¿puedo hablar
contigo de lo que pasó en Londres?

Miranda

He roto con Carter —dice Miranda.

Son las siete de la mañana del día de Año Nuevo. Está sentada con Adele y Frannie en el suelo del salón. Curiosamente, han acabado todas allí con una taza de café solo en la mano, las piernas extendidas y sus pies tocándose. El triángulo de las Rosso. En lugar de pasar la noche en casa de la madre de Carter, Miranda las había metido a ambas en un taxi para ir a la estación y habían vuelto a Erstead a horas intempestivas, en uno de esos trenes con un montón de paradas que circulaban después de medianoche y que se detenían en estaciones con nombres raros, como Betlyin-the-Hedges y Bottom's Wallop. Las mellizas habían dormido durante todo el camino, mientras que Miranda se había quedado contemplando fijamente la oscuridad del exterior, reviviendo la fiesta una y otra vez.

—¿Qué? —grita Adele consternada, derramando un poco de café sobre su propio brazo—. Mierda —se queja antes de lamerse como un gato—. Ahora en serio, ¿que has hecho qué?

Miranda apoya la cabeza sobre una mano. Había sido horrible. Una pesadilla. Después de que Carter le dijera que ya no salía con Siobhan y que no la veía desde hacía años, se cerró completamente en banda, negándose a hablar del tema.

«¿Y lo del día de San Valentín? —le había preguntado ella a gritos—. ¿Y lo del desayuno después de la fiesta de cumpleaños de Scott? ¿Por qué sigues escribiéndole tarjetas de cumpleaños a esa mujer? ¡Acabas de decirme que todavía sientes algo por ella, no me fastidies!».

Pero lo único que Carter le había dicho, con expresión pétrea, era: «No quiero hablar de Siobhan. No quiero hablar de ella».

«O me hablas de ella, o me marcho ahora mismo», le había dicho Miranda.

—Oh, no —dice Adele mientras Miranda les narra la conversación—. Un ultimátum.

—Suelen acabar fenomenal —dice Frannie, poniendo cara de circunstancias.

—Ya, bueno; como vosotras estabais dentro poniéndoos como una cuba, no pudisteis advertirme lo mala idea que era darle a Carter un ultimátum —dice Miranda.

Las mellizas estaban dándolo todo en la pista de baile cuando ella las encontró. Al ver a Frannie dar una voltereta sobre unos cristales rotos, Miranda decidió que ya era hora de intervenir y de llevarse a sus hermanas pequeñas a casa.

—¿Y él qué respondió? —pregunta Adele, apoyando la cabeza en el cojín del sofá.

—Se quedó muy callado. Y luego dijo: «¿Sabes qué? El hecho de que no pueda hablarte de ello demuestra que no estamos hechos el uno para el otro. Esto no va bien. Tú quieres que sea perfecto y no lo soy», o alguna mierda así. Y luego dio media vuelta y se marchó corriendo.

—¿Se marchó corriendo?

—Bueno, andando —admite Miranda—. Pero fue como si hubiera salido corriendo. Una especie de huida andando.

—¿Y ahora qué? —pregunta Frannie.

Ella gime y termina el café.

—Ahora me voy a trabajar. Y a intentar no autocompadecerme demasiado —responde.

—¿Cómo estás? —le pregunta Adele al cabo de un rato, mientras su hermana se pone de pie.

—Ni siquiera lo sé. Con resaca. Confundida. Un poco enfadada, creo.

—¿Y triste no?

—Sí, muy triste, claro —empieza a decir antes de quedarse callada. ¿Es eso cierto? Casi se siente...

—¿Te sientes aliviada? —le pregunta Frannie.

No es exactamente eso. En absoluto. Pero lleva enfadada con Carter mucho tiempo. Por las razones equivocadas, al parecer, aunque..., la engañara o no, es obvio que le estaba ocultando algo. Durante los últimos meses, ha tenido la terrible y molesta sensación de que Joseph Carter no era el hombre que parecía ser.

Es como si se hubiera quitado un peso de encima ahora que la tensión ha salido a la luz. Es mejor haber pasado a la acción en lugar de permitir que aquello se enquistara, aunque las consecuencias hayan sido dramáticas.

Miranda baja la vista hacia las caras de sus hermanas, que están del revés. Piensa en lo que le dijo Trey aquella noche en la plataforma elevadora, eso de que estaba «chafada».

—Ay, Dios. ¿Qué he estado haciendo todos estos meses?

Es como si una niebla densa se disipara. Las noches sin dormir, la obsesión... Las tardes increíbles con Carter, acurrucados juntos, muertos de risa, y luego el momento en el que él salió por la puerta una mañana y la duda se asentó como el polvo. Si la expresión «paja mental» formara parte del vocabulario de Miranda, sin duda la utilizaría para definir esos últimos seis meses.

—Ha sido todo muy poco propio de ti, mucho drama —comenta Adele, de repente con una expresión muy seria en sus ojos marrones.

—Y mucha angustia —añade Frannie.

—Y tan pocas sonrisas —dice Adele.

—Cierto —declara Frannie—. En 2018 Miranda ha estado muy enfurruñada.

—Y eso envejece mucho, Mir —señala Adele aún más seria—. Sabes que tenemos que hablar de tu rutina de belleza.

Ella coge un cojín del sofá y se lo lanza a Adele, más para romper la tensión que para otra cosa. No puede pensar en todo eso ahora, es demasiado. ¿Por qué las cosas son tan complicadas? ¿Cuándo se ha vuelto todo así?

Menos mal que tiene que ir a trabajar. Miranda Rosso necesita trepar un árbol urgentemente.

Jamie no es demasiado duro con ellos; sabe que ya les está pidiendo demasiado al hacerles trabajar el día de Año Nuevo. Además, les va a pagar el doble, lo cual es un consuelo para Miranda, que deambula por un prado embarrado arrastrando una bolsa llena de palitos y ramas pequeñas. Ese día no le toca trepar, sino trabajar en el suelo.

El truco está en no llenar del todo la bolsa. Poca cantidad y muchos viajes. Aun así, ella siempre la llena hasta arriba y luego le cuesta horrores arrastrarla hasta la astilladora y…

—Déjame a mí —le dice A. J., que ha aparecido a su lado y ha agarrado el asa.

—Puedo hacerlo yo —replica Miranda automáticamente, tratando de recuperarla. Rip danza entre sus pies, meneando el rabo. Aunque ya está muy crecido, sigue siendo un cachorro de corazón. También sigue teniendo graves problemas de incontinencia; algo que no es de extrañar, teniendo en cuenta que A. J. no se ha molestado en educarlo.

—Has hecho el ochenta por ciento, ya sé que puedes —dice A. J., señalando con la cabeza la distancia que Miranda ha recorrido—. Pero tu resaca parece peor que la mía, así que considéralo una buena obra, ¿vale?

Ella sonríe. Él tiene ojeras, pero parece de buen humor.

—¿Qué tal la Nochevieja? —le pregunta ella, acompañándolo a la astilladora.

—La verdad es que estuvo bien —dice A. J. Sus músculos se tensan al tirar de la bolsa y Miranda se emociona un poco al recordar que no hay nada que le impida mirar. Está soltera.

—A. J. ha conocido a alguien —revela Spikes, que estaba agachado detrás de la trituradora, levantándose con una sonrisa de oreja a oreja.

A ella le da un vuelco el corazón.

—¿Sí? —pregunta con la mayor indiferencia posible. Luego se agacha para rascarle la barbilla a Rip, que golpea la hierba con la cola.

A. J. frunce el ceño mirando a Spikes.

—A una chica —dice este, retrocediendo enseguida cuando A. J. le arroja la bolsa de escombros peligrosamente cerca de los dedos de los pies—. ¿Y a que no sabes qué estuvieron haciendo toda la noche?

«No quiero saberlo, no quiero saberlo, no quiero...».

—¿Qué estuvieron haciendo toda la noche? —pregunta Miranda, mirando fijamente el morro húmedo de Rip.

—Hablar —responde Spikes.

A. J. le da un golpe en el brazo y este se retuerce, quejándose. Ella tiene el corazón desbocado. Observa a A. J., que intenta contener una sonrisa, pero se le escapa por las comisuras de los labios. De repente, se siente como una idiota integral.

«Solo es orgullo herido —se dice a sí misma mientras vuelve a cruzar el prado con A. J. caminando silenciosamente a su lado y Rip trotando entre ellos—. Es normal que te moleste un poco que ya te haya olvidado».

—Entonces, esa chica… ¿te gusta de verdad? —le pregunta Miranda, mirándolo de reojo.

—Creo que sí —dice él, frotándose la nuca—. Creo que es posible. No lo sé. Simplemente… está bien volver a estar abierto a ello.

Él la mira por un instante, pero ella no se permite mirarlo.

—Tú misma lo dijiste —dice A. J.—. Tengo que pasar página.

Miranda está en la ducha, con la cabeza inclinada hacia atrás y los ojos cerrados, dejando que el agua se lleve las capas de arenilla y serrín. Menudo día. Si se basa en las últimas veinticuatro horas, 2019 va a ser una verdadera mierda.

—¿Aún no has terminado? —grita Frannie.

—¡No! ¡Por eso el agua sigue corriendo y yo todavía estoy dentro! —grita Miranda.

Casi oye los aspavientos de su hermana a través de la puerta. Pone los ojos en blanco y coge el gel de ducha. Esto no debería parecerle tan terrible como le parece y lo de A. J.

debería darle igual, obviamente. Pero está triste y de mal humor. No deja de recordar el momento en el que Carter se marchó y la sonrisa que se dibujó en los labios de A. J. al hablar de la mujer que había conocido la noche anterior.

Miranda cierra la ducha y se envuelve en una toalla al salir. Cuando abre la puerta del baño, Frannie la está esperando al otro lado. Ella se sobresalta.

Frannie parece a punto de soltar una perorata sobre la duración de la ducha de Miranda, pero entonces se fija en su expresión y se lo piensa mejor.

—¿Quieres que te prepare un chocolate caliente? —le pregunta, en lugar de ello.

—Sí. Cuanto antes, por favor —responde Miranda, dejando caer los hombros.

Siobhan

Un día de enero en el que Joseph lleva a Siobhan a conocer a Mary Carter, ella le habla del bebé que perdió.

Es un momento trascendental, tremendamente significativo para ambos. Él nunca ha invitado a una mujer a casa, aunque, al parecer, su madre estaba deseando que lo hiciera desde que llevó a Sharon al baile de graduación, a los dieciséis años. (Siobhan se quedó perpleja al descubrir que estaba muy celosa; la intensidad de lo que sentía por Joseph la sorprendía constantemente, pero envidiar a una chica de dieciséis años con un vestido de volantes de color granada le parecía caer muy bajo).

Mary la abraza en el pasillo de su casita gótica cercana a la estación de Winchester. Es un sitio lúgubre y hay cierta vaguedad en Mary, una especie de glamour marchito. Siobhan está nerviosísima; ha tenido el estómago encogido durante todo el viaje desde Dublín hasta ese pasillo. Pero Mary es la anfitriona perfecta y se lo pone fácil. Cuando la invita a pasar al salón, Siobhan ve que tiene puesto un episodio de *Ambición* en la televisión, sin volumen. Se trata de una serie de la BBC Three rodada en Dublín cuyo protagonista fue a la escuela de teatro con ella. En un instante, ambas mujeres están compartiendo impresiones sobre los diversos giros inesperados que ha dado la serie hasta el momento; Joseph les sonríe desde la puerta cuando vuelve con unas tazas de porcelana llenas de té. Con demasiada leche; él siempre lo sirve con demasiada leche. Joseph nunca dejará de ser el típico hombre que se ofrece a preparar las bebidas, aunque la precisión nunca haya sido lo suyo.

Después de comer, como toda madre, Mary saca el álbum de fotos. Joseph es su único hijo y está muy orgullosa de él. Siobhan hojea las fotos infantiles de ese niño risueño de pelo revuelto y mejillas sonrosadas y no puede evitar sonreír, aunque en realidad no le interesan demasiado las fotos de la infancia de nadie. Ella nunca permitiría que vieran las suyas. No era una niña mona. Siempre estaba enfurruñada y pringosa.

El padre de Joseph aparece en los primeros años del álbum: una cabeza rubia inclinada sobre el bebé en brazos, una mano grande con otra más pequeña metida dentro... Desaparece más o menos cuando él tiene dos años. Había conocido a otra persona, según Joseph le había contado en una de sus conversaciones telefónicas nocturnas, de esas que se prolongaban hasta altas horas de la madrugada.

Él y su padre siguen en contacto, aunque este es un poco despistado: olvida su cumpleaños cada dos por tres y nunca tiene muy claro quién es la pareja de Joseph. Siobhan sospecha para sus adentros que la arraigada tendencia de Joseph a complacer a la gente proviene de esa figura paterna ausente, aunque todavía no ha sacado el tema.

—¡Ahí estoy yo! Qué orgullosa estaba de mi barriguita —dice Mary, agachándose para recoger una fotografía que se ha caído de la parte trasera del álbum.

Cuando Siobhan coge la fotografía, se le pone un nudo en la garganta. En ella se ve a una Mary muy joven y hermosa de perfil. Está rodeando con las manos su vientre recién curvado, con los ojos entornados y una sonrisa en la boca. Lleva un vestido de color amarillo girasol e irradia felicidad.

Siobhan nunca había llegado a tener barriga de embarazada, solo la hinchazón del primer trimestre, pero en el par de semanas que precedieron a su aborto espontáneo tuvo que dejarse desabrochado el botón superior de los vaqueros, y, cada vez que se subía la cremallera, la invadía la alegría.

—Perdón, ¿dónde está el baño, por favor? —pregunta Siobhan, levantándose para ir hacia el pasillo.

—Yo te indico —dice Joseph, poniéndose en pie de un salto para seguirla—. Está ahí arriba.

Ella sube las escaleras en silencio, con el cuerpo palpitando por el doloroso recuerdo.

—¿Estás bien? —susurra Joseph.

—Mmm. —Es lo único que Siobhan logra decir. Tiene los puños apretados y Joseph le abre uno para deslizar su mano y agarrar la de ella.

Cuando llegan al vestíbulo del piso superior, ninguno de los dos hace ademán de ir hacia el baño que se ve a través de la puerta abierta. Siobhan baja la vista hacia sus manos entrelazadas y se concentra para no llorar.

—Una vez estuve embarazada —susurra—. Cuando Cillian me dejó, de hecho. Pero perdí a mi bebé una semana después de que él se fuera.

—Siobhan… —Joseph la atrae hacia él para abrazarla con fuerza y ella se hunde en la calidez de su jersey, apretando la cara contra su pecho con tal fuerza que casi siente dolor—. Dios…

Siobhan deja de contener las lágrimas. Sus hombros se sacuden y el pecho de Joseph ahoga sus sollozos.

—Lo siento mucho —susurra este, dándole un beso en la coronilla—. No puedo ni imaginar lo duro que habrá sido superar tantas pérdidas a la vez.

—Cillian decía que quería al bebé —dice Siobhan, echándose un poco hacia atrás e intentando arreglar como puede el maquillaje emborronado mientras comprueba si le ha manchado el jersey a Joseph—. Pero supongo que no era así. Y luego el bebé también se fue. —Se encoge de hombros, tratando de serenarse—. Después de eso, perdí la confianza en la gente.

—Shiv, no puedo fingir que entiendo por lo que has pasado, pero… siento muchísimo que te sucediera eso.

Joseph retrocede y ella se fija en su cara: es como si estuviera sintiendo lo que ella siente. Siobhan se aferra a su espalda y desvía la mirada; no soporta ver su dolor reflejado en Joseph de esa manera. Se sorbe la nariz.

—No pasa nada. Estoy bien. Es que esa foto me ha impactado.

—Lógico. —Él hace un gesto de dolor, apretando los labios—. Lo lamento. Y me siento muy… Me siento halagado, porque confías en mí lo suficiente como para contármelo.

Lo cierto es que no le había dado muchas vueltas. Le había salido de forma natural. Solo entonces repara en ello. Ni siquiera deja que Fiona saque nunca el tema, y ahí está ahora, entre los brazos de Joseph, contándoselo todo.

Y es agradable sacar a la luz esa verdad que siempre lleva en su vientre. Mientras gira de nuevo la cabeza para mirarlo a los ojos, se pregunta cuán valiente puede ser.

—¿Puedo hacerte una pregunta? —dice, tentando a la suerte.

—Pues claro. Lo que sea —responde él.

Ella respira hondo.

—¿Tú quieres tener hijos? —Le tiembla ligeramente la voz—. Yo sí. Me encantaría. Es algo muy importante para mí.

Joseph sonríe con naturalidad.

—Desde luego —asegura, acariciándole la mejilla—. Por supuesto que sí.

Siobhan se derrumba sobre su pecho. No era consciente de hasta qué punto deseaba hacerle esa pregunta, pero la facilidad con la que él responde la llena de una alegría tan arrolladora y desbordante que casi le resulta abrumadora. Está hecha un manojo de lágrimas y sonrisas, llorando de nuevo a la vez que se ríe. Él la abraza con fuerza.

—Vale. Bueno —dice Siobhan finalmente, con la cara hundida en el jersey de Joseph, mientras intenta recomponerse—. Bien. De acuerdo. —Se sorbe la nariz y cambia de postura para pasarse los dedos por debajo de los ojos y limpiarse las manchas de rímel—. ¿Bajamos antes de que se enfríe el té?

—Tómate tu tiempo. No hay prisa —le asegura Joseph, dándole un beso en la frente. Luego se queda callado, con el ceño ligeramente fruncido, mientras la observa retocarse la cara—. ¿Sabes? En realidad no tienes por qué tenerlo todo bajo control todo el rato. Yo diría que este es un momento importante en el que puedes permitirte… —Hace un gesto con la mano, señalando la cara de Siobhan— … tener un poco de maquillaje de ojos en la nariz, no pasa nada.

—Madre mía, ¿en la nariz? —pregunta ella mientras se la frota.

Joseph se ríe y se inclina para besarla; ella ni siquiera se lo impide, aunque tiene la cara hecha un desastre, todavía húmeda por las lágrimas. Deja que tire de ella para abrazarla mientras deja fluir las emociones, tanto la alegría como la tristeza. Cuando todo empieza a estabilizarse con un zumbido sordo, ella aprieta la mejilla contra su pecho y siente que algo más empieza a florecer: la paz que se obtiene al permitir que otra persona asuma parte de tu propia carga.

Contarle a Joseph lo del aborto lo cambia todo. Algo se desata dentro de Siobhan; durante las semanas siguientes esta se despliega, compartiendo con él cada vez más cosas y cada vez más rápido, como si hubiera entreabierto una puerta que acaba abriéndose de par en par.

No siempre confía en él al cien por cien; muchas veces está absolutamente convencida de que acabará dejándola. De vez en cuando le habla mal y se repliega para alejarlo, pero él se acerca a ella, la abraza y el miedo desaparece.

Un día de enero, ella le cuenta lo mal que lo pasó en abril de 2015. Él le sostiene las manos con las palmas hacia arriba y besa los puntos en los que se clavaba las uñas. Siobhan apenas soporta esa sensación, la ternura que le transmite.

—Tengo miedo de que esos sentimientos terribles vuelvan a apoderarse de mí, de volver a ese lugar —susurra Siobhan.

—No lo harán. Has avanzado mucho desde entonces. Y si lo hacen, yo estaré aquí —dice Joseph, con los labios sobre su mano.

Es lo mejor que puede decirle y él lo sabe. «Yo estaré aquí». Se lo dice constantemente; es como si tuviera un suministro interminable de palabras tranquilizadoras, ahora que sabe que es lo que ella necesita. Al principio, a Siobhan le molesta, no le gusta que se lo diga por el mero hecho de que sabe que es lo que quiere oír, pero al final, poco a poco, empieza a permitirse disfrutar de que Joseph Carter le diga que no piensa irse a ninguna parte.

En teoría, se supone que solo se ven el primer viernes de cada mes —ese día sigue siendo para ella, él todavía lo tiene marcado en la agenda—, pero Siobhan baja a Londres todas las semanas de enero, con un pretexto u otro, o simplemente porque Joseph se lo pide. Los vuelos son baratísimos, así que ¿por qué no?

A final de mes, tras un día de sesiones personales en el despacho de casa, Siobhan va al salón y se encuentra a Fiona esperándola, con las llaves en la mano y los zapatos puestos.

—Mmm, ¿hola? —dice Siobhan.

—¡Por fin! —exclama Fiona, llevándola hacia la puerta—. ¡Zapatos! ¡Zapatos!

—¿Qué?

—¡Que te pongas los zapatos!

—¿Por qué?

—Pues porque nos vamos, obviamente.

—¿A dónde?

—¡Zapatos! —insiste Fiona, pasándole a Siobhan el par de botas que está más cerca de la puerta.

Siobhan la fulmina con la mirada y las cambia inmediatamente por un par que combina con su atuendo. Puede que no sepa a dónde va, pero sí sabe si ha de ponerse botas marrones o negras con un vestido azul.

Fiona la obliga a meter los brazos en las mangas de un abrigo en cuanto esta acaba de ponerse las botas.

—¿A dónde me llevas, loca? —protesta Siobhan mientras se cierra la puerta del piso tras ellas.

Fiona tiene una pequeña bolsa de viaje cruzada sobre el cuerpo; hay un taxi esperándolas delante del edificio y lanza la bolsa al maletero antes de subirse al asiento de atrás. Al parecer el taxista ya está al tanto del plan, porque arranca de inmediato, sin hacer preguntas.

—¿Esto es un secuestro? —pregunta Siobhan.

Fiona se ríe.

—Sí —responde con cariño, agarrándola de la mano—. Yo, tu compañera de piso, te estoy secuestrando para tenerte para mí sola. Pero en otro lugar.

—No piensas decirme a dónde vamos, ¿verdad? —dice ella, cruzando las piernas y estrechando la mano de Fiona entre las suyas. No hace mucho tiempo, habría rechazado ese gesto reconfortante, pero últimamente se le dan mejor ese tipo de cosas.

—No —dice Fiona, sonriendo con alegría—. Y es un viaje largo, así que será mejor que busquemos otro tema de conversación.

Tiene razón: el viaje es largo, dura casi una hora y media y, cuando el taxi se detiene, fuera está tan oscuro que Siobhan sigue sin tener ni idea de dónde se encuentran. Sabe que han ido hacia el sur de Dublín, pero eso es todo. Cuando sale del vehículo, lo primero que percibe es ese olor a aire fresco que solo se encuentra en pleno campo. Las botas de tacón se le hunden ligeramente en el barro; están en un camino bordeado por árboles oscuros.

—Vale, esto sigue teniendo bastante pinta de secuestro —dice Siobhan, buscando a Fiona, que está sacando la bolsa del maletero—. Eh, pero ¿qué haces? —Fiona está volviendo a subirse al taxi—. ¿Es que no hemos llegado todavía?

—Tú sí —dice Fiona, dándole un beso—. Que tengas una noche maravillosa.

Dicho lo cual, cierra la puerta del coche. Siobhan se queda perpleja y se gira, buscando alguna pista sobre qué demonios está ocurriendo. Entonces se fija en las luces que hay en los árboles al otro lado de la carretera. Frunce el ceño mientras se acerca más a ellas y grita al ver salir a un hombre enorme del bosque.

—¡Sorpresa! —exclama él.

Siobhan se lleva una mano al pecho. Es Joseph. Él se acerca a ella, bastante preocupado.

—Uy, ¿estás bien?

—¿Qué haces tú aquí? ¿Qué hago yo aquí? ¿Dónde es «aquí»? —pregunta Siobhan, pero ya se ha lanzado a sus brazos y está levantando la barbilla para besarlo.

—Quería tener un detalle romántico contigo, porque siempre vamos deprisa y corriendo —declara Joseph, dándole varios besos suaves y provocadores en los labios—. Así que nos vamos de camping.

Siobhan se queda inmóvil.

—¿Perdona? ¿Es que no me conoces?

Joseph se ríe a carcajadas y la estrecha contra el pecho.

—No te preocupes. Sígueme.

La guía a través de los árboles, por un camino estrecho de grava bastante trillado. Cuando salen a campo abierto, Siobhan inspira bruscamente, fascinada, con los ojos como platos.

En el claro hay una tienda de campaña preciosa con las solapas abiertas para que se vea su interior maravilloso y acogedor, en el que se halla una cama gigante cubierta de colchas y cojines. Hay un gran porche en la parte delantera, con un brasero y unas tumbonas bajas. Se le escapa un chillido al ver un jacuzzi de leña al otro lado de la tienda.

—*Glamping* —exclama Joseph riéndose—. O cómo acampar con glamour, al estilo de Siobhan.

—Te quiero —dice ella, lanzándose a sus brazos. Se siente abrumada, rebosante de una alegría incontrolable y desconocida.

—¿Qué quieres hacer primero? —le pregunta él sonriendo—. Hay un horno para pizzas y nos han dejado los ingredientes para prepararlas, si te apetece cenar, o podemos meternos en el jacuzzi.

—Cama —dice Siobhan, tirando de las manos de Joseph—. Empezaremos por la cama.

El teléfono de Siobhan la despierta temprano a la mañana siguiente. Está en silencio, pero el destello de una nueva llamada en la pantalla atraviesa la oscuridad de la tienda y capta su atención. Entorna los ojos. Es Richard otra vez. Siobhan frunce el ceño mirando el móvil, inquieta. Es la quinta vez que la llama desde diciembre y también le ha enviado varios mensajes, intentando que vuelva a estar a buenas con él. «Siobhan, lo siento, hiciste bien en llamarme la atención» y ese tipo de cosas.

Tiene una sesión personal con él a mediados de febrero, pero ya le ha comunicado al equipo de Recursos Humanos de Bray & Kembrey que no cree que ella sea la orientadora adecuada para él; por suerte, la han entendido perfectamente y pronto informarán a Richard de que piensan asignarle a otra persona.

—¿Estás bien? —susurra Joseph, acurrucándose detrás de ella.

—Ajá —responde Siobhan, eliminando la llamada perdida. No tardará en darse por aludido. Ella tiene mucha experiencia haciendo el vacío a los hombres, y al final siempre acaba funcionando. Lo último en lo que quiere pensar esa mañana es en Richard. Siobhan es demasiado realista como para calificar algo de «perfecto», pero la noche anterior con Joseph había estado muy cerca de serlo. Habían bebido champán en el jacuzzi y habían comido queso vegano pegajoso a puñados después de que sus pizzas caseras se desmoronaran en el horno, todo ello tras una sesión de sexo que Siobhan no creía posible hasta conocer a Joseph. Él la hace desfallecer de deseo, literalmente; ahora se siente débil y tiene las piernas cansadas, como si el día anterior hubiera participado en una carrera y acto seguido se hubiera ido a un spa. Está medio agotada, medio relajada.

—¿Otra vez Richard? —le pregunta él.

Siobhan no se había dado cuenta de que veía la pantalla por encima de su hombro. Ni siquiera debería saber que Richard es uno de sus clientes, pero no le había costado demasiado deducirlo al ver el nombre de un tal «Richard (B&K)» en su teléfono unas semanas antes.

—No te preocupes —dice ella—. No pienso responderle. Nunca lo hago, te lo juro.

Siobhan vuelve a hacerse un ovillo a su lado, acurrucándose contra la calidez de su cuerpo. Hace calor en la tienda, a pesar del frío de enero. Joseph le besa la oreja.

—Lo sé. Pero no debería llamarte.

Siobhan se espabila; está demasiado despierta para volver a dormirse. Comprueba la hora —las seis y media— y se da la vuelta para mirar de frente a un Joseph adormilado y con el pelo revuelto. Se pregunta si alguna vez se acostumbrará al lujo de despertarse a su lado así, sabiendo que es todo suyo; parece demasiado bueno para ser verdad. Ahí está de nuevo ese impulso inquietante que le dice que, en cuanto ella le abra su corazón, él desaparecerá.

—Estás pensando en que voy a salir corriendo, ¿verdad? —le pregunta Joseph sin abrir los ojos, antes de besarle los dedos y entrelazarlos con los suyos.

—Sí —reconoce ella. Le resulta reconfortante mostrarse tan sincera con él. Cada vez que lo hace y él sigue allí, cada vez que le enseña un poco más de sí misma y él no se va a ninguna parte, es como si la cicatriz de su corazón se atenuara.

—¿Serviría de algo que te dijera que no pienso hacerlo?

—¿Salir corriendo?

—Ajá. —Se acerca más a ella para volver a posar los labios sobre sus manos y besarle los dedos uno por uno. Están cubiertos por un montón de mantas y la sensación es de lo más agradable.

—Tendrías que repetírmelo tantas veces que acabarías harto, en serio. Es como predicar en el desierto. —Siobhan se dispone a esbozar una sonrisa triste, pero Joseph le da un beso en los labios antes de que esta acabe de formarse.

—No me importa —asegura él, con la boca aún pegada a la suya—. Quiero seguir diciéndotelo. Pienso decírtelo una y otra vez, hasta que te des cuenta de que es verdad.

Ella sonríe y lo besa con más pasión.

—¿Y qué hay de ti? —le pregunta al final, recostándose en la almohada—. Es decir…, yo sí que salí corriendo, literalmente, cuando dejé de hablarte el año pasado. ¿Te preocupa que eso vuelva a ocurrir?

—Todo el rato —reconoce Joseph, acercando el cuerpo de Siobhan al suyo.

A esta se le encoge el estómago al notar su contacto, aunque la culpa también tiene algo que ver.

—No se me da tan bien tranquilizar a la gente como a ti, ¿verdad? —se lamenta ella, dándole un beso en la clavícula.

—Bueno, ¿y si...? —Joseph se queda callado.

Siobhan se aparta un poco. Hay un matiz nuevo en su voz. Él agacha la cabeza y le da un beso en el hombro; ella tiene la sensación de que está evitando el contacto visual.

—¿Y si me lo dices una sola vez de todo corazón y yo te creo y ya está?

Siobhan espera a que el pánico llegue (él quiere más y ella no puede dárselo, no puede abrirle así su corazón) y se vaya de nuevo. Ha progresado mucho durante ese año. Casi le parece un milagro tener la certeza, incluso mientras el miedo la invade, de que este volverá a irse.

Posa una mano sobre la mejilla de Joseph y cambia de postura para mirarlo directamente a los ojos. Su mirada es un poco tensa, incluso parece un poco nervioso.

—Soy toda tuya —le asegura Siobhan—. Te quiero. No volveré a desaparecer. No pienso irme a ninguna parte.

Jane

Jane, por favor, llámame cuando puedas. Siento mucho haber sido tan capullo en Nochevieja. Si me dejaras explicártelo… No pretendo justificarme, pero me encantaría tener la oportunidad de hablar contigo.

Jane traga saliva y deja el teléfono boca abajo sobre la mesita de centro.

—¿Es Joseph? —grita Aggie desde la cocina, donde está preparando un *risotto* para cenar.

Después de Nochevieja, Jane había vuelto a su bonito piso de paredes blancas. De todos modos, no podía permitirse seguir alquilando la casa de Gales y extrañaba Winchester más de lo que jamás habría imaginado que nadie pudiera extrañar un sitio. Desde que había vuelto, se había acostumbrado a cenar en casa de Aggie.

—¿Cómo lo sabes? —le pregunta Jane, estirando las piernas en el sofá y disfrutando de lo cómoda que se siente allí. Ha dejado los zapatos en el zapatero, al lado de la puerta, y la chaqueta colgada en el respaldo de una silla.

—Es que haces un gesto con la cara cuando Joseph te envía un mensaje, una especie de… —Aggie se echa hacia atrás para que Jane la vea a través de la puerta de la cocina y hace una mueca de dolor, con el labio inferior temblando.

Ella se ríe.

—Vaya, gracias, muy halagador. —Se pone seria—. Es que… cada vez me cuesta más ignorar sus mensajes.

En realidad, le resulta casi imposible. La reconcomen, la atormentan, se adueñan de todos los momentos en los que su cerebro no tiene otra cosa con la que entretenerse.

—¿Todavía no estás preparada para hablar con él? —le pregunta Aggie, que vuelve a estar delante de los fogones.

—No, todavía no estoy preparada —dice Jane con un suspiro.

Su teléfono suena sobre la mesa. Jane le da la vuelta y frunce el ceño. Es Colin. Nunca la había llamado. Ambos tienen el número del otro por si hay alguna urgencia en la tienda solidaria. Duda antes de contestar, pero se le ocurre que quizás le haya pasado algo a Mortimer.

—¿Sí? —responde.

—¿Jane?

—Sí, hola. ¿Va todo bien, Colin?

—¡He matado a Bluebell! —vocifera él por el teléfono.

Jane aleja un poco el aparato del oído.

—¿Que has… matado… a Bluebell?

—¡Me la he cargado! —grita Colin alegremente—. Acabo de contarle a mi madre que en realidad es un hombre de setenta y un años llamado Mortimer, ¿y sabes lo que me ha dicho?

Jane esboza una sonrisa. Aggie se ha inclinado hacia atrás para volver a mirarla con curiosidad desde el umbral de la puerta de la cocina.

—¿Qué te ha dicho? —le pregunta Jane.

—Me ha dicho: «Tengo noventa y seis años, Colin. Cuando llegas a mi edad, te la refanfinfla todo demasiado como para tener "reparos"».

Jane se ríe.

—Bueno, eso es muy… bonito, ¿no?

—Es muy propio de mi madre —dice Colin, echándose también a reír—. Pero quería contártelo. No lo habría hecho si no hubiéramos tenido esa conversación. Creo que había dejado de ser consciente de lo mucho que le molestaba a Mortimer. A veces, cuando llevas amando a una persona tanto tiempo y sabes que siempre va a estar ahí, dejas de prestarle atención. Pero Mortimer es un hombre por el que vale la pena mover montañas y se merece el tipo de boda que desea.

—Entonces ¿te vas a declarar?

—¡Por Dios, no! —grita Colin—. ¡Eso es cosa suya! ¡Yo ya he hecho mi trabajo! ¡He matado a Bluebell!

Jane se ríe.

—¿Y ya se lo has contado?

La voz de Colin se suaviza.

—Ha llorado un poco —confiesa—. Ha sido todo muy bonito.

—Entonces ¿ahora solo te queda esperar a que Mortimer decida cuál es el momento adecuado para proponerte matrimonio?

—Eso es. Volvemos al juego de la espera. Pero ya lo he dicho antes y no me cansaré de repetirlo, Jane Miller: hay cosas por las que merece la pena esperar.

Una semana más tarde, Jane va al estudio de Aggie tras una visita a la oficina de empleo, donde una joven entusiasta de pelo rosa le ha dicho un montón de cosas alentadoras sobre su exiguo currículum. Lleva en la mano un puñado de anuncios de trabajo y está ilusionada por las posibilidades que se le presentan. «Hay muchas opciones, ¿verdad?», le ha dicho la mujer de pelo rosa mientras imprimía los anuncios, y Jane se ha sorprendido al darse cuenta de que la idea de tomar decisiones ya no la asustaba. Le resultaba emocionante.

El estudio de Aggie se encuentra en un antiguo molino lleno de todo tipo de negocios, desde terapeutas hasta empresas de marketing. El edificio está desvencijado y lleno de recovecos; nunca recuerda bien cómo llegar desde la puerta principal hasta el estudio y suele acabar en una especie de espacio común abierto lleno de gente joven y moderna que bebe café en tazas de bambú.

Aggie levanta la vista cuando Jane entra por fin en la sala correcta y la saluda con una sonrisa.

—¡Aquí está la mujer que necesitaba! —dice—. ¿Puedes sujetar esto?

Jane sostiene obedientemente el otro extremo de un rollo de papel pintado. Aggie inclina la cabeza hacia un lado y luego hacia el otro.

—¿Demasiado rojo? —pregunta—. El rojo no es nada fotogénico.

—Es un poco rojo, pero tira más a rosa —dice Jane mientras Aggie chasquea la lengua y lo enrolla de nuevo.

—¿Cómo llevas lo del almuerzo? ¿Estás preparada? —le pregunta Aggie, incrustándose el lápiz en el moño, mientras pasa al siguiente rollo de muestras de papel pintado.

A Jane se le encoge el estómago.

—No es lo que más me apetece del mundo, pero creo que estoy preparada. ¿Y tú? ¿Cómo llevas lo del fin de semana secreto?

—No es ningún secreto —dice Aggie, atareada con el papel pintado—. Voy a visitar a una vieja amiga a la que debería ver más. Kasima. Tú me has recordado... No sé. Has hecho que tenga ganas de verla, eso es todo. —Aggie esboza una breve sonrisa—. Era mi vecina cuando llegué a Winchester. Me ayudó mucho.

Después de que Jane le contara lo que había sucedido en Londres, Aggie le había permitido echar un vistazo a su propio pasado. Le había hablado a Jane de la vida que dejó cinco años atrás en Cornualles, cuando huyó a Winchester. Allí tenía un estudio de diseño mucho más grande y prestigioso que el actual. Cuando su salud mental se deterioró, lo ocultó tan bien que nadie se enteró; hasta que no quemó su propio estudio sus amigos y compañeros de trabajo no se dieron cuenta de que le pasaba algo.

—¿Te refieres a que te ayudó a integrarte? —le pregunta Jane, acercándose para sujetar los extremos de un nuevo pliego de papel pintado.

Aggie ahoga una carcajada.

—Podría decirse que sí. Me consiguió un trabajo de limpiadora en su oficina. Me animó a ir a terapia y, como la lista de espera de la sanidad pública era demasiado larga, me prestó dinero para acudir a un centro privado. —Aggie no la está mirando a los ojos; normalmente parece muy tranquila, pero resulta obvio que en ese momento está reprimiendo sus emociones—. No tenía por qué ayudarme, nadie le pidió que lo hiciera. Lo hizo sin más porque vio que lo necesitaba.

—Eso me suena —dice Jane, mirándola con la cabeza gacha.

Aggie sonríe.

—Ya, bueno. Ese tipo de bondad te llega al alma. Una vez que la has experimentado, no puedes evitar buscar la forma de transmitir ese sentimiento. —Se sorbe la nariz y recupera la compostura—. En fin, mañana voy a quedar con ella y luego voy a ir a Falmouth a visitar a uno de mis antiguos compañeros de trabajo. Dejé a mucha gente en la estacada cuando me vine aquí. Tu valentía me ha recordado que yo también tengo cuentas pendientes con el pasado.

—Caray —dice Jane, llevándose una mano al pecho. La posibilidad de ser lo suficientemente valiente como para inspirar a alguien le resulta nueva y extraña, y en cierto modo agradable.

—Pero... ahora te toca a ti —dice Aggie, apuntándole con otro lápiz antes de meterlo en el moño con los demás—. ¿Estás preparada?

Jane traga saliva y asiente.

—Estoy preparada.

A Jane la da un vuelco el corazón al acercarse a la cafetería. Lou ya está allí; la llamó hace unos días. Desde que vio a Richard en Nochevieja, ha pensado mucho en lo que le dijo cuando fue a visitarla a la tienda solidaria. «Tal vez podrías venir a Londres y enfrentarte a él en tus propios términos. Yo te apoyaría, si te sirve de algo».

Esa frase: «Yo te apoyaría». Era escueta, pero significó mucho para ella e hizo que le resultara más fácil ser valiente.

—Hola —dice Lou tímidamente cuando Jane le presenta a Aggie. Entran juntas formando un extraño trío: Lou con su elegante ropa de trabajo, Aggie con cuatro lápices en el moño y botas de montaña bajo los pantalones de pana, y Jane con su jersey rosa claro de los viernes y sus vaqueros.

En Cafemonde es como si todo estuviera un poco torcido. Desde fuera, parece que el edificio se hunde de forma sutil y fascinante en las calles adoquinadas de Winchester, y, tanto si el suelo del interior está realmente nivelado como si no, cuando estás dentro no puedes evitar tener la extraña sensación de que todo está inclinado. Les sirven la comida enseguida: dos desayunos completos humeantes para Jane y Aggie y una ensalada de aguacate para Lou.

—Caray, qué buena pinta tiene —comenta esta, mirando con envidia el desayuno completo de Jane—. No recuerdo la última vez que comí algo con un aspecto tan delicioso.

Jane empuja el plato hacia ella.

—Vamos a compartirlo —dice.

Lou vacila y luego hace una mueca.

—Venga, vale —responde sonriendo—. Gracias.

Comen en silencio durante un rato. Al final, Lou la mira de reojo con curiosidad.

—Me dijiste por teléfono que Richard te había encontrado, ¿no? —comenta.

El pulso de Jane comienza a acelerarse, golpeando insistentemente en la base de su garganta, pero ella intenta seguir respirando con normalidad. Esa sensación de pánico solo se debe a la fuerza de la costumbre. Ya ha hecho lo más aterrador: enfrentarse a Richard. Ya no debería seguir teniendo miedo.

—Sí, me encontró. Dijo que era posible que alguien de Brays se pusiera en contacto conmigo para hacerme algunas preguntas sobre nuestra relación. Me ofreció dinero para que me callara.

Lou abre los ojos de par en par.

—Caray —dice.

—¿Tú sabes exactamente por qué lo están investigando? —le pregunta Aggie, con la boca llena de alubias con tomate.

Lou asiente.

—Se rumorea que una empleada lo ha acusado de enviarle mensajes inapropiados —comenta—. Y me he enterado de que otra persona ha dicho que la había intimidado para que guardara silencio sobre algo de 2016. ¿Recuerdas a Effie, la que tiene el despacho al lado del de Richard? —le pregunta a Jane, que asiente—. Dijo que había oído una pelea, pero que, cuando le preguntó, él la coaccionó para que no se lo contara a nadie, y, como ella necesitaba su apoyo si quería ser socia, le siguió la corriente. Hay una jefa nueva de Recursos Humanos en Brays y se toma ese tipo de cosas muy en serio. Ha estado investigando mucho a Richard.

—¿Recuerdas exactamente cuándo oyó Effie la pelea? —le pregunta Jane, con el tenedor a medio camino de la boca—. Yo me fui a mediados de 2016. Puede que todavía estuviera allí.

—Pues la verdad es que sí: fue el 14 de febrero. Lo recuerdo porque era el día de San Valentín. Pensé que podría tratarse de algún lío de faldas; como estaba discutiendo con alguien precisamente ese día… Espero que no te importe que te lo diga, Jane, pero me preguntaba si estaría relacionado contigo.

Esta niega con la cabeza despacio, bajando el tenedor hacia el plato. Los latidos del corazón ya no son un mero aleteo: se han transformado en un martilleo que le retumba en el pecho a modo de advertencia. Jane mira a Aggie.

—Eso fue unos meses antes de dejar la empresa. La vez que vi por primera vez a Joseph —susurra.

Aggie inhala bruscamente.

—¿A Joseph Carter?

—Perdona, ¿a quién? —dice Lou.

—A un amigo —dice Jane al cabo de un instante—. Trabajaba en el Departamento de Informática de Bray & Kembrey.

Lou entorna los ojos, pensativa.

—¿Alto, guapo, con gafas de profesor? —le pregunta.

Ella sonríe ligeramente.

—Sí, ese. Discutió con Richard en 2016, el día de San Valentín. Recuerdo que Richard me hizo borrar algo que tenía anotado en la agenda esa mañana y me pidió que no le contara a nadie lo que había ocurrido. En el momento no me pareció tan raro, porque solía pedirme a menudo que borrara cosas de la agenda *a posteriori* si no las había hecho: le gustaba que esta fuera un fiel reflejo de lo que hacía y de cuándo lo hacía, por si necesitaba volver a consultarlo. Además, imaginé que no querría que nadie se enterara del altercado porque se sentía incómodo, o quizás para no avergonzar a Joseph, que obviamente estaba preocupado por algo. —Cierra los ojos unos segundos—. Richard comentó que solo era «un viejo amigo rencoroso».

—Caramba —dice Lou, abriendo aún más los ojos—. ¿Y qué fue lo que borraste de su agenda?

Jane se muerde el labio y vuelve a cerrar los ojos. Intenta recordarlo. Joseph había pasado por delante de ella para irrumpir directamente en el despacho de Richard, cerrando la puerta con fuerza tras él. Jane no pudo oír todo lo que sucedió dentro, más allá de sus gritos amortiguados y de alguna que otra frase del tipo «La culpa es tuya, yo no he tenido nada que ver». Luego Joseph emergió del despacho como una exhalación, con el rostro desencajado y bañado en lágrimas, antes de salir a trompicones al pasillo. Ella recuerda la imagen de su mano aferrándose al marco de la puerta por un momento, con los nudillos enrojecidos, blancos y magullados.

Después salió Richard. Se atusó el pelo y le dijo: «Ignora este disparate, por favor. Solo es un viejo amigo rencoroso. Que no se te ocurra contárselo a nadie, ¿entendido?».

Jane se levantó de un salto para comprobar si se encontraba bien, si estaba herido. Él la apartó y ella volvió a confinarse detrás del escritorio. Para entonces ya había aprendido que, si él no estaba de humor para que lo tocaran, era mejor mantener una actitud profesional.

—Y después me dijo: «Borra la sesión personal que tenía en la agenda para esta mañana» —dice Jane mientras abre los ojos.

—¿Solo la sesión personal? ¿Nada más? —le pregunta Lou.

—No —repone Jane, con pesar. Podría ser casi cualquier cosa: una reunión con un compañero de trabajo, con un cliente…—. Lo que sí recuerdo es que era un nombre de mujer. —Traga saliva y baja la vista hacia el plato—. Lo comprobé porque… por entonces no tenía claro que me estuviera siendo fiel.

Lou la mira con empatía.

—Vaya. Desde luego, todo eso es muy interesante. Seguro que ayudaría a respaldar lo que dice Effie. ¿Estás pensando…? Bueno, ¿qué estás pensando, Jane?

Esta traga saliva. Le ha dado casi tantas vueltas a eso como a lo de Joseph: a la cuestión de qué hacer. Hasta qué punto ser valiente. Hasta qué punto podría ser valiente, después de tanto tiempo, después de haberse gastado el dinero de Richard.

—Aún no lo he decidido —declara con prudencia—. Pero creo que me gustaría hundir a Richard Wilson.

Siobhan

Preparada para el día de S. V. 2.0?

Siobhan sonríe al leer el mensaje y se abre paso entre la multitud mientras se dirige a la estación de Leicester Square. Se ha puesto unos zapatos absurdos que le aprietan los dedos de los pies como si fueran pinzas y que tienen un tacón finísimo, pero le hacen unas piernas impresionantes y quiere entrar en esa cafetería y ver cómo se le ilumina la cara a Joseph.

Lleva el vestido rojo que se puso el año anterior el fatídico día de San Valentín en el que la dejó plantada, la primera vez que ella intentó desterrarlo de su vida. Su tentativa más fallida.

Ese año, cuando él dijo que estaría bien quedar para desayunar sin que nadie dejara tirado a nadie, ella decidió dejarle bien clarito lo que se había perdido en 2015.

Más te vale no llegar tarde.

Siobhan pulsa «Enviar» y la respuesta ya está ahí cuando vuelve a mirar el teléfono.

Ya he aprendido la lección.

En un arrebato de sentimentalismo inconfesable, Siobhan estrecha el teléfono contra el pecho y lo aprieta con fuerza. Adora a ese hombre. Adora el viaje que han emprendido, con todos sus contratiempos y sus altibajos. Adora a la persona en la que ella se ha convertido desde que lo conoció. Mientras baja los escalones de la estación, agarrándose con fuerza a la barandilla, se siente más liviana y feliz de lo que se ha sentido jamás.

El imprevisto de la mañana surge en cuanto se acomoda en el asiento del metro, con el bolso en el regazo. Richard Wilson está sentado enfrente de ella, hacia la izquierda.

—Mierda —murmura Siobhan, bajando la mirada hacia el bolso y jugueteando con la correa de eslabones.

Ese día les tocaba sesión personal, pero la habían cancelado porque ella había recomendado que le asignaran otro orientador. Todavía no había dejado de llamarla y de enviarle mensajes. Ella lo había bloqueado, pero él había encontrado otras formas de contactar con ella: mediante el formulario de su página web y su cuenta de Instagram, recién reactivada. Podría ser una coincidencia que estuviera allí, pero Londres es una ciudad enorme y Siobhan no es tan ingenua como para creer que sus caminos se han cruzado por casualidad, por mucho que Richard se esté esforzando en fingir que no ha subido a ese tren en concreto para sentarse enfrente de ella. Seguramente sabía que estaría en Londres porque tenían cita para la sesión personal, pero ¿cómo la ha encontrado allí?

Puede que Joseph tenga razón. Debería hacer algo al respecto. Siobhan suspira para sus adentros mientras Richard levanta la vista, atrae su atención y finge sorpresa.

—¡Siobhan! —exclama sonriendo.

—Richard —dice ella en un tono de advertencia que seguramente este ha captado. Aun así, él sigue sonriendo—. Me bajo en la siguiente parada —comenta Siobhan mientras el tren empieza a reducir la velocidad.

—Ah, yo también —dice él, levantándose al mismo tiempo.

Siobhan aprieta los dientes.

—Richard, no quiero hablar contigo. Creo que lo he dejado bastante claro.

El tren se detiene. Unas cuantas personas los están mirando con curiosidad. Siobhan levanta un poco la barbilla mientras va hacia las puertas.

Richard la sigue por el andén, tan de cerca que su brazo le roza el hombro. Por primera vez, ella siente algo más que irritación; no es exactamente miedo, sino más bien inquietud. Él es más corpulento de lo que recordaba y, aunque la estación está llena de gente, eso es Londres y no está muy convencida de que nadie la ayudara si se lo pidiera.

—¿Por qué sigues intentándolo, Richard? —le pregunta mientras esperan en la cola de las escaleras mecánicas. Ella está mirando hacia delante, pero le echa un vistazo rápido por encima del hombro. Él parece muy tranquilo, y eso la pone todavía más nerviosa—. No quiero tener nada que ver contigo.

—Eh, frena —le dice él como si ella fuera un caballo encabritado—. Solo quiero hablar contigo, Siobhan, como hacíamos antes.

—Ya no eres mi cliente, Richard —replica ella secamente—. No tengo por qué escucharte.

Están ya en las escaleras mecánicas, atravesando la estación. Ella vuelve a mirar hacia atrás. Richard le dedica una de esas sonrisas cordiales y cautivadoras que Siobhan supone que habrá aprendido en alguna charla TED y, de pronto, se enfada. Va a llegar tarde a la cita con Joseph. Ha tenido que bajarse una parada antes y, desde allí, le quedan al menos quince minutos andando.

—¿Qué quieres de mí, Richard?

Llegan a lo alto de las escaleras mecánicas. La gente los empuja para pasar y él extiende una mano para sujetarla cuando alguien le da un golpe en el hombro.

—No me toques —dice ella, apartándolo para ir hacia la puerta—. Déjame en paz.

—Vale, Shiv —dice Richard.

El hecho de que la llame por su apodo hace que le entren ganas de pegarle. Le resulta demasiado íntimo, casi como si la hubiera tocado.

Las puertas lo retienen; ella sale antes de que él saque la tarjeta del bolsillo y echa a correr. Menos mal que es una mujer que sabe moverse rápido con tacones. Pasa agachándose por debajo de los brazos de la gente y se mete en medio de las conversaciones, ignorando las quejas y las exclamaciones.

Una vez al aire libre, se siente mejor. La falta de ventilación y la estrechez de la estación hacían que Richard le pareciera más amenazador; su cercanía era inevitable. Pero ahora que está en Piccadilly Circus bajo la gélida aguanieve, con un hombre chepudo que lleva un gorro de lana e intenta entregarle un ejemplar de *Metro* y un músico callejero que canta su propia versión de *Take Me to Church*, de Hozier, vuelve a sentirse libre.

Aun así, se apresura. Llega tarde y sin duda Joseph se burlará de ella, teniendo en cuenta el rapapolvo que le echó por haberla dejado plantada el año anterior. Cuando llega a Strand, le suda la espalda bajo el gigantesco abrigo de piel y es muy probable que la lluvia le haya estropeado el peinado. Pero ya no piensa en Richard; sonríe al ver a Joseph al otro lado de la calle, sentado en la ventana de la cafetería, mirando fijamente la carta.

Está rodeado de parejas por todas partes y Siobhan se muerde el labio al recordar cómo se sintió al estar sentada allí sola, en una mesa como aquella, el día de San Valentín.

En Strand, el tráfico está paralizado, como siempre. Siobhan empieza a abrirse paso entre los coches al ralentí y, como si sintiera su mirada, Joseph levanta la cabeza y la mira a los ojos a través de la ventana. Le sonríe y ella le devuelve la sonrisa, moviendo un poco más las caderas y echando los hombros hacia atrás, mientras él la ve cruzar la calle para ir hacia él. «Llego tarde, pero me ha esperado, por supuesto», piensa, y su sonrisa se vuelve más amplia.

—¡Siobhan!

Ella se gira, desconcertada, al oír la voz de Richard a sus espaldas; estaba convencida de que no la seguiría y mucho menos hasta allí. La pilla a medio paso. Distraída. Con poca estabilidad.

En el momento en el que la moto se cuela a toda velocidad entre las hileras de coches parados, cuando golpea su cuerpo y la lanza rodando al suelo, cuando su cabeza cruje de forma repulsiva contra el asfalto, Siobhan todavía está absorta en ese pensamiento sobre Joseph. «Llego tarde, pero me ha esperado, por supuesto —está pensando mientras su cuerpo empieza a desmoronarse—. Él siempre me ha esperado».

De repente, se hace un silencio atronador. Entonces un ruido blanco fluye a través de ella, como si su dolor fuera audible y Siobhan estuviera vibrando al son de su única y horrible nota. Y así, sin más, en un instante, como si al universo no le importara que en realidad su historia apenas acabara de empezar, a Siobhan Kelly le queda menos de un minuto de vida.

No hay aceptación. No tiene tiempo para eso. Solo hay rabia, dolor y pérdida.

Joseph está yendo hacia ella. Aunque no ve nada, Siobhan sabe que se está acercando. Está cruzando a todo correr la cafetería. Empujando la puerta, zigzagueando entre el tráfico, golpeando con las manos el capó de un coche que está a punto de atropellarlo.

Mientras los últimos segundos de Siobhan se desangran, no es su vida la que pasa ante sus ojos, sino la vida que por fin se había permitido empezar a imaginar. Besos fugaces a primera hora de la mañana mientras Joseph le pasa una taza de café. Paseos lentos por la costa hablando del futuro. La compra del vestido de novia con Fiona, cuando por fin deja a un lado sus reparos con respecto al matrimonio porque de verdad lo ama, porque sabe que es para siempre, aunque su cabeza siga diciéndole que «para siempre» es demasiado bueno para ser verdad. Y los hijos. Los hijos. Todos los hijos que ha deseado, los hijos que ya conoce en las profundidades de su vientre y que ama con todo su ser.

Duele. No existe un dolor comparable. Pero ella es Siobhan Kelly, una auténtica luchadora, así que durante esos últimos segundos no es desesperación lo que siente. Es algo más violento. Está negociando con su cuerpo, como siempre ha hecho. Presionándolo más de lo que a este le gustaría. «Dame solo unos instantes más —piensa—. Lo suficiente para que él llegue hasta mí, me mire a los ojos y pueda decirle...».

Miranda

Plaf!

—¡Miranda! —le grita Jamie desde arriba—. ¡Está lloviendo madera, joder! ¿Qué coño haces ahí mirando a las arañas?

—A las musarañas —lo corrige A. J. amablemente, aunque él también está preocupado y la observa con el ceño fruncido mientras se gira en el arnés y se aleja del tronco del árbol con una patada.

Miranda se aparta. Lleva demasiado tiempo dedicándose a eso como para quedarse embobada debajo de un árbol mientras hay hombres trabajando arriba. Se da cuenta de que Carter hizo lo mismo hace un año, el día que A. J. tuvo que rescatarla del roble. Ella y Carter estaban tan bien entonces... Todo en él le parecía perfecto.

Y ahora vuelve a ser San Valentín y todo es una mierda. Una auténtica mierda. Miranda no es capaz de dejar de pensar en A. J., ahora que él sale con otra. Le avergüenza admitir que, desde que está fuera de su alcance, parece haberse vuelto mucho más sexy, como si antes no lo fuera lo suficiente. Además, también piensa mucho en Carter. Echa de menos su naturalidad, su enorme sonrisa y la forma en la que se hacían reír.

Pero, más que nada, Miranda necesita respuestas. Son los misterios sin resolver los que hacen que no pueda quitárselo de la cabeza, está convencida de ello. Ese desayuno en el centro de Londres para el que nunca le dio una explicación. La cita a la que faltó el día de San Valentín. Le irrita pensar que nunca sabrá el porqué de todo ello. Ella es una de esas personas que arranca la etiqueta de la botella de cerveza y se rasca las picaduras de mosquito. No es capaz de dejar estar las cosas.

No siente que la historia de Carter haya terminado. Hay algo más. Y, hasta que no sepa lo que es, empieza a temerse que no logrará pasar página.

—¿Estás bien? —le pregunta Spikes, mostrando un nivel de interés asombroso y sin precedentes en su vida. Por lo general, lo máximo que consigue de Spikes es un «¿Qué tal?», y él rara vez espera una respuesta antes de largarse o ponerse a hablar de fútbol.

Ella lo mira, atónita.

—¿Te ha pedido alguien que me lo preguntes?

Spikes no se muestra ofendido.

—A. J. —responde—. Cree que estás de bajón.

El hecho de que A. J. se preocupe por ella le agrada e irrita a partes iguales. Miranda da media vuelta y se pone a recoger ramas, disfrutando del dolor de sus músculos. Durante el último mes ha participado en todos los trabajos de Jamie, desesperada por distraerse. Su cuerpo está más en forma que nunca y tiene tantos rasguños en las extremidades que le han salido costras en las costras de las rodillas.

—Rosso —insiste Spikes, que claramente no piensa rendirse hasta haber cumplido con su tarea.

Miranda suspira mientras gira la cabeza hacia atrás para mirarlo.

—Es que creo que he tomado una mala decisión. Aunque no logro identificar cuál ha sido.

—Vale —dice Spikes, empezando a ponerse un poco nervioso, como le sucede siempre que las cosas se complican.

—Por ahora, este año ha sido una mierda y todo por mi culpa. Estoy atrapada en el limbo. Pero la vida es demasiado corta para eso, ¿no? —Miranda se endereza, dándole vueltas a esa idea—. Sí. Sin duda la vida es demasiado corta para eso. Quiero decir, nunca sabes cuándo vas a caerte de un árbol o algo así —añade, agitando un brazo.

—Sí, supongo —dice Spikes, mirando con anhelo la astilladora.

—Tengo que decidir qué quiero e ir a por ello. ¿No?

—Eee, ¿sí? —Spikes está parpadeando demasiado, señal inequívoca de incomodidad, por si cualquier otra no hubiera bastado para que Miranda se diera cuenta de que su público no se está divirtiendo.

Pero, desafortunadamente para Spikes, ha sido él quien le ha preguntado. Y ella necesita hablar.

—Porque, si de verdad creo que esta es la oportunidad de encontrar al amor de mi vida y la he cagado, no es de extrañar que me sienta tan deprimida e inútil. Yo no soy de las que se sientan a esperar. Soy de las que cogen el toro por los cuernos, ¿no?

Spikes parece haberse dado cuenta de que su aportación verbal no es necesaria.

—Sí. Eso es —dice Miranda, sintiéndose de repente mucho mejor que en las últimas semanas—. Hoy es el día del amor, ¿no? ¿Pues sabes qué te digo? Que pienso hacer algo al respecto —asegura sonriendo—. Gracias, Spikes. Eres genial.

A Spikes se le ilumina la cara.

—Vaya, gracias. Un placer.

Impulsivamente, Miranda se pone de puntillas y le da un beso en la mejilla. Él se queda boquiabierto. Miranda siempre ha sospechado que Spikes solo ha conseguido ser su amigo a base de fingir que no es una mujer. Puede que besarlo haya sido un poco cruel. Pero de repente le ha resultado enternecedor, con sus manos enormes como palas y sus ojos amables mirando a un lado y a otro mientras intentaba desesperadamente averiguar lo que debía decir.

—¿Cómo vas a celebrar el día de San Valentín, Spikes?

—Trey y yo vamos a ir al bar —responde él, metiendo las manos en los bolsillos—. Citas a ciegas —añade, desolado.

Miranda abre los ojos de par en par.

—¡Venga ya!

—Idea de Trey —dice Spikes, mirando a todas partes menos a Miranda—. Su hermana lleva mucho tiempo intentando emparejarlo con alguien y me ha pedido que lo acompañe por si es horrible. —Frota con un pie la hierba húmeda—. Seguro que nos dejan plantados.

Miranda sonríe y le da unas palmaditas en el brazo.

—Algunos grandes romances empezaron así, ¿sabes?

Jane

El día que Jane por fin se arma de valor para acabar con Richard Wilson resulta ser San Valentín. En cierto modo, es bastante apropiado.

Escoltada por Lou y Aggie atraviesa la City londinense, con sus relucientes cristales y metales emitiendo reflejos plateados bajo la lluvia. Aggie lleva un gran anorak naranja y botas de agua; Lou, una elegante gabardina gris, y Jane ha vuelto a ponerse el jersey rosa claro, porque es viernes y porque, tal y como le ha recordado Aggie esa mañana, ser valiente no tiene por qué implicar cambiarlo todo de golpe.

No entra en las oficinas de Bray & Kembrey desde 2016. Está todo igual y eso la desconcierta; ni siquiera han cambiado las viejas flores artificiales del gran jarrón que hay junto al mostrador de recepción. Por suerte, no conoce a la recepcionista; firma como invitada y sujeta la cinta de la tarjeta entre los dedos temblorosos.

Jane se gira para mirar a Aggie y a Lou, que están de

pie en la sala de espera, observándola con cara de circunstancias. Ella sonríe.

—No os preocupéis por mí —dice, respondiendo a la
pregunta que ve reflejada en las caras. Luego traga saliva—.
Estoy preparada.

Primero habla del 14 de febrero de 2016. De la misteriosa sesión personal con una mujer que eliminó de la agenda de Richard y del hombre que irrumpió en su despacho e intentó
pelearse con él. No da el nombre de Joseph, aunque tal vez
ya sepan que era él; ve que dos de las mujeres de Recursos
Humanos se miran muy serias cuando menciona la discusión.

Jane aborda todos y cada uno de los puntos de la lista que sostiene con fuerza entre sus manos sudorosas. La
denuncia por acoso que vio sobre el escritorio. El dinero
que Richard le dio. Y la verdad sobre su relación con él, su
vergüenza, su sordidez y su intensidad.

Le hacen muchas preguntas sobre esta última, princi-
palmente sobre su consentimiento, una línea de interroga-
torio que Jane quizás debería haber esperado, pero no lo ha
hecho y se siente muy incómoda. Ella aceptó el dinero de
Richard; lo obedecía de buen grado; lo amaba. Hablar
de «abuso de poder» entre ellos sería minimizar su parte de
culpa, y no está dispuesta a desentenderse del papel que ella
desempeñó al dejar que Richard gobernara su vida. Tendrá
que reflexionar sobre todo ello largo y tendido. La conversación le revuelve un poco el estómago, como si el horizonte se moviera al ritmo de la marea.

Son amables con ella. Profesionales, pero al mismo
tiempo cordiales. Contempla sus caras serias e inquisitivas
y de repente le viene a la cabeza el cuadro que Aggie tiene

en el piso, el de «La mayoría de la gente es gilipollas, ¿qué se le va a hacer?», y toma la determinación de fijarse en todos aquellos que se esfuerzan en no serlo.

—Gracias, Jane. Permítame que la acompañe —dice la jefa de Recursos Humanos, levantándose de la silla. Lleva una falda de tubo negra y una chaqueta. Tiene un pequeño enganche en las medias a la altura de la pantorrilla y su moño impecable está empezando a deshacerse.

—¿Sería posible…? ¿Podría contarme lo que sucedió ese día de San Valentín de 2016? Siempre me lo he preguntado —dice ella una vez que se han despedido y la puerta se cierra tras ellas.

—Me temo que no debería —dice la jefa de Recursos Humanos mientras entran en el ascensor. Luego se muerde el labio—. Pero es terrible. Richard se ha metido en un asunto muy turbio. Aunque todo lo que usted nos ha contado ha resultado francamente útil. —La mujer inhala entre dientes—. Lo que está claro es que no va a durar mucho ni en esta empresa ni en ninguna otra. No debería decirlo, pero creo que merece saberlo.

—Gracias —dice Jane, sintiendo un destello de silenciosa victoria. No suele desearle mal a nadie, pero a Richard sí se lo desea un poquito.

Lou y Aggie la están esperando en los asientos de la planta baja. Aggie destaca como un cono de tráfico entre los sobrios tonos grises de la oficina. Se levantan de inmediato mientras ella se despide de la jefa de Recursos Humanos y, cuando Jane se vuelve hacia ellas, ambas hacen ese gesto que suele hacer la gente cuando quiere abrazar a alguien y no sabe si debería hacerlo.

Jane les sonríe a ambas. A sus ojos abiertísimos y afectuosos. Sonríe por el hecho de que esas dos mujeres, que hace unos meses eran prácticamente unas desconocidas para ella, estén ahí, desviviéndose por ayudarla. Se siente tan agradecida por poder contar con ellas y tan aliviada por haber vuelto allí y haberse enfrentado a la verdad que la sensación es casi abrumadora.

—Vamos a tomar un té con algo dulce —dice Jane mientras su sonrisa se hace más amplia—. Me apetece un bollo de canela.

Miranda

Al final, tras todo un día dándole vueltas, Miranda sigue sin saber qué es lo que quiere. Lo único que tiene claro es que necesita algo de Carter y que no podrá dejarlo en paz hasta que lo consiga. Finalmente recuerda que ella odia pensar, y por eso ahora está ahí, llamando a la puerta de la madre de Carter, con los vaqueros y la camisa de franela que ha cogido del radiador después de ducharse al volver del trabajo, el pelo mojado y sin suficientes capas de ropa para una noche de febrero.

Mary Carter aparece en el umbral. Ambas se miran desconcertadas por unos instantes. Mary se está sujetando un chal sobre el pecho; lleva la ropa mal abrochada y Miranda se conmueve. Pobre mujer. Pobre Carter, viendo a su madre así todos los días e intentando compaginar su cuidado con el resto de las cosas que hace.

—¿Siobhan? —dice Mary—. ¿Es ella, Joseph? ¡Joseph, no llores, ha vuelto!

Carter aparece en el pasillo y se frena en seco al ver a

Miranda en la puerta. Está desaliñado y lleva puestos un pantalón de chándal y una camiseta. No es de extrañar, porque en la casa hace un calor sofocante. Lo nota incluso desde el umbral. Tiene el pelo medio revuelto y bolsas bajo los ojos.

—Es Miranda —dice Joseph inexpresivamente—. Pasa, Mir. Y cierra la puerta.

—Gracias —dice ella, entrando en el vestíbulo y sintiéndose como una idiota. ¿Qué hace ahí, irrumpiendo de esa forma en la casa de Carter y su madre? Ni siquiera tiene un plan. Empieza a darse palmaditas en el muslo, jugueteando con los dedos.

—No lo está llevando muy bien —le susurra Mary, rompiendo el silencio—. Siempre está muy triste.

Miranda traga saliva. En esa casa siempre hay una atmósfera de quietud perturbada, como si estuviera esperando a que alguien se instalara en ella. Antes creía que ese ambiente extraño se debía a Mary, pero puede que el responsable hubiera sido Carter todo el tiempo. El aspecto que tiene en ese momento es, sin duda, totalmente diferente al del hombre que le hacía cosquillas hasta que lloraba de la risa y que la saludaba inclinándola hacia atrás para besarla. Puede que ese hombre abatido y tristón sea el verdadero Joseph Carter. A ella le encantaría conocerlo.

—Entra —dice él al fin—. Mamá, estaremos en la cocina, por si me necesitas.

—Tranquilo —dice Mary, haciéndose a un lado y viéndolos alejarse.

La cocina está mucho más limpia que la primera vez que Miranda la vio —Carter no ha permitido que vuelva a estar así—, pero sigue desordenada y hace falta fregar los platos. Él va hacia la nevera y se queda mirando el interior, con los pantalones de chándal caídos sobre las caderas.

—¿Estás bien? —le pregunta Miranda, sin plantearse si es adecuado o no. Por muy halagador que pudiera resultar pensar que Carter está así de desaliñado por su ruptura, ella sabe que no es por eso. Apenas parece notar su presencia; si estuviera enfadado con ella o dolido por su ruptura, ¿no se habría sorprendido al verla?

—Bueno —dice Carter—. ¿Qué quieres tomar?

Ella mira hacia la mesa y arquea las cejas al ver que él está bebiendo whisky. Nunca ha sido un gran bebedor; Miranda bromeaba con que ella siempre se tomaba más pintas que él cuando iban al bar. Pero ya falta un tercio de la botella y él está mirando la nevera como si allí dentro estuvieran todas las respuestas.

—No me vendría mal un té —responde ella.

Carter no se mueve. Miranda va hacia la tetera.

—¿Qué haces aquí? —le pregunta él bruscamente—. No es muy buen momento, la verdad.

Ella frunce el ceño mientras llena la tetera.

—Lo siento —dice, mordiéndose el labio—. Pero ahora que estoy aquí… tengo la sensación de que no estás bien y de que tal vez no deberías estar solo.

—No estoy solo. Estoy con mi madre.

—Carter —empieza a decir Miranda, pero se queda callada, porque ¿qué quiere decir? Aprieta los dientes, frustrada consigo misma—. Carter, quiero saber qué pasó con Siobhan.

—Lo sé —responde él después de un largo silencio. Su voz suena hueca—. Lo dejaste muy claro en Nochevieja. ¿No es por eso por lo que rompimos?

—Ah, ¿sí? La verdad es que no lo tengo muy claro. —Miranda se gira hacia él mientras la tetera hierve a sus espaldas—. ¿Has hablado alguna vez de esto con alguien? —le pregunta.

Carter por fin ha cerrado la nevera; ahora le está dando la espalda y tiene los ojos clavados en la botella de whisky.

—No —responde él—. No, no lo he hecho.

—¿Por qué?

—Porque no. —Carter traga saliva y su nuez oscila—. Es demasiado doloroso.

Miranda se acerca a él tímidamente.

—Quizás justo por eso deberías hablar de ello. Carter. Vamos. Tú y yo hemos roto y creo que… Es decir, ahora que estoy aquí, no sé tú, pero yo creo que es… obvio. —Avanza con inseguridad y se detiene a unos metros de él. Es la verdad: ahora que lo está viendo, herido y destrozado, siente por él ternura, amistad y sin duda cierto cariño, pero no está enamorada de él. Empieza a preguntarse si el hombre con el que salía era un producto de la imaginación de ambos. Carter nunca le había mostrado esa faceta, pero en ese momento parece más auténtico que nunca—. Espero que no te parezca mal —dice Miranda, haciendo una mueca.

Carter le responde con la sombra de una sonrisa.

—No me parece mal. Tienes razón. Es obvio. Yo nunca me comportaría… Nunca permitiría que me vieras así si estuviera enamorado de ti.

—Pues entonces estoy aquí como amiga. Y parece que necesitas una.

Qué alivio para Miranda descubrir que sí sabe lo que quiere, ahora que está ahí. Quiere honradez y sinceridad, y también quiere ayudar.

Vierte el agua en la taza, recordando lo nerviosa que estaba el día que conoció a Mary.

Ni siquiera entonces fue ella misma con Carter, siempre tratando de contenerse, de decir lo correcto. Se vuelve hacia él mientras se hace el té.

—Sé cómo sois los tíos. No os preguntáis entre vosotros cómo estáis tanto como deberíais. Y la mayoría de tus amigos son hombres, ¿no? ¿Alguien te ha animado a hablar de esto alguna vez? Seguro que nadie te ha dicho: «¿Estás bien, Carter? Porque no lo parece». —Él gira la cara y ella extiende la mano y le aprieta el brazo con fuerza—. Si quieres llorar, llora. No soporto verte tan hecho polvo. Llorar no tiene nada de malo. Creo que ya te lo dije una vez, de hecho.

—Si empiezo, ya no podré parar —dice Carter con voz ahogada.

Miranda echa un vistazo al reloj que hay sobre la puerta. Son casi las seis.

—Yo no tengo que ir a ningún sitio. Así que, por mí, como si no paras. Puedes llorar todo lo que quieras.

Es terrible. Desgarrador. Carter va desgranando la historia entre sollozos mientras Miranda da vueltas por la cocina limpiando y, al final, empieza a preparar algo de comer, sobre todo porque no es capaz de quedarse sentada mientras escucha la historia de cómo murió Siobhan Kelly.

—Dios mío, Carter —dice antes de taparse la boca con una mano—. ¿Llegaste a su lado a tiempo? ¿Hablaste con ella antes de...?

Él tiene la cabeza entre las manos. Niega sin levantar la mirada.

—No. Ella estaba... estaba... Era demasiado tarde, no podía hablar. Pero me agarró de la mano. —Carter coge aire de forma entrecortada—. Ella... Esto te va a parecer una locura.

—Cuéntamelo. Seguro que no me lo parece.

—Ella tenía una manía cuando algo la mortificaba. Cuando estaba estresada o ansiosa, se clavaba las uñas en las palmas de las manos, así. —Carter levanta la cabeza, aprieta los puños sobre la mesa y los mira fijamente—. Y se dejaba marcas. Pues mientras yo la agarraba de la mano me pasó el pulgar por el punto en el que mis uñas se clavarían si yo hiciera lo mismo, justo aquí. —Se señala el centro de la palma y traza una línea—. Y siempre he tenido la sensación de que... tal vez ella me estaba diciendo... que no me mortificara. —Se encoge de hombros y vuelve a hundir la cabeza entre las manos—. No sé. No sé qué quiso decir.

Miranda apenas es capaz de contener las lágrimas.

—Seguro que era eso —afirma con vehemencia—. Seguro que te estaba diciendo que fueras feliz y que no sufrieras. Carter, debe de haber sido... No me imagino... El hecho de haberlo visto...

—No soy capaz de olvidarlo. A veces tengo la impresión de que nunca he dejado de verlo: ella volviendo la cabeza, la moto, su cuerpo dando vueltas como una muñeca de trapo...

Carter vuelve a hundirse en un llanto desgarrador. Miranda nunca había visto a nadie tan afectado. Ha llevado dentro ese dolor durante años y ese es el resultado; ella no soporta ver cómo botan sus hombros con cada sollozo entrecortado. Es como si el cuerpo de Carter apenas pudiera resistirlo.

—Quería matarlo. Al hombre que la seguía. Al final no pude hacer nada. No hay pruebas suficientes para demostrar que la acosaba. Así que sigue viviendo como un rey, trabajando en Bray & Kembrey... —Carter golpea la mesa con un puño y Miranda se sobresalta. Él no parece darse cuenta—. Shiv era el amor de mi vida. —Apoya la cabeza en la mesa, con la mejilla pegada a la madera, mientras sus hombros se agitan—. Todavía no puedo creer que se haya ido, y eso que ya han pasado años. Solo vino a esta casa una vez, ¿sabes? Solo una vez, pero aun así está llena de recuerdos de ella. Sé que se ha ido, pero no puedo... No me lo creo. ¿Qué me pasa?

Miranda se gira hacia los fogones para remover la salsa para la pasta que ha improvisado con lo que había en la nevera. Respira hondo, de forma entrecortada. No tiene sentido preocuparse por elegir las palabras adecuadas para ese momento; aunque no lo esté haciendo bien, al menos lo está intentando. Algo que, al parecer, nadie había hecho con Carter hasta entonces.

—Si te sirve de algo, ella no se ha ido —dice—. Sigue siendo una parte importante de tu vida y siempre lo será. Aunque yo no creo en la existencia de un único gran amor.

Más que verlo, Miranda siente que Carter se estremece al oír sus palabras.

—De verdad que no —asegura con firmeza—. Pero sí, creo que hay más amor en tu corazón. Creo que tienes más para dar y que puede que un día llegue una mujer a la que quieras dárselo. Pero por el momento no. Tienes que dejar de salir con mujeres, Carter. No estás preparado.

—Ya han pasado tres años —repite este con voz ahogada—. Debería estar preparado. Tendría que estar preparado.

Se incorpora un poco. Tiene los ojos vidriosos e hinchados. Debería haberle quitado el whisky. Miranda se muerde el labio, contemplando la botella casi vacía que Carter tiene al lado de la mano.

—Fui bueno contigo, ¿no? ¿Fui bueno contigo?

—Fuiste bueno conmigo —dice Miranda despacio—. Pero no podías entregarte del todo y yo lo notaba. No estabas preparado. Y no fuiste sincero conmigo. Tienes que ser capaz de iniciar una relación hablando claramente de lo que has sufrido, Carter. Te lo mereces.

Él niega con la cabeza.

—Nadie me querría si supiera lo destrozado que estoy —mascula.

—No digas tonterías. Algún día, una mujer amará hasta el último centímetro de tu verdadero ser. Tal vez sea una mujer que haya librado sus propias batallas y se alegre de que entiendas lo que se siente.

Miranda prueba la pasta. Es curioso lo fácil que le resulta hablar así de la posibilidad de que Carter encuentre a otra persona. Lo cierto es que sí se siente un poco orgullosa de sí misma. Está bien saber, tras meses de celos y paranoia, que al final tiene cierta generosidad de espíritu.

—¿Podrías contarme dónde estuviste el pasado San Valentín? —le pregunta—. Supongo que… el hecho de que no aparecieras… tiene algo que ver con Siobhan, ¿no?

Carter se queda callado durante tanto tiempo que Miranda se pregunta si se habrá dormido, pero finalmente le responde.

—Perdí el conocimiento —dice con voz ronca—. Decidí tomarme una copa para…, bueno…, solo necesitaba algo que me ayudara a pasar el día. Es algo que no suelo permitirme hacer, pero… ese día… Y luego ya no pude parar.

Miranda vuelve a mirar la botella de whisky, cada vez más preocupada.

—Mmm —dice.

—Cuando me desperté, eran las dos y media de la madrugada. Me sentía fatal. No sabía qué hacer. A la mañana siguiente me di una ducha, te compré unas flores y fui directamente a verte. Ah, ese desayuno por el que siempre me preguntabas, el que me tomé después de ir a casa de Scott, en abril del año pasado...

—¿Sí? —dice Miranda. No quiere ser insensible, pero ese misterio la ha reconcomido durante meses—. ¿A dónde fuiste?

—Siobhan tenía un montón de amigas, pero había dos a las que estaba especialmente unida, eran como sus hermanas. Llevaban intentando que quedáramos los tres desde el funeral. Habían guardado algunas cosas de Shiv que creían que yo debería tener. Me reuní con ellas esa mañana. Les dije que sí la noche anterior; estaba borracho, con Scott, hablando un poco de Siobhan, y pensé: «Puede que esté preparado». Pero fue horrible. Hablaban de ella como... Estaban tan tranquilas. Lloraban, pero también se reían. La recordaban y contaban historias. No pude soportarlo. No pude. Es como... Es como asumir que de verdad se ha ido, y yo no quiero hacerlo, Miranda, no quiero dejarla ir, porque dije que nunca lo haría, dije que nunca la dejaría, y ella tenía mucho miedo de que lo hiciera. No quiero hacerlo. No puedo. No puedo dejarla ir.

Miranda frunce el ceño, intentando seguirlo; arrastra tanto las palabras que apenas logra entenderlo.

—Venga, Carter, la comida está lista —dice con suavidad.

La verdad es que la pasta está todavía bastante dura por el centro, pero él necesita comer algo ya: está peligrosamente borracho.

Miranda sirve la comida y le lleva un cuenco a Mary, que, aunque está repantingada delante de la televisión viendo una especie de persecución de coches, acepta la comida con educada gratitud y parece perfectamente capaz de arreglárselas sola para comer sobre el regazo, para su alivio.

Pero cuando vuelve a la cocina se encuentra a Carter desmayado, con el tenedor aún en la mano y la pasta casi intacta al lado de la cabeza.

—Mierda —susurra, zarandeándole el hombro. Nada.

Parece completamente destrozado, tumbado sobre la mesa de la cocina, con la cara exenta de emociones, pero todavía enrojecida y húmeda a causa de las lágrimas.

A Miranda le suena el teléfono en el bolsillo. Lo busca a tientas para contestar. Es Frannie.

—Hola, ¿todo bien? —pregunta Miranda, probando de nuevo a zarandearle el hombro.

—Sí, pero ¿dónde estás? —responde Frannie. Su tono la pone en guardia.

—Estoy… Estoy en casa de Carter. ¿Por qué?

—¿Que estás dónde? —grita Frannie—. ¿Qué haces ahí?

Se oye el murmullo de una voz de fondo. Miranda frunce el ceño.

—¿Quién está ahí?

—Bueno…, es A. J. —responde Frannie—. Quería tener un detalle romántico contigo el día de San Valentín. Pero tú estás en casa de tu exnovio, así que… ¿le digo que se vaya?

—Madre mía —dice Miranda, llevándose una mano al pecho—. Madre mía.

Otra vez esa voz de fondo. Miranda se levanta de la silla de un salto.

—¡No! —grita—. ¡No, no, no le digas que se vaya! Dile… —Vuelve a mirar a Carter; observa su cara hinchada y triste, y la cena que no se ha comido—. Buf. ¿Puedes pasármelo?

—Claro. Está buenísimo, Mir, no la cagues —susurra Frannie antes de pasarle el teléfono.

—¿Hola?

Miranda cierra los ojos al oír la voz de A. J. De repente, todo le parece muy claro y obvio. Respira hondo de forma entrecortada.

—Hola —dice—. Oye, estoy teniendo una noche muy rara.

—Yo también —replica A. J. con ese tono burlón tan característico suyo—. Estaba cenando con Abigail...

«Uf, Abigail». Miranda se había esforzado mucho en no pensar en esa tal Abigail, la mujer con la que él se había pasado hablando toda la noche en Nochevieja.

—... y de repente me dio por pensar que ella nunca treparía a un árbol conmigo en plena noche. Entonces me dije: «¿Qué demonios estoy haciendo? Si Miranda Rosso vuelve a estar soltera». —A. J. se queda callado—. Porque sigues estando soltera, ¿no?

—¡Sí! Sí. Lo estoy. Solo que... ahora mismo estoy en casa de Carter —responde Miranda, avergonzada—. ¡Pero he venido solo como amiga! En realidad se acaba de desmayar encima de la mesa y no creo que pueda dejarlo aquí tirado sin sentirme fatal. Pero tengo muchas ganas de verte. Y de escuchar lo que tengas que decirme —declara atropelladamente—. Y de trepar a un árbol a oscuras contigo, o lo que sea que quieras hacer, porque, A. J., puedes estar seguro de que he intentado por todos los medios que no me gustes, pero el caso es que sí me gustas, por si no lo sabías.

—Eso me parecía —dice él. Su voz suena muy cálida y cercana a través del teléfono—. Aunque últimamente has puesto a prueba mi ego.

—Bah, no creo que te haya venido mal —replica Miranda sonriendo. Pero luego vuelve a mirar a Carter y se pone seria de nuevo—. Oye…, tú eres de los que se pasan bebiendo de vez en cuando, ¿verdad?

—Bueno…, ¿hay alguna respuesta correcta para esa pregunta? —dice A. J.

—Carter se ha desmayado. ¿Cómo puedo despertarlo? ¿Debo hacerlo?

—¿Corre peligro de ahogarse?

—No.

—¿Respira bien?

Miranda le pone una mano delante de la nariz.

—Sí, creo que sí.

—Entonces deja que el pobre duerma la mona y ven aquí. Tengo un discurso preparado y si no llegas pronto tus hermanas acabarán convenciéndome para oírlo antes que tú. Quieren que haga una prueba antes de que vuelvas.

Miranda se frota la frente, sin poder reprimir una sonrisa.

—Madre mía, siento lo de esas dos. Entonces ¿crees que debería dejarlo aquí, desmayado? Está solo con su madre y ella tiene demencia, no creo que pueda ayudarlo si lo necesita. Hoy ha estado muy mal. Me ha contado unas cuantas cosas. Su última novia murió el día de San Valentín. Delante de él —susurra Miranda—. Literalmente, vio cómo la atropellaban cuando acudía a una cita con él.

Se hace un largo silencio al otro lado de la línea.

—¿Hola? —dice ella al cabo de un rato.

—Solo me estaba preguntando si soy tan gilipollas y tan celoso como para pedirte que dejes a tu exnovio traumatizado ahí desmayado con su anciana madre y vengas aquí para que pueda besarte. Y me sorprende descubrir que en realidad no lo soy.

Miranda sonríe.

—Estoy orgullosa de ti.

—Envíame un mensaje con la dirección —dice él, y Miranda nota en su voz que está sonriendo—. Voy para allá.

A. J. trae consigo el olor del aire fresco del invierno cuando entra en la casa de Mary Carter. Va vestido con sus habituales vaqueros rotos y su sudadera de capucha; tan barbudo, desaliñado y guapo que se estremece.

Es como si todo su cuerpo se iluminara al verlo. Qué alivio poder sucumbir a ese sentimiento.

—Hola —dice ella tímidamente mientras cierra la puerta principal.

—Hola —responde él, con su ensayada sonrisa de seductor y su arrogante inclinación de cabeza. Pero eso a Miranda ya no le importa, porque lo conoce y sabe que no es el tío que era cuando escuchó por primera vez los rumores sobre Aaron Jameson, el mujeriego.

—Así que has ido a mi piso —dice ella.

—Y tú has venido a casa de Carter —replica A. J.

Miranda se mueve, inquieta.

—Lo siento. Es que... lo que pasó con él me estaba agobiando demasiado. No había obtenido las respuestas que quería. Pero te juro que ya no hay nada entre nosotros. Me alegro tanto de que tú... Estoy tan... Es...

A. J. espera a que ella se calle y entonces, lenta y deliberadamente, extiende una mano y la posa sobre su mejilla. Le acaricia el pómulo con el pulgar y Miranda se siente como si hubiera dibujado algo con fuego.

—Miranda Rosso. Me gustaría salir contigo.

—Vale —susurra ella.

A. J. arquea las cejas, con una sonrisa juguetona en los labios.

—Voy a necesitar un sí rotundo —dice—. Llevo mucho tiempo esperando.

—Sí, sí —responde ella de inmediato, posando una mano sobre su muñeca y avanzando hacia él. «Esto debe de ser lo que se siente al querer arrancarle la ropa a alguien», piensa Miranda, notando los latidos de su corazón por todo el cuerpo.

—Ah, no —dice A. J., esbozando una sonrisa, cuando ella levanta la barbilla y mira fijamente su boca—. No vas a recibir tu primer beso ahora.

—¿No? —pregunta Miranda en un tono más quejumbroso del pretendido.

Él gira la cabeza hacia la izquierda. Miranda lo imita. La madre de Carter está de pie en la puerta del salón, observándolos, perpleja.

—Mary, este es mi... mi... Este es mi amigo A. J. —dice avergonzada.

Mary no deja de mirarlos.

—Qué bien. Entra. ¿Quieres una taza de té? —dice esta finalmente.

Los hace pasar a la cocina, convertida de repente en la anfitriona perfecta, y se frena en seco al ver a su hijo desmayado sobre la mesa, junto a un plato de pasta.

—Uy —dice con un hilillo de voz.

Miranda se acerca a ella y la agarra del brazo.

—Está perfectamente, Mary —le asegura con su tono de voz más adulto; una imitación del de su madre, a decir verdad—. Ha tenido un día muy largo y acaba de quedarse dormido. Deja que te acompañe al sofá y busque algo bueno en la tele.

Una vez que Mary se ha acomodado, Miranda vuelve a la cocina y se encuentra a A. J. examinando a Carter, que sigue inconsciente, mientras se zampa el cuenco de pasta sin terminar.

—No hay mal que por bien no venga —dice al ver que ella se lo queda mirando.

Miranda resopla y coge su propio plato para llevárselo a la mesa. Tras pensárselo un rato, se sienta al lado de A. J.; sus pies se enredan por debajo de la mesa y ella inhala con brusquedad cuando él la roza con las piernas y le sonríe deliberadamente.

—¿Sabes qué me parece maravilloso? Que te permitas hacer eso. Me he pasado un año viendo cómo me esquivabas.

—Bueno, ya. Es que tú eras… Ha sido… difícil —murmura Miranda al fin, pinchando un poco de pasta. Ella siempre se está burlando de ese hombre, ¿por qué de pronto se siente tan cortada? Le cuesta tragar la comida; es como si el corazón le latiera en la garganta.

—Quieres decir que soy irresistible —dice A. J., recostándose en la silla y estirándose.

—¿No habías preparado un discurso? —le pregunta ella—. ¿Ese es el discurso? ¿«Soy irresistible»?

Él se pone un poco más serio.

—No —dice—. ¿Quieres oírlo?

—¡Sí! Claro que quiero.

—Muy bien. —Se aclara la garganta y se limpia la boca con el dorso de la mano—. Miranda Rosso —dice—, me gustaría salir contigo.

Ella lo mira, atónita.

—¿Eso es todo? ¿Ese ha sido el discurso?

A. J. vacila un poco.

—En la puerta parecía que te gustaba. De todos modos, no he terminado.

—Ah, vale —replica Miranda, empezando a notar que regresa su dinámica habitual—. Pues venga, sigue —dice, señalándolo con el tenedor.

Él la fulmina con la mirada, pero continúa.

—Llegaste a mi vida en un momento en el que estaba intentando ser mejor persona. Empecé el año con un propósito: no tener más aventuras y respetarme más a mí mismo. —Baja la vista hacia la mesa. Miranda se derrite—. Pensé que tal vez ahí fuera, en algún lugar, habría una mujer con la que mereciera la pena sentar la cabeza y que no la encontraría a menos que dejara de ir por ahí de flor en flor.

—Vale —dice Miranda, tratando de no darle demasiadas vueltas a esa frase.

—Pero tú siempre estabas ocupada. Y me cansé de esperar.

Miranda se muerde el labio, apretando un poco el pie contra el de A. J. por debajo de la mesa.

—No podía creerlo cuando Spikes me dijo que tú y él habíais roto. —Señala con la cabeza a Carter, que sigue dormido—. Sucedió en el peor momento. Abigail era dulce y encantadora, sincera y tranquila, no teníamos ningún problema. Te había estado esperando durante casi un año. Pensé que me merecía estar con alguien que me correspondiera. Y entonces ahí estabas tú. Libre de nuevo. Mirándome.

—¡Yo no te miraba! —protesta Miranda, sonrojándose. A. J. levanta una ceja. Ella flaquea—. No más de lo habitual, quiero decir.

—Más de lo habitual —declara él con firmeza, mirándola fijamente a los ojos—. No me digas que no, Rosso, te conozco demasiado bien. Me pasé casi un año viéndote mantener las distancias, cambiarte de sitio para que nunca estuviéramos demasiado cerca y apartar siempre la mirada de la mía. Cuando volviste a estar libre, dejaste de mirar a otro lado tan a menudo. Creo que querías que volviera a mirarte.

Miranda está empezando a sentirse un poco avergonzada.

—Yo nunca… No pretendía…

—Así que recuperé la esperanza. Más de lo que debería un hombre que está con otra persona. Pero me iba bien con Abigail y pensé que tú ya habías tenido tu oportunidad, que podrías haber dejado a Carter en cualquier momento por mí y nunca lo habías hecho. Es más, me dejaste muy claro que nunca lo harías.

El discurso no está siendo como Miranda esperaba. Baja la vista hacia el plato de pasta.

—Pensé que la pelota estaba en tu tejado. Pero entonces, esta noche, de repente, estaba pensando en el tipo de mujer que eres y en el tipo de mujer que quiero… y me di cuenta de que tú nunca harías nada, ¿me equivoco? Ni siquiera soportas que diga que me miras a pesar de que estaba con otra. Eres demasiado buena persona como para intentar robarle el novio a nadie. Te dejé claro durante todo el año que estaba ahí, ¿no es así? Te dejé claro que podías tenerme si querías, aunque tuvieras novio. Pero tú nunca harías eso. Nunca le harías eso a Abigail.

»Mientras pensaba en todo eso, miraba a la mujer que tenía sentada delante de mí, una mujer encantadora, y lo único que podía pensar era: «Ella no es Rosso».

A Miranda se le acelera la respiración mientras sigue mirando fijamente el plato. Nunca nadie le había hablado así. Nunca nadie la había visto como la ve A. J.: alguien a quien merece la pena esperar.

—Puede que no me consideres la opción más sensata; yo no soy Carter, con sus trajes, sus cumplidos, su vida de adulto y todo eso. Pero estoy convencido de que soy la opción correcta. Creo que tú eres la mujer por la que merece la pena que siente la cabeza, Miranda Rosso. Creo que eres la mujer que buscaba.

—¿Puedo besarte ya? —le pregunta ella, levantando por fin la vista hacia él—. Por favor.

—Ven aquí —dice A. J., arrastrando la silla hacia atrás.

Miranda se levanta y se acerca tímidamente para situarse entre sus muslos. Él le pone una mano en la cadera y la hace sentarse en su regazo. Desprende calor a través de la sudadera de capucha y está macizo, es puro músculo. Nota una sensación diferente en la piel, como si cada centímetro de ella estuviera en alerta, ultraconsciente de la respiración ligeramente agitada de A. J., del rubor de sus mejillas.

—¿Recuerdas el día que cortaste tus propios cabos? —susurra él con los labios a un centímetro de los de ella.

—Sí, lo recuerdo.

A. J. sonríe.

—Toda aquella bajada contigo abrazada a mí, así —dice, estrechando el cuerpo de ella todavía más contra el de él.

Miranda tiene el corazón desbocado.

—Te deseaba tanto en ese momento… Te he deseado desde entonces. Sabía perfectamente lo que sentiríamos al estar juntos. Una química así no puede sacarse de la manga, no puede fingirse ni forzarse. Tu cuerpo y el mío encajan a la perfección, ¿no crees? —dice A. J., acariciándole de arriba abajo la cadera y la cintura.

Miranda cambia de postura para besarlo, pero él se aparta cada vez un poco más, haciéndola esperar. Su deseo aumenta de tal forma que empieza a consumirla, y eso que sus labios aún no se han tocado.

Ella sube las manos hacia su pecho y las desliza bajo la sudadera de capucha hasta su cálida camiseta. Siente el vello bajo el tejido, las sólidas planicies de los músculos. Le acaricia el cuello con una mano, recorriendo su mandíbula barbuda con el pulgar, y los ojos de A. J. se vuelven vidriosos cuando ella enreda la mano en su pelo. Sus labios están a punto de tocarse.

—¿Miranda?

Esta se sobresalta. No es que hubiera olvidado que Carter estaba allí, pero la repentina intrusión de la voz de su exnovio mientras ella está sentada en el regazo de A. J. le resulta un poco rara. A. J. la estrecha con más fuerza cuando ella hace ademán de levantarse y vuelve a abandonarse en su regazo mientras Carter los mira fijamente, amodorrado.

—Hola —dice ella, con cierto tono de disculpa—. A. J. ha venido a… echarme una mano… contigo.

A. J. resopla.

—He venido a decirle a Miranda que estoy enamorado de ella —le dice a Carter—. Espero que te parezca bien, colega.

Ella se queda mirándolo. «Enamorado». Aaron Jameson acaba de decir que está enamorado de ella. El corazón se le va a salir del pecho, la piel le hormiguea al estar tan cerca de él y lo único que desea es posar los labios sobre los suyos.

Pero, a veces, la vida real se interpone en esas cosas. Miranda vuelve a mirar a Carter, que tiene unas marcas rojas en un lado de la cara por haberse quedado dormido sobre la mesa.

—Mierda —dice Carter, y a Miranda le da un vuelco el corazón.

—Carter, lo siento —se excusa ella, desembarazándose de los brazos de A. J.—. Hemos sido unos insensibles… Lo siento…

—¿Qué hora es? —pregunta él, tambaleándose al ponerse en pie.

—¿Qué? —dice Miranda.

—¿La… hora? —logra decir Carter.

Todos miran el reloj.

—Las diez —dice ella, sorprendida—. ¿Ya es tan tarde?

—Las diez —repite Carter, horrorizado—. ¡No! ¡No!

Empieza a rebuscar en el aparador y coge las llaves y la cartera.

—¡Eh, quieto ahí! —dice A. J., levantándose de la silla—. Tranquilo, colega.

—¡Tengo que irme! —exclama Carter. Luego tropieza con una silla y sale volando. Aterriza con fuerza y extiende las manos justo a tiempo para evitar caer de bruces sobre las baldosas del suelo.

—¿Joseph? —grita Mary, alarmada, desde la sala de estar—. ¿Va todo bien por ahí?

—Sí, mamá —responde él, incorporándose sobre los codos. Está empezando a salirle un moratón en la ceja izquierda y se examina las palmas de las manos enrojecidas, haciendo una mueca de dolor.

Miranda se agacha a su lado.

—Carter, estás completamente borracho. No puedes ir a ninguna parte. Vamos, vuelve a sentarte a la mesa y dinos a dónde pretendías ir.

Él consigue volver a sentarse en una silla con su ayuda; está temblando. A. J. le da un vaso de agua y se sienta enfrente de él, con expresión impenetrable.

—Hay una mujer… —logra decir Carter antes de beber unos cuantos tragos de agua. Se queda mirando fijamente la mesa—. Una amiga.

—Una amiga —repite Miranda, intercambiando una mirada con A. J.—. ¿Y has quedado con ella el día de San Valentín?

—Sí. Tenemos... Suele ir al Hoxton Bakehouse. Es muy guapa y un poco rara, pero en el buen sentido de la palabra. Más bien fascinante. Me dije a mí mismo que no volvería a salir con nadie tan pronto, que no estaba preparado. Es decir, tú y yo acabábamos de romper. No iba a intentar hablar con ella ni nada. Pero entonces me dijo que tenía novio y me pareció seguro, ¿no? ¡Solo amigos!

—Vale... —dice Miranda.

—Pero debería haber sabido que lo de ser solo amigos nunca funciona. Debería haberlo sabido. Porque luego resultó que, al final, no tenía novio.

—Te entiendo perfectamente, colega —dice A. J. al escuchar eso.

—Así que ahora somos «amigos». Pero ella es tan guapa, inteligente y simpática... Pero solo somos amigos. Me ha pedido que sea su acompañante, porque no tiene ninguno y debe asistir a una gran fiesta de compromiso que le da mucho mie... mie...

—Miedo —dice Miranda, acabando la frase por él—. ¿Así que se suponía que era una cita de amigos? —pregunta, frunciendo el ceño—. ¿Y le has dado plantón?

—Madre mía —dice Carter, bajando la cara hacia la mesa.

—No, no, otra vez no —dice ella, tirando de él hacia arriba—. Vale, estoy segura de que esto se puede arreglar.

Lo mira, y luego a A. J., que tiene cara de dudarlo mucho.

—Es imposible que este hombre se serene lo suficiente como para dejarse ver en público esta noche —declara A. J.

Miranda hace una mueca.

—Vale —dice—. Carter, ¿dónde tienes el teléfono?

—¿Mmm? —pregunta él.

—El teléfono.

—Lo he lanzado contra la pared de mi habitación —murmura este, hundiéndose en la silla.

A. J. y Miranda vuelven a mirarse y van juntos hacia las escaleras. La habitación de Carter está más desordenada que nunca. Contempla por unos instantes los montones de ropa y las hileras de vasos de agua a medio beber y piensa en todas las veces que ella ordenó apresuradamente su propia habitación antes de que Carter llegara. Se esforzaban mucho por impresionarse. Ahora todo eso de ordenar le parece una pérdida de tiempo agotadora.

—Aquí —dice A. J., agachándose para recoger un teléfono roto de la moqueta—. Mmm —añade mientras mantiene pulsado el botón de encendido. La pantalla parpadea y se ilumina con un color morado extraño, atravesada por una línea resquebrajada.

—Bueno, adiós al plan —lamenta Miranda, volviendo a bajar las escaleras—. Supongo que no habrás guardado el número de esa mujer en ningún otro sitio —dice, volviendo a entrar en la cocina—. No me jodas. ¡Carter!

Este se ha vuelto a desmayar. Ella lo zarandea para despertarlo y le repite la pregunta. Él niega con la cabeza, abatido.

—Estoy jodido mucho —dice, y, aunque la frase no tiene sentido, a Miranda le parece una gran forma de resumir la situación.

—Vale, ¿y mañana? ¿Por qué no vas a verla a primera hora? A ver, yo te perdoné cuando me dejaste plantada, ¿no?, y eso que estaba saliendo contigo —señala ella.

—Tiene que trabajar en la tienda. Con la gente de la fiesta. La gente de la fiesta de compromiso.

Miranda se anima.

—Perfecto. ¡Esta noche te serenas y mañana, a primera hora, vas a su tienda y te disculpas! Pero no vas a salir con esa mujer —lo sermonea, levantando un dedo.

A. J. frunce el ceño.

—Te estás pasando, Mir —le dice en tono de advertencia.

Ella frunce el ceño.

—¡No es porque a mí me importe! ¡Es porque no está preparado! ¡Míralo!

A. J. le echa un vistazo a Carter.

—Mmm. Cierto.

—No estoy preparado —repite Carter con tristeza. Cada vez se desploma más y más en la silla; finalmente, A. J. lo agarra por la camisa y lo levanta de nuevo—. Gracias —dice Carter, centrando la mirada por un momento en él—. Anda, si es el armario empotrado de los tatuajes —dice sorprendido.

A A. J. le brillan los ojos.

—Hola.

—¿Estás con Miranda? —le pregunta Carter.

Ella se revuelve en el asiento, avergonzada.

—Sí —responde A. J.—. Estoy con Miranda.

—Ah —dice Carter, asintiendo lentamente—. Sí, tiene sentido, ¿no? —añade antes de quedarse callado unos instantes—. ¿Y yo no puedo salir con Jane?

—¿Tú quieres? —le pregunta Miranda.

—Sí —contesta Carter de inmediato—. Me parece maravillosa.

—¿Le has hablado de Siobhan?

—No —responde él al cabo de un buen rato—. No. Nunca se lo he contado a nadie. Scott lo sabe, obviamente. A mi madre no le entra en la cabeza. Pero no puedo... hablar de ello. No puedo ir por ahí hablando de ello. Todavía no. Miranda, no estoy preparado. —Carter suspira y apoya la cabeza sobre los antebrazos, por encima de la mesa—. Solo conseguiré hacerle daño. Soy un desastre.

—Un poco más de agua, colega —dice A. J., dándole una palmadita en el hombro y acercándole un vaso enorme.

—¿Qué tal si te das un año? —le propone Miranda. Siente una confianza nueva que nunca había sentido con Carter: la convicción de que sabe qué es lo que más le conviene—. Un año de soltería. Un año para centrarte en solucionar lo tuyo. El año que viene, por estas fechas, si estás preparado para enamorarte, y puede que tal vez incluso sea de esa tal Jane, sal ahí fuera y ve a buscar a tu chica. Pero hasta entonces, solo amigos. Te lo debes a ti mismo. Tienes que empezar a sanar, Carter.

Este bebe un buen trago de agua y luego mira a Miranda. Extiende una mano. Por un momento, se parece más a sí mismo: sincero, aniñado y encantador.

—Un año —dice—. Trato hecho.

Se dan la mano.

—Venga, vamos a acostar a tu exnovio —dice A. J., volviéndose hacia Miranda.

Eso les lleva mucho más tiempo del que les gustaría a ambos. Mientras ella acompaña a Carter escaleras arriba, lo conduce a su habitación y lo mete en la cama, es muy consciente de cómo A. J. la mira fija y ardientemente, de su forma de apoyarse en la puerta y observarla, con los enormes brazos cruzados sobre el pecho y una sonrisita en los labios. Cuando por fin apagan la luz y salen con sigilo de la habitación, a Miranda ya le está hormigueando de nuevo la piel; y eso que lo único que ha hecho A. J. es mirarla.

—Por fin —dice él, incapaz de esperar un minuto más.

Allí, en el pasillo de la casa de la madre de Carter, al final de la escalera, en la oscuridad, estrecha a Miranda entre sus brazos y la besa.

Ella se derrite. Es de esos besos que te dejan sin fuerzas y te hacen sentir mariposas en el estómago, de los que te hacen perder la noción del tiempo y del espacio. A. J. la abraza con más fuerza. Baja las manos por la espalda de Miranda, hacia su cintura y sus caderas, y luego sube serpenteando con una de ellas para enredarla en su pelo; es como si no se cansara de tocarla. A ella le sucede lo mismo mientras acaricia los músculos torneados de sus hombros y se agarra a su nuca. La lengua de A. J. se enrosca en la de Miranda. Ella imagina sus manos moviéndose así sobre ella sin la ropa puesta y gime pegada a sus labios.

—Pensaba llevarte al árbol al que trepamos aquella noche —dice él con voz ronca mientras toman aire—. Este no es precisamente el sitio más romántico del mundo, pero no podía esperar.

Miranda echa un vistazo a su alrededor, contemplando el lugar en el que se encuentran.

Recuerda lo que Carter le ha dicho hace un momento de que esa casa está llena de recuerdos de Siobhan y siente una especie de presencia. No es nada fantasmal, ni mucho menos, más bien es como una conexión con esa mujer cuya ausencia ha determinado su último año sin ella saberlo siquiera.

La historia de Siobhan se truncó demasiado pronto. Miranda abraza con fuerza a A. J. y apoya la cabeza en su pecho, sintiéndose increíblemente afortunada. No más evasivas ni cavilaciones. En adelante, cuando vengan cosas buenas, Miranda Rosso se aferrará a ellas y no las dejará escapar.

Jane

El 15 de febrero de 2020, Jane se despierta al oír que alguien llama a la puerta de su piso de Winchester. Se incorpora como un rayo, con el corazón acelerado.

—¿Jane?

«Ay, Dios».

—¿Joseph? —pregunta ella, cubriéndose el pecho con el edredón.

Lleva puesto un camisón raído con reminiscencias victorianas, una de esas prendas amorfas, largas y blancas que suelen encontrarse en las tiendas de beneficencia, que es justamente de donde ha sacado la suya. Cuando coge el móvil para mirar la hora, ve en la pantalla el mensaje que le envió a Joseph la noche anterior mientras estaba sentada en el sofá ocre de Aggie, bebiendo café descafeinado con nata.

Siento haber ignorado tus mensajes. Ha sido muy duro intentar olvidarte y me dolió la forma en la que me miraste en Nochevieja cuando te conté la verdad de por qué me había ido de Londres. Pero si todavía quieres hablar, creo que ya estoy preparada. A lo mejor podríamos vernos. Bss.

No fue su intención decir… Jane mira el teléfono. Las siete de la mañana.

—¡Lo siento! —grita Joseph al otro lado de la puerta—. ¿Es muy temprano? Sí, ¿no?

Jane necesita ponerse otra cosa. Ese camisón no puede ser más feo, por no mencionar que está peligrosamente raído. Rebusca con desesperación en el armario, espabilándose de repente. Joseph está ahí. Joseph está *ahí*.

Joseph está ahí.

Cuando por fin abre, Jane está aturullada y, definitivamente, el poncho azul que se ha puesto por encima del camisón solo le ha dado un aspecto más estrafalario. Se está llevando la mano al cabello cuando sus miradas se encuentran. ¿Por qué no se le ha ocurrido hasta entonces comprobar cómo tiene el pelo?

—Hola —dice él. Y ahí está su sonrisa, la sonrisa de Joseph, la que la hace sentir como si se encontrara bajo la luz del sol—. Menos mal que estás en casa.

—Hola —responde Jane un poco sofocada—. ¿Quieres entrar?

Joseph sonríe de oreja a oreja y relaja los hombros, aliviado.

—Por supuesto.

Jane cierra los ojos por un momento mientras él pasa a su lado. Su simple olor hace que su corazón arda de deseo. La cosa no ha cambiado nada desde hace tres meses: no está ni un segundo más cerca de olvidarlo.

—Voy a poner la tetera —dice, yendo hacia la cocina para levantarla del hornillo.

—Jane —dice Joseph, tocándole la parte superior del brazo. Apenas la roza, pero es suficiente: ella nota una especie de chasquido, como cuando la electricidad estática hace saltar una chispa. Se le corta la respiración—. Jane, siento muchísimo lo de Nochevieja. Me encantaría explicártelo, si me lo permites.

Ella traga saliva.

—No tienes por qué darme explicaciones. Seguro que fue una sorpresa para ti descubrir que yo era esa Jane.

En las semanas anteriores a que Richard se deshiciera de ella, había oído a mucha gente de la oficina llamarla «la secretaria sexy de Richard»; incluso una mujer se había referido abiertamente a ella como «la zorra de Richard» en la cola del café. Y eso era lo que decían delante de ella. A saber lo que habría escuchado Joseph.

—No tuvo nada que ver con eso. Te lo prometo, Jane. Te lo prometo —le asegura Joseph—. Había oído que Richard tuvo una relación con su secretaria en 2015, pero... no fue eso lo que me impresionó.

A Jane le sorprende que recuerde tan claramente el año y mira hacia atrás por encima del hombro. Joseph ha cogido una silla de la mesa y se ha sentado, pero vuelve a levantarse de inmediato, va hacia la nevera, se apoya en ella y luego se aleja para coger las tazas en la alacena. Está tan inquieto que Jane se pone aún más nerviosa; le tiemblan las manos al coger el café instantáneo.

—No sé si te acordarás, o hasta puede que estuvieras allí... No consigo recordarlo, por mucho que lo intento, pero en febrero de 2016...

Joseph toma aire de forma entrecortada. Jane vuelve a mirarlo: está pálido y serio.

—Lo recuerdo —susurra ella—. Entraste en el despacho de Richard y discutiste con él. Lo siento. Me di cuenta el año pasado por estas fechas, pero para entonces ya había empezado a enamorarme de ti y no me atrevía a decirte quién era yo en realidad. Toda la gente de Bray & Kembrey me consideraba… prácticamente… escoria. Bueno… —Jane se queda callada, pensando en Lou—. O eso era lo que yo siempre había creído.

La tetera silba.

—Pero ya he dejado de huir de todo eso —añade, dándole la espalda a Joseph, mientras retira el agua—. Ayer fui a las oficinas de Bray & Kembrey para contarles todo lo que Richard no quería que contara. Creen que lo que les he dicho sobre él, junto con las nuevas pruebas que tienen sobre su comportamiento inapropiado, bastará para que lo despidan.

Joseph guarda silencio durante tanto tiempo que ella se gira para mirarlo. Ha vuelto a sentarse; se está tapando la boca con una mano y tiene los ojos abiertos de par en par.

—¿Han despedido a Richard Wilson? —pregunta.

—En eso están, creo —responde Jane, un tanto desconcertada por su reacción—. ¿Joseph?

Él niega con la cabeza lentamente.

—Lo siento. Es que… Dios mío. No te imaginas la de veces que he querido acabar con ese hombre. ¿Y me estás diciendo que ya está? ¿Que tú lo has conseguido?

—Pues, bueno…, sí. Creo. —Lleva los cafés a la mesa y se sienta frente a él, tratando de interpretar su expresión—. Joseph, ¿por qué te peleaste con Richard ese día? —le pregunta tímidamente.

Joseph respira hondo, estrechando entre sus manos la taza de café.

—El 14 de febrero de 2016 murió mi novia, Siobhan —revela tan de golpe que Jane tarda un poco en asimilar lo que acaba de oír.

—Madre mía, Joseph —dice ella, extendiendo impulsivamente la mano para posarla sobre su brazo. Eso era lo último que se esperaba.

Él contempla su mano durante unos segundos, sorprendido, y luego la cubre con la suya, caliente por la taza de café.

—Richard había estado siguiéndola. Estaba un poco obsesionado con ella, creo. Siobhan lo rechazó y a él no le hizo gracia.

Jane se estremece. Recuerda lo insistente que era Richard cuando quería algo.

—Él estaba allí cuando ella murió. —A Joseph le tiembla ligeramente la voz y tiene las mejillas pálidas—. La atropelló una moto; estaba mirando hacia otro lado porque él la había seguido hasta allí. Yo sentía... Estaba... Sentía que era culpa de él. Le eché a él toda la culpa y dejé la empresa porque no podía soportar estar en el mismo edificio que él... Nunca había despreciado a nadie, pero a él lo odiaba. Le he deseado cosas terribles a ese hombre, Jane.

Jane lo agarra del brazo.

—Estabas dolido.

Él la mira, agradecido.

—Aun así, dejar de lado esa rabia ha sido fundamental para seguir adelante. Los dos primeros años después de la muerte de Siobhan... fueron muy duros. Especialmente los días de San Valentín. —Joseph traga saliva, todavía mirando la mano que tiene posada sobre la de Jane—. El año pasado, cuando estaba demasiado borracho como para ir a la fiesta de compromiso contigo, hice un pacto con una amiga. Prometí no salir con nadie durante un año. —Levanta la vista, apesadumbrado—. Imaginarás cuántas veces me he arrepentido de esa promesa en los últimos meses, pero era importante para mi... para mi recuperación, supongo. Estaba empeñado en conocer a otra persona, pero seguía tan enamorado de Siobhan que no era capaz de abrirme a nadie más.

A Jane se le acelera el corazón.

—Entonces... ¿no tenías novia cuando estuvimos en la boda de Constance?

Él parece incómodo.

—Siento haberte hecho pensar eso. Fue una cobardía. Era más fácil que decirte la verdad. Todavía estoy un poco perdido, en realidad. Me ha llevado años conseguir hablar de esto. Estamos en 2020, por el amor de Dios. —Suelta una carcajada, pero tiene lágrimas en los ojos—. Y todavía sigo hecho polvo.

Jane niega con la cabeza.

—Joseph, las cosas llevan su tiempo. Y..., no sé, te exiges demasiado. Permítete estar hecho polvo. No pasa nada. Muchos lo estamos. Eso no significa que no seas un hombre maravilloso. No significa que no puedas volver a ser feliz.

Su rostro se contrae; está luchando por contener las lágrimas. De repente, la mesa que los separa es demasiado. Ella se echa hacia atrás para ponerse de pie, vuelve a agarrarlo de la mano y se lo lleva al sofá.

—En fin —dice Joseph, tembloroso, mientras se sientan uno al lado del otro. Jane intenta apartar la mano, pero él se la aprieta con más fuerza y algo se apodera de ella, una especie de ternura amarga, o tal vez sea esperanza—. Todo este año contigo, los clubes de lectura, las cenas, el ser solo amigos..., ha sido como una tortura. —Joseph baja la vista hacia la mano de Jane que él está estrechando sobre su regazo—. Al principio pensé que solo era un reto, porque eres tan... Bueno, ya sabes. —Agita la mano libre hacia ella y la mira fugazmente. Jane percibe la vulnerabilidad de su mirada y se le encoge el corazón en el pecho—. Tan increíble.

»Pero luego te conocí y me pareciste... —Joseph cierra los ojos—. Eres encantadora e inteligente y te gustan los mismos libros que a mí. —Jane sonríe al escuchar su tono de voz atormentado—. Cada vez que te hacía reír me sentía como si volara. No te imaginas cuántas veces he estado a punto de besarte. Y luego, en la boda, estaba... Perdí el control y pensé: «Si la beso una vez, puede que las cosas sean más fáciles», pero fue como una chispa en la yesca. No tenía... No tenía ese tipo de... No sabía que podía volver a sentir eso por nadie, Jane. Así que, además de no querer acercarme demasiado a ti por la promesa que había hecho, me sentía culpable por traicionar la memoria de Siobhan y... Ya ves, un desastre —dice, señalándose el pecho.

Joseph sigue evitando su mirada. Jane le aprieta la mano.

—¿Puedes mirarme, por favor? —le pide con voz un poco temblorosa. Es maravilloso oírle decir esas cosas sobre ella y una felicidad radiante e intensa empieza a brotar en su pecho.

Él la mira. Jane vuelve a sobresaltarse cuando sus ojos se encuentran y se da cuenta de que está conteniendo la respiración, de que tiene el corazón desbocado y de que le está apretando los dedos con tal fuerza que seguro que le está haciendo daño.

—Te quiero, Jane —dice Joseph Carter—. Estoy locamente enamorado de ti.

A ella se le nubla la mente; está convencida de que se va a desmayar. Se ha acostumbrado a funcionar en las condiciones más adversas y está habituada a la privación, a no esperar nunca nada de nadie. Pero ahí está Joseph Carter, el hombre al que ama con todo su corazón, sentado frente a ella, estrechándole las manos, diciéndole que él también la quiere, y la sensación es tan abrumadora y maravillosa que tiene que aferrarse a sus manos con más fuerza para recordarse que es real.

—Sé que no soy perfecto —dice él, con lágrimas en los ojos.

—Joseph, basta —dice Jane, y, de repente, están pegados el uno al otro, muslo con muslo, con ambas manos entrelazadas—. Yo no quiero que seas perfecto. ¿Por qué iba a quererlo? Te quiero tal y como eres. Quiero todas las partes de ti, las rotas, las que has mantenido ocultas. —Libera una mano de la suya, la posa sobre la mejilla de Joseph; este clava los ojos en los de ella, llenos de esperanza—. Eso es el amor, ¿no? —susurra—. O así es como yo te quiero, en cualquier caso. Soy avariciosa. Quiero tenerte entero.

Él apoya la frente en la de ella.

—Quiero hacerte muy feliz, Jane —declara con voz ahogada—. Quiero llevarte café con nata a la cama todas las mañanas, quiero hacerte reír a carcajadas, como casi nunca lo haces, y quiero leer libros y comer bollos de canela y saber qué ropa te gusta ponerte los domingos. Quiero formar parte de tu rutina. Quiero estar a tu lado en una fiesta multitudinaria, agarrarte de la mano con fuerza y hacerte sentir segura. Quiero conocerte, saber todas tus costumbres, todos los secretos que has guardado. Ya no estás sola, Jane. Ahora me tienes a mí. Para siempre.

Sus labios se tocan cuando Joseph pronuncia la palabra «siempre». Es un beso que debería haber tenido lugar ya mil veces, pero que solo podría haber tenido lugar ahí, en ese momento, con tantas verdades entre ellos. No es un beso glamuroso: está humedecido por las lágrimas y ambos están temblando. Pero es puro. Incondicional. Es un beso que dice «para siempre».

Epílogo

Joseph

Mientras se deshacen de las bufandas y se quitan los abrigos al calor del hogar, Jane se gira para dedicarle a Joseph una de esas sonrisas que a él le hacen sentirse como si volara: una auténtica sonrisa de felicidad. Al principio eran escasas; él solía obtener sonrisas cautelosas, que desaparecían casi antes de formarse. Ahora, cada vez que ella le regala una sonrisa de verdad, él se siente como si le estuvieran entregando algo muy preciado.

A Joseph le sigue pareciendo un milagro que hayan pasado trescientos sesenta y cinco días desde que le dijo a Jane que la quería y que no haya aparecido nadie para pedirle que le devuelva esos momentos maravillosos.

Han salido a dar un largo paseo. El viento de febrero, gélido y feroz, les ha azotado la cara mientras caminaban de la mano y, por un instante, Joseph ha pensado brevemente en lo coloradas que se le iban a poner las mejillas; la fuerza de la costumbre. Cuando le confesó a Jane cuánto odiaba sonrojarse tanto con el calor, ella se acercó y le besó el rubor que le teñía la cara. «¿Sabes lo mucho que me gusta a mí que se te pongan las mejillas coloradas?», le dijo ella, y él se puso todavía más rojo.

—¿Preparado? —le pregunta Jane suavemente.

—Creo que sí —responde él, agarrándola de la mano. Es la verdad: está un poco nervioso, pero preparado—. Déjame comprobar cómo están Val y mi madre.

Su tía y su madre se encuentran charlando con alegría en la mesa de la cocina, tomando té y galletas; Joseph relaja los hombros al verlas y Val le lanza una mirada: «Todo en orden». Su madre está más contenta últimamente; recuerda menos cosas, pero la frustración y la tristeza que acompañaron a esos dos primeros años tras su diagnóstico han disminuido. Ahora no se da cuenta de lo que se le olvida y eso es una bendición.

Cuando Joseph va hacia el despacho que tiene en casa, Jane ya está allí, colocando una segunda silla delante del escritorio. Durante unos instantes, él se limita a observarla. Su larga melena oscura oscila sobre su cara; lleva unos vaqueros gastados en las rodillas y uno de esos jerséis holgados que tanto le gustan. Puede que haya decidido dejar de usar la misma ropa todas las semanas, pero sigue siendo un entrañable animal de costumbres; a él le encanta cuando lleva alguno de sus jerséis favoritos para estar en casa, de los que solo él puede ver.

Mientras la mira, le entran ganas de besarla, de deslizar las manos bajo ese jersey holgado para encontrarse con sus suaves curvas. Ella le devuelve la mirada y le dedica una sonrisa rápida y pícara que revela que sabe exactamente lo que está pensando. Su aliento se entrecorta. Puede que, de todas las sonrisas de Jane, esa sea su favorita, pensándolo bien.

Mientras se sientan uno al lado del otro y abren el enlace de Zoom, Joseph cae en la cuenta de que no se siente culpable por lo mucho que la desea, ni siquiera ese día. Pensaba que aprender a ser feliz de nuevo, después de lo de Siobhan, sería un esfuerzo hercúleo, pero en realidad es una cadena de pequeñas victorias como esa, de momentos que apenas percibe que están sucediendo hasta que han pasado. Entrelaza sus dedos con los de Jane mientras el chat se carga y aparecen todos en la pantalla.

—¡Feliz día de San Valentín! —grita alguien.

Ya están todos allí. Joseph y Jane son los últimos en unirse. Está Marlena, con un aspecto de lo más glamuroso, aunque no deja de quejarse de que el confinamiento le impide cortarse el pelo; también están Kit, Vikesh, algunos de los amigos de la escuela de teatro de Siobhan y una imagen que Joseph nunca se cansará de ver: Scott y Fiona en la misma ventana.

Scott siempre había sentido debilidad por Fiona, desde aquel paseo a caballo de Nochevieja, tantos años atrás. Preguntaba por la chica cada vez que veía a Joseph, como si un día este fuera a decirle: «Pues está bien, tío, y quiere saber si te gustaría salir con ella». Siempre bromeaban con eso, hasta que un día Fiona acompañó a Joseph a comprar un disfraz un Halloween; de todos los amigos de Siobhan, ella fue la más decidida a seguir en contacto con él. Mientras se probaban sombreros, ella le confesó que siempre había estado un poco colada por Scott. Tras ponerlos en contacto, tardaron un año en hacerlo oficial, en parte porque Fiona tuvo que mudarse a Los Ángeles por un papel nuevo para la televisión, pero ahora están sólidamente asentados en Dublín, donde viven juntos.

Joseph les sonríe y su sonrisa se vuelve más amplia al mirar hacia la izquierda, donde Miranda está sentada sobre las rodillas de A. J., en una habitación que él reconoce como el dormitorio de su nuevo piso de Erstead. A Fiona le pareció estupenda la propuesta de Joseph de invitar a Mir y A. J.; en cierto modo, era como si formaran parte de la historia de Siobhan, aunque nunca la hubieran conocido.

—Bueno —dice Fiona—, obviamente me habría gustado hacer esto en persona, como habíamos planeado, pero en esencia la idea es la misma: solo quería que nos reuniéramos para... mantener viva a Shiv, aquí con nosotros, recordando los buenos momentos. Y los momentos en los que no era tan buena y se indignaba cuando alguien la adelantaba por la autopista o se atrevía a comentar que siempre quemaba todo lo que intentaba cocinar. —Todos se ríen. Joseph siente que sus hombros se relajan un poco más. Puede hacerlo. Todavía le sorprende, pero quiere hacerlo. Jane le aprieta con fuerza los dedos—. Se ha ido, pero nunca la olvidaremos, ¿verdad? —dice Fiona.

—Desde luego que no —replica él, porque eso es lo que importa; siempre es importante cuando se pierde a alguien, pero especialmente en el caso de Siobhan. Siempre le había parecido una crueldad que una mujer que tenía tanto miedo a que la abandonaran tuviera que verse relegada al pasado. Ella deseaba tanto vivir... Quería que la vieran, la sintieran y la escucharan. Y ahora ya no estaba.

Pero nunca la olvidarían.

Está previsto que el Zoom dure solo una hora, pero acaban hablando casi dos. Hay lágrimas, algunas de Joseph; Jane también llora y él la ama por ello, por ser capaz de llorar por esa mujer a la que nunca conoció. Desde el principio, no solo aceptó el recuerdo de Siobhan en su vida en común, sino que lo acogió. Hasta que no conoció al padre de Jane, Joseph no empezó a entender el empeño de esta en no olvidar a las personas que hemos amado y perdido.

Aunque ella ha recuperado el contacto con su padre y por fin le ha contado la verdad sobre por qué se fue de Londres, todavía le cuesta hablar con él sobre su madre. A Joseph le resulta más que obvio que Jane desea tener alguna conexión con ella, y el hecho de que se marchara a Winchester a trabajar para la Fundación Conde Langley seguramente sea suficiente para demostrarlo. Pero parece no ser consciente de ello, o puede que todavía no sea capaz de expresar esa necesidad.

Pero está ahí. Cuando Joseph le sugirió al padre de Jane la posibilidad de ponerla en contacto con algunos de los parientes de su madre, casi le dolió ver la expresión de la cara de su novia, de ávida esperanza y de anhelo, todo rápidamente reprimido. Jane se había criado en un hogar en el que su madre era un tema demasiado desgarrador como para hablar de él; su padre es una sombra de lo que era y seguía de luto décadas después. Cuando Joseph vio a Bill Miller regresar a su coche con los hombros caídos después de visitarlos, pensó: «Menos mal que Miranda me hizo hablar. Menos mal que Jane me enseñó a amar de nuevo».

—Eh, Joseph —dice Marlena, en la pantalla.

—¿Sí?

—¿Sabes qué te estaría diciendo Siobhan ahora mismo?

Joseph esboza una sonrisa.

—¿Qué?

—Que más vale que tengas un plan de San Valentín que te cagas para tu chica, porque, por lo que tenemos entendido, tienes mucho que compensarle por el año que la dejaste plantada.

Joseph se gira para mirar a Jane, que se está muriendo de vergüenza.

—Salió el tema cuando quedamos en el bar en verano —se excusa esta mientras todos los demás se ríen—. Es muy fácil hablar con Marlena.

—Ahora lo sé todo sobre ti, Carter —grita Marlena—. ¡Y ahora, cada mochuelo a su olivo, que tengo que preparar una cita por Zoom! ¡Os quiero!

Cuelgan entre un coro de despedidas y de manos agitándose. A Joseph le duelen las mejillas de tanto sonreír, aunque todavía las tiene un poco húmedas por las lágrimas.

Se limpia las gafas con la camisa, tragando saliva.

—No le hagas caso a Marlena —dice Jane mientras se levantan—. No tenemos por qué hacer nada. Hoy es el día de Siobhan.

Joseph niega con la cabeza. Lleva meses esperando eso. Sus planes marchan como es debido, lo cual ya es mucho, porque los planes de Joseph rara vez lo hacen, por mucho que lo intente. Pero con un poco de ayuda de su tía Val, con la que formaron una burbuja de apoyo el año anterior, está prácticamente convencido de que va a conseguir que Jane Miller tenga la mejor cita de San Valentín de su vida.

—Vamos —le dice, llevándola de la mano escaleras abajo—. Es la hora de la sorpresa.

—¡Anda! —exclama ella cuando se da cuenta de a dónde la está llevando—. ¿Por fin voy a poder entrar en el sótano?

Hace casi dos meses que le prohibió bajar allí. No ha sido un proyecto fácil de llevar a cabo en secreto mientras ambos trabajaban desde casa; por suerte, el nuevo empleo de Jane en Recursos Humanos del Fondo Conde Langley exige que vaya a la sede de vez en cuando, así que Joseph había hecho que las entregas más voluminosas llegaran cuando ella estuviera fuera. Aun así, había tenido que ser muy sigiloso, lo cual no era en absoluto su fuerte.

—Vale —dice él, volviéndose hacia Jane cuando llegan a las escaleras que bajan al sótano—. Cierra los ojos.

Ella lo mira parpadeando con esos ojos enormes e hipnotizadores, delineados por unas pestañas imposiblemente largas, y luego obedece y los cierra.

Joseph se inclina para besarla —no puede evitarlo— y luego se da la vuelta para ayudarla a bajar con cuidado los escalones.

—Ya puedes abrirlos.

Ella se queda sin aliento. Esa expresión de asombro, de alegría infantil, es exactamente lo que él llevaba esperando las últimas seis semanas de trabajo.

—¡Joseph! —grita Jane—. ¡Una biblioteca!

Limpiar a fondo el sótano fue una de las tareas que se marcaron como prioritarias al mudarse a aquella casa el otoño anterior. Y Joseph decidió no solo limpiarlo a fondo, sino transformarlo. Había fregado y pintado, había forrado las paredes de estanterías, había arrancado la moqueta vieja y fea, y había colocado alfombras de segunda mano por todas partes. Y luego había elegido un sofá para leer, con dos lámparas en forma de arco, donde él y Jane pudieran acurrucarse juntos.

—Esto es increíble.

Joseph se da cuenta de que a Jane se le llenan los ojos de lágrimas mientras recorre los estantes, pasando los dedos por los lomos.

—¿De dónde has sacado todos estos libros? —le pregunta, girando la cabeza para mirarlo con asombro.

Él no consigue mantenerse al margen por más tiempo: se acerca para ponerse detrás, le rodea la cintura con las manos y apoya la barbilla sobre su cabeza mientras ella acaricia los libros uno por uno.

—Muchos son de mi madre y de Val. Algunos son de segunda mano; Mortimer y Colin me han ayudado mucho, aunque obviamente planear la boda sigue siendo su principal prioridad… —Joseph carraspea y Jane se ríe. Mortimer y Colin se están tomando muy en serio la planificación del enlace. Las últimas noticias que él tiene es que estaban barajando la posibilidad de incluir cisnes vivos—. E hice un pedido enorme a P&G Wells —añade.

Jane se da la vuelta entre sus brazos.

—¿Con tu paga extra? —le pregunta en voz baja.

Él la besa.

—¿Qué mejor forma de invertirla?

En la primera reunión del club de lectura que habían creado, Joseph vio cómo se transformaba la expresión de Jane cuando le dijo que los libros lo hacían feliz. Ella se relajó y sonrió, y así le había permitido ver un atisbo de la mujer que se escondía tras ese exterior tan reservado. «A mí también me hacen feliz los libros», comentó Jane. Joseph se preguntaba a menudo si ese fue el momento en el que se enamoró de ella.

Cuando Joseph pensaba en 2020, no pensaba en el miedo y la ansiedad, ni el estrés y el aislamiento. Recordaba las noches en las que Jane yacía entre sus brazos y hablaban de lugares en los que nunca habían estado pero que les parecían tan reales como la cama en la que se encontraban tumbados, así como de personas que nunca habían conocido pero que les parecían viejos amigos. Recordaba las historias que habían compartido.

—Ven —le pide Joseph, llevándola hacia el pícnic que ha dispuesto en la mesita de centro—. Feliz día de San Valentín, Jane.

Joseph se cambia de sitio para verle la cara a Jane cuando descubra toda la comida que hay sobre la mesa. Observar sus expresiones es uno de los mayores placeres de Joseph; ella siempre había ocultado muchas partes de sí misma, pero está perdiendo esa costumbre y verla abrirse es una auténtica delicia.

—¡Hala, mira, todas mis cosas favoritas! —exclama Jane, riéndose.

—A ver, en esta biblioteca hay una norma —señala él mientras ella levanta la tapa del bote de nata batida y huele la mermelada, esbozando una sonrisa al descubrir que es de cereza—. Aquí solo se viene a disfrutar. Diversión cien por cien, sin adulterar. Así que… aquí tienes toda tu comida favorita para cenar.

—¿En qué orden nos la comemos? —pregunta Jane, cogiendo una rodaja de mango de un cuenco—. ¿Empezamos por los bollos de canela, luego nos tomamos los Doritos extrapicantes como plato principal y dejamos los pastelitos para el postre?

—No hay ningún orden, Jane —dice Joseph, riendo y estrechándola entre en sus brazos—. Tú decides.

—Menudo lujo —dice ella con una de sus sonrisas traviesas. Luego lo besa lenta y sensualmente, un beso de dos personas que empiezan a creer de verdad que tienen todo el tiempo del mundo para estar juntas—. Gracias —susurra Jane—. Esto es maravilloso.

—Bueno, Jane Miller —dice Joseph, bajando la cabeza para volver a besarla—. Ya va siendo hora de que tengas el San Valentín que te mereces.

Agradecimientos

En primer lugar, me gustaría dar las gracias a mi agente, Tanera Simons, que, aunque siempre es un apoyo inestimable para mí, nunca lo ha sido tanto como con este libro. Gracias por ser la guardiana del manuscrito del Libro 4 cuando ha sido necesario y gracias por todas las caóticas tormentas de ideas para lograr encajar las fechas, tanto las del libro como las de mi vida real...

En segundo lugar, me gustaría dar las gracias a Gilly, que me dio una idea que acabó siendo la clave para desarrollar esta historia y que es una amiga verdaderamente excepcional y maravillosa. Espero que cuando seamos viejas y peinemos canas sigamos enviándonos audios sobre lo mal que se portan nuestros perros y personajes.

Gracias a mis editoras, Cassie, Emma y Cindy, por confiar en mí para sacar adelante este libro y por su increíble aportación creativa. Gracias a Hannah, Ella, Hannah, Bethan, Ellie, Aje, Kat y a todos los integrantes de Quercus, que son geniales, y gracias también a Brittanie, Fareeda,

Angela, Jessica y a todo el personal de Berkley, que también lo son; tengo mucha suerte de trabajar con vosotros.

Este libro ha requerido una labor de investigación bastante inusual y me siento especialmente agradecida a Tom, de Tom Fisher Tree Care, por enseñarme a trepar a un roble, responder a llamadas telefónicas extrañas sobre plataformas elevadoras y compartir sus anécdotas conmigo. Gracias también a Anna Wright, de ACWArb, por dedicarme su tiempo y contarme cómo es la vida de una podadora de árboles, además de a todas las personas que participan en ArbTalk, que ha sido un recurso inestimable para mí. Por supuesto, cualquier error relacionado con el tema de los árboles será exclusivamente responsabilidad mía.

También me gustaría darles las gracias a Lisa Burdett y Maggie Marsland, por hablarme del mundo de la orientación personal: una vez más, cualquier error será solo responsabilidad mía (así como los errores de Siobhan son, sin duda, responsabilidad suya...). Gracias también a Jack, que hizo una donación muy generosa a CLIC Sargent para que el nombre de su novia Lou saliera en este libro.

Hay unas cuantas personas superespeciales que padecieron la confusa experiencia de hablar de esta novela mientras se estaba gestando. A mis padres: gracias por todas las llamadas telefónicas, por seguir los giros de la trama y por ser maravillosos en general. A Pooja: gracias por los paseos durante el confinamiento y por permitirme que te destripara el libro. A Paddy: en realidad, tu agradecimiento debería estar en el próximo libro, pero creo que también debería darte las gracias por trepar demasiado alto a un árbol durante nuestra sesión de investigación con Tom para que yo lo viera gritar «¡Baja con cuidado!» muerto de miedo; todo muy auténtico. Por último, gracias a Sam, el amor de mi vida y mi aportador de ideas más paciente; después de todos estos años, todavía no puedo creerme que estés conmigo. ¿Seguro que no es demasiado bueno para ser verdad?

Me gustaría finalizar dando las gracias a los trabajadores esenciales que se adentraron en un mundo aterrador para mantenernos a todos a salvo en 2020 y 2021. Todos y cada uno de vosotros sois absolutamente increíbles y espero que nunca lo olvidéis; el resto de nosotros, desde luego, no lo haremos. Gracias por vuestra valentía.

«Hay personas a las que merece la pena esperar».